曹植集

【三国魏】曹植 著

【清】朱绪曾 考异

【清】丁晏 铨评

杨焄 点校

上海古籍出版社

图书在版编目(CIP)数据

曹植集 /（三国魏）曹植著；（清）朱绪曾考异；
（清）丁晏铨评；杨焄点校. —上海：上海古籍出版社，
2019.6（2025.3重印）
（国学典藏）
ISBN 978-7-5325-9251-7

Ⅰ.①曹… Ⅱ.①曹… ②朱… ③丁… ④杨… Ⅲ.
①曹植（192-232）-文集 Ⅳ.①I213.612

中国版本图书馆 CIP 数据核字（2019）第 104256 号

国学典藏

曹植集

［三国魏］曹植　著

［清］朱绪曾　考异

［清］丁晏　铨评

杨焄　点校

上海古籍出版社出版发行

（上海市闵行区号景路 159 弄 1-5 号 A 座 5F　邮政编码 201101）

（1）网址：www.guji.com.cn

（2）E-mail：guji1@guji.com.cn

（3）易文网网址：www.ewen.co

江阴市机关印刷服务有限公司印刷

开本 890×1240　1/32　印张 14.5　插页 5　字数 368,000

2019 年 6 月第 1 版　2025 年 3 月第 4 次印刷

印数：7,701—9,800

ISBN 978-7-5325-9251-7

Ⅰ·3395　定价：60.00 元

如有质量问题,请与承印公司联系

前　言

杨　焄

　　曹植(192—232)，字子建，沛国谯(今安徽省亳县)人。魏武帝曹操第四子，魏文帝曹丕同母弟。幼年成长于军旅之中，兼习文武，擅长诗赋。因为天资聪颖，才华出众，深得曹操的宠爱，先后被封为平原侯、临淄侯。为了争夺嗣子之位，曹丕、曹植兄弟各树党羽，纷争不已。但曹植任性放达，不加节制，时常触怒曹操。而曹丕操弄权术，矫情自饰，最终得以继位。建安二十五年(220)，曹操去世，曹丕即位为魏王，随即又代汉称帝。为报前嫌，他屡次构陷迫害曹植，都因其母卞太后出面干预而未能如愿。可曹植还是因此被贬为安乡侯，后又改鄄城侯。黄初三年(222)，封鄄城王。次年，徙封雍丘王。黄初七年，曹丕去世，其子曹叡继位为魏明帝。曹植虽身为叔父，却并没有得到起用，先是徙封浚仪，复还雍丘，后又徙封东阿。太和六年(232)朝京师，他想要面见曹叡，以便直接议论时政，最终并未能如愿。随后徙封为陈王，不久郁郁而终。谥曰思，故后世又称他为"陈思王"。

　　　　　　　　　　　一

　　曹植是汉、魏之际才华横溢的诗人、辞赋家和散文家。以建安二十五年(220)曹操去世、曹丕即位为分界线，可以将他的创作生涯大致划分为前、后两个阶段。随着前、后期生活境遇发生巨大的落

1

差,其作品的题材和风格也相应地呈现出较为明显的差异。曹植生活在充满着纷争和动荡的衰乱之世,虽然早年过着无忧无虑、悠游自在的贵游生活,却一直以建功立业、澄清天下为己任,甚至对自己喜好且擅长的文学也弃若敝履。正如他在《与杨德祖书》中所说的那样:"吾虽德薄,位为蕃侯,犹庶几戮力上国,流惠下民,建永世之业,留金石之功。岂徒以翰墨为勋绩,辞赋为君子哉!"言辞之中透露出强烈的自我期许,显得慷慨激昂,意气风发。尽管有时难免会以炫耀夸饰的笔法渲染浮华放纵的生活,但其作品中依然充满了飞扬跳脱、积极进取的情调。在曹丕继位称帝后,他不断遭到猜忌和报复,政治地位和生活境遇急转直下,年轻时那种昂扬乐观、洒脱自负的风采也逐渐消磨殆尽。由于长期受到逼迫和冷落,使得他在身心两方面都饱受煎熬,满怀彷徨忧生的愁思,乃至深陷苦闷颓丧之中无法自拔。尽管在魏明帝曹叡登基之后,这种失落和沮丧一度稍有消退,他甚至还对未来充满了幻想,屡屡向对方剖白心事,"志欲自效于明时,立功于圣世"(《求自试表》),"臣伏自惟省,无锥刀之用。及观陛下之所拔授,若以臣为异姓,窃自料度,不后于朝士矣"(《求通亲亲表》)。然而曹叡对他始终深存戒心,严加防范,以致出现"婚媾不通,兄弟永绝,吉凶之问塞,庆吊之礼废。恩纪之违,甚于路人;隔阂之异,殊于胡越"(《求通亲亲表》)的情况。因此,他在心理上依然长期处于困顿抑郁的状态,创作时也主要呈现沉郁愤切、孤苦哀婉的风貌。尽管曹植前、后期的生活和创作存在较大反差,不过有一点却是贯穿始终的,即无论他身陷何种逆境,都强烈地追求个性自由,渴望实现自身价值。正是这份历经摧折仍坚忍不悔的执着,才会在千百年来不断激荡起读者的共鸣。

　　曹植在创作中兼擅各体,在诗、赋、文等多个领域都取得了极高的成就,其诗歌创作尤其受到后人的盛赞。刘勰在《文心雕龙·明诗》篇中对汉末建安时期的诗人群体推崇备至："暨建安之初,五言腾踊。文帝、陈思,纵辔以骋节;王、徐、应、刘,望路而争驱。并怜风月,狎池苑,述恩荣,叙酣宴,慷慨以任气,磊落以使才。造怀指事,不求纤密之巧;驱辞逐貌,唯取昭晰之能,此其所同也。"对邺下文士的创作风尚做了非常精要的概括,曹植毫无疑问就是其中最具代表性的诗人。其诗作所涉及的题材范围极为广阔,或是像《送应氏诗二首》《泰山梁甫行》那样直接展现离乱艰险的世间万象,或是像《斗鸡诗》、《公讌》那样恣意铺陈欢畅尽兴的宴游场景,或是像《美女篇》、《野田黄雀行》那样用隐喻寄托的手法来纾解心头的压抑愁苦,或是像《飞龙篇》、《远游篇》那样以奇幻超脱的想象来平复现实的惶惑惊恐,或是像《白马篇》、《名都篇》那样尽情展示甘赴国难的雄心或驰骋任侠的豪情,或是像《赠徐幹》、《赠白马王彪》那样着力抒写真挚朴实的友谊和深沉恳切的亲情……这些内容各异的诗篇,交织着丰富而细腻的情感,折射出跌宕多姿的人生历程。曹植在创作时各体兼备,除了沿袭传统的四言体、楚辞体外,还尝试过六言体、杂言体,而尤以五言体见长。五言诗虽然肇兴于汉代,但经过他对各种表现技巧的努力探索,才开始真正进入成熟阶段。在语言风格方面,他尝试融汇典雅和通俗这两种不同的倾向,使诗歌语言既具有文人吟咏的典丽雅致,又不失民间创作的清新流畅。他尤其工于锤炼诗篇的起句,如"惊风飘白日,忽然归西山"(《赠徐幹》)、"明月照高楼,流光正徘徊"(《七哀》)、"高台多悲风,朝日照北林"(《杂诗》其一)等,都能起到先声夺人、发唱惊挺的效果。他还擅长运用比兴手法,如《杂诗》、《吁嗟篇》、《当欲游南山行》等几乎通篇都由比兴构成,由此形成蕴藉委婉、深邃隽永的诗境。而在篇章结构方面,他也有不少大胆的创新,特别是《赠白马王彪》,全篇由七章构成,前后首尾相衔,一气贯注,开创了后世联章体组诗的先河。钟嵘在《诗品》

中纵论汉魏以来的历代诗人,将曹植列入上品,称许他"骨气奇高,词采华茂,情兼雅怨,体被文质,粲溢古今,卓尔不群",毫不吝惜赞美之词。从曹植的创作实绩来看,这些评价是当之无愧的。

曹植在辞赋创作方面也颇有造诣,他曾自述:"余少而好赋,其所尚也,雅好慷慨,所著繁多。"(《文章序》)汉代辞赋兴盛,大多是以都城、宫殿、畋猎、纪行等为题材的鸿篇巨制,主要体现铺排体物的特色。曹植的《七启》就受到汉代枚乘《七发》、张衡《七辩》等赋作的影响,展现出铺采摛文、张扬闳肆的风貌。不过他的赋作大部分篇幅较为短小,更加突出其抒情特质。无论是表现人伦亲情的《怀亲赋》《叙愁赋》《慰子赋》,还是抒写个人幽思的《闲居赋》《潜志赋》《玄畅赋》,抑或是表现游赏宴饮的《游观赋》《节游赋》《娱宾赋》,甚至是描摹日常事物的《车渠碗赋》《宝刀赋》《神龟赋》《白鹤赋》,都倾注着强烈的主观情思。有的赋作更是别开生面,颇具巧思,如《鹞雀赋》用拟人笔法写鹞、雀争斗的经过,语言浅俗活泼,略带调侃戏谑,读来兴味盎然。流传最广的自然莫过于《洛神赋》,尽管他早就声明此篇乃仿效宋玉《神女赋》而作,但后世对其意旨仍然做过诸多猜测,提出过"感念甄后"、"寄心文帝"、"求贤自辅"等各种说法,众说纷纭的状况恰恰证明了它所引发的持续关注和强烈反响。曹植当时正处在极度压抑和惶恐的状态之中,却极尽描摹之能事,用典雅清丽的词藻和长短变换的句法,刻画出优雅而灵动的洛神形象。赋作中的情感表达也极为细腻复杂,始则"余情悦其淑美兮,心振荡而不怡",继而"感交甫之弃言兮,怅犹豫而狐疑",终于"恨人神之道殊兮,怨盛年之莫当",在踌躇犹疑之际充满了强大的内在张力,寄寓着无尽的哀怨悲戚,因而千载之下犹能扣人心弦。在后世的流传接受过程中,除了出现过一批直接摹拟仿效的辞赋之外,取材于《洛神赋》的诗文、戏曲、小说,甚至书法、绘画作品也屡见不鲜,充分彰显了它在不同艺术门类中所激起的深远影响和连锁效应。

除了诗、赋两大类作品,曹植在书、表、论等各体文章中也多有佳作留存。在《与杨德祖书》《与吴季重书》等写给朋友的书信中,或掎摭各家的利弊得失,或陈说自己的文学观念,或倾吐个人的理想抱负,或赞叹对方的豪情逸致,无不文采斐然,气势流荡。章表原属应用性公文,但曹植所撰却正如刘勰在《文心雕龙·章表》中所说的那样,"陈思之表,独冠群才。观其体赡而律调,辞清而志显,应物制巧,随变生趣"。如《谢徙封鄄城王表》《上责躬应诏诗表》等,主要展现忧谗畏讥的疑惧,为求自保甚至不免哀苦乞怜;而《求通亲亲表》《求自试表》等,则又倾吐从军参政的迫切愿望,仍然散发着年少时的自信张扬。这些表文辞采瑰丽,深情贯注,音节浏亮,张弛有度,都具有很高的审美价值。至于《汉二祖优劣论》《辩道论》等单篇论文,或研讨史实,或辨析名理,不仅可见其辩才无碍,语言也极为剀切凝练,呈现出另一种不同的特色。

二

曹植生平著述颇多,曾亲手删定,编选为《前录》,收录辞赋七十八篇。另外还有手定诗文目录,藏于家中。他去世后,魏明帝曹叡曾颁布诏令,撰录其所著赋颂诗铭杂论等百馀篇。唐宋时公私各家书目著录过三十卷本和二十卷本的《陈思王集》,可惜后来都亡佚不存。南宋晁公武在《郡斋读书志》中提到,当时所见曹集仅有十卷,收录诗文二百馀篇。现知的几种宋本曹植集(包括北宋开宝七年刊本、北宋元丰五年万玉堂刊本、南宋孝宗年间江西大字本和南宋嘉定六年刊本等),其篇、卷数量都与晁公武所说大致相符。到了明代,又相继刊刻过多种曹植集,比较知名的有正德年间舒贞刻本,嘉靖年间郭云鹏刻本，万历年间休阳程氏刻本、汪士贤辑《汉魏六朝二十一名家集》本，明末张燮辑《七十二家集》本、张溥辑《汉魏六朝百三家集》本等，这些明刊本在宋刊本的基础上又加以校订增补，有的还重新编排过卷次。到了清代，又有吴志忠、严可均等先后对曹集进行过校正辑补，但流传未广，知者寥寥。直至同治以后，才相继出现了丁晏的《曹集铨评》和朱绪曾的《曹集考异》，对此前曹集整理、校勘的成果做了全面总结，并进一步予以考订补正，使其内容更趋周详细致，对后人深入研读曹植的作品大有裨益。

丁晏（1794—1875），字俭卿，又字柘唐，号石亭，又号淮亭、颐志老人，江苏山阳（今淮安）人。道光元年（1821）举人，官内阁中书。又先后在观海、表海、文津、丽正等书院担任主讲。生平笃好治经，著有《尚书馀论》《禹贡集释》《毛郑诗释》《三礼释注》等，辑刻为《颐志斋丛书》。丁晏最初编有《陈思王年谱》一卷行世，晚年又校订曹集全帙，并将新辑得的零散佚文、修订后的年谱以及本人所撰《陈思王诗钞原序》《东阿怀古》《东阿王墓》等诗文附录于后，编定为《曹集铨评》。他在同治四年（1865）已经完成初稿，其后陆续加以修订补充。至同治七年（1868），经由曾国藩介绍，又委托刘寿曾协助校正文字，最后才交付金陵书局付梓刊行。

清乾隆年间编纂《四库全书》，其中所收曹植集以南宋嘉定本为依据。丁晏虽然已经藉此了解到宋本曹集的情况，但在整理过程中并未以此为准，而是转以明万历休阳程氏所刻十卷本曹集作为底本，这或许是因为程本所收作品较宋本略多的缘故。与此同时，他又以明末张溥所辑《汉魏六朝百三家集》中的二卷本《陈思王集》作为主要参校本，另外则覆核裴松之注《三国志》、六臣注《文选》、《乐府诗集》、《古诗纪》、《北堂书钞》、《初学记》、《艺文类聚》、《白氏六帖》、《太平御览》等历代史传、总集和类书。凡各本之间存有歧异的,都附注在相关字句之下。虽然参校文献在数量上比起其后朱绪曾的《曹集考异》逊色不少,难免因为见闻不周而导致校订有疏漏、辑补有阙略,但丁氏在整理时态度严谨,用力颇勤,确保了《曹集铨评》的校勘、辑佚水平远胜于此前所刊刻的各种曹集。书中还附有若干眉批,或考索创作背景,或阐发作品意蕴,或评析艺术特色,虽然数量并不多,仍有不少可供参酌借鉴。正因如此,《曹集铨评》自问世后即备受推崇,丁氏也被誉为"曹集之功臣"、"思王之知己"(吴棠《曹集铨评序》)。

朱绪曾(1805—1860),字述之,号北山,江苏上元(今南京)人。道光二年(1822)举人,以大挑知县分发浙江,补孝丰,历署武义、秀水、嘉兴等县。转台州府同知,晋知府。生平著述颇富,有《论语义证》、《尔雅集释》、《续棠阴比事》、《开有益斋经说》、《开有益斋读书志》等,大多经乱散佚。朱绪曾有感于隋唐以来曹集旧本无存,而行世的曹集又多承讹踵谬,于是发愿重作董理。校辑工作始于道光二十年(1840),至咸丰三年(1853)才完成初稿。其后修订不辍,直至咸丰十年(1860)他去世时仍未及付印。而书稿则被友人借阅,先是迭经战乱,下落不明,后又不幸遇火,惨遭焚毁。直到同治九年(1870),其子朱桂模才辗转得到他早年抄录并寄存在友人处的初稿副本。两年之后,朱桂模在诸多师友的协助下着手整理校核全稿,又得以参考莫友芝的校补和丁晏的《曹集铨评》,直至光绪元年(1875)方告蒇事。此后书稿又陆续经过修订,直至民国初才收入蒋氏慎修书屋辑印的《金陵丛书》丙集中,得以印行流传。

朱绪曾撰著《曹集考异》历时多年,经过反复修订,耗费极大心力;其后又经朱桂模等旁搜远绍,补苴隙漏,日臻完备,因而在底本确定、文字校勘、佚文辑补、年谱撰著和资料编纂等方面,都要比丁晏的《曹集铨评》更为细致精审。

为求尽可能体现出旧本面貌,朱绪曾选取南宋嘉定六年刊本作为底本。乾隆年间纂修《四库全书》,在编订曹植集时也以此为底本,在所撰提要中还特别指出:"唐以前旧本既佚,后来刻植集者,率以是编为祖,别无更古于斯者。"嘉定本曹集其实也并非从唐以前流传下来的旧本,而是由宋人根据各种总集和类书辑录整理而成。但因为刻印时间早,校勘质量高,比起后世一些多有舛讹脱漏的刻本来,无疑更可信赖。朱绪曾没有受到明代以来诸多刊本的干扰,而是果断地以此为据,还是颇具识力的。

在校勘、辑补方面,朱绪曾用以参考的资料来源相当丰富多样,除了广泛搜罗明清以来各家刊本以备参考,还追溯至相关的史传、类书、总集、子书、笔记、石刻、释藏、诗文评等。而在搜集考校时,即使是常见文献,他也尽其所能,仔细甄别,或利用不同版本,或参酌相关研究。如在参校《北堂书钞》时,不但利用常见的明万历年间陈禹谟校补本,还另外搜寻旧钞本加以覆核;在参校《文选》时,除了利用宋刊李善注本、六臣注本外,还借鉴过清人胡克家的《文选考异》、余萧客的《文选音义》、张云璈的《选学胶言》、胡绍煐的《文选笺证》、孙志祖的《文选考异》等选学名著;在参校《玉台新咏》时,除参考明代覆刻宋陈玉父本、嘉靖杨士开刻本等,还吸取过清人纪容舒《玉台新咏考异》的校勘意见;在参校《三国志》时,又参考了清人杭世骏《三国志补注》、赵一清《三国志注补》、潘眉《三国志考证》等研究成果。对于前人因条件所限而未能利用的资料,朱绪曾更是竭力搜求,务求完备。如隋杜公瞻所纂类书《编珠》,在后世流传甚稀,至康熙年间其残本才被重新发现。但因出现时间较晚,往往招致怀疑,甚至被认为出于伪托。朱氏并未盲目拒斥,仍从中辑录出部分佚文。而经今人余嘉锡、胡道静等考证,《编珠》绝非清人伪撰,足资考订辑佚之用。再如唐初修纂的大型诗文总集《文馆词林》,在中国本土早已散佚不存，直至清代乾隆、嘉庆年间才从日本回传。朱绪曾也注意到其文献价值，及时加以利用。另如宋人吴棫所撰《韵补》，原本是研究古音韵部的小学类著作，朱氏也搜罗其中所征引的曹植诗文片断作为参考。在处理各本歧异时，除了经过仔细比勘写定正文外，他还另将各本异同详列于相关文句之下，以供后人择取。辑佚所得残文断句，也都经过比较妥善的处理，有些经过反复寻绎，径直插入相应篇章之中；有些无从判断具体位置所在，则附缀于各篇之末；有些仅存篇题而无文字留存的，也保留其篇题，以供进一步访求；而一些失去篇题的散句，则依其体裁分别归入各类之末。在整个校勘、辑补的过程中，其搜讨范围之广泛，取舍态度之审慎，处置方法之妥当，都可谓前无古人，因而所取得的成绩也堪称绝无仅有。

在对曹植作品做巨细靡遗的考订辑补之馀，朱绪曾还充分依托所掌握的大量文献，着手编纂曹氏年谱和研究资料汇编，为后人的研究提供了极大便利。有关曹植的生平经历，虽然有《三国志》本传及裴松之注可供参考，但仍有不少语焉不详，甚至与其他史料相互龃龉的地方。在此之前，曹氏年谱仅有丁晏所撰《陈思王年谱》一种，主要依据《三国志》及裴注，内容极为简略。朱氏在丁谱的基础上精益求精，比勘史料异同，考订事实真伪，同时将诗文作年可考者逐年附系其中，以达到知人论世的目的。朱绪曾还从历代书目、序跋、题咏、评论中搜集大量资料，并经过认真的梳理校订。如在卷十二中迻录隋代所立曹植墓道碑文，除了随文校订文字之外，还附录王士禛《居易录》、钱大昕《潜研堂金石文跋尾》、王昶《金石萃编》、左暄《三馀续笔》、武亿《授经堂金石跋》、毕沅《山左金石志》等著述中的考辨内容，供读者参考借鉴。这些经过分类编排的文献资料，不仅为考察曹植集的流传递嬗奠定了坚实基础，也为研究曹植的创作特色提供了重要借鉴。

丁晏的《曹集铨评》在后世流传较广，除有同治年间金陵书局刻本外，另有1911年文明书局铅印丁福保辑《汉魏六朝名家集》本、1931年商务印书馆铅印《万有文库》本、1934年扫叶山房石印本、1957年文学古籍刊行社铅印叶菊生校订本等。后出诸本都源自金陵书局本，但校订质量参差不齐。其中以叶菊生校订本最为严谨，还曾根据黄节、古直等近人的研究指出过丁氏的一些疏漏，但与此同时却草率地删去了丁氏的部分眉批以及附录的诗文、跋语等内容。至于朱绪曾的《曹集考异》则流传未广，仅有1914年蒋氏慎修书屋铅印《金陵丛书》本，其后《丛书集成续编》和《续修四库全书》等大型丛书都曾据此本影印行世，但迄今尚没有整理校订本。

三

无论是《曹集铨评》，还是《曹集考异》，其重点都在于异文的比勘校证，而在词义考订、典故溯源、文意疏通等方面则多有阙略。虽然这也情有可原，正如丁晏在《曹集铨评自序》中所言，曹植的大部分重要作品都被昭明太子萧统选入《文选》之中，而唐代李善等已经对《文选》做过细致的注解，"家有其书，不复弹述"，但对现代读者而言，未免有未惬人意之处。

近现代以来，有不少学者在丁晏和朱绪曾两位辛劳付出的基础上，对曹植的作品继续进行过深入整理。但如黄节的《曹子建诗注》（商务印书馆1933年）、古直的《曹子建诗笺》（中华书局1928年）等，都仅选录部分诗作加以笺注，无法展现其创作全貌；赵幼文《曹植集校注》（人民文学出版社1984年）虽然旨在对曹氏所有作品加以编年校注，并推崇丁、朱两书"多据旧本及类书检校，矜慎详密，号称善本"，但着手整理时仅以《曹集铨评》为底本，偶见引用《曹集考异》，似乎也是从其他书中辗转得来，并未见过原书，以致在校勘和辑补方面都存在不少疏漏。正因如此,直至今日,《曹集铨评》和《曹集考异》仍然具有非常重要的参考价值。

本书拟将《曹集铨评》和《曹集考异》合为一编,以便读者披览。考虑到两书大部分内容都有交叉重叠,而《考异》后出转精,更为周详细致,因而选择以《考异》为主而以《铨评》为辅进行整理。校订《曹集考异》时以《金陵丛书》本为底本,朱氏所作校注原均为双行小字夹注于正文之中,现依次以注码形式提出,另排于该篇作品之后。全书征引文献颇多,都尽可能检核原书。除明显阙漏误植者予以径改外,凡遇讹脱衍误而作校改者,均出校勘记予以说明。朱氏为行文便利起见,在征引文献时常加以节略删改;又有个别资料系转引自他书,与原书不尽相同,凡不影响文意者,此次均未作校改。为避免产生歧义,保留了部分繁体字和异体字。另据金陵书局本《曹集铨评》将丁氏所撰眉批辑出,附录于相关作品之后,并标明"丁评"。《曹集铨评》卷首有吴棠所撰序言及丁晏所撰自序,书后又附有刘寿曾所撰跋语及丁晏自撰《陈思王诗钞原序》、《东阿怀古》、《东阿王墓》等,对了解该书撰著过程颇有裨益,现一并附录在最后,供读者参阅采摭。整理校点过程中虽经仔细覆核,反复斟酌,但自知学识谫陋,势必有不少疏漏之处,敬祈读者不吝批评指正。

2017 年 4 月初稿,2019 年 2 月改定

目　录

前言 / 杨焄 / 1

曹集考异序 / 朱绪曾 / 1

曹集考异卷一

　赋 / 1

　　东征赋并序 / 1

　　游观赋 / 2

　　怀亲赋并序 / 2

　　玄畅赋并序 / 3

　　幽思赋 / 5

　　节游赋 / 6

　　感节赋 / 8

　　离思赋并序 / 9

　　释思赋并序 / 10

　　临观赋 / 11

曹集考异卷二

　赋 / 13

　　潜志赋 / 13

　　闲居赋 / 13

　　慰子赋 / 15

　　叙愁赋并序 / 16

　　愁思赋 / 18

　　九愁赋 / 19

　　娱宾赋 / 21

　　愍志赋并序 / 22

　　归思赋 / 23

　　静思赋 / 23

　　慰情赋序 / 24

　　宴乐赋 / 24

　　感时赋 / 25

　　悲命赋 / 25

　　思归赋 / 25

曹集考异卷三

　赋 / 26

　　感婚赋 / 26

1

出妇赋 / 27

洛神赋并序 / 27

愁霖赋 / 40

愁霖赋 / 41

喜霁赋 / 42

登台赋 / 42

九华扇赋并序 / 45

宝刀赋并序 / 46

车渠盌赋 / 48

迷迭香赋 / 49

大暑赋 / 50

迁都赋并序 / 51

洛阳赋 / 52

藉田赋 / 52

曹集考异卷四

赋 / 54

神龟赋并序 / 54

白鹤赋 / 56

蝉赋 / 57

鹦鹉赋 / 59

鹖赋并序 / 60

离缴雁赋并序 / 61

鹍雀赋 / 63

蝙蝠赋 / 65

射雉赋 / 66

芙蓉赋 / 66

酒赋并序 / 67

槐赋 / 69

橘赋 / 70

述行赋 / 71

述征赋 / 72

孔雀赋 / 72

弈赋 / 72

临涡赋 / 73

曹集考异卷五

诗 / 74

公讌 / 76

侍太子坐 / 77

七哀 / 78

斗鸡诗 / 79

元会诗 / 80

送应氏诗二首 / 81

杂诗六首 / 83

喜雨诗并序 / 86

离友诗二首并序 / 86

上责躬应诏诗表 / 88

责躬诗 / 89

应诏诗 / 92

赠徐幹 / 95

赠丁仪 / 96

赠王粲 / 97

赠丁仪王粲 / 98

赠白马王彪并序 / 100

赠丁翼 / 106

朔风诗 / 107

矫志诗 / 109

杂诗 / 111

三良诗 / 112

情诗 / 114

妒诗 / 115

七步诗 / 115

弃妇诗 / 116

代刘勋妻王宋诗并序 / 117

寡妇诗 / 119

七哀诗 / 119

死牛诗 / 120

七怨 / 121

离别诗 / 121

述仙 / 121

离友诗 / 122

四言诗 / 122

杂诗 / 122

失题各诗 / 123

曹集考异卷六

乐府 / 128

箜篌引 / 128

升天行二首 / 130

仙人篇 / 131

妾薄命行三首 / 132

白马篇 / 135

名都篇 / 136

薤露篇 / 138

豫章行二首 / 139

美女篇 / 140

艳歌行 / 142

游仙 / 143

五游咏 / 143

泰山梁甫行 / 144

丹霞蔽日行 / 145

怨歌行 / 145

善哉行 / 147

君子行 / 148

平陵东行 / 148

苦思行 / 149

远游篇 / 149

吁嗟篇 / 150

鰕䱇篇 / 152

种葛篇 / 153

蒲生行浮萍篇 / 154

惟汉行 / 156

当来日大难 / 156

野田黄雀行 / 157

门有万里客行 / 158

怨歌行 / 158

桂之树行 / 159

当墙欲高行 / 160

当欲游南山行 / 161

当事君行 / 161

当车已驾行 / 162

飞龙篇 / 162

盘石篇 / 163

驱车篇 / 164

鼙鼓歌五篇并序 / 165

　圣皇篇 / 166

　灵芝篇 / 166

　大魏篇 / 167

　精微篇 / 168

　孟冬篇 / 168

结客篇 / 173

苦热行 / 174

虾出行 / 174

长歌行 / 174

远游篇 / 175

两仪篇 / 175

艳歌行 / 175

对酒行 / 176

天地篇 / 176

飞龙篇 / 177

妾薄相行 / 177

秋胡行 / 178

善哉行 / 178

陌上桑 / 178

乐府诗佚句 / 179

前缓声歌 / 180

曹集考异卷七

颂 / 181

皇子生颂 / 181

玄俗颂 / 182

母仪颂 / 182

贤明颂 / 183

列女传颂 / 184

学宫颂并序 / 184

社颂并序 / 185

宜男花颂并序 / 186

冬至献履袜颂 / 187

碑 / 189

孔子庙碑 / 189

赞 / 194

画赞序 / 194

庖羲赞 / 195

女娲赞 / 196

神农赞 / 196

黄帝赞 / 196

少昊赞 / 197

颛顼赞 / 197

帝喾赞 / 197

帝尧赞 / 198

帝舜赞 / 198

帝禹赞 / 199

殷汤赞 / 199

汤祷桑林赞 / 200

周文王赞 / 200

周武王赞 / 200

周公赞 / 201

周成王赞 / 201

汉高皇帝赞 / 202

汉文帝赞 / 202

汉景帝赞 / 202

汉武帝赞 / 203

姜嫄简狄赞 / 203

禹妻赞 / 204

班婕妤赞 / 204

吹云赞 / 205

文王赤雀赞 / 205

许由巢父池主赞 / 205

卞随赞 / 206

南山四皓赞 / 206

黄帝三鼎赞 / 207

禹治水赞 / 207

禹渡河赞 / 207

田开疆公孙接古冶子赞 / 208

长乐观画赞 / 208

禹赞 / 208

夏启赞 / 209

孔甲赞 / 209

夏桀赞 / 210

五霸赞 / 210

王陵赞 / 210

贤后赞 / 210

失题赞 / 211

禹庙赞并表 / 211

郦食其赞并序 / 212

铭 / 212

承露盘铭并序 / 212

宝刀铭 / 215

镜铭 / 216

曹集考异卷八

章 / 217

庆文帝受禅章 / 217

庆文帝受禅上礼章 / 218

改封陈王谢恩章 / 218

封二子为乡公谢恩章 / 219

表 / 220

初封安乡侯表 / 220

谢妻改封表 / 221

招降江东表 / 222

求自试表 / 223

陈审举表 / 230

谢赐柰表 / 235

谏伐辽东表 / 236

献璧表 / 238

献文帝马表 / 239

上牛表 / 239

谢鼓吹表 / 240

求通亲亲表 / 240

贺凤凰黄龙见表 / 245

上先帝赐铠表 / 246

谢徙封鄄城王表 / 247

转徙东阿王谢表 / 247

求免取士息表 / 248

求习业表 / 250

求祭先王表 / 250

求出猎表 / 252

请赴元正表 / 252

谢得入表 / 253

罢朝表 / 253

谢赐谷表 / 253

答诏表 / 254

答诏示平原公主诔表 / 254

上九尾狐表 / 255

上银鞍表 / 255

失题表 / 255

令 / 259

黄初五年赏罚令 / 259

黄初六年自诫令 / 261

毁鄄城故殿令 / 263

说灌均上事令 / 264

曹集考异卷九

文 / 265

诘咎文 / 265

释愁文 / 266

诘纣文 / 268

七 / 269

七启并序 / 269

骚 / 279

九咏 / 279

遥逝 / 283

序 / 284

柳颂序 / 284

文章序 / 284

序书 / 285

书 / 285

与司马仲达书 / 285

与杨德祖书 / 286

与吴季重书 / 290

与陈琳书 / 292

答崔文始书 / 293

与丁敬礼书 / 294

诔 / 294

任城王诔并序 / 294

大司马曹休诔 / 296

光禄大夫荀侯诔 / 297

平原懿公主诔 / 298

武帝诔并序 / 300

文帝诔并序 / 304

上卞太后诔表 / 310

卞太后诔 / 311

侍中王仲宣诔并序 / 313

哀辞 / 317

　　金瓠哀辞并序 / 317

　　行女哀辞并序 / 318

　　仲雍哀辞并序 / 319

曹集考异卷十

论 / 321

　　汉二祖优劣论 / 321

　　相论 / 324

　　辩道论 / 326

　　贪恶鸟论 / 330

　　魏德论 / 333

　　魏德论讴 / 337

　　　谷 / 337

　　　嘉禾 / 338

　　白鹊并序 / 338

　　　白鸠 / 338

　　　甘露 / 339

　　　连理木 / 339

　　藉田论 / 339

　　辅臣论 / 341

　　成王论 / 343

　　仁孝论 / 344

　　征蜀论 / 344

　　萤火论 / 345

　　释疑论 / 346

六代论 / 346

失题论 / 353

说 / 353

　　髑髅说 / 353

　　说疫气 / 356

　　辩问 / 356

　　失题诸文 / 357

　　大飨碑 / 360

曹集考异卷十一

叙录 / 362

曹集考异卷十二

年谱 / 383

跋 / 朱桂模 / 427

曹集考异跋 / 蒋国榜 / 429

附录

曹集铨评序 / 吴棠 / 430

曹集铨评自序 / 丁晏 / 431

陈思王诗钞原序 / 丁晏 / 433

东阿怀古 / 丁晏 / 434

东阿王墓 / 丁晏 / 435

曹集铨评跋 / 刘寿曾 / 436

曹集考异序

　　尝读《毛诗·豳风》疏，引曹植《萤火论》，辨"宵行"于"鬼磷"；引《恶鸟论》，验"阴气"于"鸣鵙"；《左传·襄公》疏引《征蜀》"礌石"，证"偪阳"之守；《周礼·酒正》疏引《酒赋》"醪醴"，列"宜城"之名；咏忠义于《三良》，和笺解于高密：知子建之文，有裨于经也。又读《洛神赋》与《礼志》合，奉玺、朝会以三年；《谢封章》比《魏志》详，高阳、穆乡有二子；《社颂》则鄄城与雍丘屡空，东阿始度土功；诫令则王机与仓辑交谇，灌均因腾谤口；神禹请迁于旧馆，武皇求祭于北河；伐吴遗仲达之书，征辽倡子通之谏：知子建之文，有资于史也。

　　明帝诏撰录，前后百馀篇。宋嘉定十卷本，凡二百六首。《述行赋》《七步诗》在外。其文则残，其数则溢。不知援牍如诵，下笔成章；独冠群才，自通后叶；富孕珠泽，繁擢邓林。魏景初削除之言，君臣未忘忌讳；曹允恭权词之对，父子尤难证明。观于子建自作文章，序《前录》赋七十八首，可知也。《隋书·经籍志》：《曹植集》三十卷；《画赞》五卷，汉明帝殿阁画，陈思王赞，梁五十卷；盖以一图为一卷，赞凡五十首。《洛神赋》一卷，孙壑注；《列女传颂》一卷，曹植撰。六朝旧帙，于此可征。迨《唐书·艺文志》，三十卷外别出二十卷之本，仍与《画赞》并著于录。至宋，陈直斋则二十卷尚存，晁公武则惟十卷仅在。韩仲卿梦求序，诞不足凭；王伯厚友宴诗，佚不可见。盖十卷行而古本尽废矣，可胜叹哉！宋嘉定既非骊珠，郭云鹏混以鱼目。长洲徐刻，开汪士贤之廿家；甬上范雕，汇杨朝辅之七子。李廷相移易篇次，闵齐贤增加点评。自邰以下,盖无讥焉。张燮、张炎、张溥三家,稍有厘定,得失互见。

绪曾因慨隋唐旧帙既佚,而诸本或审举未窥全豹,或鼙鼓仅拾一鳞。甚至宣后谏表,缀左九嫔之文;仓舒哀辞,窜曹子桓之制。承讹踵谬,难以卒业也。于是寻源竟流,核其原采之书。经则贾公彦、孔冲达之所征,史则裴松之、沈休文之所载。唐宋类书,辅以封演、乐史之记;梁陈总集,助以萧绎、刘勰之谈。表则《开元占经》,茸自瞿昙悉达也;令则《文馆词林》,搴自西条金泽也。以至葛稚川、陈子良之摘奥,张彦远、洪盘洲之钩沉。一字一句,必稽异同,必求根据。列文昭光和之生,斥王铚感甄之妄;举仲宣建安之卒,驳皎然责穆之非。《朔风》断为再封雍丘之作,拜墓定为先君常侍之茔。"蛰"原义《易》,攻颜介之轻诋;"兰"引湘累,箴刘履之膏肓。"饵鱼"非烹,补亭林之古韵;"萍生"入乐,证隐侯之《宋书》。如此之类,颇多是正。断圭零璧,悉缀于篇。至于尚友论世,亦未易言。子建势处猜嫌,患深孤孽。后世不知者,拟《公讌》诗,谓公子不及世务;诵《求试表》,谓才士好为大言。窃以文雅比于淮南,而无其悖诞;好学齿于河间,而加以丽则;友爱同于东平,而迍邅值之;慷慨过于中山,而忧危迫之。高谋良策,履炭践冰。痛连姬姓之宗,圣入孔门之室。武乡侯援以论才,诸葛武侯引曹子建《汉二祖论》,亦以光武为优,并论光武时将才。梁元帝云:"子建言其始,孔明扬其波。"见《金楼子》。文中子叹为达理矣。

绪曾谫陋寡闻,敢希七步;篇籍不去,实所醉心。舟车自随,暇即改定。思丁敬礼之润饰,免刘季绪之诋诃。癸丑冬,于役袁江,维时聊城杨至堂侍郎属高君伯平既校刊《蔡中郎集》,将从事于斯编。玄亭字问,愧非爨下之桐;《鸿烈》注成,分得山中之桂。敬以就正,许为质疑。爰商付于梓人,收愚蒙之一得。欲使人人握珠,家家抱玉。尘露微质,无补益于海山;萤烛末光,幸依辉于日月。凡《考异》十卷、《叙录》一卷、《年谱》一卷。

上元朱绪曾谨序。

曹集考异卷一

赋

东征赋 并序^①

建安十九年，王师东征吴寇。余典禁兵，卫宫省^②。然神武一举^③，东夷必克，想见振旅之盛，故作赋一篇^④。

登城隅之飞观兮，望六师之所营。幡旗转而心思兮^⑤，舟楫动而伤精^⑥。顾身微而任显兮，愧责重而命轻^⑦。嗟我愁其何为兮，心遥思而悬旌。师旅^⑧凭皇穹之灵佑兮，亮元勋之必举。挥朱旗以东指兮，横大江而莫御^⑨。循戈橹于清流，泛云梯而容与。禽元帅于中舟，振灵威于东野^⑩。

①《魏志·陈思王植传》："建安十九年，徙封临淄侯。太祖征孙权，使植留守邺，戒之曰：'吾昔为顿丘令，年二十三，思此时所行，无悔于今。汝年亦二十三矣，可不勉欤！'"从《艺文类聚·武部·战伐》《太平御览·兵部·攻具》校。

② 司马彪《续汉书·百官志》："光禄勋卿、五官中郎将、羽林中郎将，并掌宿卫。王国郎中令掌王、大夫、郎中宿卫。"案：《武帝纪》："十八年，魏国置丞相以下群卿百寮，如汉初诸侯王之制。"盖东征时子桓为五官中郎将、副丞相典兵守许都，子建以临淄侯守邺。王国宿卫亦曰"禁兵"。杨修《出征赋》云"公命临淄，守于邺都。侯怀大舜，乃号乃慕"是也。"宫省"，《后汉

书·梁皇后纪》:"见宫省属。"《魏志·曹真传》:"何晏长于宫省。"《广韵》:"省署,《汉书》曰:旧名禁中,避元后讳,改为省中。"是"宫省"即"宫禁"也。郭云鹏各本作"官省",非。

③ "然"字上,文有删截。

④ "一",郭误"二"。

⑤ "思",郭作"异"。

⑥ "精",郭作"情"。

⑦ "责",郭作"任"。

⑧ "师"字上有阙文。"旅"叶下"举"、"御"韵。

⑨ "御"与"禦"同。徐误"衔"。

⑩ 四句郭本无,张溥从《御览》采入,多两"兮"字。

游观赋①

静闲居而无事,将游目以自娱。登北观而启路,涉云际之飞除。从熊罴之武士②,荷长戟而先驱。罢若云归,会如雾聚。车不及回,尘不获举。奋袂成风,挥汗如雨。

① "观",古玩切。此赋作于邺中,子建登台赋,所谓"立中天之华观"也。从《类聚·居处部·观》校。

② "熊罴",郭作"罴熊"。

怀亲赋 并序①

济阳南泽有先帝故营,遂停马住驾②,造斯赋焉。

猎平原而南骛③，睹先帝之旧营④。步壁垒之常制，识旌旗之所停⑤。在官曹之典列⑥，心仿佛于平生。回骥首而永逝⑦，赴修途以寻远。情眷恋而顾怀⑧，魂须臾而九反。

① 此封雍丘王时，过济阳县作。济阳与雍丘俱属陈留郡。从《类聚·人部·孝》《初学记·人部·孝》校。
② "马住"，郭脱。
③ "猎"，各本误作"犹"。
④ "睹"，《初学记》作"观"。
⑤ "旗"，《初学记》作"麾"。
⑥ "在"，《类聚》作"存"。"列"，《初学记》作"烈"。
⑦ "逝"，郭作"游"。
⑧ 《类聚》作"眷眷"，《初学记》作"眷恋"。

玄畅赋 并序①

夫富者非财也，贵者非宝也。或有轻爵禄而重荣声者，或有反性命以徇功名者②。是以孔、老异旨③，杨、墨殊义④。陶神知机，摛理表微⑤。聊作斯赋，名曰玄畅⑥。

众才所归⑦。

夫何希世之大人，罄天壤而作皇。该仁圣之上义，据神位以统方。补五帝之漏目⑧，缀三代之维纲⑨。侥余生之幸禄，遭九二之嘉祥。上同契于稷卨⑩，降合颖于伊望。思荐宝以继佩,怨和璧之始镌^⑪;思黄钟以协律,怨伶夔之不存^⑫。嗟所图之莫合,怅蕴结而延伫^⑬。志鹏举以搏天^⑭,蹴青云而奋羽。舍余驷而改驾,任中材之展御^⑮。望前轨而致策^⑯,顾后乘而安驱。匪逞迈之短修,取全贞而保素^⑰。弘道德以为宇,筑无怨以作藩。播慈惠以为囿^⑱,耕柔顺以为田。不愧景而惭魄,信乐天之何欲^⑲。逸千载而流声,超遗黎而度俗。

① 从《类聚·人部·言志》、《书钞·艺文部·赋》校。

② "反",《类聚》一作"受"。"以",宋陈仁子《文选补遗》作"而",郭同。

③ "旨",郭作"情"。

④ "义",《书钞》作"识"。

⑤ 二句据《书钞》补。

⑥ "斯",据《书钞》补。《书钞》原本下有"庶以司马相如为《上林赋》,控引天地古今"十六字,讹脱不可读。

⑦ 《书钞·政术门·君道》引赋序。

⑧ "帝",郭作"常";"目"作"阙"。

⑨ "缀",一作"钜"。"之",郭误"以"。

⑩ "卨",《汉书·异姓诸侯王表》:"乃繇卨稷。"《百官公卿表》:"卨作司徒。"《五行志》:"商祖契。"读曰楔,先列反。《东方朔传》:"契为鸿胪。"注:"与卨同。本作楔,后省耳。"《广韵》:"卨,殷祖也。禼古文。"

⑪ "璧",陈作"璞"。

⑫ "夔",郭作"虁"。《干禄字书》通。

⑬ "伫",陈作"志"。

⑭ "志",郭作"希"。

⑮ "舍余驷",郭误作"企驷跃"。

⑯ "轨",郭作"轫"。

⑰"取全"，郭作"长前"。

⑱"播"，郭作"溜"。

⑲"信乐"，郭误"言悬"。"乐"，张炎作"元"。

缅日际而来王①。

①《文选》颜延年《宋郊祀歌》李注。

【丁评】怨而不怒，谁为剖和璞耶？

幽思赋①

倚高台之曲隅，处幽僻之闲深。望翔云之悠悠，羌朝霁而夕阴。顾秋华之零落②，感岁暮而伤心。观跃鱼于南沼，聆鸣鹤于北林。搦素筝而慷慨，扬大雅之哀吟③。仰清风以叹息，寄余思于悲弦。信有心而在远，重登高以临川。何余心之烦错，宁翰墨之能传④。

① 从《类聚·人部·言志》校。

②"之"，郭作"而"。

③"筝"，从影宋本《北堂书钞·乐部·筝》引"搦素筝"二句，陈禹谟本作"笔"，各本俱讹作"笔"，不知《书钞·筝》类无取乎笔故实也。"笔"与"筝"形近，故讹耳。下"悲弦"正指筝言。《类聚》亦讹作"笔"。

④ 宋王铚伪柳子厚《龙城录》："尹知章，字文叔，绛州翼城人。少时性懵，梦一赤衣持巨凿破其腹，若纳草茹于心中。痛甚，惊寤。自后聪敏，为

流辈所尊。开元中,张说表诸朝,上召见延英。上问曹植《幽思赋》何为远取景物为句,意旨安在? 知章对以植所赋作不徒然,若'倚高台之曲隅',望且重也;'处幽僻之闲深',位至卑也;'望翔云之悠悠,羌朝霁而夕阴',以为物无定止之意,而上多改易也;'顾秋华之零落',岁将暮也;'感岁暮而伤心',年将易也;'观鱼跃于南沼',使智者居于明,非得志也;'聆鸣鹤于北林',怨寡和也;'搦素笔而慷慨',守文而感也;'扬大雅之哀吟',闵其时也;'仰清风以叹息',思濯烦也;'寄余思于悲弦',志在古也;'信有心而在远',措在大也;'重登高以临川',及上下也;'何余心之烦错,宁翰墨之能传',意不尽也。此《幽思》所以赋也。上敬异之,擢礼部侍郎、集贤院正字。"据此,南宋时"筝"已讹作"笔"。王铚托名尹知章,所据曹集亦从《类聚》撮出也。洪迈《夷坚志》云:《龙城录》,刘无言作。

节游赋①

览宫宇之显丽,实大人之攸居。建三台于前处,飘飞陛以凌虚②。连云阁以远径,营观榭于城隅③。亢高轩以迥眺④,缘云霓而结疏。仰西岳之崧岑⑤,临漳滏之清渠⑥。观靡靡而无终,何眇眇而难殊⑦。亮灵后之所处⑧,非吾人之所庐。于是仲春之月,百卉丛生,萋萋蔼蔼,翠叶朱茎,竹林青葱,珍果含荣⑨。凯风发而时鸟欢,微波动而水虫鸣。感气运之和润⑩,乐时泽之有成。遂乃浮素盖,御骅骝,命友生,携同俦。诵风人之所叹⑪,遂驾言而出游。步北园而驰骛,庶翔翔以写忧⑫。望洪池之滉瀁,遂降集乎轻舟。浮沉蚁于金罍,行觞爵于好仇⑬。丝竹发而响厉,悲风激于中流。

且容与以尽观,聊永日而忘愁。嗟羲和之奋策[14],怨曜灵之无光。念人生之不永,若春日之微霜。谅遗名之可纪,信天命之无常。虑志荡以淫游[15],非经国之大纲。罢曲宴而旋服,遂言归乎旧房[16]。

① 赋中纪邺都景物,盖作于建安时也。从《类聚·人部·游览》校。

②《魏志·武帝纪》:"建安十五年,作铜雀台。十八年,作金虎台。又作冰井台。"左太冲《魏都赋》:"三台列峙以峥嵘。"

③ "榭",张炎作"射"。

④ "轩",郭误"轻";"眺"误"跳"。

⑤ "西岳",谓林虑山也。此赋作于邺中,若太华、吴岳,俱非邺中所能见。《汉书·地理志》"隆虑县",应劭注:"隆虑山在北。"后汉避殇帝讳,改为"林虑"。《太平寰宇记》:"《颜修内传》曰:桥顺字仲产,有二子,曰璋、曰琼,师事仙人卢子基。于隆虑山栖霞谷教二子清虚之术,服飞龙药一丸,千年不饥。故魏文帝诗曰:'西山有双童,不饮亦不食。'谓此也。"

⑥ "滏",各本讹作"淫"。《水经·浊漳水》:"又东出山,过邺县西。"注:"魏武又以郡国之旧,引漳流自城西东入,径铜雀台下,伏流入城东注,谓之长明沟也。渠水又南径止车门下。魏武封于邺,为北宫,宫有文昌殿。沟水南北夹道,枝流引灌,所在通溉。东出石窦下,注之隍水。故魏武《登台赋》曰:'引长明,灌街里。'谓此渠也。"《魏志·武帝纪》:"建安十八年,凿渠引漳水入白沟以通河。"《御览·地部·河北诸水》引《水经注》曰:"滏水东流,注石鼓山南岩下。泉奋涌,滚滚如汤,其水冬温夏冷。崖上有魏世所立铭。水上有祠,能兴云雨。滏水东流注于漳,谓之合河。"今本《水经注》脱去。

⑦ "眇眇",郭作"渺渺"。《广雅》:"眇眇,远也。"《楚辞·悲回风》云:"路眇眇之默默。"注:"辽远。"

⑧ "灵后",郭误"虚厚"。

⑨"珍",徐误"殄"。

⑩"润",郭作"顺"。

⑪"叹",徐作"欢"。

⑫"写",郭作"解"。

⑬"仇",郭作"求",张炎、李廷相作"述"。

⑭"策",郭作"迅"。

⑮"虑",郭作"愈"。

⑯《类聚》又有杨修《节游赋》,盖同时作也。

【丁评】疾没世而名不称,赋以见志。

感节赋①

　　携友生而游观,尽宾主之所求。登高塘以永望,冀销日以忘忧。欣阳春之潜润,乐时泽之惠休。望候雁之翔集,想玄鸟之来游。嗟征夫之长勤,虽处逸而怀愁。惧天河之一回,没我身乎长流。岂吾乡之足顾,恋祖宗之灵丘。唯人生之忽过,若凿石之未耀。慕牛山之哀泣,惧平仲之我笑。折若华之翳日,庶朱光之常照。愿寄躯于飞蓬,乘阳风而远飘②。亮吾志之不从,乃拊心以叹息。青云郁其西翔,飞鸟翩而上匿③。欲纵体而从之,哀余身之无翼。大风隐其四起,扬黄尘之冥冥。野兽惊以求群④,草木纷其扬英。见游鱼之涔灂⑤,感流波之悲声。内纡曲而潜结,心怛惕以中惊。匪荣德之累身,恐年命之早零。慕归全之明义,庶不忝乎所生^⑥。

① 此赋有忧生之嗟，盖守藩不得志而作也。从《类聚·人部·游览》校。题上各本有"又"字，从《类聚》采出之证也。

② "而"，郭作"之"。吴棫《韵补·三十四啸》"飘，正妙切"引《感节赋》四句。

③ "上"，各本误作"止"。

④ "野"，郭作"鸟"；"求"作"来"。

⑤ 《说文》："潎，水小声。"宋玉《高唐赋》："巨石溺溺之瀺潎兮。"又潘岳《闲居赋》："游鳞瀺潎。"盖本思王此赋也。

⑥ "乎"，郭作"其"。

商风入帷^①。

① 《书钞·岁时部·秋》。

【丁评】结义雅正。

离思赋 并序^①

建安十六年，大军西讨马超，太子留监国^②，植时从焉。意有怀恋^③，遂作《离思》之赋^④。

在肇秋之嘉月^⑤，将曜师而西旗。余抱疾以宾从，扶衡轸而不怡。虑征期之方至，伤无阶以告辞。念慈君之光惠⑥，庶没命而不疑。欲毕力于旌麾⑦，将何心而远之？愿我君之自爱，为皇朝而宝己。水重深而鱼悦，林修茂而鸟喜。

① 从《类聚·人部·孝悌》校。

②《文帝纪》：是年丕为五官中郎将、副丞相。而此序称"太子"，据此知子建无夺嫡意也。

③ "怀"，郭作"忆"。

④ "之"，郭本无；"赋"下有"云"字。《魏书·武帝纪》："建安十六年春正月，天子命公世子丕为五官中郎将，置官属，为丞相副。张鲁据汉中，三月，遣锺繇讨之。公使夏侯渊等出河东。是时关中诸将疑繇欲自袭，马超遂与韩遂、杨秋、李堪[1]、成宜等叛。遣曹仁讨之。超等屯潼关，公敕诸将：'关西兵精悍，坚壁勿与战。'秋七月，公西征，与超等夹关而军。"《类聚·人部·别》魏文帝《感离赋》曰："建安十六年西征，余居守，老母、诸弟皆从，不胜思慕，乃作赋。"盖同时作也。

⑤ 梁元帝《纂要》："七月亦曰肇秋。"本此。

⑥ "慈"，郭作"兹"。

⑦ "力"，郭作"方"。

释思赋 并序①

家弟出养族父郎中②。伊余有兄弟之爱，心有恋然，作此赋以赠之③。

---

[1] "堪"，原误作"璊"，据《三国志》改。

彼朋友之离别④，犹求思乎白驹。况同生之义绝，重背亲而为疏。乐鸳鸯之同池⑤，羡比翼之共林。亮根异其何戚，痛别干之伤心。

① 从《类聚·人部·友弟》校。各本"释"上有"又"字。

② "族"，徐误"旋"。

③《魏书》："武皇帝二十五男，李姬生郿戴公子整，奉从叔父郎中绍后。建安二十二年，封郿侯。二十三年薨。无子。黄初二年，追谥曰戴公。以彭城王据子范奉整后。"此赋盖赠整作也。

④ "朋"，郭误"翔"。

⑤ "鸳"，徐作"鸢"。

临观赋①

登高墉兮望四泽，临长流兮送远客。春风畅兮气通灵②，草含干兮木交茎。丘陵崛兮松柏青③，南园蔈兮果载荣。乐时物之逸豫，悲予志之长违。叹《东山》以恳勤④，歌《式微》以咏归⑤。进无路以效公⑥，退无隐以营私。俯无鳞以游遁，仰无翼以翻飞⑦。

① "观"，古玩反。从《类聚·居处·观》校。

② "畅兮"，郭作"畅而"。

③ "崛"，与"崛"同。左思《蜀都赋》："崛巍巍与峨峨。"注："崛，特起也。"作"窟"非。

④ "以恳"，郭误"之朔"。

11

⑤"归",郭作"诉"。

⑥"公",郭作"功"。

⑦"翻",郭作"飜"。

曹集考异卷二

赋

潜志赋①

潜大道以游志,希往昔之遐烈。矫贞亮以作矢,当苑囿乎艺窟②。驱仁义以为禽,必信中而后发③。退隐身以灭迹,进出世而取容。且摧刚而和谋,接处肃以静恭。亮知荣而守辱,匪天路以焉通④。

① 从《类聚·人部·隐逸》校。
② "乎艺窟",郭作"之呈艺"。
③ "信中",郭作"忠信"。
④ 此句郭作"匪徇天以为通"。

闲居赋①

何吾人之介特,去朋匹而无俦②。出靡时以娱志,入无乐以销忧。何岁月之若骛,复民生之无常。感阳春之发节,

13

聊轻驾而远翔③[1]。登高丘以延企，时薄暮而起予④。仰归云以载奔，过兰蕙之长圃⑤。冀芬芳之可服，结春蘅以延伫⑥。入虚廓之闲馆⑦，步生风之广庑⑧。践密迩之修除，即蔽景之玄宇。翡鸟翔于南枝⑨，玄鹤鸣于北野。青鱼跃于东沼，白鸟戏于西渚。遂乃背通谷，对绿波，藉文茵⑩，翳春华。丹毂更驰，羽骑相过。

① 从《类聚·居处部·宅舍》校。王楙《野客丛书》："曹植、潘岳、庾阐皆有《闲居赋》，其后沈约赋《郊居》，谢灵运赋《山居》。以居止为赋，自曹植始。今人但知潘岳有《闲居赋》，而不知潘岳之先已尝有此赋。"

② "匹"，郭作"正"。

③ "而"，郭作"之"。

④ "予"，郭误"雨"。《类聚》作"予"，是。按："予"读如"与"。《诗》"或敢侮予"，韵"雨"、"土"、"户"；"将伯助予"，韵"雨"、"辅"；"女转弃予"，韵"雨"；"胡宁忍予"，《四月》韵"夏"、"暑"，《云汉》韵"沮"[2]、"所"、"顾"、"助"；"颠倒思予"，韵"顾"，上去为韵。颜师古《匡谬正俗》曰：当读如"与"，不当读如"余"。《诗》"予"悉音"与"。案：此赋"起予"，韵"圃"、"伫"、"庑"、"宇"、"野"、"渚"，正合《诗》音，可为江氏《古韵标准》增一旁证。

⑤ "过"，郭误"遇"。

⑥ "蘅"，各本作"衡"。

⑦ "廓"，郭作"廊"。

⑧ "广"，郭作"高"。

⑨ "翡鸟"，各本作"翡翠"。《说文》："翡，赤羽雀也。出郁林。"《玉篇》："翡，似翠而赤。"《文选·鹪鹩赋》"孔雀翡翠"注："《汉书音义》：应劭曰：'雄曰翡，雌曰翠。'《异物志》曰：'翡赤色，大于翠。'颜监曰：'鸟各别异，非雌雄

[1] "聊"，原误作"联"，据《艺文类聚》及各本曹集改。
[2] "沮"，原误作"阻"，据《诗经》改。

异名也。'"是知"翡"、"翠"不必连文。《类聚》作"翡鸟",是也。

⑩ "茵",郭误"菌"。

恝寒风而开襟①。

① 《文选》潘岳《西征赋》注、沈休文《游沈道士馆》诗注。按:"恝"与"溯"通。

愿同衾于寒女①。

① 《文选》郭泰机《答傅咸》诗注。

慰子赋①

彼凡人之相亲,小离别而怀恋。况中殇之爱子,乃千秋而不见。入空室而独倚,对孤帏而切叹②。痛人亡而物在,心何忍而复观。日睕晚而既没,月代照而舒光。仰列星以至晨,衣沾露而含霜。惟逝者之日远,怆伤心而绝肠。

① 集中有《金瓠哀辞》云:"虽未能言,固已授色知心矣。"《行女哀辞》云:"生于季秋,而终于首夏。"此篇云:"中殇。"《仪礼》:十五至十二为"中殇",必非金瓠、行女也。集中《封二子为公谢恩章》云:"诏书封臣息男苗为高阳乡公,志为穆乡公。"后志嗣爵,苗竟无闻,岂"中殇"者即苗耶? 本传但云:"以小子志保家之主也,欲立之。"而不载苗名,是史阙也。从《类聚·人

部·哀伤》校。

②"孤",《类聚》作"床",据汪本。

叙愁赋 并序①

时家二女弟，故汉皇帝聘以为贵人②。家母见二弟愁思，故令予作赋。曰③：

嗟妾身之微薄，信未达乎义方。遭母氏之圣善，奉恩化之弥长。迄盛年而始立，修女职于衣裳。承师保之明训，诵《六列》之篇章④。观图象之遗形⑤，窃庶几乎皇英⑥。委微躯于帝室，充末列于椒房。荷印绂之令服，非陋才之所望。对床帐而太息，慕二亲以增伤⑦。扬罗袖而掩涕，起出户而彷徨。顾堂宇之旧处，悲一别之异乡。

① 从《类聚·人部·愁》校。

② "故"字，撰录所加，当作赋时，不得云"故"也。

③《魏书·武帝纪》："建安十八年，天子聘公三女为贵人，少者待年于国。二十年春正月，天子立公中女为皇后。"《陈留王奂纪》："景元元年夏六月己未，故汉献帝夫人节薨，帝临于华林园，使使持节追谥夫人为献穆皇后。及葬，车服制度皆如汉家故事。"《后汉书》："献穆皇后讳节，魏公曹操之中女也。建安十八年，操进三女宪、节、华为夫人，聘以束帛玄纁五万匹，小者待年于国。十九年，并拜为贵人。及伏皇后被弑，明年，节为皇后。魏受禅，遣使求玺绶，后怒不与。如此数辈，后乃呼使者，亲数让之，以玺抵轩下，因涕泣横流曰：'天不祚尔！'左右莫能仰视。后在位七年。魏氏既

立，以后为山阳公夫人。自后四十一年，魏景元元年薨，合葬禅陵，车服礼仪皆依汉制。"《御览·皇亲部》引《续汉书》："孝献曹皇后，丞相魏王操女也，名宪。建安十八年，上纳操二女于后宫，皆以为贵人。明年，伏皇后薨，宪为皇后。二十五年，献帝禅位于魏，宪拜山阳公夫人。"按：陈寿、范蔚宗皆云节为皇后，司马彪云宪为皇后，未知孰是。司马彪《续汉书》："曹腾父节，字元伟。"侯康案："《后汉书·皇后传》云：'献穆曹皇后讳节，魏公操之中女也。'《魏书·三少帝纪》云：'景元元年六月，故汉献帝夫人节薨。'若腾父名节，操不应复以名其女。陈少章谓《艺文类聚》引《续汉书》，曹腾父名萌，与裴注异，恐当以裴为正。又考《御览》一百三十七引《续汉书》云：'孝献皇后名宪。'是不与腾父同名。但《后汉书》又以宪为操长女，节次女。诸说差互，未知孰是。"绪曾按：曹节字汉丰，南阳新野人；曹腾字季兴，沛国谯人，俱见《后汉书》。腾父萌，以《类聚》所引《续汉书》为是。腾父即或与南阳字汉丰者同名，操必无复以"节"名女之事，知作"萌"是也。

④《吕氏春秋》："汤命伊尹作《大護》[1]，歌《晨露》，修《九招》、《六列》，以见其善。"高诱注："《大護》、《晨露》、《九招》、《六列》，皆乐名也。"《晨露》、《九招》、《六列》之乐，盖《大護》之乐别曲名也。据此，《六列》殆犹周之《关雎》，乃汤时《房中乐》也。

⑤《锦绣万花谷续集》："刘向《七略别录》曰：'臣向与黄门侍郎歆所校《列女传》，种类相从为七篇，以著祸福荣辱之效，是非得失之分，画之于屏风。'"

⑥"皇英"，郭作"英皇"。按：《汉书》班婕妤赋云："美皇英之女虞兮。"《列女传》："娥皇为后，女英为妃。"皆先"皇"后"英"之证，作"英皇"非也。"英"，于良切。《诗》"颜如舜英"，韵"行"、"翔"、"将"；"美如英"，韵"方"、"桑"、"行"。

⑦"增"，郭本误"憎"。

———

[1] "護"，原误作"濩"，据《吕氏春秋》改。

【丁评】"故汉"二字史笔;又《赠丁仪王粲》诗"皇佐扬天惠",指太祖。"皇佐"二字,凛然臣子之分,皆诗史也。《魏志·苏则传》称,子建为汉帝发丧悲哭,深为其兄所猜。是其不忘故汉,有隐痛焉。使陈思得嗣建统,岂有篡汉之事哉!

愁思赋①

四节更王兮秋气悲②,遥思惝恍兮若有遗③。原野萧条兮烟无依④,云高气静兮露凝衣⑤。野草变色兮茎叶稀[1],鸣蜩抱木兮雁南飞⑥。西风凄惏朝夕臻⑦,扇箑屏弃絺绤捐⑧。归室解裳兮步庭前,月光照怀兮星依天。居一世兮芳景迁,松乔难慕兮谁能仙?长短命也兮独何愆⑨!

① 曾慥《类说》:"《纪异记》:邺西愁死冈者,本陈思王不为文帝所容,于此悲吟,号'愁思冈',讹为'愁死'。"从《类聚·人部·愁》校。《书钞·岁时部·秋》、《御览·时序部·秋》作"曹植《秋思赋》"。

② "秋",郭误"愁"。

③ "惝",各本作"倘"[2]。王荆公《与吕望之至八功德水》诗李璧注引曹植《愁思赋》:"遥思惝恍兮若有遗。"《御览》同。

④ 《御览》无此句。

⑤ "衣",郭作"玑"。"兮"字,《御览》无,《类聚》有。

⑥ 《书钞》"云高"句、"鸣蜩"句作《秋思赋》。

⑦ "惏",郎计切。

---

[1] "草",原误作"莫",据《艺文类聚》及各本曹集改。

[2] "各本"上,原衍"徐",据文意删。

⑧ 据《御览》补。

⑨ "短"，郭作"寿"。

九愁赋①

嗟离思之难忘，心惨毒而含哀。践南畿之末境，超引领之徘徊。眷浮云以太息②，顾攀登而无阶③。匪徇荣而愉乐，信旧都之可怀。恨时王之谬听，受奸枉之虚辞。扬天威以临下，忽放臣而不疑。登高陵而反顾，心怀愁而荒悴。念先宠之既隆，哀后施之不遂。虽危亡之不豫，亮无远之君心④。刈桂兰而秣马，舍余车于西林⑤。愿接翼于归鸿，羌高飞而莫攀⑥。因流景而寄言，向一绝而不还⑦。伤时俗之趋险，独惆怅而长愁⑧。感龙鸾而匿迹，如吾身之不留。窜江介之旷野，独渺渺而泛舟⑨。思孤客之可悲，愍予身之翩翔⑩。岂天监之孔明，将时运之无常。谓内思而自策，算乃昔之愆殃。以忠言而见黜，信无负于时王。俗参差而不齐，岂毁誉之可同？竞昏瞀以营私，害予身之奉公。共朋党而妒贤，俾予济乎长江。嗟大化之移易，悲性命之俄遭。愁慊慊而继怀，怛惨惨而情悁⑪。旷年载而不回⑫，长去君乎悠远。御飞龙之蜿蜒，扬翠霓之华旌⑬。绝九霄而高骛，飘弭节于天庭。披轻云而下观，览九土之殊形。顾南郢之邦壤，咸芜秽而倚倾⑭。骖盘桓而让路⑮，仰御骧以悲鸣。纾予袂而收涕⑯，仆夫感以失声。履先王之正路，岂淫径之可遵。

知犯君之招咎，耻干媚而求亲⑰。顾旋复之无轵⑱，长自弃于遐滨。与麋鹿而为群，宿林薮之葳蕤。野萧条而极望，旷千里而无人。民生期于必死，何自苦以终身？宁作清水之污泥，不为浊路之飞尘⑲。践蹊径之危阻⑳，登岩嶤之高岑。见失群之离兽，觌偏栖之孤禽。怀愤激以切痛，若回刃之在心㉑。愁戚戚其无为，游绿林而逍遥。临白水以悲啸，猨惊听而失条㉒。亮无怨而弃逐，乃余行之所招。

① 此篇拟《楚辞》，与《九叹》、《九思》等同，盖假灵均以寄慨。《汉艺文志》云"屈原赋"，思王亦称赋也。"野萧条以极望"六句与《九咏》相同，本是一文，而传写异名耳。唐人类书所载诸赋多删截，此篇文字较多，亦非完本。从《类聚·人部·愁》校。

② "睠"，郭误"卷"，张炎作"睐"。

③ "顾"，《类聚》作"愿"，据注本。

④ 郭作"亮无远君之心"。

⑤ "舍"，郭误"含"。

⑥ "羌"，郭作"嗟"。

⑦ "向"，郭作"响"。案："向"与"响"通。《易·系辞》："其受命也如向。"《前汉书·贾山传》："天下向应。"

⑧ "惆怅"，各本作"怅望"。

⑨ "泛"，郭作"沉"。

⑩ "憨"，郭作"改"。

⑪ "怛"，郭作"惟"。"悗"，张炎作"晚"，注："一作'怛惨惨而情悗'。"《类聚》作"挽"，当是"悗"字之误。《玉篇》："悗，惑也。"

⑫ 张炎注云："'年'，一作'十'。"

⑬ "霓"，郭作"电"。

⑭ "倾"，各本误"顿"。

⑮ "让路",郭作"思服"。

⑯ "纾",郭作"行",张溥误"纤",今从《类聚》。"收",郭作"长"。

⑰ "干",郭作"于"。

⑱ "轼",《类聚》作"轨"。

⑲ 六句与《九咏》篇同。"污",郭作"沉"。

⑳ "径",各本作"隧"。

㉑ "若",郭误"苦";"刃"误"忍"。按:"若回刃"者,犹陆云所云"肝怀如割"是也。

㉒ "而",郭作"以"。

【丁评】楚骚之遗,风人之旨。○托体楚骚,而同姓见疏,其志同,其怨亦同也。文辞凄咽深婉,何减灵均。○正则之旨,如见其心。

娱宾赋①

感夏日之炎景兮,游曲观之清凉②。遂衎宾而高会兮③,丹帏晔以四张。办中厨之丰膳兮,作齐郑之妍倡。文人骋其妙说兮,飞轻翰而成章。谈在昔之清风兮④,总贤圣之纪纲。欣公子之高义兮,德芬芳其若兰。扬仁恩于白屋兮,逾周公之弃餐。听仁风而忘忧兮⑤,美酒清而肴甘⑥。

① 此邺中西园娱宾之作。"公子"指子桓也。从《初学记·礼部·飨宴》校。

② 二句据《初学记·帝戚部·王》"曲观"注补。

③《初学记》无"兮"字。
④《初学记》无"兮"字。
⑤"而",郭作"以"。
⑥"甘",郭误"干"。

愍志赋 并序①

或人有好邻人之女者,时无良媒②,礼不成焉。彼女遂行适人。有言之于余者,余心感焉,乃作赋曰:

妾秽宗之陋女,蒙日月之馀晖。委薄躯于贵戚,奉公子之裳衣③。窃托音于往昔,乞来者之不从④。思同游而无路,情壅隔而靡通。哀莫哀于永绝,悲莫悲于生离。岂良时之难俟,痛予质之日亏。登高楼以临下,望所欢之攸居。去君子之清宇,归小人之蓬庐。欲轻飞以从之,迫礼防之我拘⑤。

① 从《类聚·人部·别》校。
② "媒",徐作"谋"。
③ 四句据《书钞·礼仪部·婚姻》补。
④ "乞",郭作"迄";"者"作"春"。
⑤ "拘",郭误"居"。

归思赋①

　　背故乡而迁徂，将遥憩乎北滨②。经平常之旧居，感荒坏而莫振。城邑寂以空虚，草木秽而荆榛。嗟乔木之无阴，处原野其何为？信乐土之足慕，忽并日而载驰③。

　　① 子桓《临涡赋序》云："建安十八年至谯，余兄弟从上拜坟。"此赋云"故乡"，亦指谯也。从《类聚·人部·别》校。
　　② 言去谯郡而北归也。"北"，郭误"他"。
　　③ "而"，郭作"之"。

静思赋①

　　夫何美女之娴妖②，红颜晔而流光。卓特出而无匹，呈才好其莫当。性通畅以聪惠[1]，行嬞密而妍详。荫高岑以翳日，临绿水之清流。秋风起于中林，离鸟鸣而相求。愁惨惨兮增伤悲③，予安能乎淹流④？

　　① 从《类聚·人部·美妇人》校。
　　② "娴妖"，郭作"烂妖"。
　　③ "兮"，郭作"以"。
　　④ "流"，各本作"留"。案："流"与"留"通。《诗》"流离之子"，《尔雅注》

　　———————

　　[1] "惠"，原误作"慧"，据《艺文类聚》及各本曹集改。

作"留离"。"乎",郭作"以"[1]。

慰情赋 序

黄初八年正月雨,而北风飘寒,园果堕冰,枝干摧折①。

①《书钞》原本《岁时部·寒》。严可均云:"'八年',当是'六年'。"

宴乐赋

乌鸟起舞,凤皇吹笙①[2]。

①《书钞·乐部·笙》。

神龟歌舞异俗[3],猨戏索上寻橦①。

①《书钞·乐部·倡优》[4]。

---

[1] "'乎',郭作'以'",原误作"'以',郭作'乎'",据郭云鹏本曹集改。
[2] "凤",原误作"风",据《北堂书钞》改。
[3] "俗",原误作"容",据《北堂书钞》改。
[4] "部",原误作"郭",据《北堂书钞》改。

感时赋

惟淫雨之永降,旷三旬而未晞①[1]。

① 《文选》鲍明远《苦热行》注。

悲命赋

哀魂灵之飞扬①。

① 《文选》江文通《别赋》注。

思归赋

何层云之沉结兮,悼太阳之潜匿。雨淋涔而累注兮,心愤悁以凄毒①。

① 吴棫《韵补·五质》"毒,痛也"引曹植《思归赋》。

---

[1] "晞",原误作"归",据《文选》李善注改。

曹集考异卷三

赋

感婚赋^①

　　阳气动兮淑清,百卉郁兮含英。春风起兮萧条,蛰虫出兮悲鸣。顾有怀兮妖人^②,用搔首兮屏营^③。登清台以荡志^④,伏高轩而游情^⑤。悲良媒之不顾,惧欢媾之不成。慨仰首而叹息,风飘飘以动缨^⑥。

　　① 从《类聚·礼部·婚》校。
　　② "人",各本作"娆"。案:"妖人"即"美人"也。《说文》:"媄,巧也,女子笑貌。"省作"妖"。"祆,地反物为祆。"省作"祆"。是怪孽之"妖"当作"祆"^[1],而女子之"妖"谓巧笑。蔡邕《检逸赋》:"夫何姝妖之媛女。"亦作"妖"。吴志忠改"姣人",非。
　　③ "搔",各本作"骚"。
　　④ "清台",当作"春台"。《老子》:"如登春台。"河上公《章句》:"阴阳交通,万物感动之,意志淫淫然。"案:河上公注虽伪托,而子建此句则用《老子》"春台"语也。
　　⑤ "伏",《类聚》作"状"。
　　⑥ "飘飘",郭作"飘飘"。

────────────

　　[1] "妖",原误作"祆",据文意改。

【丁评】《感婚》、《出妇》二赋，借男女之辞，托君臣之谊。一则云欢媾不成，一则云无愆见弃，可以悲其志矣。

出妇赋①

妾十五而束带，辞父母而适人②。以材薄而质陋③，奉君子之清尘。承颜色以接意，恐疏贱而不亲。悦新婚而忘妾，哀爱惠之中零。遂摧颓而失望④，退幽屏于下庭。痛一旦而见弃，心忉怛以悲惊⑤。衣入门之初服，背床室而出征。攀仆御而登车，左右悲而失声。嗟冤结而无诉，乃愁苦以长穷。恨无愆而见弃，悼君施之不终。

① 子桓、王粲俱有《出妇赋》，子建又有《弃妇篇》，皆为刘勋妻王氏而作也。《玉台新咏》云："王宋者，平虏将军刘勋妻也，入门二十馀年。后勋悦山阳司马氏女，以宋无子出之。"子桓《出妇赋》："信无子而应出。"子建《弃妇篇》："无子若流星。"言王宋无子也。王粲赋："忘旧姻兮弃之。"此赋："悦新婚而忘妾。"言刘勋悦山阳司马氏女也。无关甄皇后事。从《类聚·人事部·别》校。

② 二句据《书钞·礼仪部·婚姻》补。

③ "而"，郭作"之"。"质陋"，郭作"陋质"。

④ "摧"，郭作"随"，张炎、张溥作"隳"。

⑤ "忉怛"，郭作"忉忉"；"悲"误"非"。

洛神赋 并序①

黄初三年，余朝京师，还济洛川②。古人有言，斯水之神，名曰宓妃。感宋玉对楚王③神女之事④，遂作斯赋。其辞曰：

余从京域⑤，言归东藩⑥。背伊阙，越轘辕，经通谷⑦，陵景山⑧。日既西倾，车殆马烦⑨。尔乃税驾乎蘅皋，秣驷乎芝田。容与乎杨林⑩，流盼乎洛川。于是精移神骇，忽焉思散。俯则未察，仰以殊观。睹一丽人，于岩之畔。乃援御者而告之曰⑪："尔有觌于彼者乎？彼何人斯，若此之艳也！"御者对曰："臣闻河洛之神，名曰宓妃⑫。然则君王之所见也⑬，无乃是乎⑭？其状若何？臣愿闻之。"

余告之曰：其形也，翩若惊鸿，婉若游龙。荣曜秋菊，华茂春松⑮。髣髴兮若轻云之蔽月，飘飖兮若流风之回雪。远而望之，皎若太阳升朝霞；迫而察之，灼若芙蕖出渌波⑯。秾纤得衷⑰，修短合度。肩若削成，腰如束素⑱。延颈秀项，皓质呈露。芳泽无加，铅华弗御。云髻峨峨，修眉联娟⑲。丹唇外朗，皓齿内鲜。明眸善睐⑳，靥辅承权㉑。瑰姿艳逸㉒，仪静体闲。柔情绰态，媚于语言。奇服旷世㉓，骨像应图。披罗衣之璀璨兮，珥瑶碧之华琚㉔。戴金翠之首饰，缀明珠以耀躯。践远游之文履，曳雾绡之轻裾。微幽兰之芳蔼兮，步踟蹰于山隅㉕。于是忽焉纵体，以遨以嬉。左倚采旄，右荫桂旗。攘皓腕于神浒兮㉖，采湍濑之玄芝。余情悦其淑美兮㉗，心振荡而不怡。无良媒以接欢兮，托微波而通辞。愿诚素之先达兮，解玉佩以要之㉘。嗟佳人之信修，羌习礼而明诗。抗琼珶以和予兮，指潜渊而为期㉙。执眷眷之款实兮，惧斯灵之我欺。感交甫之弃言兮，怅犹豫而狐疑。收和颜而静志兮，申礼防以自持㉚。

　　于是洛灵感焉,徙倚傍徨。神光离合,乍阴乍阳。竦轻躯以鹤立,若将飞而未翔。践椒涂之郁烈,步衡薄而流芳。超长吟以永慕兮,声哀厉而弥长[31]。尔乃众灵杂遝,命俦啸侣。或戏清流,或翔神渚。或采明珠,或拾翠羽。从南湘之二妃,携汉滨之游女。叹匏瓜之无匹兮[32],咏牵牛之独处。扬轻袿之猗靡兮[33],翳修袖以延伫。体迅飞凫,飘忽若神。陵波微步,罗袜生尘。动无常则,若危若安。进止难期,若往若还。转盼流精,光润玉颜。含辞未吐,气若幽兰。华容婀娜,令我忘餐[34]。

　　于是屏翳收风[35],川后静波。冯夷鸣鼓,女娲清歌。腾文鱼以警乘,鸣玉鸾以偕逝。六龙俨其齐首,载云车之容裔。鲸鲵踊而夹毂,水禽翔而为卫。于是越北沚,过南冈。纡素领[1],回清阳[36]。动朱唇以徐言[37],陈交接之大纲。恨人神之道殊兮,怨盛年之莫当[38]。抗罗袂以掩涕兮,泪流襟之浪浪[39]。悼良会之永绝兮,哀一逝而异乡。无微情以效爱兮,献江南之明珰[40]。虽潜处于太阴[2],长寄心于君王[41]。忽不悟其所舍,怅神宵而蔽光[42]。

　　于是背下陵高,足往神留[43]。遗情想像,顾望怀愁。冀灵体之复形,御轻舟而上溯[44]。浮长川而忘返,思绵绵而增慕。夜耿耿而不寐,沾繁霜而至曙。命仆夫而就驾,吾将归乎东路。揽𬴂辔以抗策,怅盘桓而不能去[45]。

---

　　[1]"纡",原误作"纾",据《文选》及各本曹集改。
　　[2]"处",原误作"伏",据《文选》及各本曹集改。

①《文选》注引《记》曰:"魏东阿王,汉末求甄逸女,不遂。后太祖与五官中郎将。植殊不平,昼思夜想,废寝与食。黄初中入朝,帝示植甄后玉镂金带枕。植见,不觉泣。时已为郭后谗死。帝意亦寻悟,因令太子留宴饮,仍以枕赉植。植还,度辗辕,少许时,将息洛水上,思甄后。忽见女来,自云:'我本托心君王,其心不遂。此枕是我在家时从嫁,前与五官中郎将,今与君王。遂用荐枕席,欢情交集,岂常辞能具。我为郭后以糠塞口,今被发,羞此形貌重睹君王尔!'言讫遂不见所在。遣人献珠于王,王答以玉佩,悲喜不能自胜。遂作《感甄赋》。后明帝见之,改为《洛神赋》。"绪曾按:"感甄赋"乃小说无稽之言也。宋王铚性之《雪溪集·题洛神赋图诗序》云:"《风》、《雅》、《颂》为文章之正。至屈原《离骚》,兼文章正变而言之,《湘君》、《湘夫人》、《山鬼》多及帝舜、英、皇,以系恨千古。宋玉、贾谊师其馀意,作《招魂》,赋《鹏》,极死生忧伤怨怼之变,亦兼正与变而为言耳。其后李太白作《远别离》,亦云:'九疑连绵荒相似,重瞳孤坟竟何是?'李阳冰编次,以此诗为谪仙文集第一篇,亦与祖屈原悲英、皇同意耳。而韩退之晚年乃作《黄陵》、《南海碑》,文章词指,非世间语也。盖生平周流造化,妙理已多,至是方能发鬼神之情,然后幽远荒忽,奇怪无馀,蕴于天地矣。文章必能尽羁旅风霜、山水行宿,极其忧患离别悲伤,则真情乃见;与夫男女之际,鬼神之情,状死生之变态,使幽显表里内外洞达,然后为至焉。曹子建与七子并游,而独能脱遗建安风格,作《洛神赋》,虽祖屈、宋,而能激其馀波,侵寻相及矣。非托寓于妇人神仙,亦安能至此也?近得顾凯之所画《洛神赋》图画樵本,笔势高古,精彩飞动,与子建文章相表里,因赋一诗书其后。盖屈、宋、贾谊、子建,其幽恨莫伸一也,故文章能达其所存,以穷极古鸿荒之理,学者可以辨是也。""曹公文武俱绝伦,传与陈王赋《洛神》。高情寓托八荒外,曾是亲逢绝世人。五官郎将莫轻怒[1],椒房自是袁家妇。闻道生时覆玉衣,便是于今腰束素。惊鸿翩然不重顾,射鹿冤深更凄楚。不将降房赐周公,先识祸机杨德祖。此意明明可自知,岂有神人来洛浦。不用平生八斗才,七步那能说微步?楚离日月常争光,《湘夫人》后夸《高唐》。

---

[1] "五官"下,原衍"中",据王铚《题洛神赋图》删。

丹青尽写鬼神趣,笔端调出返魂香。妙画高文尽天艺,神理人心两无异。此情万古恨茫茫,且为陈王说馀意。"按:雪溪此诗未能破"感甄"之妄,然知其托寓楚《骚》,较所作《默记》,其见高矣。刘克庄《后村诗话》前集:"《洛神赋》,子建寓言也。好事者乃造甄后事以实之。使果有之,当见诛于黄初之朝矣。唐彦谦云:'人世仙家本自殊,何须相见向中途。惊鸿瞥过游龙去,虚恼陈王一事无。'似为子建分疏者。"张燮曰:"植在黄初,猜嫌方剧,安敢于帝前思甄泣下?帝又岂至以甄枕赐植?此国章家典所无也。若事因感甄而托名洛神,间有之耳。岂待明帝始改?皆傅会者之过矣。"燮前半持议甚确,后半转语甚非。何焯曰:"《魏志》:后三岁失父,袁绍纳为中子熙妻。曹操平冀州,丕纳之于邺下。安有子建尝求为妻之事?小说家不过因赋中'愿诚素之先达'二句而附会之耳。示枕赍枕,里巷之人所不为,况帝又猜忌诸弟,留宴从容,正不可得。'感甄'名赋,其为不恭,夫岂醉酒悖慢、劫胁使者之可比乎?《离骚》:'吾令丰隆乘云兮,求宓妃之所在。'植既不得于君,因济洛以作为此赋[1],托词宓妃,以寄心文帝,其亦屈子之意也。自好事者造为'感甄'无稽之说,萧统分类入于'情赋',于是植几为名教之所弃。而后之大儒如朱子者,亦不加察于众恶之馀,以附之楚人之词之后,尤可悲也!不揣狂简,稍为发明其意,盖孤臣孽子所以操心而虑患者,犹若接于目而闻于耳也。萧粹可注太白诗云:《高唐》、《神女赋》乃宋玉寓言,《洛神赋》则子建拟之而作。惟太白知其托词而讥其不雅,可谓识见高远矣。'是前人已与予同音,自喜愈于无稽也。《韩诗》:'汉有游女。'薛君注:'游女,汉神也。'"朱乾《乐府正义》:"甄后之死,因郭后之谮,与陈思王无涉也。而传记载萧旷遇洛浦神女事,且谓洛神即甄后,为慕陈王之才问,文帝怒而幽死。后精神遇王洛水之上,遂为《感甄赋》。后觉事之不典,改为《洛神赋》。且与旷缱绻终夕,何淫渎伤教至于如此!启其端者,皆李善之罪也。按:《文选·洛神赋》注载子建感甄事,极为荒谬。一、袁熙之妻也,子建求之,五官中郎将求之,然犹曰名分未定也。迨名分既定,则俨然文帝之妃,明帝之母也,而子建犹眷眷不忘,子建在当日亦

[1] "因",原误作"国",据何焯《义门读书记》改。

以文章自命者，奚丧心至此？且文帝独非人情乎？何为而赍以甄后之枕？及《洛神赋》成，居然敢以'感甄'为名？一、庶人之家，污其妻若母，死必报，岂有污其兄之妻而其兄宴然，污其兄子之母而其子宴然，况其身据为帝王者乎？则其事之荒唐，或即出郭氏谗间之口。后世读之者，乃恬然不以为怪也。然则'感甄'之说有因乎？曰：有之。按：《魏志》：黄初三年，立植为鄄城王。所谓'感甄'者，即鄄城之'鄄'，非甄后之'甄'也。《集韵》：'鄄，音缥，同甄，卫地。今济阴鄄城或作甄。'《史记·齐太公世家》：'诸侯会桓公于甄。'又《田完世家》：'昔日赵攻甄。'皆与'鄄'同。今读甄后《蒲生行》，惓惓于文帝，而非有二心于子建。拟《蒲生行》，亦款款于君恩，而非有邪志。然则《洛神》一赋，乃其悲君臣之道否？哀骨肉之分离，托为神人永绝之词。'潜处太阴，寄心君王'，贞女之死靡他，忠臣有死无贰之志。小说家附会'感甄'，李善不知而误采之，不独污前人之行，亦且污后人之口。因读乐府而附注之。"绪曾按：义门之说是矣。《乐府正义》谓《洛神赋》"悲君臣之道否，哀骨肉之分离"，义已足矣；至谓"出郭后谗间之口"，又以"鄄城"附会"感甄"，以"甄"为地名，则支蔓甚矣。吴震方《读书志疑》云："《洛神》一赋，子建原序甚明。或谓旧名《感甄赋》者，此无赖子之言也。杂记'今年杀贼正为奴'之语，谓操亦欲之；又谓植求甄逸女不遂，后太祖与五官中郎将，植废寝与食，而皆不见正史，此皆妄也。风波之口，构扇无端。因缘采荇，成兹贝锦。自古及今，有同慨焉。今一庸妄人，或指为觊觎其嫂，亦必艴然怒。以子建之才，岂敢显然以'感甄'名赋？况属母后而敢轻意肆志耶？盖人情喜加人恶，而闻恶者多生信心。至于才人，尤为招忌。而附会不经之言以污之，岂独一子建哉！"绪曾按："感甄"非特伦理之所无，即谓子建欲娶甄氏，亦时年之迥别。考《魏志·文昭甄皇后传》裴松之注引《魏书》曰："甄后以光和五年十二月丁酉生。"至建安九年魏武取邺，年二十三岁。文帝生中平四年，是时年十八，少后五岁，悦其貌而纳之。若子建初平三年生，是年甫十三岁，无因欲娶此十年以长之妇。若云甄未嫁袁熙以前，子建尝欲得以为妻。熙于建安四年出牧幽州，甄年十八，或已嫁熙。前此一年，则子建甫七岁耳。且甄氏中山无极人，袁绍取幽州，故纳为熙妇。若子建则山川间阻，何由闻其美？以七龄童子而昼夜思想，忘寝废食，求此十年以长之妇乎？王铚《默记》谓甄后被杀时年二十馀，文帝年三十六。"怨盛年之莫当"，意非文帝匹敌，及年齿之相远绝。案：王雪溪谓文帝年长于甄，是未考《魏志》注，轻为立说。甄后自建安九年为丕所纳，至黄初二年赐死时，其子明帝年已十六，甄安得年二十馀乎？计其年四十矣。"感甄"之谤，败坏风俗，污蔑人伦。余尝疑李崇贤注不应有此说，胡氏克家《考异》注："'《记》曰'下至'改为《洛神赋》'，此二百七字，袁本、茶陵本无。案：二本是也。此因世传小说有《感甄记》，或以载于简中，而尤延之误取之耳。何义门驳此记之妄，今据袁本、茶陵本考之，盖实非善注。又后注中'此言微感甄之情'，当亦有误字也。""感甄"六朝鲜道之者，颜之推历诋文人过失，但云曹植悖慢犯法，据灌均希旨所奏，信为实事。使有《感甄赋》，不为之讳矣。《金楼子》、《文心雕龙》议植文之失，但举"永蛰"、"浮轻"之语，则知萧世诚、刘彦和时尚无此《记》也。元微之诗"思王赋感甄"、李义山诗"宓妃留枕魏王才"，乃借喻其事。姚宽《西溪丛语》知其浅俗不可信，但云出裴铏《传奇》，不云李善注，是姚所见李注无此《记》也。绪曾先世嗣宗公，讳应昌，明万历时诸生，《咏陈思王》云："《国风》《变雅》属天人，瑟调歌哀泪满巾。洛水波连湘水怨，灌均谗后学灵均。"吴江李重华《贞一斋集·题洛神赋》云："君王才调本天人，愁绝何心赋感甄？北阙离魂东土怨，半将孤妾比贞臣。"潘德舆《养一斋诗话》云："《洛神赋》纯是爱君恋阙之词。其赋首以'朝京还济洛川'，结以'潜处于太阴，寄心于君王'。盖魏文性残刻而薄宗支，子建遭构谤而多忧惧。不解注此赋者阑入甄后一事，致使忠爱之苦心，诬为禽兽之恶行[1]。千古奇冤，莫大于此！近人张若需诗云：'《白马》诗篇悲逐客，惊鸿词赋比湘君。'是也。"绪曾尝题《洛神图》云："铜爵香分旧梦残，采珠拾翠泪阑干。宫中空傅何郎粉，寂寞佳人怨子丹。"咎魏猜忌宗室，致曹爽为司马氏所害也。《洛神赋》有孙壑注，见《隋志》，今不传。《初学记·地部·洛水》、《人部·美妇人》，《类聚·水部·洛水》、《灵异部·神》、《御览·鬼神部·神》所载俱非全文，从尤袤《文选》本校。

---

[1]　"诬"，原误作"证"，据潘德舆《养一斋诗话》改。

②姚宽《西溪丛语》:"李义山《代魏宫私赠》云:'来时西馆阻佳期,别后漳河隔梦思。知有宓妃无限意,春松秋菊可同时。'《代元城令吴质暗为答》云:'背阙归藩路欲分,水边风日半西曛。襄王枕上原无梦,莫枉阳台一片云。'第一篇注云:'黄初三年,已隔存殁,追述其意,何必同时。'按:此赋当是四年作。甄后黄初二年,郭后有宠,后失意。帝大怒,六月遣使赐死,葬于邺。《洛神赋》云:'黄初三年,朝京师,还济洛川。'李善云:'三年,立植为鄄城王。四年,徙封雍丘王,其年朝京师。又《文帝纪》云:三年,行幸许。又曰:四年三月,还洛阳。并云四年朝,此云三年,误矣。'黄初二年,植与诸侯就国,监国谒者灌均奏植醉酒悖慢,劫胁使者,有司请治罪,故贬爵安乡侯,改封鄄城侯。求见帝。黄初四年,来朝。帝责之,置西馆,未许朝。上《责躬诗》。裴铏《传奇》载《感甄赋》之因,文字浅俗不可信。元微之《代曲江老人百韵》有'班女恩移赵,思王赋感甄',何也?"何义门云:"按:《魏志》:丕以延康元年十月二十九日禅代,十一月遽改元黄初。子建实以四年朝洛阳。而赋云'三年'者[1],不欲亟夺汉亡年,犹之发丧悲哭之志。注家未喻其微旨。即《赠白马王》诗所谓'伊洛广且深,欲济川无梁'也。"绪曾按:何说精矣,然子建遭谗,冀以此赋感悟子桓,必不敢显易正朔。考《宋书·礼志》云:"魏黄初三年,始奉玺朝会。"盖禅位以来,是年首行元会之礼,其礼自公侯以下执贽来廷。子建实以三年朝京师也。

③《类聚·灵异部》"楚王"下,李廷相本有"说"字。

④何氏曰:"既引古人之言,则非实有所感,而假以托讽明矣。"按:宋玉讽咏淫惑,子建抒写忠忱,旨趣各异也。

⑤"域",李廷相作"师"。

⑥李崇贤引《魏志》曰:"黄初三年,立植为鄄城王。四年,徙封雍丘。其年朝京师。又《文纪》曰:黄初三年,行幸许。又曰:四年三月,自宛还洛阳宫。然则'京域'谓洛阳,'东藩'即鄄城。《魏志》及诸诗序并云四年朝,此云三年,误。一云《魏志》三年不言植朝,盖《魏志》略也。"绪曾按:李氏所

---

[1]"而赋云三年者"下,原衍"不欲禅代,十一月遽改黄初,子建实以四年朝洛阳,而赋云三年者",据何焯《义门读书记》删。

云"'京师'谓洛阳,'东藩'即鄄城",是也,然语未明晓。或谓三年朝,则文帝幸许,不得言洛阳;谓四年朝,则当归雍丘,不得言鄄城。《文帝纪》:"黄初三年春正月丙寅朔,日有食之。庚午,行幸许昌宫。"则元正朝会仍未至许也。十一月,"行幸宛"。四年三月,"自宛还洛阳宫"。黄初元年十二月初营洛阳宫,戊午幸洛阳。二年十二月东巡。计文帝在位六年,惟黄初二年正月朔在洛阳。若以元正朝会正在三年,则是二年十二月诏东巡,实待三年元正朝会礼行,至庚午始行幸许。庚午者,正月五日也。不然,途次非以成礼。若是,史之阙佚多矣。四年春正月朝京师,秋仍归鄄城,徙封在归鄄城后。《赠白马王》诗序云:"黄初四年正月朝京师。"如以为"不亟夺汉亡年",何不夺于《洛神赋》而夺于《赠白马王》诗乎? 知三年朝,四年又朝矣。三年实朝洛阳而归鄄城;若四年朝,则《赠白马王》诗云"清晨发皇邑,日夕过首阳",而"中逵""改辙",路径稍异。首阳在洛阳东北,太谷在洛阳西南。彼先由伊洛泛舟,此则税驾而后流盼洛川也。志传多略,如白马王彪四年正月朝京师,见《赠彪》诗序,而《彪传》但言太和五年来朝犯仪而已。《责躬》诗云:"傲我皇使,犯我朝仪。"盖植三年朝,有司希旨,复有犯朝仪事。

⑦何云:"即《赠白马王》诗'太谷何寥阔'也。《太平寰宇记·洛阳县》:'太谷在县东五里。'《后汉书》云:'孙坚进军太谷,距洛九十里。'张衡《东京赋》:'盟津达其后,太谷通其前。'陈思《洛神》之赋云:'经通谷。'潘岳《闲居赋》:'张公太谷之梨。'皆谓此。"

⑧《水经注·洛水》云:"灵帝中平元年,以河南尹何进为大将军,置函谷、广城、伊阙、太谷、辕辕、旋门、平津、孟津等八关都尉官。"《水经》云:"伊水又东北过伊阙中。"注引京相璠曰:"今洛阳西南五十里伊阙外前亭矣。"服虔曰:"前读为泉,周地也。"《元和郡县志·伊阙县》:"伊阙故关在县北四十五里。"《缑氏县》:"辕辕山在县东南四十六里。"《太平寰宇记·缑氏县》:"景山在县东北八里。曹子建《洛神赋》云:'经通谷景山。'即此也。"

⑨ 按:《元和郡县志》:"缑氏县,西北至洛阳六十三里。"此朝京师归藩第一程,经历险阻,故"车殆马烦"也。

⑩"杨",从《类聚·异灵部》及张溥,各本作"阳"。李崇贤曰:"地名,多

35

生杨,故名之。"胡《考异》曰:"袁本、茶陵本'阳'作'杨',云五臣作'阳'。案:二本是也。尤所见以五臣乱善。注:'阳林一作杨林。'袁本、茶陵本无'一作杨林'四字,尤所见盖有'阳林',善作'杨林',乃校语错入注,因改善'一作'以就之耳。"

⑪ "乃"字上,李廷相本有"尔"字。

⑫ 宓,古伏氏。《汉书音义》:如淳曰:"宓羲氏之女,溺洛水为神。"《路史·禅通纪》:"伏羲氏厥妃殒落,是为洛神,殆所谓伏妃者。"罗苹注:"即虙妃。《汉书》如淳以为伏羲之女,非也。明曰妃,岂女哉!"绪曾按:罗说殊泥。左思《蜀都赋》:"娉江斐,与神游。"《吴都赋》:"江斐于是往来。"《列女传》:"江斐二女。"《曹全碑》:"大女桃斐。"《郭辅碑》:"娥娥三妃。"《李超碑》:"息女仲妃。"是古人以"妃"为女之通称。

⑬ 李廷相本无"然"字。

⑭ "乃",郭作"奈"。

⑮ "茂",李廷相本作"蔵"。

⑯ 陈第《读诗拙言》:"'霞'读'何'。曹植《洛神赋》:'远而望之,皎若太阳升朝霞;迫而察之,灼若芙蕖出渌波。'陆机《前缓声歌》:'太容挥高弦,洪崖发清歌。献酬既已周,轻举乘紫霞。'谢混《游西池》:'回阡被陵阙,高台眺飞霞。惠风荡繁华,白云屯层阿。'""蕖",《御览》、郭作"蓉"。

⑰ "衷",《御览》作"中",《初学记》作"浓纤得所",张炎、张溥作"得中"。"襛",《说文》云:"衣厚也。《诗》:'何彼襛矣。'"《干禄字书》正作"襛",俗作"秾"。

⑱ "束",从《考异》:"袁本、茶陵本李善《选》注、尤作'约'。案:袁本'约素',以'约'解'束',五臣因改正文作'约',非也。"各本并误"约"。按:蔡中郎《协初赋》:"其在近也,若神龙采鳞翼将举;其既远也,若披云缘汉见织女。立若碧山亭亭竖,动若翡翠奋其羽。众色燎照,临之无主。面若明月,辉似朝日。色若莲葩,肌如凝蜜。"此赋才藻相类。

⑲ 《初学记》"联"作"连"。

⑳ "睐",《初学记》作"盼"。

㉑ "靥辅",郭作"辅靥"。

㉒ "瑰",郭、张溥误"环"。

㉓ "世",《初学记》作"代",避唐讳。

㉔ "琚",郭误"裾",与下复。

㉕ "踌躇",各本作"跱躅",俗字。《说文系传》作"峙踽"。

㉖ "兮",《类聚》无。

㉗ "兮",《初学记》无。

㉘ 何曰:"此四句用《离骚》'解佩纕以结言兮,吾令蹇修以为理'之意。"

㉙ 何曰:"此四句反《离骚》'虽信美而无礼'之意,明非文帝待己之薄,忠厚之至也。"按:蔡中郎《检逸赋》:"余心悦于淑丽,爱独结而未并。情罔象而无主[1],意徙倚而左倾。昼骋情以舒爱,夜托梦以交灵。"与此赋语相类。然蔡赋出于《高唐》,此赋原于《离骚》,所谓"习《礼》明《诗》",非蔡所及也。

㉚ 何曰:"陈思作《箜篌引》,有云:'久要不可忘,义薄终所尤。谦谦君子德,磬折欲何求?'此六句意同。景初中诏云:'陈思王克己慎行,以补前缺。'则植之自持可知。"

㉛ 绪曾按:此十句,子建自言也。屈子《惜诵》云:"固烦言不可结而诒兮,愿陈志而无路。退静默而莫余知兮,进号呼又莫吾闻。"其词直而愤。子建以洛神喻子桓,当形神离合之际,冀以自达,"长吟永慕",即号泣怨慕之意。君父一也,词更婉而悲矣。"声哀厉而弥长"者,言虽莫吾闻,而必望其闻也。

㉜ "瓜",何云:"王子敬书作'娲'。"

㉝ 《初学记》、各本皆无二"兮"字。

㉞ "飡",尤作"飧"。胡《考异》曰:"袁本、茶陵本作'餐'。案:疑善'飡'、五臣'餐'而失著校语也。'飡'、'餐'同字,俗讹为'飧'。"

㉟ 李崇贤注引:"王逸《楚词注》曰:'屏翳,雨师名。'虞喜《志林》曰:'韦

----

[1] "象",原误作"写",据蔡邕《检逸赋》改。

昭云：屏翳，雷师。喜云，雨师。'然说'屏翳'者虽多，并无明据。曹植《诘咎文》：'河伯典泽，屏翳司风。'植既皆为风师，不可引他说以非之。"何曰："按《天问》云：'蓱号起雨，何以兴之？''蓱翳'之下接以'号'，故子建以为风。弘嗣以为雷，不与叔师之注同也。"

㊱ 今《毛诗》作"清扬"。

㊲ "朱"，《初学记》作"丹"。

㊳ 何曰："神尊人卑，喻君臣也。怨，植自怨也。"绪曾按：此喻己之得见文帝，而自怨其前此之过失也。

㊴ 绪曾按：裴松之引《魏略》曰："植科头负铁锧[1]，徒跣诣阙下，帝及太后乃喜。及见之，帝犹严颜色，不与语，又不使冠履。植伏地泣涕，太后为不乐。诏乃听复王服。"此赋不言己涕泣，而言宓妃泪流者，见文帝始终爱弟之心，忠厚之至也。

㊵ 何曰："献于宓妃也。陈王《赠白马王》诗曰：'苍蝇间白黑，谗巧令亲疏。'以耳饰为献，盖望其无如《小弁》之所谓'君子信谗'者也。"绪曾按：此言辞阙归藩，恐灌均等复希旨诬奏，更有绝朝之诏。及此时得见，以为结纳也。

㊶ 何曰："'君王'，谓宓妃，喻文帝。不必以上文君臣为疑。'太阴'，犹'穷阴'，自言所处之幽远也。"绪曾按：《论衡》云："日昼行千里，夜行千里。行太阴则无光，行太阳则能照。"喻己虽处覆盆，而葵藿之倾不改也。蔡邕《述行赋》："想宓妃之灵光兮，神幽隐以潜翳。"

㊷ 何曰："陈思《责躬应诏二诗表》云：'前奉诏书，臣等绝朝，心离志绝。自分黄耇永无执圭之望，不图圣诏猥垂齿召。至止之日，驰心辇毂，僻处西馆，未奉阙庭。踊跃之怀，瞻望反侧。'盖文帝虽许其入朝，而犹未遽令见之也。故言宓妃虽感，而'神光离合，乍阴乍阳'也。及其'长吟永慕，哀厉弥甚'，于是始见。其随从众灵，微步而即我，犹然'若危若安'，'若往若还'。则望其'华容'，至于'忘餐'，盖思之尤甚矣。于是宓妃始命'收风''静波'，

---

[1] "锧"，原误作"铁"，据《三国志》裴松之注改。

屈其尊以相交接。良会之难如此,异日其可必文帝之感悟而常常见之乎?故又云‘悼良会之永绝’也。虽‘潜处于太阴’,实‘寄心于君王’。文帝以仇雠视之,而陈王惓惓如此,所以虽疑不见用,而卒能自全。黄初六年,文帝东征,还过雍丘,遂幸植宫,兄弟如初。盖我苟尽所为负罪引慝之道,君父未有不感动者。后之藩臣,往往以不学无术自即于诛夷,悲夫!”陈云:“自‘动朱唇’至‘寄心君王’,文势似是宓妃之言,乃所陈交接之大纲也。”陈说何所不取?绪曾按:何说精矣。惟引《责躬应诏表》以朝为四年事,不信李注一云《魏志》略之言三年植朝之故。窃谓三年植赴元会时,文帝怒植,不使齿于诸侯。虽至京师,未见礼接,遂赋《洛神》。表所谓“前奉诏书,臣等绝朝”也。后植上《请赴元正表》,文帝许之,于是四年正月复朝京师。表所谓“不图圣诏,猥垂齿召”也。

㊸“神留”,《初学记》、各本作“心留”。

㊹何曰:“冀得复朝京师,以见文帝也。”

㊺按:李商隐诗用宓妃事多杂小说,独《涉洛水》云:“通谷阳林不见人,我来遗恨古时春。宓妃空结无穷恨,不为君王杀灌均。”是亦知思王以宓妃喻文帝,而不能正灌均谗言之罪也。盖义山借用戏题,可参小说;独涉洛水则以古迹咏史,自行正论。而冯浩注犹附会“感甄”,致牵引唐文宗时安王徐贤妃事,谓甄后死后之灵,不能为陈王杀灌均,是犹迂曲难通也。《咏东阿王》云:“国事分明属灌均,西陵望断夜来人。君王不得为天子,半为当时赋《洛神》。”言魏武帝思以东阿为嗣。“西陵”指魏武陵。言魏武没后,受制灌均,反不如铜爵诸伎,时望西陵也。又言东阿之才高出文帝之上,彼为天子而此不见容者,正以才见扼。乃欲赋《洛神》以自通,而不知炫耀辞华,益触所忌。东阿之不如文帝尊显者,半由于赋才轶俗耳。此义山负才不遇,借东阿以寄慨也。至《代魏宫私赠》,义山自注:“《子夜》鬼歌之变。”亦知其非事实也。

【丁评】晏案:序明云拟宋玉《神女》为赋,寄心君王,托之宓妃,洛神犹屈、宋之志也。而俗说乃诬为“感甄”,岂不谬哉!〇又案:“感甄”妄说,本于李善注引《记》曰云云,盖当时记事媒蘖之辞,如郭颁《魏晋世语》、刘延明

《三国略记》之类小说短书。善本书籍，无识而妄引之耳。五臣注不言"感甄"，视李注为胜。〇何义门曰："《魏志》：甄后三岁失父，后袁绍纳为中子熙妻。曹操平冀州，丕纳之于邺。安有子建求为妻之事？小说家不过因赋中'愿诚素之先达'二句而附会之耳。示枕赍枕，里巷之人所不为，况帝又猜忌诸弟，留宴从容，正不可得。'感甄'名赋，其为不恭，岂特醉后悖慢、胁从使者之可比耶？"〇方伯海曰："甄逸女，袁谭妻。操以赐丕，生叡，即魏明帝也。以名分论，亲则叔嫂，义则君臣，岂敢以'感甄'二字显形笔札？且篇中'赠以明珰'、'期以潜渊'，将置丕于何地乎？且序明说是洛神，与甄后何与？总是当日媒蘖其短者，欲以诬甄其罪尔。植之得免于罪，亦以序文甚明，故叡无可以罪植也。此事何可不辩！"〇潘四农曰："纯是爱君恋主之词，赋以'朝京师，还济洛川'入手，以'潜处太阴，寄心君王'收场，情词亦易见矣。不解注此者何以阑入'感甄'一事，致使忠爱之苦心，诬为禽兽之恶行。千古奇冤，莫大于此。近人张若需诗云：'《白马》诗篇悲逐客，惊鸿词赋比湘君。'卓识鸿议，瞀论一空，极快事也！"〇张溥本云："燮按：植在黄初时猜嫌方剧，安敢于帝前思甄泣下？帝又何至以甄枕赐植？此国章家典所无也。若事因感甄，而名托洛神，间有之耳，岂待明帝始改？皆傅会者之过耳。"

愁霖赋[①]

迎朔风而爰迈兮，雨微微而逮行[②]。悼朝阳之隐曜兮，怨北辰之潜精。车结辙以盘桓兮[③]，马踯躅以悲鸣。攀扶桑而仰观兮，假九日于天皇。瞻沉云之泱漭兮，哀吾愿之不将[④]。

[①] 此赋作于建安中，盖将旋邺都，遇霖雨而作也。从《类聚·天部·雨》校。

② 邺都在北,故云"迎朔风"。文帝《愁霖赋》云:"将言旋于邺都。"盖与子建同时作。

③ "车",郭作"神"。

④ 《说文》:"霖云,久阴也。"应场亦有《愁霖赋》,场为平原侯庶子,盖同时作。

愁霖赋①

夫何季秋之淫雨兮②,既弥日而成霖。瞻玄云之晻晻兮,听长霤之淋淋③。中宵卧而叹息④,起饰带而抚琴[1]。

① 郭本与上为一篇,以"又曰"承之。按:《类聚》作"又《愁霖赋》",明非一篇。吴志忠移此段在前,别无他证。按:《文选》张协《杂诗》"森森散雨足"注:"蔡邕《霖雨赋》:'瞻玄云之晻晻,听长雨之森森。'"曹植《美女篇》"中夜起长叹"注引蔡邕《雨赋》云:"中宵夜而叹息也。"与此篇字句有异。严可均辑本"森森"为"淋淋",更取《类聚》附益之,然《类聚》不云蔡赋也。《书钞·天部·雨》:"听长霤之淋淋。"然则"听长雨之森森"者,蔡赋也;"听长霤之淋淋"者,曹赋也;"听微霤之涔涔"者,潘尼《苦雨赋》也。古人句法相同,不可混也。李白诗:"白雨映寒山,森森似银竹。"即本张景阳诗。乃《选注》"森森",严以曹赋"淋淋"改之,误矣。

② "何",郭本无。

③ "霤",郭作"空"。

④ "卧",《类聚》一作"夜"。

---

[1] "抚",原误作"鸣",据《艺文类聚》及各本曹集改。

喜霁赋^①

禹身誓于阳盱^②,卒锡圭而告成。汤感旱于殷时,造桑林而敷诚^③。动玉辋而云披^④,鸣鸾铃而日阳^⑤。指北极以为期^⑥,吾将倍道而兼行^⑦。

①《御览》引《魏略·五行志》曰:"延康元年,大霖雨五十馀日。魏有天下乃霁,将受魏祚之应也。"然繁台受禅,子建就临淄国。疑献帝崩,方发丧悲哀,恐喜霁非此时也。从《类聚·天部·霁》校。

②"誓",郭误作"逝"。

③ 按:文帝《喜霁赋》云:"厌群萌之至愿,感上下之明神。"《初学记》缪袭《喜霁赋》云:"发一言而感灵兮,人靡食其何恃?"盖久雨因祷而霁,史不言,略也。

④"辋",郭误"朝"。《玉篇》:"车辋也。"《释名》:"辋,网也。谓罗网周轮之外也。"

⑤"鸾",郭作"銮",通。

⑥"指",郭本脱,各本作"望"。

⑦ 魏文帝赋云:"启吉日而北巡。"又云:"抚余策而长驱。"盖亦归邺都也。

登台赋^①

从明后而嬉游兮^②,登层台以娱情^③。见太府之广开兮,观圣德之所营。建高门之嵯峨兮^④,浮双阙乎太清^⑤。立中天之华观兮^⑥,连飞阁乎西城。临漳水之长流兮^⑦,望园果之滋荣⑧。仰春风之和穆兮,听百鸟之悲鸣。天云垣其既立兮⑨,家愿得而获逞⑩。扬仁化于宇内兮⑪,尽肃恭于上京。惟桓文之为盛兮⑫,岂足方乎圣明。休矣美矣,惠泽远扬。翼佐皇家兮⑬,宁彼四方⑭。同天地之规量兮,齐日月之辉光。永贵尊而无极兮,等年寿于东王⑮。

① 陈寿《魏书·陈思王传》云:"年十岁馀,诵《诗》[1]、《论》及辞赋数十万言[2],善属文。太祖尝视其文,谓植曰:'汝倩人耶?'植跪曰:'言出为论,下笔成章,愿当面试,奈何倩人?'时邺铜爵台新成,太祖悉将诸子登台,使各为赋。植援笔立成,可观,太祖甚异之。"传云"尝视其文",盖蓄疑已非一日,非谓十岁馀赋铜爵台也。《艺文类聚·居处部》文帝《登台赋序》:"建安十七年春,游西园,登铜雀台,命余兄弟并作。"子建作赋正在此年。《武帝纪》云:"建安十五年冬,建铜雀台。"及十七年春,仅十馀月耳,故云"新成"。子建生初平三年,是时二十一岁。后人误读本传,谓十岁馀作《铜雀台赋》,非也。班叔皮年二十作《西征赋》,王文考二十一作《鲁灵光殿赋》,陆机二十作《文赋》,古人皆以为少俊,岂二十一遂不足道乎? 如谓十岁馀,则建安六七年,邺地属袁绍,未闻绍建铜雀台,魏武将诸子而登之也。或谓子建前此无赋乎? 考《类聚·杂文部》,子建自撰《文章序》云:"余少而好赋,删定,撰为《前录》七十八篇。"盖十岁馀已善属文。若《登台赋》,则作于十七年无疑也。王文简公诗云:"九岁诗名铜雀台。"特借以自喻,非刻定年岁也。《邺中记》:"铜雀台,因城为基址,高十丈,有屋一百二十间,周围弥覆其上。"《邺中记》:"邺宫南面三门。西凤阳门,高二十五丈,上六层,反宇向阳,下开二门。未到邺城七八里,遥望此门。"《水经注》:"凤阳门三台洞开,高三十五丈。"潘眉云:"按:邺二城,东西六里,南北八里六十步者,邺之北城,见《水经注》。魏雀台在邺都北城西北,见《邺中

___
[1] "诗",原误作"书",据《三国志》改。
[2] "十",原误作"千",据《三国志》改。

记》。邺无西城,所谓西城者,北城之西面也。台在北城西北隅,与城之西面楼阁相接,故曰'连飞阁乎西城'。又按:郦道元云:'邺之北城犹百步一楼。'又云:'层甍反宇,飞檐拂云。图以丹青,色以轻素。'当亦魏创其制,石虎增饰华侈耳[1]。"从裴松之《三国志注》阴澹《魏纪》、《初学记·居处部·台》校。

②"而",《初学记》、郭本作"之"。又通首俱无"兮"字,从《三国志注》。

③"登层",《初学记》、郭本作"聊登"[2]。

④"门",《初学记》作"殿"。

⑤"太",《初学记》作"泰"。

⑥"中",《初学记》误"冲"。

⑦"水",《初学记》作"川"。

⑧"园",《初学记》作"众"。

⑨"云",《初学记》作"功"。"垣",张溥作"恒",《志注》作"垣"。疑"垣"乃"亘"之讹。

⑩"逞"[3],《说文》:"通也。"张衡《思玄赋》:"遇九举之介鸟兮,怨素意之不逞。游尘外而瞥天兮,据冥翳而哀鸣。""逞"与"鸣"韵。各本作"呈"。《初学记》一作"双呈"。"愿",郭误"颠"。

⑪"内",《初学记》作"宙"。

⑫"惟",郭作"虽"。

⑬"兮",《初学记》、各本无。《志注》作"翼佐我皇家兮"。

⑭李光地云:"比'桓文',称'皇家',植其贤哉!"姜宸英云:"数语见子建本心,为山阳发哀,有以哉!"

⑮末二句见《志注》,下有"云云"二字,文未止也。

【丁评】"翼佐皇家",懔然臣子之谊。比方"桓文",颂不忘规之义也。

---

　[1]　"增"下,原衍"其",据潘眉《三国志考证》删。
　[2]　"作",原脱,据文意补。
　[3]　"逞",原误作"呈",据文意改。

九华扇赋 并序①

昔吾先君常侍,得幸汉桓帝②,赐尚方竹扇③。不方不圆,其中结成文[1],名曰九华。故为赋④。其辞曰:

有神区之名竹,生不周之高岑。对渌水之素波,背玄涧之重深。体虚畅以立干,播翠叶以成阴⑤。形五离而九折⑥,篾氂解而缕分⑦。效虬龙之蜿蜒⑧,法虹霓之烟煴⑨。摅微妙以历时,结九层之华文。尔乃浸以芷若,拂以江蓠。摇以五香,濯以兰池⑩。因形致好,不常厥仪。方不应矩,圆不中规。随皓腕以徐转,发惠风之微寒⑪。时气清以芳厉,纷飘动兮绮纨⑫。

① 从《类聚·服饰部·扇》、《御览·服用部·扇》校。
②《武帝纪》云:"桓帝世,曹腾为中常侍、大长秋。封费亭侯。"
③ 郭脱"尚"、"竹"二字,云"赐方扇"。案:赋中"不方不圆",据《书钞·服饰部·扇》及《类聚》补。
④ "故为赋"三字,据《书钞》补。
⑤ "阴",郭作"林",《文选补遗》作"秋"。
⑥ "折",郭作"华"。
⑦ "氂",郭作"氂"。
⑧ "蜒",《事类赋注》、各本作"蝉"。
⑨ 班固《东都赋》:"降烟煴。"《魏受禅表》:"和气烟煴。"《类聚》"烟煴",

[1] "文",原误作"文文",据《艺文类聚》、《太平御览》及各本曹集改。

古字通用。郭作"氤氲"。

⑩ 六句据《书钞》原本《服饰部·扇》补。

⑪ "微寒",《事类赋注》作"馀寒",郭误"寒微"。

⑫ "绮纨",郭作"纨绮"。按:《类聚》、《御览》"寒"与"纨"韵,是也。"纨",张炎作"执",非。

情骀荡而外得,心悦豫而内安。增吴氏之姣好,发西子之玉颜①。

① 四句,《初学记·人部·美妇人》、《御览·人事部·美妇人》俱引曹植《扇赋》。

宝刀赋 并序①

建安中,家父魏王②乃命有司③造宝刀五枚④[1],三年乃就⑤,以龙、虎、熊、马、雀为识⑥。太子得一,余及弟饶阳侯⑦各得一焉。其馀二枚,家王自杖之。赋曰⑧:

有皇汉之明后,思潜达而玄通⑨。飞文藻以博致⑩,扬武备以御凶。乃炽火炎炉,融铁挺英⑪。乌获奋椎,欧冶是营。扇景风以激气,飞光鉴于天庭。爰告祠于太乙,乃感梦而通灵⑫。然后砺以五方之石⑬,磑以中黄之壤⑭。规圆景以定环,摅神思而造象⑮。垂华纷之葳蕤,流翠采之滉瀁⑯。故其

---

[1] "乃",原误作"及",据《太平御览》及各本曹集改。

利,陆斩犀革⑰,水断龙舟⑱,轻击浮截⑲,刃不濡流⑳。逾南越之巨阙,超西楚之泰阿㉑。实真人之攸御㉒,永天禄而是荷。

①《类聚》魏武帝令曰:"往岁作百辟刀五枚,适成,先以一与五官将。其馀四,吾诸子中有不好武而好文学者,将以次与之。"从《初学记·武部·刀》、《类聚·军器部·刀》、《御览·兵部·刀》校。

②《颜氏家训·风操》篇:"陈思称其父曰'家父',母为'家母'。"按:"家父"即此篇语,"家母"则《叙愁赋》中语也。"家父"二字,各本脱。

③"乃",郭本无。

④"枚",郭误"板"。

⑤ 四字郭无。

⑥"虎",郭本脱,"马"作"乌"。

⑦《武帝王公传》:"沛穆王林,建安十六年封饶阳侯。杜夫人生。"《魏志》建安十六年裴松之注:"豹为饶阳侯。"按:武帝十五子,无名"豹"者,即沛穆王林也,"豹"乃林之初名。

⑧"其馀"至"赋曰"十一字,郭本无。

⑨"潜",郭作"明"。

⑩"藻",《类聚》作"义"。"以",《初学记》、郭作"而"。

⑪"融",张溥作"蝎"。

⑫"乃炽"至"通灵"四十一字,郭本无,据《御览》补。

⑬"以"字,郭脱。

⑭"碫",《集韵》:"居衔切,音监。碫砺,治玉石青砺也[1]。"《战国策》"被碫",碫本作"砝"。《初学记》、郭误"鉴",张溥误"凿",据《御览》、《类聚》改。

⑮"思",《类聚》作"功"。

⑯ 二句各本无,据《御览》补。

[1]"青",原误作"者"。按:朱氏所引《集韵》似转引自《康熙字典》,故与原书不尽相同,兹据《康熙字典》改。

⑰ "故其利"三字,各本脱,从《书钞·武功》补。"斩",各本作"截"。

⑱ "舟",郭作"角"。

⑲ "击",郭作"系"。

⑳ "刃",郭作"刀";"瀄"作"纤"。《广韵》:"瀄,渍也。"释玄应《一切经音义》:"《通俗》:'淹渍',谓之'瀄洳'。"

㉑ "西",郭作"有"。

㉒ "御",郭作"道"。

丰光溢削①。

①《一切经音义》引曹植《宝刀赋》。

【丁评】首书"皇汉",得体,如见此君之心。

车渠盌赋①

惟斯盌之所生②,于凉风之浚湄③。采金光之定色④,拟朝阳而发辉。丰玄素之炜晔⑤,带朱荣之葳蕤。缊丝纶以肆采,藻繁布以相追。翙飘飖而浮景⑥,若惊鹄之双飞。隐神璞于西野,弥百叶而莫希。于时乃有明笃神后⑦,广被仁声。夷慕义而重使,献兹宝于斯庭。命公输之巧匠,穷妍丽之殊形⑧。华色灿烂,文若点成。郁翁云蒸,蜿蜒龙征⑨。光如激电,影若浮星。何神怪之瑰玮⑩,信一览而九惊。虽离朱之聪目⑪,由炫耀而失精⑫。何明丽之可悦,超群宝而特章。

侍君子之闲宴[13]，酌甘醴于斯觥[14]。既娱情而可贵，故永御
而不忘[15]。

①《广韵》："车渠，石次玉也。"《古今注》："魏武帝以车渠为酒杯。"从
《类聚·杂器部·盌》、《御览·珍宝部·车渠》校。

②"斯"，郭误"新"；"盌"作"椀"。《说文》："盌，小盂也。"《吴志》曰："甘
宁以银椀自酌。"是古人以椀为饮酒之器也。

③"湄"，郭作"滨"。

④"之"，《类聚》一作"以"。

⑤"炜晔"，郭作"晖晖"。

⑥"而"，《文选补遗》作"之"。

⑦"明笃"，郭作"笃厚"。

⑧"之巧"，《类聚》作"使制"；"妍"作"而"，不可通。

⑨"蜓"，郭作"蝉"。

⑩"瑰玮"，《类聚》、各本作"元伟"，郭作"巨伟"，从《御览》。

⑪"聪"，《文选补遗》作"听"。《说文》："聪，察也。"又"睽"云："目不相
听也。"《集韵》亦同。是古人耳目皆可言"聪"言"听"，对文则异，散文则通。
今本《玉篇》"睽"改为"耳不相听"，乃校刻之误。

⑫"由"，郭作"内"；"失"作"矢"。

⑬"侍"，郭作"俟"；"宴"作"燕"。

⑭"觥"，郭作"觗"。

⑮"永"，郭作"求"。文帝、王粲、徐幹、应玚皆有此赋，盖同作于建
安中。

迷迭香赋[1]

播西都之丽草兮[2]，应青春而发辉[3]。流翠叶于纤柯

兮,结微根于丹墀。信繁华之速实兮,弗见凋于严霜。芳暮秋之幽兰兮,丽昆仑之芝英④。既经时而收采兮,遂幽杀以增芳。去枝叶而持御兮⑤,入绡縠之雾裳⑥。附玉体以行止兮,顺微风而舒光⑦。

① 迷迭香草,乐府歌诗:"氍毹五木香[1],迷迭艾纳及都梁。"从《类聚·草部·迷迭》校。

②《广志》曰:"迷迭出西域。"

③ "发",郭作"凝"。

④ "芝英",郭作"英芝"。

⑤ "持",郭作"特"。

⑥ "縠",徐误"縠"。

⑦ 文帝、王粲、应玚、陈琳皆有此赋,盖同时作。

大暑赋①

炎帝掌节,祝融司方;羲和按辔,南雀舞衡。维扶桑之高燎,炽九日之重光②。大暑赫其遂蒸,玄服革而尚黄③。蛇折鳞于灵窟,龙解角于皓苍。遂乃温风赫曦④,草木垂干。山圻海沸⑤,沙融砾烂。飞鱼跃渚,潜鼋浮岸。鸟张翼以远栖⑥,兽交逝而云散⑦。于是黎庶徙倚,棋布叶分。机女绝综,农夫释耘。背暑者不群而齐迹,向阴者不会而成群。壮皇居之瑰玮兮,步八闳而为宇。节四运之常气兮,逾太素之

[1] "木",原误作"味",据郭茂倩《乐府诗集》改。

仪矩[8]。于是大人迁居宅幽，缓神育灵。云屋重构，闲房肃清。寒泉涌流，玄木奋荣。积素冰于幽馆，气飞结而为霜。奏《白雪》于琴瑟，朔风感而增凉[9]。

① 从《初学记·岁时部·夏》、《类聚·岁时部·热》、《书钞·岁时部·热》、《御览·天部·太素》、《时序部·热》校。杨修《答临淄笺》云："又尝亲见执事握牍持笔[1]，有所造作。若成诵在心，借书于手，曾不斯须少留意虑。仲尼日月，无得逾焉。修之仰望，殆如此矣。是以对鹊而辞作《暑赋》，弥日而不献。见西施之容，归憎其貌者也。"李注："植又作《大暑赋》，修亦作之，终日不敢献。"盖作于建安中。

② 二句据《初学记》"炽日"注补。"燎"、"炽"，《书钞》原本二字互易。

③ 二句据《御览·时序部》补。

④ "曦"，郭作"戏"。

⑤ "坼"，郭误"折"。

⑥ "以"，郭作"而"；"远"作"近"，今从《御览》作"远"，是也。

⑦ "逝"，郭作"游"。

⑧ 四句据《御览·天部·太素》补。

⑨ 繁钦、刘桢、王粲俱有此赋，盖同时作。

迁都赋 并序

余初封平原，转出临淄，中命鄄城，遂徙雍丘，改邑浚仪，而末将适于东阿。号则六易，居实三迁。连遇瘠土，衣食

---

[1] "握"，原误作"掘"，据杨修《答临淄侯》改。

不继[1]。

览乾元之兆域兮,本人物乎上世。纷混沌而未分,与禽兽兮无别。㖪蠃蛩而食蔬,摫皮毛以自蔽[2]。

①《御览·封建部》。

②《文选》曹大家《东征赋》"谅不登樔而㖪蠃兮"注引陈思王《迁都赋》,云:"陈思之赋,盖出于此也。《尸子》曰:'卵生曰啄,胎生曰乳。''啄'与'㖪','蠃'与'蠃',古字通。'蠃',力戈切。'蛩',力兮切。"按《易》:"离为蠃。"姚信作"蠃"。王充《论衡》:"食蛤蛩之肉。"即"蛤蜊"也。

洛阳赋

狐貉穴于紫闼兮,蓬茅生于禁闱[1]。本至尊之攸居,□于今之可悲[1]。

①《书钞》原本《地部·穴》,陈禹谟删。

藉田赋①

夫凡人之为圃,各植其所好焉。好甘者植乎荠,好苦者植乎

---

[1] "茅",原误作"莱",据《北堂书钞》改。

荼,好香者植乎蕑,好辛者植乎蓼。至于寡人之圃,无不植也[②]。

① 从《御览·资产部·圃》、《书钞·礼仪部·藉田》校。
②《御览》。严可均辑本据《魏文纪》,云是赋序。

名王亲枉千乘之体于陇亩之中,执钼镬于畦町之侧。尊趾勤于耒耜,玉手劳于耕耘[①]。

① 据《书钞》原本补,陈禹谟作“枉千乘于陇亩,执钼镬于畦町。勤于耒耜,劳于耕耘”。绪曾按:十卷本《藉田说》、《类聚》、《书钞》、《御览》俱作“论”。惟此二条,《御览》、《书钞》引作赋,故入赋类。

曹集考异卷四

赋^①

① 陈王咏物诸赋皆有寄托,如谓皆黄初以后遭谗惧祸而作,又不尽然也。《神龟》、《白鹤》、《鹦鹉》、《鹞》、《离缴雁》皆作建安中,若《鹞雀》、《蝙蝠》必有指刺,《蝉》有忧生之嗟。以意逆志,在善读者自得之。

神龟赋 并序^①

龟号千岁^②。时有遗余龟者,数日而死,肌肉消尽,惟甲存焉。余感而赋之,曰:

嘉四灵之建德,各潜位乎一方。苍龙虬于东岳,白虎啸于西冈。玄武集于寒门^③,朱雀栖于南乡。顺仁风以消息,应圣时而后翔。嗟神龟之奇物,体乾坤之自然。下夷方以则地,上规隆而法天。顺阴阳以呼吸,藏景曜于重泉。食飞尘以实气^④,饮不竭于朝露。步容趾以俯仰,时鸾回而鹤顾。忽万岁而不恤^⑤,周无疆于太素。感白龙之翔鹜,卒不免乎豫且。虽见珍于宗庙,罹刳剥之重辜^⑥。欲愬怨于上帝,将等愧乎游鱼^⑦。惧沉泥之逢殆,赴芳莲以巢居。安玄灵而好静^⑧,不淫翔而改度^⑨。昔严周之抗节^⑩,援斯灵而托喻。嗟禄运之屯蹇,终遇获于江滨^⑪。归笼槛以幽处,遭淳美之仁人⑫。昼顾瞻以终日，夕抚顺而接晨。遘淫灾以殒越，命剿绝而不振。天道昧而未分，神明幽而难烛。黄氏没于空泽⑬，松乔化于株木⑭。蛇折鳞于平皋，龙脱骨于深谷⑮。亮物类之迁化，疑斯灵之解壳⑯。

① 从《初学记·鳞介部·龟》、《类聚·鳞介部·龟》校。

② "号"，郭作"寿"，《初学记》、《类聚》作"号"。

③ "寒门"，《初学记》、《类聚》一作"塞门"。按："寒门"是也。《楚辞》："踔绝垠于寒门。"张衡《思玄赋》："望寒门之绝垠兮。"司马相如《大人赋》："轶先驱于寒门。"《淮南子·墬形训》："北方曰北极之山，曰寒门。"《天文训》："东方木也，其兽苍龙；南方火也，其兽朱鸟；西方金也，其兽白虎；北方水也，其兽玄武。"

④ "食"，郭作"餐"。

⑤ "岁"，郭作"载"。

⑥ "罹"，《初学记》作"离"，古字通。

⑦ 《说苑》曰："昔白龙下清泠之渊，化为鱼。渔者豫且射中其目，白龙上诉。天帝曰：'当是之时，若安置而形？'对曰：'我化为鱼。'天帝曰：'鱼固人之所射也，豫且何罪？'"褚少孙《补龟策传》："宋元王二年，江使神龟使于河，至于泉阳。渔者豫且得而囚之。"《庄子·外物篇》："仲尼曰：'神龟能见梦于元君，而不能免余且之网；知能七十钻而无遗筴，而不能避刳肠之患。'"

⑧ "灵"，郭作"云"。

⑨ "淫"，《初学记》作"注"。

⑩ "严周"即"庄周"，避汉明帝讳。

⑪ "终"，《初学记》作"发"，非。

⑫ "淳"，《初学记》作"谆"。

⑬ "黄氏"，疑"黄能"。《国语》："鲧入于羽渊，化为黄能。"

⑭ "株",郭作"扶"。

⑮ "深",一作"幽"。

⑯《文选》陈孔璋《答东阿王笺》云:"并示《龟赋》,披览粲然。"即指此篇。盖作于建安中,琳卒于建安中,答笺题"东阿",乃后人追书。

【丁评】东阿失意之时,怨深而婉。

白鹤赋①

嗟皓丽之素鸟兮②,含奇气之淑祥。薄幽林以屏处兮,荫重景之馀光。狭单巢于弱条兮③,惧冲风之难当[1]。无沙棠之逸志兮,欣六翮之不伤。承邂逅之侥幸兮,得接翼于鸾皇。同毛衣之系类兮④,信休息而同行⑤。痛良会之中绝兮,遘严灾而逢殃⑥。共太息而祗惧兮⑦,抑吞声而不扬。伤本规之违忤,怅离群而独处。恒审伏以穷栖,独哀鸣而戢翼。冀大纲之解结⑧,得奋翅而远游。聆雅琴之清均⑨,记六翮之末流⑩。

① 从《初学记·鸟部·鹤》、《类聚·鸟部·鹤》校。

② 此首"兮"字,《类聚》俱无,《初学记》有。

③ "狭",《玉篇》"狎"亦作"狭"。此"狭"字亦习近义。

④ "系",郭作"气"。

⑤ "而",郭作"之"。

[1] "冲",原误作"衡",据《初学记》《艺文类聚》及各本曹集改。

⑥ "良",郭作"美"。

⑦ "共",郭误"并"。

⑧ "解",郭误"难"。

⑨ "均",各本作"韵",《类聚》作"均"。案:"均"是也。古无"韵"字,李登始作《声韵》,吕静始有《韵集》。《文选》成公子安《啸赋》:"音均不恒。"李善注:"'均',古'韵'字。"徐铉《说文新附》引裴光远云:"'韵',古与'均'同。古字有'均'无'韵'。"

⑩ 王粲亦有《白鹤赋》。

【丁评】"伤本"、"离群",皆自喻也。

蝉　赋①

　　唯夫蝉之清洁兮②,潜厥类乎太阴。在炎阳之仲夏兮③,始游豫乎芳林。实淡泊而寡欲兮,独怡乐而长吟④。声嗷嗷而弥厉⑤,似贞士之介心。内含和而弗食兮,与众物而无求。栖乔枝而仰首兮⑥,漱朝露之清流⑦。隐柔桑之稠叶兮,快啁号以遁暑⑧[1]。苦黄雀之作害兮⑨,患螳螂之劲斧⑩。冀高翔而远托兮⑪,毒蜘蛛之网罟⑫。欲降身而卑窜兮,惧草虫之袭予。免众难而弗获兮⑬,遥迁集乎宫宇。依名果之茂荫兮⑭,托修干以静处。有翩翩之狡童兮,步容与于园圃⑮。体离朱之聪视兮,姿才捷于猕猿⑯。条罔叶而不挽兮,树无干而不缘。㩻轻躯而奋进兮⑰,跪侧足以自闲。

---

　　[1] "暑",原误作"景",据《初学记》、《艺文类聚》及各本曹集改。

恐此身之惊骇兮[18]，精曾睆而目连[19]。持柔竿之冉冉兮，运微黏而我缠。欲翻飞而逾滞兮[20]，知性命之长捐。委厥体于庖夫[21]，炽炎炭而就燔。秋霜纷以宵下，晨风烈其过庭。气慴怛而薄躯[1]，足攀木而失茎。吟嘶哑以沮败，状枯槁以丧形。乱曰[22]：《诗》叹鸣蜩，声嘒嘒兮。盛阳则来，太阴逝兮。皎皎贞素，侔夷节兮[23]。帝臣是戴，尚其洁兮。

① 从《初学记·虫部·蝉》、《类聚·虫豸部·蝉》校。

② "兮"，《类聚》无，从《初学记》。"洁"，《类聚》、《文选补遗》、郭本俱作"素"，从《初学记》。

③ "炎"，郭作"盛"。

④ "怡"，《文选补遗》作"咍"。

⑤ "嗷嗷"，《文选补遗》、各本作'皦皦'，据《类聚》改。《广韵》："嗷，若郭切，音廓。嗷嗷，声也。""厉"下，《初学记》有"兮"字。

⑥ "乔"，郭作"高"。

⑦ "漱"，郭误"赖"。

⑧ "啁号"，《类聚》、郭作"闲居"；"以"作"而"。

⑨ "苦"，郭误"若"。

⑩ "螗蜋"，郭作"螂螳"。

⑪ "冀高翔"，《文选补遗》作"冀飘翔"，《初学记》、张炎作"飘高翔"，从《类聚》。

⑫ "网"，《文选补遗》作"罔"。

⑬ "难"，《初学记》作"艰"。

⑭ "荫"，郭作"阴"，从《初学记》。

⑮ "圃"，《初学记》误"囿"。

---

[1] "慴"，原误作"潜"，据《初学记》、《艺文类聚》及各本曹集改。

⑯ "猴",《初学记》一作"猴"。

⑰ "躯",郭误"驱"。

⑱ "此",《文选补遗》、郭作"余",从《类聚》。

⑲ "睆",《文选补遗》作"睨"。

⑳ "逾",《文选补遗》作"愈"。

㉑ "庖",《文选补遗》作"膳"。

㉒ "乱",郭作"辞"。

㉓ "节",《初学记》一本作"惠"。

【丁评】处危疑之时,忧谗畏讥,溢于言外。○此自喻也。

鹦鹉赋①

美洲中之令鸟②,超众类而殊名③。感阳和而振翼,遁太阴以存形。遇旅人之严网,残六翮而无遗④。身挂滞于重缴⑤,孤雌鸣而独归。岂余身之足惜,怜众雏之未飞。分糜躯以润镬⑥,何全济之敢希。蒙育养之厚德⑦,奉君子之光辉。怨身轻而施重,恐佳惠之中亏⑧。常戢心以怀惧,虽处安其若危。永哀鸣以报德⑨,庶终来而不疲⑩。

① 从《初学记·鸟部·鹦鹉》、《类聚·鸟部·鹦鹉》校。

② "洲中",郭作"州中",《初学记》作"中洲",《类聚》作"洲中"。案:《类聚》引《吴时外国传》曰:"扶南东有涨海,中有洲,出五色鹦鹉,其白者如母鸡。"据此则作"洲中"是也。

③ "超",郭作"越"。"而",《类聚》作"之"。

④ "残"，郭误"殊"；"而"误"之"。

⑤ "缫"，郭作"笼"。

⑥ "麏"，郭作"麾"。

⑦ "育"，郭误"盲"。

⑧ "佳"，郭作"往"。

⑨ "以"，郭误"其"。

⑩ "疲"，《类聚》作"疲"，《初学记》作"罢"。按："罢"音疲。《周礼·大司寇》："聚教罢民。"《礼·少仪》："师役曰罢。"应场、陈琳、阮瑀、王粲皆有此赋，盖同时作。

【丁评】忧戚之词，较之正平，弥觉悽惋。

鹖　赋　并序①

鹖之为禽②猛气，其斗终无胜负③，期于必死。遂赋之焉。

美遐圻之伟鸟④，生太行之岩阻。体贞刚之烈性，亮金德之所辅⑤。戴毛角之双立，扬玄黄之劲羽。甘沉殒而重辱⑥，有节侠之仪矩。降居擅泽，高处保岑⑦。游不同岭，栖必异林。若有翻雄骇逝⑧，孤雌惊翔，则长鸣挑敌，鼓翼专场⑨。逾高越壑，双战只僵⑩。阶侍斯珥，俯曜文墀。成武官之首饰，增庭燎之高晖⑪。

① 杨修《答临淄侯笺》云："对鹖而辞。"李注："植作《鹖赋》，亦命修为之，而修辞让。"盖作于建安中。今从《类聚·鸟部·鹖》校。

② "禽",徐作"鸟"。

③ "其",张溥作"共"。

④ "圻",郭误"忻"。

⑤ "金",郭作"乾"。

⑥ "甘",郭误"其";"殒"作"陨"。

⑦ "擅",郭误"檀"。按:"擅"者专,言擅一泽,各保一岑,即下所谓"游不同岭,栖必异林"之意。

⑧ "若",郭误"苦"。

⑨ "场",郭误"扬"。

⑩ "战",郭误"不",张炎注:"一作战。"按:《类聚》作"战",是也。

⑪ "晖",郭作"辉",《类聚》、张炎作"晖",义通。王粲亦有此赋。

离缴雁赋 并序①

余游于玄武陂中②,有雁离缴,不能复飞。顾命舟人,追而得之,故怜而赋焉。

怜孤雁之偏特兮③,情惆怅而内伤④。寻淑类之殊异兮,禀上天之嘉祥⑤。含中和之纯气兮⑥,赴四节而征行。远玄冬于南裔兮[1],避炎夏乎朔方⑦。白露凄以飞扬兮⑧,秋风发乎西商。感节运之复至兮,假魏道而翱翔。接羽翮以南北兮,情逸豫而永康。望范氏之发机兮⑨,播纤缴以凌云⑩。挂微躯之轻翼兮,忽颓落而离群。旅朋惊而鸣逝

---

[1] "玄",原误作"立",据《初学记》、《艺文类聚》及各本曹集改。

兮[11],徒矫首而莫闻。甘充君之下厨,膏函牛之鼎镬。蒙生全之顾复[1],何恩施之隆博。于是纵躯归命,无虑无求。饥食粱稻[12],渴饮清流。

① 《齐书》陆厥《与沈约书》曰:"《洛神》、《池雁》,便成二体之作。""《池雁》"指此篇。从《初学记·鸟部·雁》、《类聚·鸟部·雁》校。《初学记》无"离"字,《类聚》有。

② "玄武陂",各本误"武陵",《类聚》作"玄武陂中"。按:"玄武陂"是也。《魏志·武帝纪》:"建安十三年春正月,公还邺,作玄武池,以肄舟师。"魏文帝《于玄武陂作》云:"兄弟共行游,驱车出西城。"若"武陵"则非所游历矣。

③ "兮",《初学记》有,《类聚》、各本无,下同。

④ "怅",郭作"焉"。

⑤ 二句据《初学记》补。

⑥ "纯",郭误"绝"。

⑦ "乎",郭作"于",《初学记》作"兮",《类聚》作"乎"。

⑧ "扬",张溥脱。

⑨ 孙宣公《孟子音义》:"'范我'或作'范氏'。"案:《东都赋》:"范氏施御。"《宋书·乐志·君马篇》:"愿为范氏驱。"此赋亦一证。

⑩ 八句据《初学记》补。

⑪ "兮",各本无,据《初学记》补。"旅",郭误"旋";"朋"误"暗";"逝"误"远"。

⑫ "粱稻",郭作"稻粱"。

【丁评】纯是自喻,故言之悲怆乃尔。

----

[1] "全",原误作"前",据《艺文类聚》及各本曹集改。

鹞雀赋①

鹞欲取雀。雀自言:"雀者微贱②,身体些小。但食牛矢中豆,马矢中粟③。肌肉瘠瘦④,所得盖少。君欲相噉,实不足饱。"鹞得雀言,初不敢语。"顷来辗轲,资粮乏旅。三日不食,略思死鼠。今日相得,宁复置女⑤?"雀得鹞言,意甚怔营⑥。"性命至重,雀鼠贪生。君得一食,我命殒倾⑦。皇天降鉴,贤者是听。"鹞得雀言,意甚怛愤⑧。当死毙雀,头如果蒜⑨。不早首服,掁颈大唤⑩。行人闻之,莫不往观。雀得鹞言,意甚不移。目如擘椒⑪,跳萧二翅⑫。"我当死矣⑬,略无可避。"依一枣树,藜莸多刺⑭。鹞乃置雀,良久方去。二雀相逢,似是公妪。相将入草,共上一树。仍叙本末,辛苦相语⑮:"向者近出⑯,为鹞所捕。赖我翻捷,体素便附。说我辨语,千条万句。欺恐舍长,令儿大怖。我之得免,复胜于女⑰。自今徙意,莫复相妒。"

① 宋黄伯思《东观余论·〈鹞雀赋〉》辨:"顷传长安人有得陈思王真迹《鹞雀赋》者,及得张芸叟侍郎所刻本观之,乃近代伪帖也。按:草法亦如真行,孳乳寖多,故后代草字有唐以前所无者,如'于'字、'必'字之类。魏晋六朝人草此字,止如行书'于'、'必'如此作,至隋唐以来始省为□□如此作,故前辈云'必'字、'于'字无草书,是也。今俗书《鹞雀赋》二字皆如唐人草法,此一妄。又赋之首既书赋目,复冠以'曰'字,此殆妄人录类书中子建此赋书之,故忘去'曰'字,其陋如此。今《艺文类聚》亦有此赋,此二妄。末有武攸暨题字,乃作今市人所作伪古篆,仍云'以永其传',此近人语,唐世未

之有也，此三妄。又数印章云唐人印，乃与今市肆所作篆形模字画无异，及末有‘静华’二字，乃摹《法帖》子敬字中‘动静’及‘华新妇’字，此四妄。其末又有子建画像，神气甚俗，衣冠笔势亦若今画院画史所为，前人画不如此也，此五妄。既作伪帖，又画其伪像，而伪章题署甚多，汲汲恐人之不信也，其陋至此而不悟[1]，以为笔法在二王上，使人骇叹。是知非书之难，知者亦难。此与俗传石本王摩诘所画四时山水上有摩诘、薛邕等印同科[2]，盖亦今浅俗所为，见之令人鄙吝生。而士大夫或收藏，甚者张于墙壁，是可叹也。”魏了翁《鹤山集·跋陈思王帖》：“按：隋秘书所载有魏《皇初篇》，其书至唐已亡，莫知为何等书也。以类推之，知子建之遗文，在当时固多有亡者，奚独《鹞雀》等赋云乎哉！唐太宗出御府金币，致天下古本，命魏玄成及虞、褚定其真伪，篇各有印，印以‘贞观’为文。今《鹞雀赋》及王仲宣诗皆有此印，疑唐秘府所藏矣。亡何，遽为武氏子脂泽所得，良为可惜。最后在建邺文房，而后归之浮休张氏，盖几于屡阨而仅脱者。一缣素之传，固亦有幸不幸哉！今自隋炀帝至浮休居士所题，其为帖凡五，虽乏精神，颇多态度。或疑赝伪，或讶临摹，固在疑似间。然迹其所由来，则源流固有可考者。今藏于新普安史君任公之家。嘉定八年春正月，临卭魏某得与寓目，辄题其后。”梅鼎祚《隋文纪》有炀帝《跋曹子建墨迹》云：“陈思王，魏宗室子也。世传文章典丽，而不言其书。仁寿二年，族孙伟持以遗予。予观夫字画沉快，而词旨华致，想像其风仪，玩阅不已，因书以冠于褾首。”梅氏云：“出《甲秀堂法帖》。”按：鹤山所云“《皇初篇》”即“黄初”，避隋讳也。从《类聚·鸟部·鹞》、《御览·羽族部·鹞》校。

②“自”字、“者”字，各本脱，《类聚》作“雀言自雀”，《御览》作“雀自言雀者”。郭、汪“鹞”上衍“白”字。

③《御览·百谷部·豆》引“言雀者但食”云云。审其文势，当在“身体些小”之下，据补。

④“瘠”，郭作“瘠”。

---

[1] “不”，原脱，据《东观馀论》补。
[2] “时”，原误作“海”，据《东观馀论》改。

⑤《类聚》作"置"，《御览》作"舍"。

⑥ "怔"，郭作"征"。

⑦ "殒倾"，郭作"是倾"。

⑧ "怛"，《类聚》作"沮"。

⑨《颜氏家训·书证》篇云："《三辅决录》云：'前队大夫范仲公，盐豉蒜果共一箭。''果'当作魏颗之'颗'。北土通呼物'一由'，改为'一颗'，'蒜颗'是俗间常语。而陈思王《鹞雀赋》曰：'头如果蒜，目似擘椒。'"

⑩ "捩"，《类聚》作"列"，郭、汪、张炎、张溥作"烈"。按：《御览》作"捩"，是也。

⑪ "如"，《颜氏家训》作"似"。

⑫ 宋吴棫《韵补》"移，以豉切"引此赋四句。"移"与"翅"韵。

⑬《类聚》一作"我虽当死"。

⑭ 二句据《御览·果部·枣》引补。审其文势，当在"鹞乃置雀"之上，乃雀得以避鹞，鹞所以置雀也。严本在"我当死矣"之上，非是。

⑮《御览》作"苦辛"。

⑯ 四字，张炎作"初而共出"；郭无"初"字，作"而共出"。

⑰ "女"，《类聚》、各本作"兔"，郭作"死"，从《御览》作"女"。

蝙蝠赋①

吁何奸气②，生兹蝙蝠。形殊性诡，每变常式。行不由足，飞不假翼③。明伏暗动，尽似鼠形，谓鸟不似。二足为毛，飞而含齿。巢不哺觳，空不乳子④。不容毛群，斥逐羽族。下不蹈陆，上不冯木。

① 从《类聚·虫豸部·蝙蝠》校。

② "吁"上,各本衍"曰"字。

③ "飞",郭作"气"。

④ "空",疑当作"室"。"乳",郭、张炎误"浮"。

【丁评】嫉邪愤俗之词,末四句痛斥尤甚。

射雉赋

暮春之月,宿麦盈野,野雉群雊①。

①《初学记·岁时部·春》。

芙蓉赋①

览百卉之英茂,无斯华之独灵。结修根于重壤,泛清流以擢茎②。退润王宇,进文帝廷③。竦芳柯以从风兮,奋纤枝之璀璨④。其始荣也,皎若夜光寻扶桑⑤;其扬辉也,晃若九阳出汤谷。芙蓉骞产⑥,菡萏星属。丝条垂珠,丹茎吐绿⑦。煜煜兮,煇煇兮⑧,烂若龙烛。观者终朝,情犹未足。于是姣童媛女,相与同游。擢素手于罗袖,接红葩于中流。

① 从《初学记·草部·芙蓉》、《类聚·草部·芙蕖》、《御览·果部·

莲》校。

② "以"，郭作"而"。

③ 二句据《文选》刘休玄《拟古》诗注补。

④ 二句据《初学记》、《御览》补。"兮"，《初学记》无，《御览》有。

⑤ "桑"，《御览》作"木"，《类聚》、各本作"桑"。

⑥ "骞"，《类聚》作"蹇"，《初学记》、《御览》作"骞"。

⑦ 此句《初学记》作"丹茎吐绿"，《类聚》作"丹荣加绿"，《御览》作"丹茎加渌"。"茎"，郭作"荣"。

⑧ 《初学记》作"辉辉"，《类聚》、郭作"烨烨"，《御览》作"焜焜兮，辉辉兮"。

酒　赋 并序①

余览扬雄《酒赋》，辞甚瑰玮，颇戏而不雅。聊作《酒赋》，粗究其终始②。

嘉仪氏之造思，亮兹美之独珍。嗟麴糵之殊味，□□□□□□③。仰酒旗之景曜，协嘉号于天辰。穆生失醴而辞楚④，侯嬴感爵而轻身⑤。穆公酣而兴霸，汉祖醉而蛇分⑥。谅千钟之可慕，何百觚之足云。其味亮升⑦，久载休名⑧。其味有宜城醪醴⑨，苍梧缥清⑩。或秋藏冬发，或春酝夏成⑪。或云液川涌⑫，或素蚁浮萍⑬。尔乃王孙公子，游侠翱翔。将承欢以接意⑭，会陵云之朱堂⑮。献酬交错，宴笑无方。于是饮者并醉，从横欢哗⑯。或扬袂屡舞，或叩剑清歌；或嚬蹴辞觞⑰，或奋爵横飞；或叹骊驹既驾，或称朝露未晞。

于斯时也，质者或文，刚者或仁；卑者忘贱，窭者忘贫。和睚
眦之宿憾，虽怨雠其必亲⑱。于是矫俗先生闻之而叹曰：
噫！夫言何容易，此乃淫荒之源，非作者之事。若⑲耽于觞
酌，流情纵佚。先王所禁，君子所失⑳。安沉湎而为娱，非往
圣之所述。辟《酒诰》之明戒，同元凶于三季㉑。叙嘉宾之欢
会，惟耽乐之既阕。日晻暗于桑榆兮，命仆夫而皆逝㉒。

　　① 从《类聚·食物部·酒》、《书钞·酒食部·酒》校。《太平广记》云：
"魏陈思王有神思，为鸭头杓，浮于九曲酒池。王意有所劝，鸭头则回向之。
又为鹊尾杓，柄长而直。王意有所到处，于尊上镟之，鹊则指之。"

　　② 郭有"赋曰"二字，《类聚》无。

　　③ 据《书钞》原本补，缺空六字。

　　④ "失"，郭作"以"。

　　⑤ "轻身"，郭作"增深"，张炎注云："一作'轻身'。"

　　⑥ 据《书钞》补。

　　⑦ 句有误字。

　　⑧ 四句据《书钞》原本补。

　　⑨《周礼·酒正》疏曰："释曰：言'泛者，成而滓浮'者，此五齐皆言成
者，谓酒熟曰成。云'如今宜城醪矣'者，'宜城'，说以为地名。故曹植《酒
赋》：'宜城醪醴，苍梧缥清。'若马融所云'今之宜城，会稽稻米，清似宜城'，
以为酒名。故刘杳《要雅》亦以'宜城'为酒名。二者未知孰是。今郑云'宜
城醪矣'，亦未知郑意酒名地名。类下'鄮白'，则为地名矣。"[1]案：《后汉
书·杜根传》："为宜城山中酒家保。"李贤注："宜城县，在今襄州率道院南，
其地出美酒。"

　　⑩《文选》陆韩卿诗注引："酒有宜城醲醪，苍梧缥清。"

---

　　[1]《周礼正义》此处"宜城"原均作"宜成"，"城"、"成"通。

⑪《文选》王僧达诗注引:"春酲夏开。"

⑫"液",郭误"拂",张炎作"沸"。"川",郭一作"潮"。

⑬"浮",《类聚》作"如"。

⑭"欢",郭作"芬",张炎作"芳"。

⑮"之",郭误"于"。

⑯"从",郭作"纵";"欢"作"喧"。

⑰"蹴",汪作"噈"。

⑱《书钞·明堂》引此二句,今据补。

⑲"夫"至"若"十七字,郭本有,各本脱。

⑳"失",郭作"斥"。杜诗《述怀》:"生平老耽酒。"九家注引曹赋亦作"失"。

㉑宋吴棫《韵补·五寘》:"述,树伪切,循也。曹植《酒赋》云云。"今据补。

㉒宋吴棫《韵补·五寘》:"闋,睽桂切,止也。《说文》从癸得声。曹植《酒赋》云云。"今据补。绪曾按:思王《酒赋》末数句,庶几"宾筵"遗意,岂有"醉酒悖慢,迫胁使者"之事乎?其为希旨无疑矣。召为南中郎将,醉不能受命,盖不欲以功名掩兄,而子桓得以行其计也。王粲亦有《酒赋》,词旨略同,有云:"大禹所忌,文王是艰。"皆作于魏武禁酒时。

【丁评】《酒赋》结明正旨,垂戒至深,子建岂沉湎于酒者哉!《魏志》本传言,太祖遣植救曹仁,植醉,不能受命。注引《魏氏春秋》云:"植将行,太子饮焉,逼而醉之。"其后臣下希旨,诬植醉酒悖慢。媒蘖之词,何所不至。立不弃植,魏之所以不竞也。

槐 赋①

羡良木之华丽,爰获贵于至尊。凭文昌之华殿②,森列峙乎端门。观朱榱以振条③，据文陛而结根。扬沉阴以溥覆④，似明后之垂恩。在季春以初茂，践朱夏而乃繁。覆阳精之炎景，散流耀以增鲜。

① 文从《初学记·木部·槐》、《类聚·木部·槐》校。王楙《野客丛书》："古来士如曹操、曹植、王粲、挚虞、庾儵、傅选、庾信之徒，皆有《槐赋》。"

② 《类聚》载文帝《槐赋》曰："文昌殿中槐树，盛暑之时，余数游其下，美而赋之。王粲直登贤门，小阁外亦有槐树，乃使就赋焉。"据此则思王此赋作于建安中。王粲赋载《初学记》、《类聚》。又繁钦作《槐》诗。

③ "榱"，郭作"榱"；"以"作"之"。

④ "溥"，郭作"博"。

橘　赋①

有朱橘之珍树，于鹑火之遐乡。禀太阳之烈气，嘉杲日之休光。体天然之素分，不迁徙于殊方。播万里而遥植，列铜雀之园庭②。背江洲之暖气③，处玄朔之肃清④。邦换壤殊⑤，爰用丧生。处彼不凋，在此先零。朱实不萌⑥，焉得素荣？惜寒暑之不均，嗟华实之永乖。仰凯风以倾叶，冀炎气之可怀⑦。飑鸣条以流响，希越鸟之来栖⑧。夫灵德之所感，物无微而不和。神盖幽而易激，信天道之不讹。既萌根而弗干，谅结叶而不华。渐玄化而不变，非彰德于邦家。拊微条以叹息⑨，哀草木之难化⑩。

① 各本"橘"上衍"植"字，盖采自唐人类书，云"曹植《橘赋》"，遂误连以为"植橘赋"也。从《初学记》、《类聚》、《太平御览·果部·橘》校。

② "庭"，郭作"廷"。

③ "江洲"，郭作"山川"，据《初学记》、《类聚》、《御览》改。"暖气"，《文选》赵景真《与稽茂齐书》注作"气暖"。

④ "朔"，郭误"翔"。"肃"，《事类赋注》作"昼"。

⑤ "殊"，郭作"别"。

⑥ "不萌"，《类聚》作"不凋"，与上句复；郭、汪、张炎作"不卸"；《初学记·事对》"朱实"注作"不萌"，是也。

⑦ "可"，《类聚》、郭作"所"，从《初学记》。

⑧ "希"，冀也。《类聚》、《初学记》一作"晞"，非。

⑨ "拊"，郭作"附"。

⑩ 王褒《九怀》："乘虹骖蜺兮载云变化。"洪兴祖《补注》："'化'音花。曹子建《橘赋》'化'与'家'同韵。"

述行赋①

寻曲路之南隅，观秦政之骊坟。哀黔首之罹毒，酷始皇之为君。濯余身于神井，伟温涛之若焚②。

① 此建安十六年，子建从魏武征马超，自关中至骊山所作也。《古文苑》亦载此赋。从《初学记·地部·骊山汤温泉》校。

② "神"，《古文苑》、郭作"秦"；"伟温涛"作"律汤液"，张溥又误"伟汤祷"。按：《初学记·事对》"温涛"注及赋两引皆作"神井"、"温涛"，今据改。

述征赋[1]

恨西夏之不纲[2]。

[1] 疑即《述行赋》。
[2]《文选·西征赋》注、陆士衡《吊魏武文》注。

表神掌于岩首[1]。

[1]《太平寰宇记·华山》。

孔雀赋[1]

[1]《艺文类聚·鸟部》杨修《孔雀赋序》："魏王园中有孔雀，久在池沼，与众鸟同列。其初至也，甚见奇伟。而今行者莫视。临淄侯感世人之待士亦咸如此，故兴志而作赋，并见命及。"

弈　赋[1]

[1] 段成式《酉阳杂俎》云："魏肇师曰：'古人托曲多矣，然《鹦鹉赋》，祢衡、潘尼二集并载；《弈赋》，曹植、左思之言正同。'"按：《弈赋》，子建、太冲俱佚。

临涡赋①

① 穆修《参军集·过涡河》诗:"扬鞭策赢马,桥上一徘徊。欲拟《临涡赋》,惭无八斗才。"自注:"昔曹子建临涡作赋,书于桥上。"考魏文帝有《临涡赋序》云:"余兄弟从上拜坟墓。"盖子建赋亦同时作。绪曾按:思王诸赋多非全文,即《洛神赋》,《类聚》、《初学记》、《御览》所录亦得寥寥短章,非采入《文选》,无由全见。王世贞《艺苑卮言》云:"《洛神赋》,王右军、大令各书数十本,当是晋人极推之耳。清彻圆丽,《神女》之流。陈王诸赋皆小言,无及者。"明人所见曹集即十卷本,盖不思类书删截,以为子建赋体当如是也。宋张耒《柯山集·吴故城赋》自跋云:"予近读曹植诸小赋,虽不能缜密工致,悦可人意,而文气疏俊,风致高远,有汉赋馀韵,足可矜尚也。因拟之云。"张文潜北宋人,当见古本,其言较王弇州足据矣。

曹集考异卷五

诗①

① 沈约《宋书·谢灵运传论》云:"建安曹氏基命,二祖、陈王,咸蓄盛藻;子建、仲宣,以气质为体。原其飙流所始,莫不同祖《风》、《骚》。"颜延之《庭诰》曰:"五言流靡,则刘桢、张华;四言侧密,则张衡、王粲。若夫陈思,可谓兼之矣。"《御览》引。锺嵘《诗品·魏陈思王植》:"其源出于《国风》。骨气奇高,词采华茂,情兼雅怨,体被文质。粲溢古今,卓尔不群。嗟乎!陈思之于文章也[1],譬人伦之有周、孔,鳞羽之有龙、凤,音乐之有笙、竽,女工之有黼、黻。俾尔怀铅吮墨者,抱篇章而景慕,映馀晖以自烛。故孔氏之门如用诗,则公幹升堂,思王入室,景阳、潘、陆自可坐于廊庑之间矣。"又云:"建安曹公父子,笃好斯文;平原兄弟,郁为文栋;刘桢、王粲,为其羽翼。次有攀龙托凤,自致于属车者,盖将百计。彬彬之盛,大备于斯矣。"又云:"故知陈思为建安之杰,公幹为辅。"又云:"曹、刘为文章之圣,陆、谢为体贰之才。锐精研思,千百年中,而未闻宫商之辨、四声之论。或谓前达偶所不见,岂其然乎!尝试言之,自古诗颂皆被之金竹[2],故非调五音,无以谐会。若'置酒高殿上'、'明月照高楼',为韵之首[3]。"又云:"陈思'赠弟'[4],仲宣《七哀》,公幹'思友',斯皆五言之警策者也。所以谓篇章之珠泽,文彩之邓林。"《文心雕龙·明诗》篇:"暨建安之初,五言腾踊。文帝、陈思,纵辔以骋节;王、徐、应、刘,望路而争驱。并怜风月,狎池苑,述恩荣,叙酣宴。慷慨以任气,磊落以使才。造怀指事,不求纤密之巧;驱辞逐貌,惟取昭晰之能:此其所同也。"又云:"若夫四言正体,则雅润为本;五言流调,

---

[1] "于",原脱,据《诗品》补。
[2] "竹",原误作"丝",据《诗品》改。
[3] "为"下,原衍"八",据《诗品》删。
[4] "弟",原误作"答",据《诗品》改。

则清丽居宗。华实异用,唯才所安。故平子得其雅,叔夜含其润,茂先凝其清,景阳振其丽。兼善则子建、仲宣,偏美则太冲、公幹。"又《神思》篇:"子建援牍如口诵,仲宣举笔若宿构。"又《时序》篇:"陈思以公子之豪,下笔琳琅。"《才略》篇:"子建思捷而才俊,诗丽而表逸。"骆宾王启云:"子建之牢笼群彦,士衡之藉甚当时。"又《畴昔篇》云:"张曹翰苑纵横起。"李白《宣城郡》诗:"蓬莱文章建安骨。"杜甫《赠韦左丞丈》云:"赋拟扬雄敌,诗看子建亲。"《别李义》诗:"子建文章壮,河间经术尊。"《追酬故高蜀州人日见寄》云:"文章曹植波澜阔,服食刘安德业尊。"苏轼云:"苏、李之天成,曹、刘之自得,陶、谢之超然,固已至矣。而杜子美、李太白以英伟绝世之资,凌跨百代,古之诗人尽废。然魏晋以来,高风绝尘,亦少衰矣。"张戒《岁寒堂诗话》:"阮嗣宗诗专以意胜,陶渊明诗专以味胜,曹子建诗专以韵胜,杜子美诗专以气胜。然意可学也,味可学也;若夫韵有高下,气有强弱,则不可学矣。此韩退之之文,曹子建、杜子美之诗,后世所以莫能及也。苏子瞻专称渊明,且曰曹、刘、鲍、谢、李、杜皆不及也。夫鲍、谢不及则有之,若子建、李、杜之诗,亦何愧于渊明?即渊明之诗,妙在有味耳。而子建微婉之情,洒落之韵,抑扬顿挫之气,固不可以优劣论。古今诗人,推陈王及古诗第一,乃不易之论。文章古今不同,锺嵘《诗品》以古诗第一,子建次之。此论诚然。观子建'明月照高楼'、'高台多悲风'、'南国有佳人'、'惊风飘白日'、'谒帝承明庐'等篇,铿锵音节,抑扬态度,温润清和,金声而玉振之,词不迫切,意已独至,与《三百五篇》异世同律,此所谓韵不可及也。"敖陶孙《诗评》:"曹子建如三河少年,风流自赏。"冯班《指俗》云:"敖陶孙《诗评》如村农看市,都不知物价贵贱。论曹子建云:'如三河少年,风流自赏。'知其未尝读书也。"按:此评仅据《白马》、《名都》、《公宴》诸诗,于《责躬》、《应诏》、《赠答白马王彪》、《怨歌》、《吁嗟》,未得其深也。胡应麟云:"建安首称曹、刘。陈王精金粹璧,无施不可。四言源出《国风》,杂体规模两汉,轨躅具存。第其才藻宏富,骨气雄高。'八斗'之称,良非溢美。公幹才偏,气过于词[1];仲宣才弱,肉胜于骨;应、徐、陈、阮,篇什寥寥,间有存者,不出子建范围之内。曹、刘、阮、陆之为

---

[1] "于词",原脱,据胡应麟《诗薮》补。

诗也，其源远，其流长，其调高，其格正。备诸体于建安者，陈王也。"陈祚明云："古学之不兴也，以纂绣组织者为才，此非古所谓才也。夫才者，道人不易道之情，状人不易状之景，左驰右骋，一纵一横，畅达淋漓，俛仰自得，是之谓才。得之于天，不可强也。若多识古今，博于故实，此尽人可以及之。且夫纂绣组织，非其多之为贵。五色之丝，锦绮之具也。散陈而未合，不足为华。经纬而织之，虽条理错彩，色不匀称，九章紊乱，颠倒天吴，可谓之华乎？宫商合而成音，丹碧错而成锦。前沉则后扬，外缛而中朗。有条递之绪以引之，则不棼；有清越之语以间之，则不沓；有超旷之旨以运之，则不滞；有婉转之笔以回翔播荡之，则不板。故绣以能纂为文，组则以善织为美。多识博览，顾所用何如，此才子之所以异此。夫笙簧犹是器，而合曲各成；牲牢犹是物，而和味互异。以此观之，可知子建之诗矣。昧者不察，震其繁丽，以为多才。即昭明所收《白马》、《名都》、《箜篌》、《美女》，亦皆此旨。若《吁嗟》之飘荡，《弃妇》之婉约，《七步》之真至，反不解登，安能尽子建天才之极乎？子建既擅陵厉之才，兼饶藻组之学，故风雅独绝，不甚法孟德之健笔，而穷态尽变，魄力厚于子桓。要之，三曹各成绝技，使后人攀仰莫及。陈思诗如大成合乐，八音繁会，玉振金声，绎如抽丝，端如贯珠。循声赴节，既谐以和，而有理有伦，有变有转，前趋后艳，徐疾淫裔，璆然之后，犹擅馀音。又如天马飞行，籋云陵山，赴波逾阻，靡所不臻，曾无一蹶。"唐汝询云："'去者日以疏'及'客从远方来'二首，锺嵘《诗品》称为'旧疑陈王所制'。"按：锺嵘云："古诗'去者日以疏'四十五首，旧疑是建安陈王所制。"未云何首为子建作。魏泰《临汉隐居诗话》："世传《木兰诗》为曹子建作，似矣。然其中云：'可汗问所欲。'汉魏时未有'可汗'之名。"如云："朔气传金柝，寒光照铁衣。将军百战死，壮士十年归。"全类律诗，非子建作明矣。今不采入。

公　讌[①]

公子敬爱客[②]，终宴不知疲。清夜游西园，飞盖相追随。

明月澄清景③,列宿正参差。秋兰被长坂,朱华冒绿池④。潜鱼跃清波,好鸟鸣高枝。神飙接丹毂,轻辇随风移。飘飘放志意,千秋长若斯⑤。

① 建安中,偕魏世子丕西园谯会之作。从《文选·诗·公谯》校。"谯",郭作"宴"。

② "敬爱",李作"爱敬"。"公子",指子桓也。

③ "景",各本作"影"。按:"影",古作"景"。

④ "绿",《初学记》作"渌"。

⑤《类聚·礼部·燕会》、《初学记·礼部·燕会》俱截去末二句。《御览·人事·礼贤》、《资产·园》止首四句。以下诸诗,全文载《文选》、郭茂倩《乐府》者,非有异同,不复言唐宋类书,以祛繁复。王粲、徐幹诗见《文选》,应场诗见《类聚》,皆同时作。

侍太子坐①

白日曜青春,时雨静飞尘②。寒冰辟炎景,凉风飘我身。清醴盈金觞,肴馔纵横陈。齐人进奇乐,歌者出西秦。翩翩我公子,机巧忽若神。

① "太子",指子桓也。从《类聚·礼部·燕会》、《御览·礼仪部·宴会》校。

② "时",《御览》作"微";"静"作"净"。

七　哀^①

　　明月照高楼，流光正徘徊^②。上有愁思妇，悲叹有馀哀。借问叹者谁？自云客子妻^③。君行逾十年，孤妾常独栖。君若清路尘，妾若浊水泥^④。浮沉各异势，会合何时谐？愿为西南风，长逝入君怀。君怀良不开，贱妾当何依^⑤？

　　① "七哀"之义，李崇贤无注。吕向曰："七哀，谓痛而哀，义而哀，感而哀，耳闻而哀，目见而哀，口叹而哀，鼻酸而哀。"谓一事而七情具也。然不言所出，恐望文生义。元李冶《敬斋古今黈》云："人之七情，有喜、怒、哀、惧、爱、恶、欲之殊。今而哀戚太甚，喜、怒、乐、爱、恶、欲皆无有，情之所系，惟有一哀而已，故谓之'七哀'也。"何义门曰："情有七而偏主于哀，其所遭之穷也。"宋葛常之《韵语阳秋》云："《七哀》诗起曹子建，其次则王仲宣、张孟阳。子建之《七哀》在于独处之思妇，仲宣之《七哀》在于弃子之妇人，张孟阳之《七哀》在于已毁之园寝。直以为咏思妇作，亦无不可也。"又《文选》鲍明远《苦热行》注、沈休文《拟古》诗注俱引曹植《七哀》诗，知所咏亦非一首。《文选》列于"哀伤"，题曰《七哀》；《玉台新咏》以为《杂诗》；《艺文类聚》列于"闺情"；郭茂倩《乐府》题解列于相和楚调曲，题曰《怨诗行》^[1]，引《古今乐录》^[2]曰："《怨诗行》，歌东阿王'明月照高楼'一篇。"以此首为本辞，不分解。馀详《乐府》。

　　② 胡应麟《诗薮》："'明月照高楼，想见馀光辉'，李陵逸诗也。子建'明月照高楼，流光正徘徊'，全用此句，而不用其意，遂为建安绝唱。"

　　③ "客"，宋陈玉父《玉台新咏》、《类聚》作"客"，《文选》、郭、张炎作"宕"，张溥作"荡"。

　　④ 二"若"字，《御览》作"为"。

___

　　[1] "题"上，原衍"文"，据文意删。
　　[2] "今"，原误作"文"，据郭茂倩《乐府诗集》改。

⑤"依",笃皆切。元刘履《风雅翼》云:"子建与文帝同母骨肉,今乃浮沉异势,不相亲与,故时以'孤妾'自喻,而切切哀虑之也。其首言明月徘徊者,喻文帝恩泽流布之盛,以发下文独不及见之意也。此篇亦在雍丘所作,故有'愿为西南风'之语[1]。按:雍丘即今汴梁之陈留县,当魏都西南云。"绪曾按:刘氏《风雅翼》皆取《文选》诸诗为之补注,其解子建诗多切时事,虽未必尽确,今录以备考。何谿汶《竹庄诗话》[2]:"《吕氏童蒙训》曰:'读《古诗十九首》及曹子建诸诗,如"明月照高楼,流光正徘徊"之类,皆思深远而有馀意[3],言有尽而意无穷也。学者当以此等诗常自涵养,自然下笔高妙。'"

【丁评】此其望文帝悔悟乎? 结尤凄惋。

斗鸡诗①

游目极妙伎,清听厌宫商。主人寂无为,众宾进乐方。长筵坐戏客,斗鸡观闲房。群雄正翕赫,双翘自飞扬。挥羽激清风②,悍目发朱光。觜落轻毛散,严距往往伤。长鸣入青云,扇翼独翱翔。愿蒙狸膏助,常得擅此场③。

① 郭、《乐府·杂曲歌辞》作《斗鸡篇》,《初学记》、《类聚·鸟部》作《斗鸡诗》。

② "清",《类聚》作"流"。

③ 刘桢、应场俱有《斗鸡诗》,见《类聚》,盖建安中同作。近山阳丁晏作

[1] "有",原脱,据刘履《风雅翼》补。
[2] "何谿汶",原误作"何汶谿"。按:《竹庄诗话》原不著撰人,清《四库全书总目提要》定为"何谿汶",而今人郭绍虞《宋诗话考》定为"何汶",今姑依从旧说。
[3] "意",原脱,据日本中《吕氏童蒙诗训》补。

79

《年谱》，引《邺都故事》"明帝太和中筑斗鸡台"，作于太和中。然考其时，应、刘早卒矣。梁简文帝诗云："陈思助斗协狸膏。"指此诗。"狸膏"事见《庄子》逸篇。

元会诗①

初岁元祚，吉日惟良。乃为嘉会②，讌此高堂③。尊卑列序，典而有章。衣裳鲜洁，黼黻玄黄。清酤盈爵，中坐腾光。珍膳杂遝④，充溢圆方。笙磬既设，筝瑟俱张。悲歌厉响，咀嚼清商⑤。俯视文轩，仰瞻华梁。愿保兹善⑥，千载为常。欢笑尽娱，乐哉未央。皇室荣贵⑦，寿若东王⑧。

① 左太冲《魏都赋》云："置酒文昌，高张宿设。"《晋·礼志》云："魏帝都邺，正会文昌殿，用汉仪。"此武帝在邺事。《宋·礼志》云："魏黄初三年，始奉玺朝贺。何承天云：魏元会仪无存者。案：何元幹《许都赋》[1]：'元正大飨[2]，坛彼西南。旗幕峨峨，檐宇宏深。'"此文帝在许事。《魏书》云："太和五年，其年冬，诏诸王朝。"此明帝都洛阳事。《类聚·礼部·朝会》有陈王曹植诗、《赴元正表》。然太和六年二月始封陈王，则"陈王"二字系后人所加。又《类聚》载《谢得入表》、《罢朝表》，盖黄初时奉绝朝之诏，故展转吁请，《元会诗》亦作黄初中。案：《文帝纪》："黄初二年十二月，东巡。三年正月丙寅朔，庚午，行幸许昌宫。"是三年元会仍未至许也。四年正月则在宛，九月幸许。五年三月自许还洛阳，秋七月幸许[3]。六年三月幸召陵，

[1] "何元幹"，原误作"何元朝"。按：《宋书·礼志》原作"何桢"，桢字元幹。
[2] "正"，原误作"会"，据《宋书·礼志》改。
[3] "秋"，原误作"冬"，据《三国志》改。

乙巳还许,五月至谯[1],十二月行自谯过梁。七年春正月将幸许昌,不果入,壬子还洛阳宫,夏五月丁巳崩。计惟五年正月朔在许。《初学记》、《类聚·岁时部·元正》皆载是诗,《御览·时序部·元日》所载多数语,云《正会诗》,今据校。

②“嘉”,郭作“佳”。

③“谯”,郭作“宴”。

④“遝”,郭误“环”,据《初学记》改。

⑤《类聚》无“章”、“光”、“张”、“商”四韵。宋蒲积中《岁时杂咏》亦同,惟《御览》有。

⑥“善”,郭作“喜”。

⑦《初学记》、《类聚》作“皇室”,《书钞》作“主家”,《御览》作“室家”。

⑧《初学记》、《御览》作“寿若东王”,《类聚》“寿考无疆”。

送应氏诗二首①

步登北芒阪②,遥望洛阳山。洛阳何寂寞,宫室尽烧焚③。垣墙皆顿擗,荆棘上参天。不见旧耆老,但睹新少年。侧足无行径④,荒畴不复田。游子久不归,不识陌与阡。中野何萧条,千里无人烟⑤。念我平常居⑥,气结不能言。

清时难屡得,嘉会不可常。天地无终极,人命若朝霜⑦。愿得展嬿婉,我友之朔方。亲昵并集送⑧,置酒此河阳。中馈岂独薄,宾饮不尽觞。爱至望苦深,岂不愧中肠?山川阻

---

[1] “五”,原误作“八”,据《三国志》改。

且远，别促会日长。愿为比翼鸟，施翮起高翔。

①《魏书》云："汝南应场，字德琏。被太祖辟为丞相掾属，转为平原侯庶子。后为五官将文学。场弟璩。"刘良注："此诗送应场兄弟也。"刘履云："子建为平原侯，场为庶子，送别而作。"绪曾按：刘说非是。诗首章云："遥望洛阳山。"次章云："置酒此河阳。"又云："我友之朔方。""朔方"者，冀州，指邺言。此应场辟为丞相掾属，子建在洛阳饯别而作。魏武自领冀州牧，虽四方征伐，而掾属常留邺，不必尽从。若为平原侯庶子，则朝夕相依，即偶尔遣使至邺，不必气结而伤"别促会长"也。又文帝为五官中郎将、副丞相，留守许都，掌宿卫。且建安十九年，文帝为五官将，子建留守邺，更与洛阳送别不合。从《文选·祖饯》作《送应氏诗二首》，并校。

②"芒"，汪本作"邙"。

③《魏书·董卓传》："初平元年二月，乃徙天子都长安，焚烧洛阳宫室。"又云："杨奉、韩暹、董承以天子入洛阳，宫室烧尽，街陌荒芜，百官披荆棘，依墙壁间。""焚"，一作"燔"。《太平寰宇记》云："河南府古洛州，献帝即位，关东兵起，相国董卓遂逼迁西都长安，尽烧洛阳宫庙。曹子建诗云：'步登北芒阪，遥望洛阳山。洛阳何寂寞，宫室尽烧燔。'"按：此诗作于迁都许昌时，去焚烧未久。若魏受禅都洛阳，则民居稍稠矣。

④"径"，郭作"迳"。

⑤"无"，五臣作"不"。

⑥李善作"常居"，五臣作"生亲"。

⑦《文选》陆士衡《短歌行》"人寿几何"注引曹植《送应氏》诗："人寿若朝霜。"是李所见本作"寿"。

⑧"昵"，五臣作"暱"。

【丁评】孙月峰谓诗伤汉室，此言得之。时董卓迁献帝于西京，洛阳焚烧，故言之沉痛，若此黍离麦秀之感，恻然伤怀。其后为汉帝发丧悲哭，其志可哀，其人深可敬矣。

杂诗六首①

　　高台多悲风，朝日照北林。之子在万里，江湖迥且深②。方舟安可极，离思故难任。孤雁飞南游③，过庭长哀吟。翘思慕远人，愿欲托遗音。形景忽不见，翩翩伤我心④。

　　【丁评】忠君爱国，恻恻动人。读此方知诗教之重。

　　转蓬离本根，飘飘随长风。何意回飙举，吹我入云中。高高上无极，天路安可穷。类此游客子⑤，捐躯远从戎。毛褐不掩形，薇藿常不充。去去莫复道，沉忧令人老⑥。

　　【丁评】结语换韵，如变徵声。

　　西北有织妇，绮缟何缤纷。明晨弄机杼⑦，日昃不成文⑧。太息终长夜，悲啸入青云⑨。妾身守空闺⑩，良人行从军⑪。自期三年归，今已历九春。飞鸟绕树翔⑫，嗷嗷鸣索群。愿为南流景，驰光见我君⑬。

　　南国有佳人，容华若桃李。朝游江北岸⑭，日夕宿湘沚⑮。时俗薄朱颜，谁为发皓齿？俛仰岁将暮⑯，荣曜难久恃⑰。

　　仆夫早严驾，吾将远行游。远游欲何之？吴国为我仇。将骋万里涂⑱，东路安足由。江介多悲风，淮泗驰急流。愿欲一轻济，惜哉无方舟。闲居非吾志，甘心赴国忧⑲。

飞观百馀尺，临牖御棂轩⑳。远望周千里，朝夕见平原。烈士多悲心，小人偷自闲。国仇亮不塞，甘心思丧元。拊剑西南望，思欲赴太山㉑。弦急悲声发[1]，聆我慷慨言㉒。

①《玉台新咏·杂诗五首》有"明月"、"西北"、"微阴"、"揽衣"、"南国"，无"高台"、"转蓬"、"仆夫"、"飞观"。《文选·杂诗六首》，今据校。李善曰："此六篇并托喻伤政急，朋友道绝，贤人为人窃势。别京已后，在鄄城思乡而作。"

② 李善注："《新语》曰：'"高台"喻京师，"悲风"言教令，"朝日"喻君之明照，"北林"言狭，比喻小人，"江湖"喻小人隔蔽。'"

③ "飞南"，一作"南飞"。

④ 刘履曰："子建远处藩邦，兄弟乖隔，而情念不得以通，故赋此诗。言高台悲风，朝日北林，以比朝廷气象阴惨，远君子而近小人也。由小人之谗蔽日深，故兄弟之乖离日远，如江湖万里，方舟安可极乎？夫既失爱于兄，则当责躬自悼，正犹孤雁之失群而哀鸣也。故因其过庭，欲就托遗音，以达之于彼，庶几其能感悟焉。而形影忽已不见，则使我心翩翩不定，而至于忧伤也。"

⑤ "客"，《类聚》作"宕"。

⑥ 刘履曰："此篇叹身世之飘转，有类于蓬，故赋之以自比也。盖久在远外，正如蓬离本根。一得入朝京都，如遇回飙，吹入云中，自谓天路之可穷矣。及乎终不见用，转致零落，乃知高高无极，不可企及，反类游客从戎，而有饥寒之苦者。是则宜安于时命，去去勿言，而不至溺于忧伤也。此与本传所载'吁嗟此转蓬'一篇词意实相表里。"

———————————

[1] "声"，原误作"风"，据《文选》及各本曹集改。

⑦ "明",《御览》作"清"。"弄",《玉台新咏》、《古诗纪》、郭作"秉"。

⑧ "昃",《御览》作"暮"。

⑨ "入",郭误"守"。

⑩ "守",郭误"入"。

⑪ "行从军",一作"从行军"。

⑫ "飞",陈玉父《玉台新咏》作"孤"。

⑬ 刘履曰:"此自言才华之美,而君不见用,如空闺织妇,服饰既盛,而良人从军,久而不归者也。然则虽秉机杼,实何心于效功,惟终夜悲叹而已。至于感鸣鸟之索群,则其愿见之心为何如哉!五臣注张铣曰:'日光远近皆同,人无不见。'故愿托为此,驰往见君,以自明也。"

⑭ "江北",郭作"北海",注:"一作'江北'。"

⑮ 陈玉父《玉台新咏》作"夕宿湘川沚",郭作"潇湘沚"。

⑯ "俛",郭作"俯"。

⑰ "难",《艺文》作"宁"。刘履曰:"此亦自言才美,足以有用。今但游息闲散之地,不见顾重于当世,将恐时移岁改,功业未建,遂湮没而无闻焉。故借佳人为喻,以自伤也。"

⑱ "骋",郭误"聘"。

⑲ 刘履曰:"此言殉国之志如此,惜无兵权以遂所施也。按:此即《责躬》诗所云'甘赴江湘,奋戈吴越'之意。"

⑳ 胡应麟《诗薮》云:"'人生不满百,戚戚少欢娱',即'生年不满百,常怀千岁忧';'飞观百馀尺,临牖御棂轩',即'两宫遥相望,双阙百馀尺';'借问叹者谁,云是宕子妻',即'昔为娼家女,今为荡子妇';'愿为比翼鸟,施翮起高翔',即'思为双飞燕,衔泥巢君屋'。子建学《十九首》,此类不一。"

㉑ "欲",徐脱。李注云:"《责躬》诗曰:'愿蒙矢石,建旗东岳。'意与此同。"

㉒ 刘履曰:"此因登高望远,感而多悲。惟尝以二方未克为念,愿捐躯以报国,是以目瞻西蜀,心想东吴。而此志不遂,无以舒吾愤激之怀。且如弦之急者,其发声也悲,则我之出言,自不能不慷慨耳。《求自试表》云:'首

悬吴阙,犹生之年。'"

喜雨诗 并序①

太和二年大旱,三麦不收,百姓分为饥饿②。

天覆何弥广,苞育此群生。弃之必憔悴,惠之则滋荣。庆云从北来,郁述西南征③。时雨中夜降④,长雷周我庭。嘉种盈膏壤⑤,登秋毕有成⑥。

① 从《书钞·岁时部·凶荒》、《类聚·天部·雨》校。

② 《书钞》原本曹植《喜雨》诗。

③ 郭璞《江赋》:"时郁律其如烟。"李善注:"郁律,烟上貌。"案:古"律"、"述"音义同。

④ "中",郭作"终"。

⑤ "种",张炎作"树"。"盈",《艺文》作"获"。

⑥ "毕",汪作"必"。

离友诗二首 并序①

乡人有夏侯威者②,少有成人之风。余尚其为人,与之昵好。王师振旅③,送余于魏邦。心有眷然,为之陨涕,乃作《离友》之诗。其辞曰④:

王旅游兮背故乡,彼君子兮笃人纲⑤。媵予行兮归朔方⑥,驰原隰兮寻旧疆⑦。车载奔兮马繁骧⑧,涉浮济兮泛轻航。迄魏都兮息兰房,展宴好兮惟乐康⑨。

凉风肃兮白露滋,木感气兮条叶辞⑩。临渌水兮登重基,折秋华兮采灵芝,寻永归兮赠所思。感离隔兮会无期,伊郁悒兮情不怡⑪。

① 一见《类聚·人部·交友》,一见《人部·别》。

②《魏书·夏侯渊传》:"渊中子霸,霸弟威,官至兖州刺史。"注:"《世语》:威字季权,任侠。贵历荆、兖二州刺史。"

③ "师",郭作"归"。

④《武帝纪》曰:"建安十七年冬十月,公征孙权。十八年春正月,进军濡须口,攻破权江西营,获权都督公孙阳,乃引军还。夏四月,至邺。"《荀彧传》:"十七年,征孙权,表请彧劳军于谯。"盖子建从武帝军谯。威,谯人,故与之好。次年还邺,威送至魏邦,至秋而别也。

⑤ "纲",徐误"刚"。

⑥《尔雅》:"媵,送也。""朔方",指邺。"媵予行",《御览·人事部·交友》作"媵驾行"。

⑦ "原",《御览》作"景"。

⑧ "车载",郭作"载车",张溥一作"我车"。

⑨ 此首言威送至邺都,流连宴好,乃夏四月事也。

⑩ "条",一作"柔"。

⑪ 此首言宴好自夏至秋,凉风肃而白露滋,威乃还谯,作诗而感离隔也。合两首始见"离友"之意。郭无。

日匿影兮天微阴,经迥路兮造北林①。

①《初学记·人部》曹植《离友》诗。

上责躬应诏诗表①

臣植言：臣自抱衅归藩②，刻肌刻骨，追思罪戾，昼分而食，夜分而寝③。诚以天网不可重罹④，圣恩难可再恃。窃感《相鼠》之篇"无礼"、"遄死"之义，形影相吊，五情愧赧⑤。以罪弃生，则违昔贤"夕改"之劝；忍垢苟全⑥，则犯诗人"胡颜"之讥⑦。伏惟陛下德象天地，恩隆父母，施畅春风，泽如时雨。是以不别荆棘者⑧，庆云之惠也；七子均养者，鸤鸠之仁也；舍罪贵功者，明君之举也；矜愚爱能者，慈父之恩也。是以愚臣徘徊于恩泽，而不敢自弃者也。前奉诏书，臣等绝朝⑨，心离志绝。自分黄耇永无执珪之望，不图圣诏猥垂齿召。至止之日，驰心辇毂。僻处西馆，未奉阙庭。踊跃之怀⑩，瞻望反侧⑪，不胜犬马恋主之情。谨奉表，并献诗二篇。词旨浅末，不足采览。贵露下情，冒颜以闻。臣植诚惶诚恐，顿首顿首，死罪死罪⑫。

① 各本表及《责躬》诗、《应诏》诗析为三处，张溥本合之，是也。从《国志》、《文选》，以复其旧。题用《文选》。《魏书》本传云："黄初四年，徙封雍丘王。其年朝京师，上疏。"

② 衅，《国志》、郭作"衅"，从《文选》。李善注："植集曰：'植抱罪徙居京师，后归本国。'而《魏志》不载，盖《魏志》略也。"按：《封安乡侯表》云："臣抱罪即道，忧惶恐怖，不知刑罪。"是为灌均所奏，被征入京师。虽至延津受安

乡侯印绶，诏云"知到延津，遂复来"者，仍使来京师，于是徒跣诣阙下，羁留南宫，盖非一日。惜原集已没，而史未详也。

③ 五臣注："'分'，扶问反。张铣曰：昼分，日中时也。夜分，夜半时也。"元李冶《敬斋古今黈》云："'分'字别无他义，此语亦甚易解。字不必发音，语亦不必下注。今加音训，真为蛇画足也。若据此音，则春、秋二分亦合作去声读之，无乃太僻耶！"

④ "罹"，《国志》作"离"。

⑤ "赦"，各本作"赧"，通。

⑥ "垢"，郝经《续后汉书》作"活"。

⑦ "胡颜之讥"，《困学纪闻》云："《诗》无此句。"翁元圻曰："李善注云：'即上"胡不遄死"之义。'明非别有'胡颜之讥'也。又云：'《毛诗》谓何颜而不速死也。'盖释《毛诗》'胡不遄死'之意，非《毛诗》有此文也。"赵一清云："黄初四年始立《毛诗》于学官。此与《文帝纪》引'曹人之刺'诏书同。"

⑧ "不"，郭误"下"。

⑨ "臣等"者，谓任城王彰、吴王彪等也。

⑩ "奉"，《志》作"拜"。

⑪ "侧"，郝作"仄"。

⑫ "臣"下十四字[1]，《志》及郝俱无。

责躬诗①

於穆显考，时惟武皇。受命于天，宁济四方。朱旗所拂，九土披攘。玄化滂流，荒服来王。超商越周，与唐比踪。笃生我皇②，奕世载聪。武则肃烈，文则时雍。受禅于汉③，

---

[1] "十四"，原误作"十二"，据文意改。

君临万邦④。万邦既化,率由旧则⑤。广命懿亲,以蕃王国。帝曰尔侯,君兹青土⑥。奄有海滨,方周于鲁。车服有辉,旗章有叙。济济隽乂⑦,我弼我辅。伊予小子,恃宠骄盈。举挂时网,动乱国经。作蕃作屏⑧,先轨是隳⑨。傲我皇使,犯我朝仪⑩。国有典刑,我削我黜⑪。将寘于理,元凶是率。明明天子,时惟笃类⑫。不忍我刑,暴之朝肆。违彼执宪,哀予小臣⑬。改封兖邑,于河之滨⑭。股肱弗置,有君无臣。荒淫之阙,谁弼予身⑮?茕茕仆夫,于彼冀方。嗟予小子,乃罹斯殃⑯。赫赫天子⑰,恩不遗物⑱。冠我玄冕,要我朱绂。光光大使,我荣我华⑲。剖符受土⑳,王爵是加㉑。仰齿金玺,俯执圣策。皇恩过隆,祇承怵惕。咨我小子,顽凶是婴。逝惭陵墓,存愧阙庭。匪敢傲德,实恩是恃。威灵改加,足以没齿。昊天罔极,生命不图㉒。常惧颠沛,抱罪黄垆。愿蒙矢石,建旂东岳。庶立毫厘,微功自赎。危躯授命,知足免戾。甘赴江湘,奋戈吴越。天启其衷,得会京畿。迟奉圣颜,如渴如饥。心之云慕,怆矣其悲。天高听卑,皇肯照微!

① 刘克庄《后村诗话》云:"曹植以盖代之才,他人犹爱之,况于父乎?使其稍加智巧,夺嫡犹反掌耳。植素无此念,深自敛退。丁仪等坐诛,辞不连植。黄初之世,数有贬削,方且责躬上表求自试。兄不见察,而不敢废恭顺之义,卒以此自全,可谓仁且智也。文中子曰:'智哉思王,以天下让。'真笃论也。"

② 指文帝。

③ "于",《国志》、郝作"炎"。

④ "君临",《志》作"临君"。

⑤ "则",郭作"章",今从《国志》、《文选》。

⑥ 李注:"《魏志》曰:建安十九年,植封临淄侯。临淄属齐郡,旧青州之境。"

⑦ "隽",一作"俊"。

⑧ "蕃",《志》作"藩"。

⑨ "隧",《志》作"坠"。

⑩ 李注:"《魏志》:黄初二年,植就国。监国使者灌均希旨,奏植醉酒悖逆,劫胁使者。有司请治罪。帝以太后故,贬爵安乡侯。"按:此即"傲皇使"事,而"犯朝仪"未详也。

⑪ "黜",《志》、郝作"绌"。

⑫ 《志》、郝作"时笃同类"。

⑬ "臣",《志》、郝作"子"。

⑭ 李注:"《魏志》曰:帝以太后故,贬爵安乡侯。又曰:黄初三年,改封鄄城,属东郡,旧兖州之境。植表曰:'行至延津,受安乡侯印绶。'"按:此但指鄄城言,无涉安乡事。安乡侯国属钜鹿郡,非兖州也。《续汉志》:"鄄城属济阴郡。"《左传·庄公十四年》杜预注:"濮阳,东郡鄄城。"《晋·地理志》:"濮阳国,故属东郡。"廪丘、白马、鄄城列其下。盖魏初郡县所属,非汉旧也。《通典》云:"济阴郡,晋改济阳。"故《晋·地理志》无济阴郡。

⑮ 按:思王《自诫令》云:"昔吾以信人之心,无忌左右,深为东郡太守王机、防辅吏仓辑等任所诬白,获罪圣朝。身轻于鸿毛,而谤重于泰山"云云。考鄄城属东郡,盖为鄄城侯时复有谗毁,非独灌均一事。今此诗于"改封兖邑"之下缀此四句,即指王机、仓辑所诬,史不载,亦缺也。

⑯ 李注曰:"植集曰:'诏云知到延津遂复来。'《求出猎表》曰:'臣自招罪衅,徙居京师,待罪南宫。'然植虽封安乡侯,犹住冀州。时魏都邺,邺,冀州之境也。一云时魏以洛为京师,此尧之冀方也。"按:文帝自受禅后,未尝至邺。若洛阳,亦不得借名"冀方"。盖在鄄城为王机、仓辑等所诬,文帝从吏议,迁于邺,将禁锢之,旋即诏还鄄城,又加王号也。盖为灌均所诬,改安乡事在前,而此为王机所诬,宥迁鄄城。本传载景初中诏曰:"其收黄初

中诸奏植罪状,削而除之。"则知被谗非一次。既为明帝所改,史家多略。读此诗及《自诫令》,自了然矣。

⑰ 此句汲古阁《国志》误作"赫赫小子"。

⑱ "恩不遗物",李注:"谓至京师,蒙恩得还。植《求习业表》曰:'虽免大诛,得归本国。'"按:此知非言改封安乡时事。既曰"改封",则不得云"得归本国"。盖在鄄城被罪入都,得宥仍归鄄城也。

⑲《志》、郝作"朱绂光大,使我荣华"。

⑳ "土",《志》、郭、郝作"玉"。

㉑《文帝纪》:"三年夏四月戊申,立鄄城侯植为鄄城王。"此言由鄄城侯加鄄城王。

㉒ "生",《志》、郝作"性"。

应诏诗①

肃承明诏,应会皇都。星陈凤驾,秣马脂车。命彼掌徒,肃我征旅。朝发鸾台,夕宿兰渚。芒芒原隰,祁祁士女。经彼公田,乐我稷黍。爰有樛木,重阴匪息。虽有糇粮②,饥不遑食。望城不过,面邑不游。仆夫警策,平路是由。玄驷蔼蔼,扬镳漂沫③。流风翼衡,轻云承盖④。涉涧之滨,缘山之隈。遵彼河浒,黄阪是阶。西济关谷⑤,或降或升。騑骖倦路,载寝载兴。将朝圣皇,匪敢晏宁。弭节长骛,指日遄征。前驱举燧,后乘抗旌。轮不辍运,鸾无废声。爰暨帝室,税此西墉⑥。嘉诏未赐,朝觐莫从⑦。仰瞻城阈,俯惟阙庭⑧。长怀永慕,忧心如酲⑨。

①《文帝纪》云："黄初三年十一月，行幸宛。四年三月丙申，行自宛还洛阳宫。六月，任城王薨于京师。"本传黄初四年云："徙封雍丘王[1]。其年，朝京师。"今观《责躬》诗但云"王爵是加"，而未及徙封，盖以鄄城王应诏，至秋归鄄城，后始有徙封之事也。《赠白马王》诗序云："黄初四年正月，白马王、任城王与余俱朝京师，会节气。到洛阳[2]，任城王薨。至七月，与白马王还国。"据此则徙封在七月后，无疑矣。

②"糇"，各本作"餱"，今从《三国志》、《文选》。

③"漂"，《志》作"瀌"。

④宋王观国《学林》："屈平《离骚》曰：'芳菲菲而难亏兮，芬至今犹未沫。'五臣注《文选》曰：'沫，已也。'宋玉《招魂》曰：'朕幼清以廉洁兮，身服义而未沫。'[3]五臣注《文选》曰：'沫，已也。'观国按：《易·丰卦》九三爻曰：'丰其沛，日中见沫。'王弼注曰：'沫，微昧之明也。音莫贝切。'盖屈平自谓我之芬芳未至于晦昧也，宋玉自谓身服义而未至晦昧也。'沫'，无已之义。五臣以'沫'为'已'，误矣。《前汉·王商传》引《易》曰：'日中见昧，折其右肱。'盖'沫'与'昧'义则同也，故通用之。《玉篇·水部》曰：'沫'，亡活、莫盖二切。观国按：亡活切者，旁通'本末'之'末'，所谓'浮沫'，所谓'避沫水之害'是也；莫盖切者，当从'午未'之'未'，即《易》所谓'日中见沫'，《诗》所谓'爰采唐矣，沫之乡矣'是也。二字偏旁不同，而《玉篇》同为一字，而分二切以训之，则误矣。《广韵》于去声收'沫'，莫贝切，与'昧'字同音，皆从'午未'之'未'；于入声收'沫'字，莫拨切，与'秣'字同音，皆从'本末'之'末'，二字不同也。曹子建《应诏》诗曰：'玄驷蔼蔼，扬镳漂沫。流风翼衡，轻云承盖。'五臣注《文选》曰：'漂沫，谓马行急口中沫出。'[4]审如此，则当用入声'沫'字，子建借用去声'沫'字，然去声'沫'字非谓'口中沫'也。傅武仲《舞赋》曰：'良骏逸足，怆悍凌越。龙骧横举，扬镳飞沫。'此用为入声，

[1]"丘"，原误作"邱"，据《三国志》改。
[2]"洛阳"，原脱，据曹植《赠白马王彪》补。
[3]"沫"，原误作"沫沫"，据宋玉《招魂》改。
[4]"口中"，原误作"中口"，据《文选》五臣注改。

不误。"绪曾按：《说文》："沫，水出蜀西南徼外，东南入江。从水，末声。""沫，洒面也。从水，未声。""頮"，古文"沫"，从"页"。"佩觿沫沫"，上莫贝翻，水名，汉史以为"頮"字；下莫割翻，水沫，亦水名。然《说文》虽无"水沫"之训，"瀑"字训"一曰沫也"。《文选注》引《说文》："哑，沫也。"其字从"本末"之"末"。《玉篇》"沫"，亡活、莫盖二切，水名，又水浮沫也。为从"本末"之"末"，而无从"午未"之"未"。《广韵·十四泰》："沫，水名。"《十三末》："沫，水沫。一曰水名，在蜀。"[1]《说文》："水出蜀西南徼外，东南入江。"是两字同训而异读。唐玄度《九经字样》："沫音末，又音妹，水出蜀。"是亦兼去、入两读。《类篇》："沫，莫佩切。"[2]《说文》："水出蜀西南徼外，东南入江。"而亦无从"午未"之"未"。《文选·江赋》"洛沫"、《蜀都赋》"潜沫"，于水名之"沫"，注从音武盖切。《江赋》"瀑沫"叶入声。《长笛赋》"喷沫"句非韵。陈思王《应诏诗》与《七启》"骏骤齐骧，扬镳飞沫。俯倚金较，仰抚翠盖"，皆与"盖"韵，读去声。按：《易》曰："日中见沫。"王弼："音莫贝切。"汉《郊祀歌》："沾赤汗，沫流赭。"颜注："'沫'、'沫'两通。"凡字书，"昧""昩"、"眛""眜"、"妹""姝"皆两收通用。"末"亦音莫佩反，可读去声。《学林》以为陈思误用，乃一隅之见耳。《高唐赋》："沫潼潼而高厉。"注："水高低貌。"《庄子释文》："沫，口中汁也。"《广韵》："昧，星也。《易》曰：'日中见昧。'按：《音义》云：《字林》作'昩'。'"今《易》文作"沫"，乃"昧"之假借。《易释文》："沫，微昧之光。"娄机《班马字类·十八队》："沫，《汉书·律历志》'王乃洮沫水'，即'頮水'，字呼内反，从'本末'之'末'，亦音同。《淮南厉王传》注：'沫，洗面也。'字从'午未'之'未'。"是"沫"、"沫"通用之证也。《楚词·招魂》"沫"与"秽"韵。《封禅文》："逌阔泳沫。"与"逝"、"内"韵。陶弘景《水仙赋》："崩沙转石，惊湍走沫。绝壁飞流，分支悬濑。"皆读去声。顾炎武曰："'沫'字两收于十四泰、十三末。相传上画有长短之分，今以《易·咸·传》'害'、'大'、'未'为韵；《春秋·昭十三年》'吴子夷末卒'，《公羊传》作'夷昧'，《史

---

[1] "《十三末》："末，水沫。一曰水名，在蜀西。'"原误作"在蜀西。一曰微晦，《十三末》：'末。'"讹脱倒错颇多，据《广韵》改。

[2] "佩"，原误作"葛"，据《类篇》改。

记·吴世家》作'馀昧',《刺客传》作'夷昧',则'本末'之'末'已转为痗音。"

⑤ 李注:"陆机《洛阳记》曰:洛阳有四关,南伊阙。谷,即太谷也。"

⑥ 即表所云"僻处西馆"也。

⑦ 即表所云"未奉阙庭"也。

⑧ "庭",郭作"廷"。

⑨《志》云:"帝嘉其辞义,优诏答勉之。"李善《魏都赋》注曰:"魏文答曹植诏曰:所献诗二篇,微显成章。"

【丁评】望阙念主,如见其心。

赠徐幹①

惊风飘白日,忽然归西山。圆景光未满,众星粲以繁。志士营世业②,小人亦不闲。聊且夜行游,游彼双阙间。文昌郁云兴,迎风高中天③。春鸠鸣飞栋,流猋激棂轩。顾念蓬室士,贫贱诚足怜。薇藿弗充虚,皮褐犹不全。慷慨有悲心,兴文自成篇。宝弃怨何人?和氏有其愆。弹冠俟知己,知己谁不然?良田无晚岁,膏泽多丰年。亮怀玙璠美,积久德逾宣④。亲交义在敦,申章复何言⑤。

①《魏志》:"北海徐幹,字伟长。"注引《先贤行状》曰:"幹清玄体道,六行修备。聪识洽闻,操翰成章。轻官忽禄,不耽世荣。建安中,太祖特加旌命,以疾休息。后除上艾长,又以疾不行。"从《文选·赠答》校。

②"营",刘履作"荣"。

③ 李善注引刘渊林《魏都赋注》曰:"文昌,正殿名也。《广雅》曰:'郁,

出也。’《尔雅》曰：‘兴，起也。’地理书曰：‘迎风观在邺。’《列子》曰：‘周穆王筑台，号曰中天之台。’”

④ “逾”，郭作“愈”，通。

⑤ 刘履曰：“此子建闵伟长遭世运之未亨，而不究于用，姑勉之以待时也。言惊风飘日，忽归西山，以比董卓作乱，献帝播迁，汉室由此而倾也。圆景未满，而众星以繁，比魏之基业未集，而一时群臣之翕然辅佐之。然其所用之人，或有邪佞上厕，如鸠鸟之鸣栋，焱风之激槛，乃使有德之士困处蓬室。此则子建亦不得志于斯时，其所望于晚成者，又岂可寻常测哉！”绪曾按：幹卒于建安二十二年，子建不得志在黄初时，幹已不得见，刘说非也。幹轻官忽禄，不耽世荣，著《中论》二十馀篇以垂不朽，子建特勉以仕进。“兴文自成篇”，指《中论》也。言贫贱著书，沉沦不仕，不知宝弃于地，是亦和氏之愆。喻伟长加旌命而不出，是畏刖而怀璞不献也。苟弹冠以俟知己，则谁非知己者乎？且良田膏泽，必有收获。既怀美玉，亮无不献之理。但待价而沽，久而愈显。今我与子，可谓亲交矣。申章劝驾，幸勿加旌命而屡以疾辞休息也。如此解，与伟长事迹较合。如刘说，则伟长恬退，转似躁进之人，子建劝之以安命。又言子建亦不得志，不知建安时子建尚无悒郁也。刘以“春鸠”、“流焱”喻小人，亦近穿凿。子建邺中赠答诸诗，皆在建安时也。明盛时泰和王世贞《拟古》，其《陈思王植赠友》云：“往祚颓已久，大业缅方新。仰视圣皇德，承胤为我亲。”又云：“泛泛邺河水，同为藩翰臣。忝承宗社寄，金珪积我身。”不知文帝猜忌藩国，臣僚皆贾竖下材，至明帝时始求通亲亲，子建安得有友朋谦会邺都之事？况徐幹、丁仪、王粲、应场、刘桢等皆已没乎。盛仲交诗“往祚”、“大业”俱失之矣。

赠丁仪①

初秋凉气发，庭树微销落。凝霜依玉除，清风飘飞阁。

朝云不归山，霖雨成川泽。黍稷委畴陇，农夫安所获。在贵多忘贱，为恩谁能博？狐白足御冬，焉念无衣客。思慕延陵子，宝剑非所惜^②。子其宁尔心，亲交义不薄^③。

① 李善注曰："五言。集云：'与都亭侯丁翼。'今云'仪'，误也。《魏略》曰：'丁仪，字正礼。太祖辟仪为掾。'"从《文选·赠答》校。《魏志》"翼"作"廙"。

② 陈第《读诗拙言》："或读'惜'为'削'。曹植《赠丁仪》'宝剑非所惜'，与'薄'韵。"

③ 刘履曰："凉气初发，庭树销落，以喻天下肇乱，渐见迫夺。至于霜依玉除，风飘飞阁，则汉室危矣。云不归山，霖雨成川，又以比诸豪之不肯匡辅本朝，各据一方。是以兵戈日斗，流毒日深，而生民之失利，从可知矣。当是时，仪居贫贱，无怜念之者。故又言人之常情，在贵者多忘贱，衣暖者不恤寒。然我思慕延陵季子之义，彼但一见徐君，尚不惜宝剑而遂其所欲于既死，况我与子亲交素厚，岂不能振拔尔乎？其言'子宁尔心'者，则所以慰之之意深矣。"

【丁评】贫贱之交不可忘，出之王公贵人，尤为难得。爱士悯农，自从肺腑流出。有贤如此，可敬可佩。丁敬礼谓临淄侯仁孝之性发于自然，信不虚也。

赠王粲^①

端坐苦愁思，揽衣起西游。树木发春华，清池激长流。中有孤鸳鸯，哀鸣求匹俦[1]。我愿执此鸟，惜哉无轻舟^②。

---

[1] "求"，原误作"从"，据《文选》及各本曹集改。

欲归忘故道③,顾望但怀愁。悲风鸣我侧,羲和逝不留。重阴润万物,何惧泽不周。谁令君多念,自使怀百忧④。

① 《魏志》:"王粲,字仲宣,山阳高平人。西京扰乱,乃之荆州,依刘表。表卒,粲劝表子琮,令归太祖。太祖辟为丞相掾,赐爵关内侯。建安二十一年,从征吴。二十二年春,道病,卒。"从《文选·赠答》校。

② 李注:"鸳鸯,喻粲也。言愿执鸟而无轻舟,喻己之思粲而无良会也。"

③ "故",郭作"古"。

④ "自",五臣作"遂"。元刘履曰:"粲依刘表,有思魏之心。子建寄赠此诗。悲风鸣而羲和不留,喻汉祚之速去。重阴润物,比太祖德泽之广被。言此又以劝其归魏,而勉使勿忧也。"绪曾按:粲归魏,与子建相善。此诗犹《寄吴质书》所云"别远会稀,不胜劳积"之意。若谓子建寄诗荆州,招致王粲,使粲劝琮降,殊近凿矣。

【丁评】忧深思远,其《小弁》之怨乎?《风》、《雅》而后,此其嗣音。

赠丁仪王粲①

从军度函谷,驱马过西京②。山岑高无极③,泾渭扬浊清。壮哉帝王居,佳丽殊百城。员阙出浮云④,承露概泰清⑤。皇佐扬天惠,四海无交兵。权家虽爱胜,全国为令名⑥。君子在末位,不能歌德声⑦。丁生怨在朝,王子欢自营。欢怨非贞则⑧,中和诚可经⑨。

① 李善注云:"五言。集云:'答丁敬礼、王仲宣。'翼字敬礼,今云'仪',

误也。"从《文选·赠答》校。《宋书·谢灵运传论》："子建'函京'之作,直举胸情,非傍诗史。正以音律调远,取高前式。"指此。

② 李注曰："《魏志》:建安二十年,公西征张鲁。"按:建安十六年,植从西征马超,至关中长安,时粲尚在荆州。迨二十年征张鲁,植与粲俱从行。《志》于《植传》不言从征马超及张鲁,于《粲传》不言从征张鲁,皆略也。

③ "岑",汪作"峰"。

④ "出浮",郭作"浮出"。

⑤ "概",李注:"与'抗'同,古通。"

⑥《魏志》:"鲁自巴中将其馀众降,封鲁,及五子皆为列侯。"所谓"全国"也。

⑦ 李注:"'君子',谓丁、王也。"

⑧ "欢",郭作"难",注:"一作'欢'。"

⑨ 元刘履曰:"建安二十年,太祖西征张鲁,而子建从之,因历览西都城阙之壮丽,喜见太祖用兵之神速。惜乎二子俱在末位,不能乐于其职,歌颂太祖之德声,故赠是诗,以规勉焉。考之仲宣《从军》诗云:'筹策运帷幄,一由我圣君。'刘公幹诗亦云:'昔我从元后,整驾至南乡。'是时汉帝尚存,其尊太祖皆如此。今子建以'皇佐'称之,特异二子。盖此诗可谓上不失君臣之义,下以尽朋友之道者矣。"按:诗中丁"怨"王"欢",粲《从军》诗云:"从军有苦乐,但问所从谁。"又云:"相公征关右,赫怒震天威。"其诗颇含欢意。丁盖留邺,不克从征也。

【丁评】"皇佐"二字指太祖,一"佐"字恪守臣节,大义凛然。诗中之史,赖有此也。《七启》称太祖为"圣宰",亦与"皇佐"意同。○《魏志·武帝纪》:建安二十年,魏公西征张鲁,自陈仓出散关攻之,不能拔,引军还。诗中"全国令名",隐然著交兵之戒。

赠白马王彪 并序①

黄初四年正月，白马王②、任城王与余俱朝京师，会节气。到洛阳，任城王薨③。至七月，与白马王还国④。后有司以二王归蕃，道路宜异宿止，意毒恨之。盖以大别在数日，是用自剖，与王辞焉，愤而成篇⑤。

谒帝承明庐⑥，逝将归旧疆⑦。清晨发皇邑，日夕过首阳⑧。伊洛广且深⑨，欲济川无梁。泛舟越洪涛，怨彼东路长⑩。顾瞻恋城阙⑪，引领情内伤。其一

【丁评】恋主爱亲，缠绵真挚。李善、吕元济谓愤而成诗，是也。愈悲惋亦愈深厚，"《小雅》怨悱而不乱"，子建其近之矣。七章实则一章，长歌当哭，其声动心。

太谷何寥廓⑫，山树郁苍苍⑬。霖雨泥我涂[1]，流潦浩纵横⑭。中逵绝无轨，改辙登高冈⑮。修阪造云日⑯，我马玄以黄。其二

玄黄犹能进，我思郁以纡。郁纡将何念⑰？亲爱在离居。本图相与偕，中更不克俱。鸱枭鸣衡轭⑱，豺狼当路衢⑲。苍蝇间白黑⑳[2]，谗巧令亲疏㉑。欲还绝无蹊，揽辔

---

[1] "霖"，原误作"零"，据《文选》、《三国志注》及各本曹集改。
[2] "白黑"，原误作"黑白"，据《文选》、《三国志注》及各本曹集改。

止踟蹰㉒。其三

【丁评】直言不讳。四语直指监国使者，《巷伯》之嫉谗也。

踟蹰亦何留㉓？相思无终极。秋风发微凉，寒蝉鸣我侧。原野何萧条，白日忽西匿。归鸟赴乔林，翩翩厉羽翼㉔。孤兽走索群，衔草不遑食。感物伤我怀，抚心长太息。其四

太息将何为？天命与我违㉕。奈何念同生，一往形不归㉖。孤魂翔故城㉗，灵枢寄京师㉘。存者忽复过㉙，亡没身自衰。人生处一世，去若朝露晞。年在桑榆间，影响不能追㉚。自顾非金石，咄唶令心悲㉛。其五

【丁评】任城、陈王同为卞太后所生，时任城已为文帝忌死，焉得不痛？〇《世说新语》："文帝以枣毒死任城，太后曰：'汝已杀我任城，不得复杀我东阿。'"与当时情事颇合。《魏志》不言毒死，陈氏曲笔讳之也。〇《魏志·任城王传》注引《魏氏春秋》曰："来朝，不即得见，忿怒，暴薨。"其为丕疑忌致死明甚。后以令狐愚王凌事，赐书切责彪，彪乃自杀。此诗末章言永无会时，已先知之矣。陈王虽以太后故，未即赐死，年四十一即殂，亦以忌嫉伤生。丕戕手足，其辜贯盈，魏祚所以不永也。

心悲动我神，弃置莫复陈。丈夫志四海，万里犹比邻。恩爱苟不亏，在远分日亲。何必同衾帱㉜，然后展殷勤㉝。忧思成疾疹㉞，无乃儿女仁。仓卒骨肉情，能不怀苦辛㉟？其六

苦辛何虑思？天命信可疑。虚无求列仙，松子久吾欺。变故在斯须，百年谁能持？离别永无会，执手将何时？王其爱玉体，俱享黄发期㊱。收泪即长路，援笔从此辞㊲。其七

①《魏志》："彪，字朱虎。建安二十一年，封寿春侯。黄初二年，进爵，徙封汝阳公。三年，封弋阳王。其年徙封吴王。五年，改寿春县。七年，徙封白马。太和五年冬，朝京师。六年，改封楚。嘉平元年，太尉王凌谋迎彪都许昌，赐玺书，自杀。"按：黄初四年，彪为吴王。此云"白马"，与《志》不合。或四年彪自弋阳徙白马，七年自寿春复还白马，如子建自雍丘徙浚仪，复还雍丘，而《彪传》略其一也，然不可考矣。从裴松之注、《文选》校。《文选》李注分为七章。

②"正月"，《文选》作"五月"。杭世骏《三国志补注·楚王彪传》："黄初七年，徙封白马城。而陈思王称'四年，白马王朝京师'，则当时未有此封，宜称为吴王。"洪亮吉云："陈思王集：'黄初四年正月，白马、任城王与余朝京师。《魏氏春秋》亦载植是年还国，赠白马王彪诗。《植传》云黄初四年徙封雍丘王，则彪徙封白马亦当在此时。传言七年，或误也。"赵一清曰："按：诗序既有'白马王'之文，疑是史误。四年朝，史亦阙。"

③《文帝纪》："黄初四年六月甲戌，任城王彰薨于京师。"《世说》："魏文帝忌弟任城王骁壮，因在卞后阁共围棋。正啖枣，文帝以毒置诸枣蒂中。帝自选可食者而进，王弗悟，遂杂进之。既中毒，太后索水救之，帝预敕左右毁瓶罐。太后徒跣趋井，无以汲。须臾遂卒。复欲害东阿，太后曰：'汝既杀我任城，不得复杀我东阿。'"据此知帝思杀植非止一次。然是时植为鄄城王，太后不得预呼"东阿"，盖记事之失耳。《魏氏春秋》谓："彰问玺绶，将有异志，故来朝不得即见。彰忿怒，暴薨。"殆不然也。此诗序所云，得其体矣。"到洛阳"，尤袤本作"日不阳"，非也。

④《魏志》不言彪四年朝，亦略也。

⑤ 此序据《文选注》补。《志注》引《魏氏春秋》："是时待遇诸国法峻。

任城王暴薨,诸王既怀友于之痛。植及白马王彪还国,欲同路东归,以叙隔阔之思,而监国使者不听。植发愤告辞而作诗。"《文选》李注:"植集曰:'于圈城作。'"

⑥ 李注引陆机《洛阳记》曰:"承明门,后宫出入之门。吾尝怪'谒帝承明庐',问张公,云:'魏明帝作建始殿,朝会皆由承明门。'"绪曾按:《文帝纪》:"黄初元年十二月,初营洛阳宫。"裴松之注:"按:诸书记是时帝居北宫,以建始殿朝群臣,门名曰承明,陈思王植诗曰'谒帝承明庐'是也。至明帝时,始于汉南宫崇德殿处起太极、昭阳诸殿。"

⑦ 李注:"旧疆,鄄城。时植封雍丘,仍居鄄城。"按:植于四年正月入朝,《责躬》、《应诏》诗中无言及徙封雍丘事。李注泥于《植传》"徙封雍丘,其年朝京师"之语,疑徙封在先,入朝在后,遂于"旧疆"迁就其说。不知植正月入朝,非在徙封之后。窃谓归鄄城而后徙封,证之思王此诗,较为直截耳。监国使者同路东归尚有不听,若既已徙封,必不听其归鄄城也。

⑧ 李注:"陆机《洛阳记》曰:'首阳山在洛阳东北,去洛二十里。'"按:《水经》云:"河水东径洛阳县北,又东径平县故城北。"注云:"南对首阳山,《春秋》所谓'首戴'也。《夷齐之歌》所以曰'登彼西山'矣。上有夷齐之庙,前有二碑,并是后汉河南尹广陵陈导、洛阳令徐循与处士平原苏腾、南阳何进等立,事见其碑。"《后汉·党锢传》:"范滂系黄门北寺狱,曰:'身死之日,愿埋滂于首阳山侧。'"注云:"首阳山在洛阳东北。"王粲《吊夷齐文》云:"济河津而长驱,逾芒阜之峥嵘。览首阳于东隅,见孤竹之遗灵。"是汉魏人均以首阳在洛阳东之证。魏明帝《步出夏门行》曰:"步出夏门,东登首阳山。嗟哉夷叔,仲尼称贤。"注:"今在偃师县。"阮籍《咏怀》诗:"步出上东门,北望首阳岑。"注:"《河南郡境界簿》曰:城东北十里首阳山上,有首阳祠一所。"戴延之《西征记》云:"洛阳东北首阳山有夷齐祠。"按:子建特言"首阳"者,见古人兄弟让国之贤。今文帝与任城王以兄弟猜忌见害,植与彪以兄弟而异宿止,即道路所经,隐然有旷世相感之意。

⑨ "广",《类聚》作"旷"。

⑩ "路",一作"道"。

⑪ "顾瞻",《志注》作"回顾"。

⑫ 元刘履曰:"太谷,东路所经行之山谷也。李善作'大谷',引《东都赋注》'在洛阳西南'者,非是。"又云:"既逾洛川,乃舍舟而车。章首疑脱二句,如下章承上起下之词。"按:"太谷"即"大谷"。山树苍苍乃引领远望之辞,改辙登冈是纡回其道。按:此诗格本《大雅·文王》之篇,意本相承,不必疑其脱也。王世贞《艺苑卮言》:"陈思王《赠白马王彪》全法《大雅·文王》之什体,以故首二章不相承耳。后人不知,有欲合为一者,良可笑也。"张云璈《选学胶言》云:"每段换韵,谢灵运《酬从弟惠连》亦是此体。若'引领'句下接'太谷'八句,既不蝉联,又不换韵,宜至'玄以黄'为其一。"黄士珣谓:"《文王》体与陈思小异。"今仍旧。

⑬ 李注:"薛综《东都赋注》曰:太谷在洛阳西南。"按:首阳在洛阳东北,太谷在洛阳西南,盖《洛神赋》云:"经通谷,陵景山。"后云:"流眄洛川。"此诗先云"泛舟越涛",后言"太谷寥廓"。彼实由太谷,此则根上回顾引领而言。彼是黄初三年由洛阳西南[1],此由洛阳东北,明非一时事也。

⑭ "横",陈第《读诗拙言》:"或读为'黄'。"《志注》"纵"作"从"。又李注:"《魏志》曰:黄初四年七月大雨,伊洛溢流。"

⑮ 何云:"不直言有司之禁止,而托之淫潦改辙,恐伤国家亲亲之思也。下乃言非我马不进,势固有不克俱者,婉转温厚。"

⑯ "阪",《文选》作"坂"。陆德明《经典释文》:"汉和帝名肇,不改京兆郡。魏武帝名操,陈思王诗云:'修阪造云日。'是不讳嫌名。"《说文》:"阪,坡者曰阪,一曰泽障,一曰山胁也。"《汉书》:"皇甫晏屯观坂。""坂"与"阪"同。然《说文》有"阪"无"坂",《释文》引思王诗作"阪"是也。宋杨彦龄《笔录》:"礼不讳嫌名。魏武帝名操,陈思王诗云:'修阪造云日。'"其说本于陆氏也。"修阪"即《应诏》诗"黄阪是阶",但彼来而此往也。"黄坂"亦当作"阪"。

⑰ "何念",《文选》作"难进",《志注》"何念"。何焯曰:"当从《魏氏春

---

[1] "彼",原脱,据文意补。

秋》作'何念'。"

⑱ "轭",郭作"扼"。

⑲ 李注:"鸱枭、豺狼,以喻小人也。"

⑳ "间",郭一作"兼"。

㉑ "令",《志注》作"反"。元刘履曰:"言兄弟亲爱,本由天性,多为谗佞所间,遂致乖离。夫小人进谗于君侧,犹鸱枭鸣于车前,豺狼之当道,故以为比,所谓'苍蝇之污,能变白黑;谗巧之言,能令亲疏',此则兴也。大概为文帝信谗,不克与偕,故其忧思郁纡,不特为别彪而言,观其'欲还无蹊'一语可见矣。"

㉒ 何曰:"言欲还诉而不得也。"

㉓ "何",或作"可",非。

㉔ 《志注》"归鸟"二句在"孤兽"二句后,从《文选》。

㉕ 何云:"不得于君,故呼天也。'与我违'、'信可疑',反复相应。"

㉖ 李注:"魏武皇帝卞皇后生任城王彰、陈思王植。""形不归",指彰是也。

㉗ "城",《志注》作"域"。

㉘ "故城",指任城。"京师",指洛阳。

㉙ "忽",何云:"《魏氏春秋》作'勿',魏晋刀笔中多'勿勿'语。"

㉚ "不",郝作"莫"。

㉛ 何云:"既叹逝者,行自念也。"

㉜ "帱",《说文系传》十四引作"裯"。

㉝ "殷勤",《类聚》作"慇懃";《志注》作"殷勤",是也。徐祯卿《谈艺录》:"甄后致颂于延年,刘妻取譬于唾井,缱绻之辞也。子建言思,何必衾枕;文君怨嫁,愿得白头,劝讽之辞也。究其微旨,何殊经术?作者蹈古辙之嘉粹,刊桃靡之俳轻。岂直精诗,亦可以养性也。"绪曾按:徐说良是,但《塘上行》不定为甄后作,辨见下。

㉞ "瘵",《诗纪》作"疹"。《志注》脱"忧思"二句。郝与《文选》合。

㉟ 何云:"恐彪以不能同宿止,忧伤成疾,故复为此以宽之。"按:唐王

勃诗云:"海内存知己,天涯若比邻。无为在歧路,儿女共沾巾。"太白《留别贾舍人至》云:"何必儿女仁,相看泪成行。"皆用此语。

㊲ 按:此因任城暴薨而叹人生变故之速,更忧谗惧祸,期于别离之后,克己慎行而免于刑戮也。然语极浑融,既云"天命与我违",又云"天命信可疑",隐寓文帝恩威叵测,当畏之如天,获罪而无所祷也。

㊳ 按:白马王有和诗,《初学记·人部·离别》曹彪《答东阿王》诗曰:"盘径难怀抱,停驾与君诀。即车登北路,永叹寻先辙。"锺嵘《诗品》:"白马与陈思赠答,伟长与公干往复,虽曰以莛扣钟,亦云闲雅矣。"彪诗云"北路",盖白马在洛阳北。若封吴则往寿春,当云"南路",不得言"北"矣。宋刘克庄曰:"子建于黄初之世数有贬削,方且责躬上表,而不敢废恭顺之礼,卒以此自全。此诗作于诸王懔不自保之时,而其忧伤慷慨,有不可胜言之悲。诗中所谓'苍蝇间白黑,谗巧令亲疏',盖为灌均发,终无一毫怨兄之意。处人伦之变者,当以为法。"何义门云:"《魏氏春秋》载此诗,极有识,与《六代论》相表里也。"

赠丁翼[①]

嘉宾填城阙,丰膳出中厨。吾与二三子,曲宴此城隅。秦筝发西气,齐瑟扬东讴[②]。肴来不虚归[③],觞至反无馀。我岂狃异人,朋友与我俱。大国多良材,譬海出明珠[④]。君子义休偫[⑤],小人德无储。积善有馀庆,荣枯立可须。滔荡固大节,世俗多所拘。君子通大道,无愿为世儒。

① 李注:"《文士传》:翼,字敬礼,仪之弟也。为黄门侍郎。"《魏志》"翼"作"廙"。《类聚·礼部·燕会》、《御览·礼仪部·宴会》引作"《与丁

廙》诗"。从《文选·赠答》校。

② "讴"，《类聚》作"呕"。陈第《读诗拙言》："'讴'犹'区'也。曹、陆之辞可据。曹植《赠丁翼》'讴'与'馀'韵，陆机《吴趋行》：'楚妃且勿叹，齐娥且莫讴。四坐并清听，听我歌《吴趋》。'"

③ "归"，《类聚》作"满"。

④ 杨慎云："句与太白'如天落云锦'同。"

⑤ 《说文》："偫，待也。一曰具也。"

朔风诗①

仰彼朔风，用怀魏都。愿骋代马，倏忽北徂。凯风永至②，思彼蛮方。愿随越鸟，翻飞南翔③。四气代谢④，悬景运周。别如俯仰，脱若三秋。昔我初迁，朱华未希⑤。今我旋止，素雪云飞⑥。俯降千仞，仰登天阻。风飘蓬飞，载离寒暑。千仞易陟[1]，天阻可越。昔我同袍，今永乖别⑦。子好芳草，岂忘尔贻。繁华将茂，秋霜悴之。君不垂眷，岂云其诚？秋兰可喻，桂树冬荣⑧。弦歌荡思，谁与消忧？临川慕思，何为泛舟？岂无和乐，游非我邻。谁忘泛舟，愧无榜人⑨。

① 此明帝太和二年，复还雍丘作。李周翰云："时为东阿王，在洛感北风思归作。"元刘履云："黄初四年还雍丘作。"俱非。今从《文选·杂诗》校。

② "至"，郭作"志"。

[1] "陟"，原误作"涉"，据《文选》及各本曹集改。

③《文选》分为五章。元刘履曰:"魏都在邺郡,文帝虽已迁都洛阳,以邺为王业之本基,故常往来听治,皆为皇都。黄初四年,子建自雍丘入朝,既而与白马王彪还国,欲同路款叙,不许。此诗必还雍丘后作,故此章首怀魏都而兼思兄弟之国。《魏志》是年彪为吴王,故称'蛮方'也。"绪曾按:刘以"魏都"为思文帝,然文帝在位七年,未尝于邺设朝会,刘说朝会往来听治,事无所考。黄初四年正月,子建实自鄄城朝洛阳。七月,仍归旧疆。后乃徙封雍丘也。彪封吴王,地在寿春,亦不得谓之"蛮方","蛮方"非美名。窃谓"怀魏都"者,武帝葬于邺,乃思武帝山陵。"蛮方"指东吴,即"远游欲何之?吴国为我仇","甘赴江湘,奋戈吴越"之意。

④《史记索隐》引《尔雅》:"四气和谓之玉烛。"孙炎注:"四气,和四时之气。"《文选》束皙《由庚》诗、王融《策秀才文》《选注》,唐石经,宋本《尔雅》,俱作"四气",监本作"四时",非。

⑤"希",张溥作"晞"。

⑥"云飞",《文选》一本作"雲",非。元刘履曰:"'迁'谓自鄄城后至雍丘,'旋'谓自京师还至国。"按:刘说殊误。《赠白马王彪》诗序云:"黄初四年正月,朝京师。"是春无迁都事。又云:"秋七月还国。"亦何至"素雪云飞"?本传:"太和元年,徙封浚仪。二年,复还雍丘。""迁"谓自雍丘徙浚仪,"还"谓自浚仪还雍丘。下云:"载离寒暑。"亦言久也。

⑦元刘履曰:"言登高陟险,远就封国,如蓬随风飘,历岁不返。且山之高险,尚可逾越而不以为难,何兄弟同袍之亲,乃至阻绝而不得见耶?"绪曾按:是诗作于明帝太和二年,文帝已崩,故云"永别"。若但阻绝不见,何云"永别"耶?

⑧元刘履曰:"'子'、'尔'、'君'皆指文帝。子建性简易,不治威仪,不尚华靡,惟任性而行。文帝往往御之以术,宠爱愈疏。故借'芳草'为喻,言此等不足持久也。且谓君不垂爱于我,又岂知我之心而许其为诚哉!然诚伪易辨,譬若秋兰虽芳,不如桂树后凋也。"绪曾按:古人无以"芳草"、"秋兰"喻小人者。《离骚》"芳草"以喻君子,"飘风"以喻小人。言虽有芳草,奈为秋霜所悴。行芳志洁,而谗者伤之。君既不知我诚,请以秋兰为喻,霜酷

而兰自香,桂树虽冬亦荣。君鉴其诚,则以秋兰之香贻君。君不垂眷,则抱此不凋之心,亦不以谗口而自改其节也。欲以此动明帝耳。

⑨ 元刘履曰:"言与之游者既非所亲,则虽有弦歌,亦不足以解忧。必也兄弟既翕,而后和乐且耽。故又临川慕思,亦欲泛舟以相从,然无榜人唱声以进之,则亦无如之何矣。盖上眷之不垂,下诚之不通,皆系于无人为之维持调护耳。"绪曾按:上云"同袍""永别",则于文帝崩后作,无可疑矣。"游非我邻",即《求通亲亲表》所云"四节之会,块然独处,左右惟仆隶"也。

矫志诗①

芝桂虽芳,难以饵鱼。尸位素餐,难以成居②。磁石引铁,于金不连。大朝举士,愚不闻焉。抱璧涂乞,无为贵宝。履仁遘祸,无为贵道。鹓雏远害,不羞卑栖。灵虬避难[1],不耻污泥。都蔗虽甘,杖之必折③。巧言虽美,用之必灭。□□□□,□□□□。济济唐朝,万邦作孚④。逢蒙虽巧,必得良弓。圣主虽知⑤,亦待英雄⑥。螳螂见叹,齐士轻战⑦。越王轼蛙⑧,国以死献⑨。道远知骥,世伪知贤。□□□□,□□□□⑩。覆之帱之⑪,顺天之矩。泽如凯风,惠如时雨。口为禁门⑫,舌为发机。门机之间,楛矢不追⑬。

① 从《类聚·人部·鉴诫》校。胡应麟曰:"陈王《矫志》,大类箴铭。"

② 郭本作"芳树虽香,难以饵烹。尸位素餐,难以成名",首二句义既难通。顾炎武疑"烹"古韵铺郎切,古未有以与"名"韵者,自陈思此诗始失古

---

[1] "虬",原误作"叫",据《艺文类聚》及各本曹集改。

音。盖顾所见曹集即郭、汪本也。冯惟讷《古诗纪》云："古本作'芝桂虽芳'。"今按：《类聚》正作"芝桂虽芳，难以饵鱼"。张溥首句用《类聚》，次句仍作"烹"，四句仍作"名"，盖未达"成居"之义，不得不以"烹"、"名"为韵。不知"难以成居"者，犹《求自试表》所云"圈牢之养物"也。《精微篇》："一女足成居。"今悉从《类聚》改正。亭林见之，可无讥陈王之失古音矣。

③ 黄伯思《东观馀论·跋右军甘簬帖后摹本》云："此帖中云'甘簬十丈'，初不可晓，因思曹子建诗云：'都簬虽甘，杖之必折。''十丈'云者，恐若'木千章'、'竹万个'之类。簬似竹，于文从焉，此帖以之。俗从'草'，非是。"楼钥云："《说文解字》'蔗'从'草'，在艸部，不得以为非是。"吴子良《林下偶谈》："相如赋：'都蔗巴苴。'注云：'甘柘也。'曹子建都蔗诗云：'都蔗虽甘，杖之必折。巧言虽美，用之必灭。'《六帖》云：'张协有《都蔗赋》。'"按：子建乃《矫志》诗，吴以为"都蔗诗"，误。

④ 案：二句与下文不贯。冯惟讷云："下阙。"严上空八格。

⑤ "圣"，《类聚》作"贤"。

⑥ "亦待"，郭作"必得"，今从《类聚》。

⑦ 《韩诗外传》齐庄公事。

⑧ "轼"，徐、李、郭、汪误作"轻"。

⑨ 《韩非子》句践事。

⑩ 严空八格。

⑪ "焘"，郭误"寿"，张溥作"畴"，从《类聚》、张炎。

⑫ "门"，郭作"闳"。

⑬ "间"，郭作"关"，张溥作"阊"。《焦氏易林》："口方舌圆，为知枢门。"《说苑》："口者，关也。舌者，机也。出言不审，驷马不能追也。"

仁虎匿爪，神龙隐鳞①。

①《文选·宣德皇后令》注"曹植《矫志》诗"。

【丁评】纯是自喻,忧谗畏讥。末以慎言作结,即驷不及舌意。

杂　诗[①]

揽衣出中闺,逍遥步两楹。闲房何寂寞[②],绿草被阶庭。空室自生风[③],百鸟翔南征[④]。春思安可忘,忧戚与君并[⑤]。佳人在远道,妾身独单茕[⑥]。欢会难再遇[⑦],兰芝不重荣[⑧]。人皆弃旧爱,君岂若平生。寄松为女萝,依水如浮萍。束身奉衿带[⑨],朝夕不堕倾[⑩]。傥终顾昒恩[⑪],永副我中情。

①《玉台新咏》作《杂诗》。宋人从《类聚·人部·闺情》采入,遂题曰《闺情》。《类聚》但云"魏陈王曹植诗",从《玉台》作《杂诗》为得其实。

②《类聚》作"寥",《玉台》作"寞"。

③《玉台》作"室",《类聚》、郭作"穴"。

④《玉台》作"翔",《类聚》作"翩"。

⑤《玉台新咏》作"与我并",《类聚》作"与君并"。子建借思妇以自喻,即《求自试表》云"与国分形同气,忧患共之"也。

⑥"独单茕",《类聚》作"单且茕"。

⑦"遇",郭作"逢",一作"过",《玉台》作"遇"。

⑧"兰芝",汪本作"芝兰"。"佳人"指文帝,"妾身"植自喻也。

⑨"束",《类聚》作"赍"。"衿",一作"襟"。

⑩"堕",郭云:"一作'愦'。"

⑪郭一作"傥愿终盼昒"。纪容舒云:"《玉台新咏》作'傥愿终盼昒'。"今从《类聚》。

三良诗①

功名不可为，忠义我所安。秦穆先下世，三良皆自残②。生时等荣乐，既没同忧患。谁言捐躯易？杀身良独难③。揽涕登君墓，临穴仰天叹④。长夜何冥冥，一往不复还。黄鸟为悲鸣⑤，哀哉伤肺肝⑥。

① 唐释皎然《诗式》云："陈王《三良》诗：'秦穆先下世，三良皆自残。'王粲云：'秦穆杀三良，惜哉空尔为。'盖以陈王徙国，任城被害以后，常有忧生之虑，故其词婉娩，存几谏也。王粲显责穆公，正言其过，存直谏也。二首体格高远，才藻相邻。至如'临穴呼苍天，泪下如绠縻'，斯乃迥出情表，未知陈王将何以敌？"绪曾按：粲卒于建安二十一年，任城王彰卒于黄初四年，粲无因预知任城遇害、子建遭谗之事，而以《三良诗》为直谏也。况粲卒后，至建安二十五年魏武始薨。皎然之论，殊为失实。刘良云："植被文帝责黜，意者是悔不从武帝而作是诗。"何义门曰："此秦公子高上书'臣请从死，愿葬骊山之足'也。"然此诗乃建安二十年从征张鲁，至关中过秦穆公墓，与王粲同作。若黄初时作，则粲已早卒，恐转涉附会也。
② "良"，《诗纪》作"臣"。刘敞《公是集·哀三良诗序》云："秦有《哀三良》诗，刺穆公以人从死。后王粲作《哀三良》者，以曹公以己事杀贤良也。陈思亦作之者，怨己不及从死者也。"亦皎然之说而小异。"吾以哀三良仍有馀意，犹可赋诗，故复作焉，当有能知者。诗云：士为知己死，女为悦己容。咄嗟彼三良，杀身殉穆公。丹青怀信誓，凤昔哀乐同。人命要有托，奈何爱厥躬。国人悲且歌，《黄鸟》存古风。死复不食言，生宁废其忠。存为百夫防，逝为万鬼雄。岂与小丈夫，事君昧始终。"苏轼《秦穆公墓》诗："橐泉在城东，墓在城中无百步。乃知昔未有此城，秦人以泉识公墓。昔公生不诛孟明，岂有死之日而忍用其良？乃知三子殉公意，亦如齐之二子从田

横。古人感一饭，尚能杀其身。今人不复见，乃以己之所见疑古人。古人不可望，今人益可伤。"刘克庄《诗话》续集："三良事见于《诗》《左传》，皆云秦穆杀之以殉。坡诗独云：'乃知三子殉公意，亦如齐之二子从田横。'此说甚新。后读曹子建诗，乃知子建亦有此论。"绪曾按：刘原父诗"杀身殉穆公"亦与坡合。查慎行《苏诗补注》云："事出六经，恐难翻案。"不知《诗序》："《黄鸟》，哀三良也。国人刺穆公以人从死。"郑笺"从死"谓："自杀以从死。"《文选》李善注引应劭《汉书注》曰："秦穆与群臣饮酒，酒酣，公曰：'生共此乐，死共此哀。'奄息等许诺。及公薨，皆从死。"与子建同。查氏谓东坡翻案，误矣。

③ "良"，《诗纪》作"诚"。

④ 郑笺："秦人临视其圹，皆为之悼栗。"

⑤ "呜"，徐、郭、汪作"嗚"。

⑥ 此诗伤三良也，无讥刺三良意。元刘履谓："哀三良之不得其死。"是也。至云："三良之死，不顾非礼，而曲从君命，此岂安于忠义者哉？"求之太深，转涉苛刻。王仲宣诗云："结发事明君，受恩良不訾。临没要之死，焉得不相随？"陶渊明诗曰："厚恩固难忘，君命安可违？临穴罔惟疑，投义志攸希。"柳子厚诗曰："款款效忠信，恩义皎如霜。生时亮同体，死没宁分张？"皆本《黄鸟》诗意。刘氏又谓："三良与其不违乱命，陷身于非礼之地，孰若力陈大义，授命于康公之前？"然是时康公以遗命为重，三良以从君为心。所惜者，秦庭无敢谏之士、知礼之人，力陈治命、乱命之说。康公亦知三良贤臣，特不欲违命耳。一闻谠论，岂忍令三良自杀以殉哉？若三良既已捐躯，犹加以不忠不义之名，恐子建所不忍言也。刘议论虽正，然以释此诗，则失旨矣。苏辙《栾城集·三良诗》："泉上秦伯坟，下埋三良士。三良百夫特，岂为无益死。当年不幸见迫胁，诗人尚记临穴惴。岂如田横海中客，中原皆汉无报所。秦国吞西周，康公穆公子。尽力事康公，穆公不为负。岂必杀身从之游，夫子乃以侯嬴所为疑三子。王泽既未竭，君子不为诡。三良殉公意，要自不得已。"吴子良荆溪《林下偶谈》云："子瞻、子由二诗不同，子由之说稍近。君子进退存亡，要不失正而已，岂苟为匹夫之谅哉！论者

罕能知此。如仲宣云:'结发事明主,受恩良不訾。临没要之死,安得不相随?'曹子建亦云:'生时等荣乐,既没同忧患。'然则是三良者,特荆轲、聂政之徒耳。东坡晚年和渊明诗云:'三子死一言,所死良已微。贤者晏平仲,事君不以私。我岂犬马哉,从君求盖帷。杀身固有道,大节要不亏。君为社稷死,我则同其归。顾命有治乱,臣子得从违。魏颗真孝爱,三良安足希。'盖其饱更世故,阅义理熟矣。前诗作于廿年气锐之时,意亦有所激而云也。"按:吴子良所见与刘履同。二苏自抒识议,俱非《秦风》诗人之义也。

【丁评】首二句为自家写照,无限感慨。○何云:"此秦公子高上书'臣请从死,愿葬骊山之足'也。魏祚安得长?"

情　诗①

微阴翳阳景,清风飘我衣。游鱼潜渌水②,翔鸟薄天飞。眇眇客行士,遥役不得归③。始出严霜结,今来白露晞。游者叹黍离,处者歌式微④。慷慨对嘉宾,凄怆内伤悲⑤。

①《玉台新咏》作《杂诗》,《文选·杂诗》云"曹子建《情诗》一首",《类聚·人部·别》作"陈王曹植诗"。今从《文选》。

②《文选》作"渌",《玉台》、郭作"绿"。

③"遥",郭作"徭"。

④"处",《玉台》作"行"。按:《诗》:"式微式微,胡不归?"则"处"字是也。

⑤此旨与上《杂诗》相同。盖子建自咏其情,非为思妇作也。盖亦黄初中为有司所奏,徙居京师,待罪南宫时所作。"黍离"悼汉之亡,"式微"并伤己之不归也。

妒　诗①

嗟尔同衾,曾弗是志②。宁彼冶容,安此妒忌。

①《类聚·人部·妒》云"陈王曹植妒诗",今据校。
②"弗",郭、张炎作"不"。

【丁评】此借"同衾"以喻兄弟也。

七步诗①

煮豆燃豆萁,豆在釜中泣。本是同根生,相煎何太急②。

煮豆持作羹,漉豉以为汁[1]。萁在釜下燃,豆在釜中泣。本自同根生,相煎何太急③。

①《初学记·帝戚部·王》:"刘义庆《世说》曰:魏文帝令东阿王七步成诗,不成将行大法。遂作诗云云。文帝大有惭色。"《御览·文部·思疾》:"《魏志》:文帝常欲害植,以其无罪,令植七步为诗,若不成,如军法。植即应声云云。帝善之。"二书所载止四句。冯惟讷云:"本集不载。"按:明帝诏编植集,及三十卷。本集久已失传,无由知其不载也。任彦昇《齐竟陵

[1]"豉",原误作"叔",据《世说新语》及《太平广记》改。按:《世说新语》"豉"或作"菽",与"叔"字亦形近易误。

115

王行状》:"陈思见称于七步。"《齐书·陆厥传》:"理赊于七步。"《后魏·彭城王勰传》:"吾作诗虽不七步。"温王重茂《效柏梁体》:"雄才七步愧陈王。"魏收《自序》:"虽七步之才,无以过之。"唐史青上书自荐云:"臣闻曹子建七步成章,陛下若试臣,五步之内,可塞明诏。"李白《感时留别从兄徐王延年从弟延陵》诗:"七步继陈思。"李瀚《蒙求》:"陈思七步。"于是"七步"之说,播为佳话矣。

② 徐本无此首。《文选》任彦昇行状注引《世说》,作"其在灶下燃",馀三句同。

③ 今本《世说新语》载此六句,与《初学记》、《御览》不同。《苕溪渔隐丛话》引《漫叟诗话》云:"曹子建《七步诗》,世传'煮豆燃豆萁,豆在釜中泣',一本云'其向釜下燃,豆在釜中泣',其工拙浅深,必有以辨之者。"《太平广记·俊辨》引《世说》六句,与今本同,第三句作"豆向釜中泣"。李济翁《资暇录》:"陈思王七步之捷,用事者移于常人,宜矣,若褒当代诸王则大不佳。何者? 七步所成之诗,即'然萁''煮豆'之诗是也。细而思之,其可为当时诸王所用哉? 梁代任昉作《竟陵行状》云:'淮南取贵于食时,陈思见称于七步。'虽梁人褒王,固无忌讳,然欠审尔。若以诸王为捷,幸有十步事相当而新,何不采于后魏耶?"

弃妇诗①

石榴植前庭,绿叶摇缥青。丹华灼烈烈,璀彩有光荣②。光荣晔流离,可以戏淑灵③。有鸟飞来集,拊翼以悲鸣④。悲鸣夫何为? 丹华实不成。拊心长叹息,无子当归宁⑤。有子月经天,无子若流星。天月相终始,流星没无精。栖迟失所宜,下与瓦石并。忧怀从中来,叹息通鸡鸣。反侧不能

寐,逍遥于前庭。踟蹰还入房,肃肃帷幕声。褰帷更摄带,
抚节弹素筝⑥。慷慨有馀音,要妙悲且清。收泪长叹息,何
以负神灵?招摇待霜露⑦,何必春夏成。晚获为良实,愿君
且安宁。

① 见《玉台新咏》。杨慎云:"此诗郭茂倩《乐府》不载,近刻子建集亦遗
焉,幸《玉台新咏》有之,遂录以传。"冯惟讷《诗纪》云:"本集不载。"按:子建
集后人所辑,非原书,搜录时偶遗之耳。《御览》载此诗,亦云曹植所作也。

② "璀",《玉台》作"帷",误。

③ 纪容舒云:"此句未详。""戏",冯惟讷《诗纪》、杨慎《外集》作"处"。

④ "拊",《玉台》作"树"。

⑤ 此诗亦为王宋无子被出作也。

⑥ "节",《初学记》作"弦"。

⑦ 《山海经》:"招摇之桂。"

代刘勋妻王宋诗 并序①

王宋者,平虏将军刘勋妻也,入门二十馀年。后勋悦山阳
司马氏女,以宋无子出之。还于道中,作诗二首。

翩翩床前帐,张以蔽光辉。昔将尔同去,今将尔共归。
缄藏箧笥里,当复何时披?

谁言去妇薄?去妇情更重。千里不唾井,况乃昔所奉。

远望未为遥，峙嵹不得共[②]。

① 见《玉台新咏》。《魏志》："建安四年，庐江太守刘勋率众降，封为列侯。"《武帝纪》注："《魏书》：平虏将军、华乡侯刘勋。"

② 陈玉父本《玉台新咏》作"刘勋妻王氏《杂诗》二首"，纪容舒《考异》云："《艺文类聚》载前一首，作魏文帝《代刘勋出妻王氏作》；邢凯《坦斋通编》载后一首，引《玉台新咏》，作曹植《为刘勋出妻王氏作》，均与此异。凯为宋宁宗时人，则旧本必作曹植。陈玉父重刊，乃更题王宋，并删改序文尔。然旧本今不可见，而《艺文类聚》又作文帝，未敢轻改古书，姑附识异同如此。"绪曾尝钞得文澜阁《坦斋通编》，无此条。然王宋诗，苏鹗、李济翁、程大昌皆以为子建诗，不独取证于邢凯也。《苏氏演义》引《金陵记》："江南计吏止于传舍间，及时就路，以马残草泻于井中，而谓已无再过之期。不久复由此，饮，遂为昔时莝刺喉死。后人戒之曰：'千里井，不泻莝。'杜诗：'畏人千里井。'注：'谚云：千里井，不反唾。'疑'唾'字无义，当为'莝'，谓为莝所哽也。案：《玉台新咏》载曹植代刘勋妻王氏见出而为之诗曰：'人言去妇薄，去妇情更重。千里不唾井，况乃昔所奉。远望未为遥，踟蹰不得共。'观此意，乃是常饮此井，虽舍而去，亦不忍唾也。此足见古人忠厚，其理易明。"宋程大昌《演繁露》："李济翁《资暇录》：'谚云："千里井，不反唾。"疑"唾"无义也，"唾"当为"莝"，莝草也。言尝有经驿舍，反马莝于井，后经此井汲水，为莝所哽也。'案：《玉台新咏》载曹植代刘勋妻王氏见出而为之诗曰：'人言去妇薄，去妇情更重。千里不唾井，况乃昔所奉。远望未为遥，峙嵹不得共。'观此意兴，乃为常饮此井，虽舍而去之千里，知不复饮矣，然犹以常饮乎此而不忍唾也。况昔常奉以为君子者乎？此足以见古人诗意委曲忠厚，发情而止礼义，其理亦甚明白易晓。李太白又采用此意为《平虏将军妻》诗，曰：'古人不唾井，莫忘昔缠绵。'姚令威著《残语》，太白此诗，亦引李济翁'不莝井'以为之证，是皆不以曹植诗为证也。"今《玉台新咏》"不得共"，宋本误作"不得往"。"共"与"重"、"奉"韵，作"往"则失韵矣。吴兆宜本作"并"，益误。苏氏所见，唐时古本也。今《玉台新咏》题上脱"代"字，直以

为王宋自作。《艺文类聚·人部》引魏文帝《代勋之出妻王氏诗》"翩翩床前帐"一首,盖古人或以前一首魏文帝作,后一首子建作。欧阳询、苏鹗皆唐人,去徐陵未远,必有所据。今并录二首,而载其说于此云。又《三国志·袁术传》:"妻子依故吏庐江太守刘勋。孙策破勋,术女入吴宫。"《孙策传》[1]:"孙策轻车乘夜袭拔庐江,勋众尽降,勋独与麾下数百人自归曹公。"注:"《江表传》:策并得术、勋妻子。"据《江表传》,则勋妻亦为孙策所掳,未知为王氏为司马氏?然陈寿止言术女入吴,不言勋妻被掳,诸书所载不同。

寡妇诗

高坟郁兮巍巍,松柏森兮成行①。

①《文选》谢灵运《庐陵王墓下作》诗注。

七哀诗

南方有障气,晨鸟不得飞①。

①《文选》鲍明远《苦热行》注。

膏沐谁为容? 明镜暗不治①。

---

[1] "《孙策传》",原脱,据《三国志》补。

曹植集

① 《文选》刘休玄《拟古》诗注。

死牛诗①

　　两肉齐道行，头上戴横骨。行至土山头，欱起相唐突②。二敌不俱刚，一肉卧土窟。非是力不如，盛意不得洩③。

　　① 《太平广记·俊辩》云："魏文帝尝与陈思王植同辇出游，逢见两牛在墙间斗，一牛不如，坠井而死。诏令赋《死牛》诗，不得道是牛，亦不得道是井；不得言其斗，亦不得言其死。走马百步，令成四十言。步尽不成，加斩刑。子建策马而行，既揽笔赋曰。"

　　② 吴曾《能改斋漫录》云："律有唐突之罪。按：马融《长笛赋》：'濿瀑喷沫，蒋遁砀突。'李善注：'砀，徒浪切。'以'唐'为'砀'。李白《赤壁歌》：'鲸鲵唐突留馀迹。'刘禹锡《镜》诗：'却思未磨时，瓦砾来唐突。'亦作此'唐突'字。魏曹子建《牛斗》诗：'行彼土山头，欱起相搪揆。'见《太平广记》。"王楙《野客丛书》谓："'砀'、'唐'、'搪'三字不同，皆一意耳。东汉陈群曰：'芜菁唐突人参。'在诸人之先，正用此'唐'字。若引曹子建诗用'搪突'，则《魏志》子建谓韩宣'岂应唐突列侯'，又用此'唐'字矣。晋人'无盐唐突西施'之语，乃用汉人之意，岂但见于唐人刘、李二公而已。汉碑有'乘虚唐突'之语，《孔融传》有'唐突宫掖'。"按：今《广记》作"唐突"，非宋本之旧。马融《围棋赋》："守规不固，为所唐突。"

　　③ 赋成，步未竟，重作三十言自愍云："煮豆持作羹，漉豉取作汁。其在釜下然，豆在釜中泣。本是同根生，相然何太急？"出《世说》。今本无《死牛》诗及《煮豆》诗，与此叙事亦异。

120

七 忿^①

素冰象玉，难可磨荡。结土成龙，遭雨则伤^②。

① 张溥以为枚乘《七发》之流。按：实四言诗也，与《矫志》诗略同。
②《初学记·地部·冰》。

离别诗

人远精魂近，寤寐梦容光^①。

①《文选》张茂先《情诗》注。

述 仙

逝将升云烟^①。

①《文选》谢灵运《入华子岗》诗注。胡《考异》曰："'游将升云烟'，陈少章云："逝'是也。各本皆讹。'"

离友诗

灵鉴无私[①]。

①《文选》颜延年《郊祀歌》注引曹子建《离友》诗。《文选》谢宣远《张子房》诗注亦引此句。

四言诗

华屏列曜，藻帐垂阴[①]。

①《书钞·服饰部·帐》。

高谈虚论，问彼道原[①]。

① 《文选》谢灵运《拟徐幹诗》注。

杂 诗

悠悠远行客，去家千馀里。出亦无所之，入亦无所止。浮云翳日光，悲风动地起[①]。

①《类聚·人部·言志》"魏陈王曹植诗",各本遂以"言志"标题。

美玉生盘石,宝剑出龙渊。帝王临朝服,秉此威百蛮。历□不见贵,杂糅刀□间①。

①《书钞》原本《武功部·剑》。

离思一何深①。

①《文选》陆士衡《苦寒行》注。

失题各诗

有美一人①,被服纤罗。妖姿艳丽,蓊若春华。红颜铧晔,云髻嵯峨②。张琴抚节,为我弦歌。清浊齐均③,既亮且和。取乐今日,遑恤其他④。

① 郭作"有一美人"。
② "嵯峨",《类聚》作"峨峨"。
③ 古无"韵"字,"均"即"韵"。
④ 各本题作"闲情"。按:《类聚·人部·美人》云"魏陈王曹植古诗",原题已失。

逍遥芙蓉池,翩翩戏轻舟①。南杨栖双鹄②,北柳有鸣鸠③。

① "翩翩"，一作"翻翻"。
② "栖双"，各本作"双栖"。
③ 各本题作"芙蓉池"。按：《类聚·地部·池》云"魏陈王曹植诗"，其
原题已失。

双鹤俱遨游，相失东海傍。雄飞窜北朔，雌惊赴南湘。
弃我交颈欢，离别各异方。不惜万里道，但恐天纲张①。

① 《类聚·鸟部·鹤》。

游鸟翔故巢，狐死反丘穴。我信归故乡，安得惮离别①。

① 《书钞》原本《地部·穴》。

弹筝奋逸响，新声妙入神①。

① 《书钞·乐部·筝》。丁晏云："此二句见《古诗十九首》，《书钞》引为
植作，当别有据。"

秋气转微凉①。

① 《书钞》原本《岁时部·秋》。严可均云："《文选》'秋风发微凉'，与此
句异。"

一顾千金重,何必珠玉贱①。

① 《文选》谢玄晖《和王主簿》诗注。

我心常怫郁,思欲赴太山①。

① 《文选·责躬》诗注。按:下句见"飞观百馀尺"篇中,上句未见。

长铗鸣鞘弓①。

① 《御览·兵部·刀》。

皇考建世业,余从征四方。栉风而沐雨,万里蒙露霜。剑戟不离手,铠甲为衣裳①。

① 《御览·兵部·叙兵器》。

君王礼英贤,不吝千金璧。从容冰井台,清池映华薄①。

① 宋吴棫《韵补·十八药·璧》"曹植诗"。

拜先君墓,与友人宴于松柏之下,为诗曰①:
乐至忧复来。又云:可不及娱情②。

① 此盖诗序。王伯厚约举其辞。曹集宋末所存不止十卷本，故今本所无之诗，王伯厚犹及见之。

② 《困学纪闻·考史》云："舜、禹有天下而不与焉[1]。魏文喜跃于为嗣之初，大敛于忧服之中，不但以位为乐而已。其篡汉也，哆然自以为舜、禹，可以欺天下乎？"原注："曹植拜先君墓，与友宴于松柏之下，为诗云：'乐至忧复来。'又云：'可不及娱情。'其末流至于阮籍。礼法之亡，自魏文兄弟始。"绪曾按：王氏之责魏文，是已；至责子建，意其于忧服之中上魏武墓，宴友而乐然。考其所谓"先君"，非魏武也；亦非忧服中宴友赋诗也。《通典》魏文帝诏云："先帝之躬履节俭，古不墓祭，皆设于庙。"遂革上陵之礼。知子建无拜武帝墓事。求祭先王，犹为有司所格，安能与友人宴松柏之下乎？所谓"友人"，不知何人。陈王为诸侯时，王国之卿士，藩国之陪臣，俱无因至高平陵宴乐，且不得以"友人"称之。子建称魏武，于其生曰"家王"，于其没曰"先王"、曰"先武皇帝"，俱不云"先君"。然则"先君"之墓，非武帝墓也。《九华扇赋》云："先君常侍。"子建称"先君"者，乃其曾祖曹腾也。诗盖建安中还谯所作，"友人"乃乡里之人，墓乃腾墓也。非武帝甫葬，子建即升墓而宴。况文帝以法绳诸弟，葬后即遣之国，且革上陵之礼，安得从容宴友乎？王氏与《大敛碑》同讹，盖疑以为武帝之陵墓也。《御览》载魏文帝《临涡赋序》云："建安十八年至谯，余兄弟从上拜坟墓，遂乘马游观。经东园，遵涡水，相徉于高树之下。"子建拜先君墓，与友人宴松柏之下为诗，盖在是时。宋吴枋《宜斋野乘》："今人称'先君'、'先子'、'先人'为父，然不独父也，祖宗皆可。如曾西称参曰'先子'，则称祖为'先子'矣；子顺曰'吾先君之相鲁也'，则称六世祖为'先君'矣；孔安国《书传序》'吾先君孔子'，又曰'我先人用藏其书于屋壁'，则称十一世祖为'先君'，称五世祖子襄为'先人'矣。"《隶释·费亭侯曹腾碑阴》，洪适引《水经注》云："谯县有曹腾碑，汉故中常侍长乐太仆特进费亭侯曹君之墓，延熹三年立。"据此知子桓所云"至谯，兄弟拜坟墓"，乃腾之墓也。若云古人墟墓生哀，墓非宴地，子桓所云"经东

_____

[1] "禹"，原脱，据王应麟《困学纪闻》补。

园,遵涡水,相佯于高树之下",非必适墓登陇而宴于兆域之内也。"友人"如"乡人",夏侯威之属。游子还乡拜坟墓,因而会乡里,不必与大飨忧服之中者同讯也。

曹集考异卷六

乐府①

① 刘勰《乐府》篇:"凡乐辞曰诗,诗声曰歌。声来被辞,辞繁难节。故陈思称'李延年闲于增损古辞,多者则宜减之',明贵约也。观高祖之咏《大风》,孝武之叹'来迟',歌童被声,莫敢不协。子建、士衡,咸有佳篇,并无诏伶人,故事谢丝管。俗称乖调,盖未思也。"又《声律》篇:"若夫宫商大和,譬诸吹篪。陈思、潘岳,吹篪之调也。"皎然《诗式》:"苏、李之制,意深体闲,词多怨思,音韵激切,其象瑟也;曹王之制,思逸义婉,词多顿挫,音韵低昂,其象鼓也。"

箜篌引①

置酒高殿上,亲友从我游②。中厨办丰膳,烹羊宰肥牛。秦筝何慷慨③,齐瑟和且柔④。《阳阿》奏奇舞⑤,京洛出名讴。乐饮过三爵,缓带倾庶羞。主称千金寿,宾奉万年酬⑥。久要不可忘,薄终义所尤。谦谦君子德,磬折欲何求⑦?惊风飘白日,光景驰西流。盛时不可再⑧,百年忽我遒⑨。生存华屋处⑩,零落归山丘。先民谁不死,知命亦何忧⑪?

①《文选》作《箜篌引》。郭茂倩《乐府·相和歌辞·瑟调曲》云"《野田黄雀行》二首",此首及"高树多悲风"也。郭引《古今乐录》曰:"王僧虔《技

录》有《野田黄雀行》，今不歌。《乐府解题》曰：晋乐奏东阿王'置酒高殿上'，始言丰膳乐饮，盛宾主之献酬；中言欢极而悲，嗟盛时之不再；终言归于知命，而无忧也。《空侯引》亦用此曲。按：汉鼓吹曲铙歌亦有《黄雀行》，不知与此同否。"《宋书·乐志》云："《置酒》、《野田黄雀行》亦用此曲。东阿王词四解。"郭："晋乐所奏分四解，本辞不分解。"

②"友"，《宋书》、郭、《乐府》作"交"，《文选》作"友"。

③"慷"，《宋书》作"忼"，《类聚·乐部》作"恺"，《文选》、郭、《乐府》作"慷慨"。

④《宋志》一解。

⑤"奇"，《类聚·乐部》作"妙"。

⑥《宋志》二解。

⑦ 徐、李、郭、汪误"磬折何所求"。

⑧《宋志》作"不再来"。郭茂倩云："晋乐'不再来'，本辞'不可再'。"

⑨《宋志》三解。

⑩"存"，毛《文选》作"在"，尤《文选》、《晋书·谢安传》羊昙诵诗俱作"存"。

⑪《宋志》四解作"复何忧"。郭茂倩云："晋乐'复何忧'，本辞作'亦何忧'。"元刘履曰："此曲乃相和歌词《六引》之一，即所谓《公无渡河》也。"按：郭茂倩在《瑟调曲》中，《六引》中《箜篌引》乃歌丽玉歌，及宫、商、角、徵、羽合为六，并无此曲。刘履又云："《乐府集》有《箜篌谣》，与《引》不同，大略言结交当有始终。今子建所作，殆亦此意。"按：郭茂倩《乐府》，《箜篌谣》在《杂曲谣词》，乃载古词"结交在相得"、李白"攀天莫登龙"二诗，亦无子建此诗。彼盖不知此诗在《野田黄雀》中，故翻寻《乐府集》，聊以二者当之耳。刘履又云："此盖子建既封王之后，燕享宾亲而作。"按：子建在文帝时虽膺王爵，四节之会，块然独处，至明帝时始上疏求存问亲戚，恐无燕享宾亲事。然则此诗作于封平原、临淄侯时也。近余萧客《文选音义》云："郭茂倩《乐府》，《箜篌谣》言结交当有始终，与《箜篌引》异。此篇不合丽玉本事，当从《乐府》题《箜篌谣》。"按：余氏非特未考《宋书·乐志》，亦未细检郭茂倩《乐

府集》,其误与刘履同。

升天行 二首①

乘蹻追术士,远之蓬莱山②。灵液飞素波,兰桂上参天③。玄豹游其下,翔鸥戏其巅。乘风忽登举,仿佛见众仙④。

扶桑之所出,乃在朝阳溪。中心陵苍昊,布叶盖天涯⑤。日出登东干,既夕没西枝。愿得纤阳辔,回日使东驰⑥。

①《艺文类聚·乐府》:"《升天行》。"郭茂倩《杂曲歌辞·齐瑟行》:"《乐府解题》曰:《升天行》,曹植云:'日月何时留?'鲍照云:'家世宅关辅。'曹植又有《上仙箓》、《与神游》、《五游》、《龙欲升天》等篇,皆伤人世不永,俗情险艰,当求神仙,翱翔六合之外,与《飞龙》、《仙人》、《远游篇》、《前缓声歌》同意。按:《龙欲升天》即《当墙欲高行》也。"

②《文选·海赋》注引"乘蹻"二句,云"曹植《苦寒行》"。《抱朴子》:"乘蹻道有三:一曰龙蹻,二曰虎蹻,三曰鹿卢蹻。"

③《文选》郭璞《江赋》注引曹植《苦寒行》:"灵液飞波,兰桂参天。"脱"素"、"上"二字,亦此篇语。

④"仿佛",郭茂倩云:"一作'彷徨'。"

⑤"涯",《类聚·乐部·乐府》作"崖"。

⑥朱乾《乐府正义》:"读'扶桑之所出',惓惓向君。有子建之忠而不用,宜魏祚之不昌。"

日月何时留①？

①《乐府解题》。

仙人篇①

仙人揽六著，对博太山隅②。湘娥拊琴瑟，秦女吹笙竽③。玉樽盈桂酒，河伯献神鱼。四海一何局，九州安所如？韩终与王乔④，要我于天衢。万里不足步，轻举陵太虚。飞腾逾景云，高风吹我躯。回驾观紫薇⑤，与帝合灵符。阊阖正嵯峨，双阙万丈馀。玉树扶道生，白虎夹门枢。驱风游四海，东过王母庐。俯观五岳间，人生如寄居。潜光养羽翼，进趋且徐徐。不见轩辕氏⑥，升龙出鼎湖⑦。徘徊九天下[1]，与尔长相须⑧。

① 郭茂倩《杂曲歌辞》云：“《乐府解题》曰：秦始皇三十六年，使博士为《仙真人诗》，游行天下，令乐人歌之。曹植《仙人篇》曰：‘仙人揽六著。’言人生如寄寓，当养羽翼，徘徊九天，以从韩终、王乔于天衢也。齐陆瑜又有《仙人览六著》篇，盖出于此。”朱乾《乐府正义》：“托意仙人，志在养晦待时。意必有圣人如轩辕者，然后出而应之。所谓达可行于天下，而后行之者也。较《五游》、《远游》，意更远矣。游仙诸诗，嫌九州之褊促，思假道于天衢。大抵骚人才士不得志于时，藉此以写胸中之牢落，故君子亦有取焉。若秦皇使博士为《仙真人诗》，游行天下，令乐人歌之，乃其惑也。后人尤而效

[1]“下”，原误作“上”，据下文朱氏校语改。

之,惑之惑也。诗虽工,何取哉!"

②《四库提要》:"《双陆谱》一卷,《永乐大典》本。题了角道人撰。前有元林子益序,称双陆之戏始于陈思王。"按:此因"六著"、"对博"而附会也。

③"秦",《类聚》作"素"。

④"韩终",即"韩众",古字通。

⑤"观",《类聚》作"过"。

⑥《乐府》作"昔轩辕"。

⑦"升",汪作"乘"。

⑧"下",汪作"上"。

妾薄命行 三首①

携玉手,喜同车,北上云阁飞除②。钓台蹇产清虚③,池塘灵沼可娱④。仰泛龙舟绿波⑤,俯擢神草枝柯。想彼宓妃洛河,退咏汉女湘娥。

日既逝矣西藏⑥,更会兰室洞房。华镫步障舒光⑦,皎若日出扶桑⑧。促酒合坐行觞⑨,主人起舞娑盘⑩,能者穴触别端。腾觚飞爵阑干,同量等色齐颜。任意交属所欢,朱颜发外形兰。

袖随礼容极情⑪,妙舞僊僊体轻⑫。裳解履遗绝缨⑬,俯仰笑喧无呈⑭。览持佳人玉颜,齐举金爵翠盘⑮。手形罗袖良难,腕弱不胜珠环。坐者叹息舒颜⑯,御巾裛粉君傍⑰。

中有霍纳都梁,鸡舌五味杂香。进者何人齐姜,恩重爱深难忘。召延亲好宴私⑱,但歌栖来何迟⑲。客赋既醉言归,主人称露未晞⑳。

① 郭茂倩《乐府·杂曲歌辞》:"《乐府解题》曰:《妾薄命》,曹植云:'日月既逝西藏。'盖恨燕私之欢不久。"《类聚·乐部·论乐》合两首为一,《玉台新咏》载第二首,郭茂倩载二首。此亦建安中作。

② "北",郭作"比"。

③ "蹇产",近人绩溪胡绍煐《文选笺证》云:"《西京赋》'既乃珍台蹇产以极壮',注:'薛综曰:蹇产,形貌也。'蹇产'字亦作'嶃嵉',东方朔《七谏》'望高山之嶃嵉'是也。崇高谓之'蹇产',屈曲亦谓之'蹇产'。《史记·司马相如传》:'蹇产沟渎。'《集解》引《汉书音义》:'蹇产,屈折也。'犹崇高谓之'偃蹇',《离骚》:'望瑶台之偃蹇兮。'王逸注:'偃蹇,高貌。'屈曲亦谓之'偃蹇',《大人赋》:'绸缪偃蹇。'《索隐》引《广雅》曰:'偃蹇,夭矫也。''偃蹇'、'蹇产'皆语之转,义得相通。故思谓之'蹇产',《楚辞·九章》'思蹇产而不释';亦谓之'偃蹇',《思玄赋》'偃蹇夭矫,娩以连卷',其义亦同矣。"

④ "灵",郭作"观",据《类聚》、郭茂倩。

⑤ "绿",《类聚》作"渌"。

⑥ 《玉台》、郭作"日月逝矣西藏",《类聚》作"日既逝矣西藏"。纪容舒云:"'日既逝矣',宋刻作'日月既逝'。按:日夕不当兼言月藏,盖分为二篇时所改。"按:下文云"华镫""舒光",乃夜宴之作,从《类聚》较合。

⑦ 《玉台》作"镫",是也,古无"灯"字。"步障",《类聚》作"先置",误,《玉台》、郭茂倩作"步障"。张溥云:"《玉台》作'花烛步帐辉煌'。"不知所据《玉台》为何本?

⑧ "扶",《玉台》作"搏",古字通。

⑨ "酒",《玉台》作"樽",《类聚》、郭茂倩作"酒"。按:"樽"与下"觞"字

复,作"酒"是也。《类聚》"坐"作"座"。

⑩ 纪容舒云:"句未详。"按:"诊"与"娑"同,"盘"与"槃"同,"诊盘"即"婆娑"。《说文》:"槃,奢也。""娑,舞也。《诗》曰:'市也媻娑。'"今《诗·陈风》作"婆娑"。考《说文》无"婆"字,"媻"即"婆"也。《广雅》:"媻媻,往来也。"曹宪:"音拌拌,即'盘'字。"

⑪ 吴志忠云:"'袖随'另起,又一首。"

⑫ "妙",《类聚》作"屡"。"僊",《玉台》作"仙"。

⑬ "类聚"作"解裳"。

⑭ 纪容舒云:"'呈'疑当作'程',节度限制也。"

⑮ "举",《玉台》作"按"。"盘",《类聚》作"槃"。

⑯ 《玉台》纪容舒少此句。

⑰ 《御览·服用部》作"御巾粉于君房"。

⑱ "延",纪容舒作"筵"。

⑲ 《玉台》作"栖",郭茂倩作"杯"。

⑳ 纪容舒云:"《类聚》载此篇,前有'携玉手'八句,《乐府诗集》分前八句自为一篇。按:前八句文似未毕,而此首'既逝'、'更会'二字亦突起无根,当以《类聚》通作一篇为是。然吴兢《乐府解题》亦曰:'《妾薄命》,曹植云:"日月既逝西藏。"盖恨燕私之欢不久。'则分'日月既逝'以下自为一篇,当时原有此别本。孝穆编次之时,偶据所见录之,非删节,亦非脱误。今仍宋刻所载,附录异同如右。"朱乾《乐府正义》云:"此诗前首为卫子夫、赵飞燕一流而设,言外含红颜不久驻意;次首不言薄命,而薄命自见。上有《关雎》、《鹊巢》,下有《采蘩》、《采蘋》,端庄恭俭,助成内教,此女士之行也。今以玉颜淑貌侪于歌舞之场,以邀客醉,非薄命而何?何必更言色衰爱弛也。唐李端诗云:'畴昔将歌邀客醉,如今欲舞对君羞。忍怀贱妾平生曲,独上襄阳旧酒楼。'是以将歌邀客,胜于襄阳酒楼也,岂诚薄命意哉!两诗俱从得意时写到极情尽致,言外之意,含而不露,令人自思所以为妙。自汉以后,此音绝响久矣。必如太白诗'以色事他人,能得几时好',才是此题意。"按:乐府不必泥题解,朱说未必子建意。

【丁评】二诗六言精丽。[1]

还行秋殿层楼,御辇从□好仇。排□玉闼椒房,丹帷楚组连纲①。

①《书钞·服饰部·帷》。严可均曰:"原本有缺字。"陈禹谟改为"曹植《古词》"云:"还行秋殿,入侍君王。椒房丹帷,楚组连纲。"张溥据附集末。

白马篇①

白马饰金羁,连翩西北驰。借问谁家子?幽并游侠儿。少小去乡邑,扬声沙漠垂②。宿昔秉良弓,楛矢何参差。控弦破左的,右发摧月支③。仰手接飞猱④,俯身散马蹄。狡捷过猴猿,勇剽若豹螭。边城多警急,虏骑数迁移⑤。羽檄从北来,厉马登高堤。右驱蹈匈奴⑥,左顾陵鲜卑。寄身锋刃端⑦,性命安可怀。父母且不顾,何言子与妻。名编壮士籍⑧,不得中顾私。捐躯赴国难,视死忽如归⑨。

①《文选·乐府》李注:"《歌录》曰:《白马篇》,齐瑟行也。"郭茂倩《杂曲歌辞·齐瑟行》云:"《白马》者,见乘白马而为此曲。言人当立功立事,尽力为国,不可以念私也[2]。《乐府解题》云:言边塞征战之事。"《御览·兵部·羁》作《游侠篇》。

---

[1]《铨评》将后两首合而为一,故评语中称"二首"。
[2]"不可以",原误作"可以不",据郭茂倩《乐府诗集》改。

② "声"，郭一作"名"，《类聚》作"名"。

③ 李注："邯郸淳《艺经》曰：马射，左边为月支三枚，马蹄二枚。"

④ 《类聚》、《文选》、郭茂倩俱作"飞猱"。李善云："凡物飞迎前射之曰接。猱，猨属。"郭云："疑作'飞鸿'。"

⑤ 《类聚》、《文选》作"胡虏"，郭茂倩一作"虏骑"。

⑥ "右"，郭、《诗纪》作"长"。

⑦ "寄"，郭作"弃"。

⑧ "编"，郭作"在"，一作"编"。《类聚》作"高名在壮籍"。

⑨ "如"，郭茂倩云："一作'若'。"《乐府正义》："此寓意于幽、并游侠，实自况也。子建《自试表》云：'昔从武皇帝，南极赤岸，东临沧海，西望玉门，北出玄塞，伏见所以用兵之势，可谓神妙。而志在擒权馘亮，虽身分蜀境，首悬吴阙，犹生之年。'篇中所云'捐躯赴难'，'视死如归'，亦子建素志，非泛述也。"

【丁评】为国捐躯，是自命语。

名都篇①

名都多妖女，京洛出少年。宝剑直千金，被服光且鲜②。斗鸡东郊道③，走马长楸间。驰骋未及半④，双兔过我前。揽弓捷鸣镝，长驱上南山⑤。左挽因右发，一纵两禽连。馀巧未及展⑥，仰手接飞鸢。观者咸称善，众工归我妍⑦。归来宴平乐⑧，美酒斗十千⑨。脍鲤臇胎虾，寒鳖炙熊蹯⑩。鸣俦啸匹旅⑪，列坐竟长筵。连翩击鞠壤，巧捷惟万端。白日西南驰，光景不可攀。云散还城邑，清晨复来还⑫。

①《文选》李注："《歌录》曰：《名都篇》，齐瑟行也。"郭茂倩《杂曲歌辞·齐瑟行》："名都者，邯郸、临淄之类也。以刺时人骑射之妙，游骋之乐，而无忧国之心也。"元郝经《续后汉书·文艺篇》："古者编竹为书，凡成章者自为一篇，故谓之'篇'。特文籍次第之名，未特命题为文也。乐府以来，始以名题，如《美女篇》、《白马篇》、《名都篇》等是也。"胡应麟《诗薮》："子建《名都》、《白马》、《美女》诸篇，辞极赡丽，句颇尚工，语多致饰，视东西京乐府天然古质，殊自不同。"朱乾云："曹公'月明星稀'，四言之变也；子建《名都》、《白马》，乐府之变也。"

② 郭茂倩云："'光'，一作'丽'。"《类聚》首句作"多妖丽"，此句作"丽且鲜"。

③《类聚》作"长安道"。

④ "及"，《诗纪》、郭作"能"。

⑤ 郭茂倩云："一作'驱上彼南山'。"

⑥ "巧"，郭茂倩云："一作'功'。"

⑦ "归我"，汪、郭作"我归"。

⑧ 孙志祖云："毛本《文选》、郭作'我归'，一本作'我闻'，潘未从五臣作'归来'。此用《诗》'我归自镐'语。"按：毛作"我归"者，泥上之"归我妍"而误也。孙转以《诗》证之，非是。

⑨ 宋赵与峕《宾退录》云："《玉壶清话》：'真宗问近臣："唐酒价几何？"丁晋公奏曰："每升三十。杜甫诗曰：'速须相就饮一斗，恰有三百青铜钱。'"'与峕尝因戏考前代酒价，多无传焉。惟昭帝命罢榷酤之时，卖酒升四钱，明著于史。刘贡父云：'所以限民，不得厚射利。'是已。《典论》谓孝灵末百司醃酒，十千文一斗。曹子建乐府：'归来宴平乐，美酒斗十千。'此三国之时也。然唐诗人率用此语，如李白'金尊酒清斗十千'，王维'新丰美酒斗十千'，白乐天'共把十千酤一斗'，又'软美仇家酒，十千方得斗'，又'十千一斗犹赊饮，何必官供不著钱'，崔辅国'与酤一斗酒，恰用十千钱'，郎士元六言绝句'十千提携一斗，远送潇湘故人'，皆不与杜诗合。或谓诗人之言不皆如诗史之可信，然乐天诗最号纪实者，岂酒有美恶，价不同欤？

抑何其远绝邪！穆宗朝，王仲舒为江西观察使，时谷数斛易斗酒，尤可怪。杨凝诗：'湘阴直与地阴连，此日相逢忆醉年。美酒非如平乐贵，十升不用一千钱。'若梁元帝《长歌行》：'当炉擅旨酒，一卮堪十千。'谓之'堪'，则非真十千也。"绪曾按：少陵一斗三百钱，乃村酒之价。子建所云"美酒斗十千"，乃言酒之极美价贵者。太白、右丞、乐天诸人皆用子建诗中语。梁元帝亦用子建语，而云"一卮堪十千"，乃盛言酒之美耳。诗人兴到之言，俱不必执以定酒价之多寡也。

⑩ 陈第《读诗拙言》："或读'蹯'为'轩'。《名都篇》'熊蹯'。"唐李匡乂《资暇录》云："曹植乐府云：'寒鳖炙熊蹯。'李氏云：今之腊肉谓之'寒'。盖韩国事馔尚此法，复因《盐铁论》'羊淹鸡寒'、刘熙《释名》'韩羊韩鸡'，为证'寒'与'韩'同。又，李以上句云'脍鲤臇胎虾'，因注《诗》曰：'炰鳖脍鲤。'五臣兼见上句有'脍鲤'，遂改'寒鳖'为'炰鳖'，以就《毛诗》之句。"

⑪ "旅"，郭作"侣"，《文选》、郭茂倩作"旅"，"旅"与"侣"通。

⑫ 元刘履曰："子建见京城之士佩服盛丽，相与游戏于郭外，而骋其射艺之精，极其宴伎之乐，惟日不足，不自知其为非，故赋此以刺之也。"又引《邺都故事》："明帝太和中筑斗鸡台。"按：此诗云"京洛出少年"，则非言邺都矣。郭茂倩注于《斗鸡篇》则可，刘履移注于《名都篇》则误矣。

【丁评】惜时日也。

薤露篇①

天地无穷极，阴阳转相因。人居一世间，忽若风吹尘。愿得展功勤，输力于明君。怀此王佐才，慷慨独不群②。鳞介尊神龙，走兽宗麒麟。虫兽犹知德③，何况于士人。孔氏删《诗》《书》，王业粲已分。骋我径寸翰④，流藻垂华芬⑤。

① 郭茂倩《乐府·相和曲》："《乐府解题》曰：曹植拟《薤露行》为'天地'。"亦见《类聚·乐部·论乐》。

② "慨"，《类聚》作"恺"。

③ "犹"，各本作"岂"。

④ "径"，郭作"迳"，从《类聚》、郭茂倩。

⑤ 此诗言人生如寄，当及时立德，服膺孔氏之《诗》、《书》，以垂不朽也。

【丁评】自负不凡，有才而不用，魏之所以不竞也。

豫章行 二首①

穷达难豫图，祸福信亦然。虞舜不逢尧，耕耘处中田。太公未遭文，渔钓终渭川。不见鲁孔丘，穷困陈蔡间。周公下白屋，天下称其贤②。

鸳鸯自用亲③，不若比翼连。他人虽同盟，骨肉天性然④。周公穆康叔，管蔡则流言⑤。子臧让千乘，季札称其贤⑥。

①《艺文类聚·乐部·论乐》。郭茂倩《乐府·相和歌辞·清调曲》："《乐府解题》曰：曹植拟《豫章行》为'穷达'篇。"朱乾云："古辞：'会为舟船燔，大材而小用。'此大匠之过也。子建踬之为'穷达'篇，即《求自试表》意也。古辞'枝叶自捐'，与子建《吁嗟篇》'糜灭岂不痛，愿与枝叶连'同意，即《求通亲亲表》意也。"

② 此诗亦《陈审举表》之意。

③"用",郭作"朋",一作"用"。从《类聚》、郭茂倩。

④ 即《陈审举表》所云"苟吉专其位,凶离其患者,异姓之臣也。欲国之安,祈家之贵,存共其荣,没同其祸者,公族之臣"也。

⑤ 即《陈审举表》所云"三监之衅,臣自当之。二南之辅,求不必远"也。

⑥ 即《求习业表》所云"使解玺释绂,追柏成、子仲之业,营颜渊、原宪之事,居子臧之庐,宅延陵之室"也。

【丁评】末二句自明其心。《文中子》谓陈思以天下让而人莫知之,旨哉言乎!

美女篇①

　　美女妖且闲,采桑歧路间②。柔条纷冉冉③,落叶何翩翩。攘袖见素手,皓腕约金环④。头上金爵钗⑤,腰佩翠琅玕。明珠交玉体,珊瑚间木难⑥。罗衣何飘飘⑦,轻裾随风还。顾盼遗光采,长啸气若兰⑧。行徒用息驾,休者以忘餐。借问女安居⑨?乃在城南端[1]。青楼临大路,高门结重关。容华耀朝日⑩,谁不希令颜。媒氏何所营?玉帛不时安⑪。佳人慕高义,求贤良独难⑫。众人徒嗷嗷⑬,安知彼所欢⑭。盛年处房室,中夜起长叹⑮。

① 《玉台新咏》云"曹植乐府《美女篇》"。《文选》李注:"《歌录》曰:《美

[1] "在",原误作"居",据《文选》、《玉台新咏》、《艺文类聚》、《乐府诗集》及各本曹集改。

女篇》，齐瑟行也。"郭茂倩《乐府·杂曲歌辞·齐瑟行》云："美女者，以喻君子。言君子有美行，愿得明君而事之。若不遇时，虽见征求，终不屈也。"

② "间"，刘履《选诗补注》作"西"。纪容舒云："'西'，古音先，于韵亦谐。但采何必定在路西，于义未惬。"

③ "柔"，《玉台》作"长"。"纷"，《初学记》作"粉"。

④ "环"，《初学记》作"镮"。

⑤ "金"，《类聚》、《乐府诗集》作"三"。

⑥ 李注："《南越志》：木难，金翅鸟沫所成。"各本或作"玉难"，非也。

⑦ "飘飘"，《文选》作"飖飖"。

⑧ "啸"，《类聚》作"笑"。

⑨ "安"，《类聚》、郭茂倩作"何"。

⑩ "耀"，《玉台》、《类聚》作"晖"。

⑪ 纪容舒云："'安'字未详。李善云：'安，定也。'愈不可解。然唐本业已如斯，似非讹字，当阙所疑。"案："不时安"者，即《楚辞》"媒劳理拙"之意，"不能定"也。

⑫ 宋王观国《学林》："杜子美古律诗重用韵者亦多。子美诗非创意为此者，盖有所本也。《文选》载《古诗》曰：'晨风怀苦心，蟋蟀伤局促。'又曰：'音响一何悲，弦急知柱促。'一篇押二'促'字。曹子建《美女篇》一篇押二'难'字，古人自有此体格。"绪曾按：《学林》所引谢灵运、陆士衡、江文通、阮嗣宗、韩退之诗一篇重用韵者甚详，多字义相同。又谓苏子瞻《送江公著》诗自注曰："二'耳'字义不同，故得重用。"子瞻自不必注。然则子建《美女篇》二"难"字义虽不同，古人体格不拘也。即义同，亦可重用韵也。《四溟诗话》亦论之。

⑬ "徒"，五臣作"何"。

⑭ "欢"，《文选》、《乐府诗集》、《诗补注》俱作"观"，《玉台》作"欢"。

⑮ 元刘履曰："子建志在辅君匡济，策功垂名，乃不克遂。虽授爵封，而其心犹为不仕，故托处女，以寓怨慕之情焉。其言'妖'、'闲'、'皓'、'素'，以喻才质之美，服饰珍丽，以比己德之盛，至于文采外著，芳誉日流，而为众所

希慕如此。况谓居青楼高门,近城南而临大路,则非疏远而难知者,何为见弃,不以时而币聘之乎?其实为君所忌,不得亲用。今俱归咎于媒荐之人,盖不敢斥言也。古之贤者,必择有道之邦然后入仕,犹佳人之择配而慕高义者焉。惟子建以魏室至亲,义当与国同其休戚,虽欲他求,其可得乎?此所以为求贤独难,而其所见亦岂众人所能知哉!夫盛年不嫁,将恐失时,惟中夜长叹而已。"按:刘氏解此诗,可谓曲尽。而末忽引《孟子》"热中"之语以讥之,殊为矛盾。今削去。朱乾《乐府正义》云:"贤女必得佳配,贤臣必得圣主,《摽梅》所以叹求士之难。余读子建《求自试表》,未尝不悲其志。其言曰:'微才弗试,没亡无闻。荣其躯而丰其体,生无益于世,死无损于数,虚荷上位而忝重禄,禽视鸟息,终于白首。此徒圈牢之养物,非臣之所志也。'以子建之才,而亲不见用。君臣际会,自古难之。此诗所谓'盛年处房室,终夜起长叹'也。"

艳歌行[①]

出自蓟北门,遥望胡地桑[②]。枝枝自相值,叶叶自相当[③]。

①《御览·木部·桑》。郭茂倩《乐府·杂曲歌·出自北门行》引"曹植《艳歌行》"云云,《乐府解题》曰:"'出自蓟北门',其歌与《从军行》同,而兼言燕蓟风物及突骑勇悍之状。"《类聚·木部·桑》亦引此四句。郭茂倩仅载于序中,全文已佚矣。

②"地",吴淑《事类赋注》作"地",《类聚》、郭茂倩作"池"。

③ 王楙《野客丛书》:"观宋子侯《董娇娆》诗曰:'洛阳城东路,桃李生路傍。花花自相对,叶叶自相当。'《艳歌行》但易'枝'、'值'二字,意则一也。"

游　仙①

人生不满百，戚戚少欢娱②。意欲奋六翮，排雾陵紫虚。蝉蜕同松乔，翻迹登鼎湖。翱翔九天上，骋辔远行游。东观扶桑曜，西临弱水流。北极登玄渚③，南翔陟丹丘。

① 从《类聚·灵异部·仙道》校。郭茂倩《乐府》不载。
② "戚戚"，各本作"岁岁"。
③ "登玄"，郭作"玄天"。

五游咏①

九州不足步，愿得凌云翔。逍遥八纮外，游目历遐荒。披我丹霞衣，袭我素霓裳。华盖纷晻蔼②，六龙仰天骧。曜灵未移景，倏忽造昊苍。阊阖启丹扉，双阙曜朱光。徘徊文昌殿③，登陟太微堂。上帝休西棂④，群后集东厢。带我琼瑶佩，漱我沆瀣浆。踟蹰玩灵芝，徙倚弄华芳。王子奉仙药，羡门进奇方。服食享遐纪，延寿保无疆⑤。

①《类聚·灵异部·仙》作《五游咏》，郭茂倩《乐府》无"咏"字。
② "纷"，郭作"芳"，张炎作"芬"。
③《天官书》："斗魁戴匡六星曰文昌宫。"
④ "休"，《类聚》一作"伏"。

⑤《四溟诗话》:"陈思王《五游》诗云:'披我丹霞衣,袭我素霓裳。徘徊文昌殿,登陟太微堂。上帝休西棂,群后集东厢。带我琼瑶佩,漱我沉瀣浆。蹢躅玩灵芝,徙倚弄华芳。王子奉仙药,羡门进奇方。'此皆两句一意。然祖于古乐府,观其《陌上桑》'缃绮为下裙,紫绮为上襦。耕者忘其犁,锄者忘其饥',《焦仲卿妻》'东西植松柏,左右种梧桐。枝枝相覆盖,叶叶相交通',《相逢行》'黄金为君门,白玉为君堂',《羽林郎》'长裾连理带,广袖合欢襦',此皆古调,自然成对。陈思通篇拟之,步骤虽似五言长律,其辞古气顺如此。"

【丁评】精深华妙,绰有仙姿。炎汉以还,允推此君独步。

泰山梁甫行①

八方各异气,千里殊风雨。剧哉边海民,寄身于草野②。妻子象禽兽,行止依林阻。柴门何萧条,狐兔翔我宇③。

① 郭茂倩《乐府诗集·相和歌辞·楚调曲》云:《乐府解题》曰:曹植改《泰山梁甫》为'八方'。《类聚·乐部·论乐》云:"魏陈王曹植《泰山梁甫行》。"一本无"泰山"二字。

② "野",郭作"墅"。

③ 朱乾云:"咏齐之风土也。此诗殆作封东阿、鄄城之日乎?吾闻君子不鄙夷其民。斯民也,三代之所以直道而行也。山泽之民,木石鹿豕为伍,盖其常然。顾性非有异也,得贤君而治之,皆盛民也。今无矜恤之心,而有鄙夷之意,子建亦昧于'素餐'之义矣。"案:东阿、鄄城皆非边海之地。此闵汉末黄巾寇乱,民人流离而作。朱乾所论非也。

丹霞蔽日行①

纣为昏乱，残忠虐正②。周室何隆，一门三圣。牧野致功，天亦革命。汉祚之兴③，阶秦之衰④。虽有南面，王道陵夷。炎光再幽，忽灭无遗⑤。

① 从《类聚·乐部·论乐》、郭茂倩《乐府诗集·相和歌辞·瑟调曲》校。

② 郭作"虐残忠正"，冯惟讷《诗纪》云："一作'残虐忠正'。"

③ "祚"，《类聚》作"祖"。

④ 按："阶"，因也。郭作"秦阶"，非。

⑤ "忽"，张溥作"殄"。朱乾云："此诗有微词焉。言以纣之无道，周之盛德，虽行放伐，而天亦革命，享国长久，不必禅让。汉无文、武之德，不过阶秦之衰，虽名正言顺，南面称帝，而终之四百年炎光再幽，盖悲汉之亡也。而魏祚之不永，于言外见之也。嗟乎！植其贤矣哉！《魏志·苏则传》：'禅代事起，子建发服悲泣。'"按：此言汉献非纣之昏乱，何为不可辅助而谋禅代也。

【丁评】此痛炎汉之亡，心事如见。

怨歌行①

为君既不易，为臣良独难。忠言事不显②，乃有见疑患。周公佐成王③，金縢功不刊。推心辅王室④，二叔反流言⑤。

待罪居东国，泣涕常流连⑥。皇灵大动变⑦，震雷风且寒。拔树偃秋稼，天威不可干。素服开金縢，感悟求其端。公旦事既显，成王乃哀叹。吾欲竟此曲，此曲悲且长。今日乐相乐，别后莫相忘⑧。

①《类聚·乐部·论乐》、郭茂倩《乐府诗集·相和歌辞·楚调曲》"晋乐所奏"，俱云"曹植《怨歌行》"；冯惟讷《诗纪》引《伎录》、《乐府解题》，皆以为古辞；《文章正宗》作曹子建。按：以为植作，不始于真西山也。朱乾云："郭氏引王僧虔《伎录》曰：'荀录所载古"为君"一篇今不传。'则此篇当是古辞，未定是曹植也。"按：朱说非是，据《类聚》诸书，当为曹作。《建康实录》："桓伊抚筝而歌怨诗云云，谢安泣下沾襟。"

②"言"，《实录》作"信"。

③《实录》作"周旦佐文武"。

④"室"，《实录》作"政"。

⑤宋吴棫《韵补》："刊，丘虔切，削也。"曹植《怨歌行》引四句。

⑥"泣"，郭作"泫"。

⑦"皇"，郭误"里"。

⑧《晋书》："桓伊抚筝，歌《怨诗》，谢安泣下。"载此诗前八句，同《建康实录》。元刘履曰："子建在雍丘时尝自愤怨，抱利器而无所施，上疏求自试。明帝既不报。及徙东阿，复上疏，言：'禁锢明时，兄弟乖绝，恩纪之违，甚于路人。愿入侍左右，承答圣问。'其年冬，诏诸王朝。此诗之作，其在入朝之后，燕享之时乎？子建于明帝为叔父，故借周公之事，陈古以讽今，冀其有感焉。惜乎终不见信，虽复加封于陈，亦隆奖虚名而已。"朱乾云："子建处兄弟危疑之际，歌此以行其愤郁，而不达周公之心。圣人随遇而安，何有于怨？《诗》称'公孙硕肤，赤舄几几'，何自得也。"按：周公作《鸱鸮》之诗，"取子"、"毁室"，其忧危深矣。子建止言"待罪"、"涕泣"，何尝以周公为有怨乎？

【丁评】词旨切直。陈思而外,惟老杜有此忠悃。此为诗之正宗,非馀子可及。

善哉行①

来日大难,口燥唇干。今日相乐,皆当喜欢。经历名山,芝草翻翻②。仙人王乔,奉药一丸③。自惜袖短,内手知寒④。惭无灵辄⑤,以救赵宣⑥。月没参横[1],北斗阑干。亲友在门,饥不及飧⑦。欢日尚少,戚日苦多。以何忘忧?弹筝酒歌。淮南八公,要道不烦。参驾六龙,游戏云端⑧。

①《宋书·乐志》、郭茂倩《乐府诗集·相和歌辞·瑟调曲》载此诗,末后多八句,俱云古辞,不云植作。《类聚·乐部·论乐》"陈王曹植《善哉行》"止十六句,宋人十卷本曹植集从《类聚》采入。

② 吴作"翩翩"。

③ 宋吴棫《韵补·一先》:"丸,团倾仄而转者。"曹植《善哉行》引四句。

④ "内",古与"纳"通。

⑤ "辄",郭作"辙"。

⑥《类聚》作"救",《宋志》、郭茂倩作"报"。

⑦ "飧",郭作"餐"。

⑧ 以上八句据沈约《宋书·乐志》、郭茂倩《乐府》补。张溥删此首,泥于古辞之说也。

---

[1] "没",原误作"落",据《宋书》、《艺文类聚》、《乐府诗集》及各本曹集改。

君子行①

君子防未然，不处嫌疑间。瓜田不纳履，李下不整冠。
嫂叔不亲授，长幼不并肩。劳谦得其柄②，和光甚独难③。
周公下白屋，吐哺不及餐。一沐三握发，后世称圣贤。

①《文选·乐府》、郭茂倩《乐府·相和歌辞·平调曲》皆以为古辞，不
云植作。《艺文类聚·乐府·论乐》云"陈思王曹植《君子行》"，宋十卷本从
此采入，今亦仍之。又《类聚》无"嫂叔"四句，张溥无此首。吴子良《林下偶
谈》："《文选》乐府四首称古辞，不知作者姓氏。然《君子行》李善本无之，此
篇载于曹子建集，意即子建所作也。"胡应麟《诗薮》："初读'君子防未然'，
以为类曹氏兄弟作。及观子建集中亦载此首，则非汉人作矣。"

②"劳谦"，郭作"和光"。

③"和光"，郭作"谦恭"。徐云："《古乐府》作古辞，'冠'字下有'嫂叔不
亲授，长幼不比肩。劳谦得其柄，和光甚独难'，恐编者有误，故附于此。"张
炎亦无此四句。今从《文选》、郭茂倩《乐府》。

平陵东行①

阊阖开，天衢通，被我羽衣乘飞龙。乘飞龙，与仙期，东
上蓬莱采灵芝。灵芝采之可服食，年与王父无终极②。

① 从《类聚·乐部·论乐》、郭茂倩《相和歌辞·相和曲》校。《类聚》有
"行"字。

② "与",郭误"兴",据《类聚》、郭茂倩《乐府》。朱乾云:"言神仙事,非言神仙也。言翟公当乱世,不得其死。若'阊阖开,天衢通',则君子得时行道之日,君臣相保,年若王父。《射马辞》所谓'陛下寿万年,臣为二千石'也。故以'平陵东'题之。"按:乐府命题不必尽用本义,朱氏之说附会难通。

苦思行①

绿萝缘玉树②,光曜灿相晖。下有两真人,举翅翻高飞。我心何踊跃③,思欲攀云追。郁郁西岳巅,石室青葱与天连④。中有耆年隐士⑤,须发皆皓然。策杖从吾游,教我要忘言。

① 《艺文类聚·乐部·论乐》、郭茂倩《乐府集·杂曲歌辞》。朱乾云:"子建多历忧患,苦思所以藏身之固,计欲攀云随真人而不可得,托言隐士教以忘言,盖安身之道,守默为要也。"

② 王楙《野客丛书》:"纪少瑜诗'玉树千寻',曹植诗'绿萝缘玉树',槐也。"

③ "踊跃",郭作"跃踊"。

④ "青葱",郭作"青青",《类聚》、郭茂倩作"青葱"。

⑤ "年"下,郭茂倩有"一"字,《类聚》无。

远游篇①

远游临四海,俯仰观洪波。大鱼若曲陵,乘浪相经过。

灵鳌戴方丈,神岳俨嵯峨。仙人翔其隅,玉女戏其阿。琼蕊可疗饥,仰首嗽朝霞②。昆仑本吾宅,中州非我家。将归谒东父,一举超流沙。鼓翼舞时风,长啸激清歌。金石固易弊,日月同光华。齐年与天地,万乘安足多。

①《艺文类聚·灵异部·仙道》所载止八句,郭茂倩《乐府集·杂曲歌辞》云:"《楚辞·远游》曰:'悲时俗之迫阨兮,愿轻举而远游。质菲薄而无因兮,焉托乘而上浮。'王逸云:'《远游》者,屈原之所作也。屈原履方直之行,不容于世,困于谗佞,无所告诉,乃思与仙人俱游戏,周历天地,无所不到焉。'"宋陈仁子《文选补遗》:"此诗虽言神仙,实涉怨望。"朱乾云:"读曹植《五游》、《远游篇》,悲植以才高见忌,遭遇艰厄。灌均之谮,仪、廙受诛,安乡之贬,幸耳。时诸侯王皆寄地空名,国有老兵百馀人,以为守卫。隔绝千里之外,又不听朝聘,设防辅监国之官以伺察之。法既峻切,过恶日闻,惴惴然朝不知夕。所谓'九州不足步','中州非吾家',皆其忧患之辞也。至云'服食享遐纪,延寿保无疆',则忧生之心为已蹙矣。"案:陈仁子以为怨望,非也。

②"嗽",郭作"吸",郭茂倩作"仰嗽吸"。

吁嗟篇①

吁嗟此转蓬,居世何独然。长去本根逝,夙夜无休闲②。东西经七陌,南北越九阡。卒遇回风起,吹我入云间。自谓终天路,忽然下沉渊③。惊飙接我出,故归彼中田。当南而更北,谓东而反西④。宕宕当何依⑤,忽亡而复存。飘飘周八泽,连翩历五山。流转无恒处,谁知吾苦艰?愿为中林草，秋随野火燔。糜灭岂不痛，愿与根荄连⑥。

①《魏志》注作"瑟调歌辞"。郭茂倩《乐府·相和歌辞·清调曲》："《乐府解题》曰：曹植拟《苦寒行》为《吁嗟》。"《类聚·乐部·乐府》云《吁嗟篇》。《御览·乐部·歌》云："曹植尝为《瑟调歌》云云。"《御览》文多删节。宋陈仁子《文选补遗》云："此诗以'转蓬'自况，伤魏文骨肉之恩薄，即是'煮豆然豆萁'之怨。读至末语，沉痛入骨。"

②"夙"，《文选补遗》、郭作"宿"。宋吴棫《韵补·一先》："闲，何甄切。"引《吁嗟篇》四句。

③"渊"，郭茂倩、《文选补遗》、郭作"泉"，《志注》作"渊"。

④《魏志》云："植每欲求别见独谈，及时政，幸冀时用，终不能得。时法制，待藩国峻迫[1]，寮属皆贾竖下材，兵人给其残老，大数不过三百。又植以前过，事事复减半，十一年中而三徙都，常汲汲无欢意。"王楙《野客丛书》："曹子建、袁阳源等皆以'西'与'先'字协，则汉赵壹盖尝如是。"赵壹《穷鸟赋》："幸赖大贤，我矜我怜。昔济我东，今振我西。"魏明帝《步出夏门行》："浮风夕起，悲彼秋蝉。变形易色，随风东西。"曹子建《飞蓬篇》："惊飙接我出，故归彼中田。当南而更北，谓东而反西。"又《尚书大传》："西方者，迁方也，万物迁落也。"《前汉志》："少阴者，迁方。"汉乐章："象载瑜，白集西。食甘露，饮荣泉。"《文选注》"西施"作"先施"。《史记》"先俞山"，即"西隃"也。

⑤"宕宕"，郭作"宕若"，据《志注》、郭茂倩。

⑥"根"，汪作"株"。《志注》："孙盛曰：异哉，魏氏之封建也！不度先王之典，不思蕃屏之术，违敦睦之风[2]，背维城之义。汉初之封，或权侔人主，虽云不度，时势然也。魏氏诸侯，陋同匹夫，虽惩七国[3]，矫枉过也。

且魏之代汉,非积德之由,风泽既微,六合未一,而凋剪枝干,委权异族[1],势同瘣木,危若巢幕,不嗣忽诸,非天丧也。五等之制,万世不易之典。六代兴亡,曹冏论之详矣。"按:此子建藩国屡迁,求试不用,愿入侍左右,终不能得,发愤而作。"愿为中林草"四句,即表所云"使臣得一散所怀,摅舒蕴积,死不恨矣"之意。无如明帝迄不用,而陈王发疾薨。迨明帝顾命,将以燕王宇为大将军,又纳刘放、孙资之奸说,改命曹爽、司马懿,爽遂为懿所杀。魏室英贤诛锄殆尽,而国祚遂移于典午矣。陈王此诗及《陈审举表》,盖已预知之焉。裴松之采入《志注》,大有史识。昭明不入《文选》,不无遗憾。此诗真仁人孝子之词,可续《三百篇》者,定推此种。朱乾云:"众建亲戚,所以屏藩。唇亡则齿寒,亲戚离则国寒,所以为《苦寒行》也。"《广序》曰:"葛藟能庇其本根,丰草乐其本而茂,风人美之。魏失亲亲之谊矣,世之不竞,宜哉!"

【丁评】痛心之言,伤同根而见灭也。

鰕䱇篇①

鰕䱇游潢潦,不知江海流。燕雀戏藩柴,安识鸿鹄游②。世事此诚明③,大德固无俦。驾言登五岳,然后小陵丘。俯观上路人,势利是谋仇④。高念翼皇家⑤,远怀柔九州。抚剑而雷音,猛气纵横浮。泛泊徒嗷嗷,谁知壮士忧⑥?

①《类聚·乐部·乐府》文不完。郭茂倩《乐府·相和歌辞·平调曲》:

[1]"权",原误作"植",据《三国志》裴松之注改。

"一曰《鰕䱇篇》。《乐府解题》曰：曹植拟《长歌行》为《鰕䱇》。"朱乾云："'鮔'与'鲜'同上演切，梁韦琳有《鮔表》，从'鱼'从'且'。作'鮰'非。"绪曾按：《玉篇》："鮔，市演切，鱼似蛇。"

②《类聚》"鹄"作"鹤"，古字通。

③ 郭、张炎、张溥作"世士诚明性"，注："一作'世事此诚明'。"按：《类聚》、郭茂倩皆作"世事此诚明"。

④ "是谋仇"，郭作"惟是谋"。

⑤ "高念翼"，郭本作"雠高念"，吴志忠从宋本、郭《乐府》改。

⑥ 此亦求自试不用而作。

【丁评】《玉篇》："雠，对也。"对高岳而"念皇家"，其志可见。

种葛篇①

种葛南山下，葛藟自成阴②。与君初婚时③，结发恩义深④。欢爱在枕席，宿昔同衣衾。窃慕棠棣篇，好乐和瑟琴。行年将晚莫⑤，佳人怀异心。恩纪旷不接⑥，我情遂抑沉。出门当何顾，徘徊步北林。下有交颈兽，仰见双栖禽。攀枝长太息⑦，泪下沾罗襟⑧。良马知我悲⑨，延颈对我吟。昔为同池鱼，今为商与参。往古皆欢遇⑩，我独困于今。弃置委天命，悠悠安可任⑪。

①《类聚·乐部·乐府》文不完，郭茂倩《乐府·杂曲歌辞》。朱乾云："晚暮弃妻，犹为可怜。《楚辞·悲回风》曰：'惟佳人兮永都。'王逸注：'佳人，谓怀、襄王也。'此托夫妻之好不终，以比君臣。'佳人'谓夫。"徐伯臣

谓:"夫为妻所弃者,若汉朱买臣者。"非也。

②　郭茂倩作"葛藟",《玉台》作"葛蔓"。

③　郭茂倩云:"一作'初定婚'。"《类聚》作"初定婚"。

④　"义",郭作"意"。

⑤　"莫",古通"暮"。

⑥　"纪",《玉台》作"绝"。纪容舒云:"《类聚》作'纪',误。"案:"不接"即"绝"意,若"恩纪"亦可通。

⑦　"太",郭作"叹"。

⑧　"襟",郭作"衿"。

⑨　马,《玉台》作"鸟"。

⑩　"欢",郭作"懽"。

⑪　此亦不得于文帝,借弃妇而寄慨之辞。篇中"葛藟"、"棠棣",皆隐寓兄弟意。

【丁评】"棠棣"隐寓兄弟,言之凄然。

蒲生行浮萍篇①

　　浮萍寄清水②,随风东西流。结发辞严亲,来为君子仇。恪勤在朝夕,无端获罪尤③。在昔蒙恩惠,和乐如瑟琴。何意今摧颓,旷若商与参。茱萸自有芳④,不若桂与兰。新人虽可爱,不若故所欢⑤。行云有反期,君恩傥中还。慊慊仰天叹,愁心将何愬?日月不恒处,人生忽若寓⑥。悲风来入怀⑦,泪下如垂露。发箧造裳衣⑧,裁缝纨与素。

①《玉台新咏》云《浮萍》，《类聚·乐部·乐府》云《蒲生行》，郭茂倩《乐府·相和歌辞·清调曲》云《蒲生行浮萍篇》，各本无"蒲生行"三字，张炎作"一云《蒲生行》"。从《类聚》、郭茂倩补。按：《宋书·乐志》："《塘上行》，歌魏武帝《蒲生曲》。"所云"莫用豪发故，弃捐素所爱。莫用鱼肉贵，弃捐葱与薤。莫以麻枲贱，弃捐菅与蒯"者，即此曲中语。沈约作史必有依据，不取杂说也，则此曲为武帝作无疑矣。《玉台新咏》杨元钥本亦云武帝，陈玉父本以为魏文帝作。纪容舒《玉台新咏考异》云："题首'又'字盖其本文，其'甄皇后'三字则后来所窜入。"则以为魏文帝甄皇后作。郭茂倩《乐府》亦云"魏武《塘上行》五解"，又引《邺都故事》谓："甄后临终所作。《歌录》曰：《塘上行》古辞，或云甄皇后造。《乐府解题》曰：前志云晋乐奏魏武帝《蒲生》篇，而诸集录皆言其辞文帝甄后所作。"《文选》陆机乐府《塘上行》李善注云："《歌录》曰：《塘上行》古辞，或云甄皇后造，或云魏文帝，或云武帝。"《类聚》云甄皇后。迄无定说，遂成聚讼。明王世贞《艺苑卮言》直以为甄后作，又信《洛神》为感甄，且谓子建"以《蒲生》当其《塘上》，际其忌兄，而不自匿讳，《蒲生》不如《塘上》，令洛神见之，未免笑子建为伧父"。绪曾按：《邺都故事》云："甄后赐死，临终为诗。"至于子建，于黄初二年甄后赐死之日，即灌均希旨之时，文帝日以杀植为事，敢和甄诗以速祸耶？甄后临终作诗，陈《志》所无，裴注采掇极博，亦无此事。其为《邺都故事》妄说，明矣。况诸书所云，莫先于沈约，宜从《宋志》最初之语。史志较杂说有据，知为武帝作无疑。子建《蒲生行》非和甄后，亦无疑。梅鼎祚《古乐苑》云："甄后叹以谗诉见弃，犹幸得新好，不遗故恶。盖初见弃而作，似非临终诗。"不知诗云："结发辞严亲。"更与甄氏先嫁袁熙，后为文帝所纳不类矣。谢灵运《山居赋》："《塘上》奏而旧爱还。"自注："《塘上》奏、《蒲生》诗，感物致赋。"不云甄后。

②"清"，《类聚》作"绿"。

③《类聚》作"中年获愆尤"。

④"有"，《类聚》一作"内"。朱乾云："茱萸芳而有毒。《读曲歌》：'茱萸持捻泥，竟有杀子象。'"

⑤《类聚》作"佳人虽成列,不若故所欢",《玉台》作"无若故所欢",郭茂倩作"不若故所欢",郭作"故人"。今从郭茂倩。

⑥"寓",郭作"遇"。

⑦"怀",各本作"帷",一作"怀"。从《玉台》、郭茂倩。

⑧"发",汪作"散"。"裳",汪作"新"。从《玉台》、郭茂倩。

惟汉行①

　　太极定二仪,清浊始以形。三光炤八极②,天道甚著明。为人立君长,欲以遂其生。行仁章以瑞,变故诚骄盈。神高而听卑,报若响应声。明主敬细微,三季瞢天经。二皇转至化③,盛哉唐虞庭。禹汤继厥德,周亦致太平。在昔怀帝京④,日昃不敢宁。济济在公朝,万载驰其名⑤。

　　① 郭茂倩《乐府·相和曲》:"魏武帝《薤露行》曰:'惟汉二十二世,所任诚不良。'曹植作《惟汉行》。"

　　②"炤",汪作"照"。

　　③"转",《诗纪》作"称"。

　　④"京",郭茂倩云:"一作'时'。"

　　⑤ 此亦作于建安中。

当来日大难①

　　日苦短②,乐有馀,乃置玉樽办东厨。广情故,心相于。

句。阖门置酒，和乐欣欣。游马后来，辕车解轮③。今日同堂，出门异乡。别易会难，各尽杯觞。

① 郭茂倩《乐府·瑟调曲》："《乐府解题》曰：曹植拟《善哉行》为'日苦短'。"朱乾曰："当，代也。以此代《来日大难》也。"

②《文选·乐府》陆机《短歌行》注引曹植《苦短篇》曰："日苦短，乐有馀。"

③ "辕"，郭茂倩作"袁"，古通。

野田黄雀行①

高树多悲风，海水扬其波。利剑不在掌，交结何须多。不见篱间雀，见鹞自投罗。罗家得雀喜，少年见雀悲。拔剑削罗网，黄雀得飞飞。飞飞摩苍天，来下谢少年②。

① 郭茂倩《乐府·瑟调曲》与"置酒高殿上"俱为《野田黄雀行》二首。胡应麟《诗薮》："子建《野田黄雀行》，坦之云：'词气纵逸，渐远汉人。'昌谷云：'锥处囊中，锋颖太露。'然此诗实仿'翩翩堂前燕'[1]，非《十九首》辞也。"

②《文心雕龙·隐秀》云："陈思之黄雀，公幹之青松，格高才劲，而并长于讽谕。"此与《鹞雀赋》同意。朱乾云："自悲友朋在难，无力援救而作，犹前诗'久要不可忘'句意也。前以望诸人，此以责诸己。'风'、'波'以喻险患，'利剑'以喻济难之效。《楚策》：'庄辛曰：黄雀俯啄白粒，仰栖茂树，鼓

[1] "仿"，原脱，据《诗薮》补。

翅奋翼，自以为无患。不知夫公子王孙左挟弹，右摄丸，将加己乎十仞之上。'取义于此。大概在相戒免祸，故与《箜篌引》同。子建处兄弟危疑之际，势等冯河，情同弹雀。诗但言及时为乐，不言免祸，而免祸意自在言外。汉鼓吹铙歌《黄雀行》亦此意也。"

门有万里客行①

门有万里客，问君何乡人？褰裳起从之，果得心所亲。挽衣对我泣，太息前自陈。本是朔方士，今为吴越民。行行将复行，去去适西秦。

① 郭茂倩《乐府·相和歌辞·瑟调曲》："《古今乐录》曰：王僧虔《技录》云：《门有车马客行》歌东阿王'置酒'一篇。《乐府解题》曰：曹植等《门有车马客》皆言问讯其客，或得故旧乡里，或驾自京师，备叙市朝迁谢，亲戚凋丧之意也。"按：曹植又有《门有万里客》，亦与此同。又见《类聚·人部·别》。朱乾云："此题从《门有车马客行》出，而取义自别。郭氏称与《门有车马客》同者，误也。若使果同，则如《技录》所称，何不即歌此篇，而必歌'置酒'一篇乎？盖《门有车马》是古题，而《门有万里客》则子建从古题自出新题也。"严可均云："据此，集中旧有《门有车马客》一篇，盖久亡矣。"

怨歌行①

明月照高楼，流光正徘徊②。上有愁思妇，悲叹有馀哀。

一解。借问叹者谁？自云宕子妻③。夫行逾十载，贱妾常独栖。二解。念君过于渴，思君剧于饥④。君为高山柏，妾为浊水泥⑤。三解。北风行萧萧，烈烈入吾耳。心中念故人，泪堕不能止⑥。四解。浮沉各异路，会合当何谐？愿作东北风，吹我入君怀⑦。五解。君怀常不开，贱妾当何依？恩情中道绝，流止任东西⑧。六解。我欲竟此曲，此曲悲且长。今日乐相乐，别后莫相忘⑨。七解。

① 一首七解，晋曲所奏。即《七哀》诗增十二句。《宋书·乐志》云："'明月'，东阿王辞。"张溥本删去。宋十卷本所有，宜并存之。

② "徘"，宋作"裵"。

③ "宕"，郭茂倩、《宋志》、《艺文》作"客"。

④ 二句《七哀》无。

⑤ 《七哀》作"君为清路尘"，郭"柏"一作"桐"，《宋志》、郭茂倩作"柏"。

⑥ 四句《七哀》无。

⑦ 《七哀》"东北"作"西南"，"吹我"作"长逝"。

⑧ 《七哀》"常"作"良"，"恩情"二句无。

⑨ 《七哀》无此四句。吴云："即上俗本作《七哀》也，此晋人更唱以谐律耳，非曹本文。今并存以备考。"

桂之树行①

桂之树，桂之树，桂生一何丽佳。杨朱华而翠叶②，流芳布天涯。上有栖鸾，下有蟠螭。桂之树，得道之真。人咸来会讲仙,教尔服食日精。要道甚省不烦,澹泊无为自然。乘蹻万里之外,去留随意所欲存。高高上际于众外,下下乃穷极地天③。

① 从郭茂倩《乐府·杂曲歌辞》校。

② "杨",古通"扬"。朱乾云:"《本草》称桂'花白蕊黄',郭璞称桂'叶似枇杷,白花',罕有称'朱华'者。《平泉草木记》有荆溪之红桂,思王所咏或此桂树乎?"按:王逸《九思赋》:"桂树列兮纷敷,吹紫华兮布条。"王文考《鲁灵光殿赋》:"朱桂黝倏于南北。"朱穆《郁金赋》:"丹桂植其东。"朱氏引《本草》"白花"之言,拘矣。《梦溪笔谈》:"李德裕诗序曰:龙门敬善寺有红桂树,独秀伊川,移植郊园,众芳色沮。乃是蜀道莽草,徒得佳名耳。"

③ 此游仙之类。朱乾云:"置身功名之外,托桂树以淹留,亦小山'丛桂'之作也。王逸曰:'桂树芬香,以兴屈原之忠贞。'此亦芳香自比。桂久服通神,桂父服之成仙。'高高'、'下下',犹《远游》志也。"

当墙欲高行①

龙欲升天须浮云,人之仕进待中人②。众口可以铄金,谗言三至,慈母不亲。愦愦俗间③,不辨伪真。愿欲披心自说陈,君门以九重,道远河无津④。

① 从郭茂倩《乐府·杂曲歌辞》校。朱乾云:"《春秋传》曰:'人之有墙,以蔽恶也。'今以蔽明,喻君门九重,不得自申也。"

② "待",郭作"侍"。

③ "愦愦",郭作"愤愤"。

④ 此黄初中遭谗而作。

当欲游南山行①

东海广且深，由卑下百川。五岳虽高大，不逆垢与尘。良木不十围，洪条无所因。长者能博爱，天下寄其身。大匠无弃材，船车用不均。锥刀各异能，何所独却前。喜善而矜愚，大圣亦同然。仁者各寿考②，四坐咸万年③。

① 从郭茂倩《乐府·杂曲歌辞》、《类聚·乐部·乐府》校。
②"各"，《类聚》作"必"。
③ 此言君子善与人同，而不求备之量。朱乾云："言南山长育草木，大人长育人材。颂仁者之寿亦如南山也。"

当事君行①

人生有所贵尚，出门各异情。朱紫更相夺色，雅郑异音声。好恶随所爱憎，追举逐声名。百心可事一君，巧诈宁拙诚②。

① 从郭茂倩《乐府·杂曲歌辞》校。
②"可"字上当有"不"字。《晏子春秋》："一心可以事百君，百心不可事一君。"马总《意林·子思子》："百心不可得一人，一心可得百人。"郭茂倩

161

《乐府》亦脱"不"字。子建盖用《晏子》语也。此子建遭谗而作。任性而行，不自雕励；又以信人之心，无忌于左右，遂为灌均、王机、仓辑等所诬。此诗亦《自诫令》意也。朱乾云："此言人情爱憎，党同伐异，但逐虚名。事君之道，惟自尽其心，宁拙诚为众所恶，毋巧诈为众所爱也。'追'如'追收印绶'之'追'。'举'，用也。《魏志》称'植任性而行，不自雕励。丕御之以术，矫情自饰，宫人左右，并为称说，故遂定为太子'，然则丕之巧诈，诚不如植之拙诚也。"

当车已驾行①

欢坐玉殿，会诸贵客。侍者行觞，主人离席。顾视东西厢②，丝竹与鞞铎。不醉无归来，明灯以继夕③。

① 郭茂倩《杂曲歌辞》："'已'或作'以'。"
② "厢"，郭、《乐府》作"箱"。
③ 朱乾云："'车已驾'，是客欲去而留之也。客赋'醉言归'，主人歌'露未晞'，正此意也。"

飞龙篇①

晨游太山，云雾窈窕。忽逢二童，颜色鲜好。乘彼白鹿，手翳芝草。我知真人，长跪问道。西登玉堂②，金楼复道③。授我仙药，神皇所造④。教我服食，还精补脑。寿同金石，永世难老。

① 郭茂倩《乐府·杂曲歌辞》云："《楚辞·离骚》曰：'为余驾飞龙兮，杂瑶象以为车。'曹植《飞龙》亦言求仙者乘龙而升天，与《楚辞》同意。"瑟曲亦有《飞龙引》。《类聚·乐部·乐府》、《初学记·地部·山》俱不完。朱乾云："任昉《述异记》云：'昔有桥顺二子得仙，服飞龙一丸，十年不饥。'又《吕氏春秋》曰：'颛顼令飞龙作乐，效八风之音，命之曰《承云》，以祭上帝。'"

② "堂"，郭茂倩亦作"台"。

③ 郭茂倩作"復"，古字通。

④ 《类聚》"所"作"可"。

【丁评】此讽求仙之作。末语不说破，最妙，当于言外得之。

盘石篇①

盘盘山巅石，飘飘涧底蓬。我本泰山人，何为客海东②？蒹葭弥斥土，林木无分重③。岸岩若崩缺，湖水何汹汹。蚌蛤被滨涯④，光彩如锦虹。高波凌云霄，浮气象螭龙。鲸脊若丘陵，鬐若山上松。呼吸吞船栅⑤，澎濞戏中鸿。方舟寻高价，珍宝丽以通。一举必千里，乘飔举帆幢。经危履险阻，未知命所钟。常恐沉黄垆⑥，下与鼋鳖同。南极苍梧野，游眄穷九江。中夜指参辰，欲师当定从。仰天长太息，思想怀故邦。乘桴何所志？吁嗟我孔公。

① 从郭茂倩《乐府·杂曲歌辞》校。朱乾云："魏武《四时食制》云：'东海有大鱼如山,谓之鲸鲵;次有如屋者,其须长一丈。'植以不得留宿卫,言归东藩,非其本怀,故托喻乘桴,经危履险,惓惓故邦[1],仰天而长叹也。屈子远游,临睨旧乡,仆人心悲。王逸注以为忠信之笃,仁义之厚。余于子建亦云。"

② "海",郭茂倩作"淮"。

③ "分",郭作"芬"。

④《文选·海赋》注引"蚌蛤"二句,云"曹植《齐瑟行》"。

⑤ "吞",郭作"乔"。

⑥ "垆",郭作"炉"。

【丁评】《求自试表》言:"昔从先皇,南极赤岸,东临沧海。"此诗言"乘危履险",亦是自道其实。又言"恐沉黄垆",即《责躬》诗"常惧颠沛,抱罪黄垆"之意。

驱车篇①

驱车掸驽马②,东到奉高城。神哉彼泰山,五岳专其名③。隆高贯云霓,嵯峨出太清。周流二六候,间置十二亭④。上有涌醴泉,玉石扬华英。东北望吴野,西眺观日精。魂神所系属,逝者感斯征。王者以归天,效厥元功成。历代无不遵,礼祀有品程⑤。探策或长短,唯德享利贞⑥。封者七十帝,轩皇元独灵。湌霞漱沆瀣,毛羽被身形。发举蹈虚廓,径庭升窈冥。同寿东父年,旷代永长生⑦。

———————————

[1] "惓惓",原误作"愤愤",据朱乾《乐府正义》改。

① 从郭茂倩《乐府·杂曲歌辞》校。《类聚·乐部·乐府》文不完。

② "掸",郭作"挥",郭茂倩《乐府》、张炎、张溥俱作"挥"。朱乾云："掸,徒旱切。《说文》:'提持也。'"《文选》谢玄晖《夜发新林》诗注引《古诗》:"驱车策驽马。"

③ "专",《类聚》作"显"。

④ "十二",郭作"一二"。从郭茂倩。

⑤ "祀",郭作"记"。据郭茂倩改。

⑥ "享",郭、《乐府》作"亨"。

⑦《汉书·地理志》"泰山郡奉高"注:"有明堂,在西南四里,武帝元封二年造。"朱乾云:"魂归太山之说何昉乎? 昉乎蒿里矣。蒿里地近泰山,多葬埋。《蒿里》词云:'蒿里谁家地? 聚敛魂魄无贤愚。'《援神契》乃有泰山天帝孙主召人魂之说,而《博物志》因之。若封禅,则因《书》有'岱宗柴望',《礼》有'名山升中'而附会者。其实则秦皇、汉武之侈心,欲求不死而为之者也。齐人丁公曰:'封禅者,古不死之名。'封禅而不死者,莫如黄帝。故言封禅,必首黄帝。不知黄帝之不死,铸鼎乘龙而升天乎? 封禅告成而上仙乎? 将孰宗而孰据? 若封禅十二年而秦亡,又无解于始皇之不死,则曰始皇上太山,为风雨所击,不得封禅。呜呼! 不过畏鬼伯之催促,而佞谀小人,欺天罔地,无所不至。独奈何亶聪明作元后,而见不及此乎? 观于宋之真宗,亦可谓尽心力于封禅矣,而王钦若曰:'天瑞可以人为之。'似此一言,即清齐徒步,何救一念,矫诬之罪,岂不惑哉!"

鞞鼓歌五篇 并序①

汉灵帝西园鼓吹有李坚者,能鞞舞。遭乱播迁②,西随段煨③。先帝闻其旧有技,召之。坚既中废,兼古曲多谬误,异代之文,未必相袭,故依前曲,改作新歌五篇。不敢充之黄门,近以成下国之陋乐焉④。

圣皇篇⑤

圣皇应历数,正康帝道休。九州咸宾服,威德洞八幽。三公奏诸公,不得久淹留。蕃位任至重,旧章咸率由。侍臣省文奏,陛下体仁慈。沉吟有爱恋,不忍听可之。迫有官典宪,不得顾恩私。诸王当就国,玺绶何累缤⑥。便时舍外殿,宫省寂无人。主人增顾念,皇母怀苦辛。何以为赠赐?倾府竭宝珍。文钱百亿万,采帛若烟云。乘舆服御物,锦罗与金银。龙旗垂九旒,羽盖参班轮。诸王自计念,无功荷厚德。思一效筋力,糜躯以报国[1]。鸿胪拥节卫,副使随经营。贵戚并出送,夹道交辒辌。车服齐整设,辒烨燿天精。武骑卫前后,鼓吹箫笳声。祖道魏东门,泪下沾冠缨。扳盖因内顾,俯仰慕同生。行行将日暮,何时还阙庭?车轮为裹回,四马踌躇鸣。路人尚酸鼻,何况骨肉情⑦。

【丁评】忠诚之诗,一字一泪。

灵芝篇⑧

灵芝生玉池,朱草被洛滨。荣华相晃耀,光采烨若神。古时有虞舜,父母顽且嚚。尽孝于田陇,烝烝不违仁⑨。伯瑜年七十,采衣以娱亲⑩。慈母笞不痛,歔欷涕沾巾⑪。丁

---

[1]"糜",原误作"糜",据《宋书》、《乐府诗集》及各本曹集改。

兰少失母,自伤蚤孤茕⑫。刻木当严亲,朝夕致三牲。暴子见陵侮,犯罪以亡刑。丈人为泣血,免戾全其名⑬。董永遭家贫,父老财无遗。举假以供养,佣作致甘肥。责家填门至⑭,不知何用归。天灵感至德,神女为秉机⑮。岁月不安居,呜呼我皇考!生我既已晚,弃我何其早⑯!《蓼莪》谁所兴?念之令人老。退咏南风诗,洒泪满袆抱。乱曰:圣皇君四海,德教朝夕宣。万国咸礼让,百姓家肃虔。庠序不失仪,孝悌处中田。户有曾闵子,比屋皆仁贤。鬐齕无夭齿,黄发尽其年。陛下三万岁,慈母亦复然⑰。

【丁评】读此诗,如见纯孝之性。秦之扶苏、魏之子建,皆具圣仁之资,使其嗣统,秦、魏安得亡哉!乃天夺其魄,摧抑其贤子,以促国祚。天之厌秦、魏也甚矣!

大魏篇⑱

大魏应灵符,天禄方甫始⑲。圣德致泰和,神明为驱使。左右宜供养,中殿宜皇子。陛下长寿考,群臣拜贺咸悦喜。积善有馀庆,宠禄固天常。众善填门至,臣子蒙福祥。无患及阳遂,辅翼我圣皇。众吉咸集会,凶邪奸恶并灭亡。黄鹄游殿前,神鼎周四阿。玉马充乘舆,芝盖树九华。白虎戏西除,含利从辟邪⑳。骐驎蹑足舞㉑,凤皇拊翼歌。丰年大置酒㉒,玉樽列广庭。乐饮过三爵,朱颜暴已形。式宴不违礼,君臣歌《鹿鸣》。乐人舞鼙鼓,百官雷抃讚若惊㉓。储礼如江海,积善若陵山。皇嗣繁且炽,孙子列曾玄。群臣咸称万岁，陛下长寿乐年。御酒停未饮，贵戚跪东厢。侍人承颜色，奉进金玉觞。此酒亦真酒，福禄当圣皇。陛下临轩笑，左右咸欢康。杯酒一何迟，群僚以次行。赏赐累千亿，百官并富昌㉔。

精微篇㉕

精微烂金石，至心动神明。杞妻哭死夫，梁山为之倾。子丹西质秦，乌白马角生㉖。邹衍囚燕市㉗，繁霜为夏零。关东有贤女，自字苏来卿㉘。壮年报父仇，身没垂功名。女休逢赦书，白刃几在颈。俱上列仙籍，去死独就生。太仓令有辜㉙，远征当就拘。自悲居无男，祸至无与俱。缇萦痛父言㉚，何担西上书。盘桓北阙下，泣涕何涟如。乞得并姊弟，没身赎父躯。汉文感其义，肉刑法用除。其父得以免，辨义在《列图》㉛。多男亦何为，一女足成居。简子南渡河，津吏废舟船。执法将加刑，女娟拥棹前。妾父闻君来，将涉不测渊。畏惧风波起，祷祝祭名川。备礼飨神祇，为君求福先。不胜醮祀诚，至令犯罚艰。君必欲加诛，乞使知罪愆。妾愿以身代，至诚感苍天。国君高其义，其父用赦原。《河激》奏中流，简子知其贤。归聘为夫人，荣宠超后先。辩女解父命，何况健少年㉜。黄初发和气，明堂德教施。治道致太平，礼乐风俗移。刑错民无枉，怨女复何为。圣皇长寿考，景福常来仪㉝。

【丁评】积诚悟主，此陈思一片血心。首二句揭出本旨。

孟冬篇㉞

孟冬十月，阴气厉清。武官诫田，讲旅统兵。元龟袭吉，元光著明。蚩尤跸路，风弭雨停。乘舆启行[1]，鸾鸣幽轧。虎贲采骑，飞象珥鹖。钟鼓铿锵，箫管嘈喝。万骑齐镳，千乘等盖。夷山填谷，平林涤薮。张罗万里，尽其飞走。翟翟狡兔㉟，扬白跳翰。猎以青骹，掩以修竿。韩卢宋鹊，呈才骋足。噬不尽绁，牵麋掎鹿。魏氏发机，养基抚弦。都卢寻高，搜索猴猨。庆忌孟贲，蹈谷超峦。张目决眥，发怒穿冠。顿熊扼虎，蹴豹搏貙。气有馀势，负象而趋。获车既盈，日侧乐终。罢役解徒，大飨离宫。乱曰：圣皇临飞轩，论功校猎徒。死禽积如京，流血成沟渠。明诏太劳赐㊱，大官供有无㊲。走马行酒醴，驱车布肉鱼。鸣鼓举觞爵，击钟釂无馀㊳。绝网纵麟麑㊴，弛罩出凤雏。收功在羽校，威灵振鬼区。陛下长欢乐，永世合天符㊵。

① 郭无《鼙鼓歌》，闵有《圣皇篇》一首，张炎、张溥有。从《宋书·乐志》、郭茂倩《乐府诗集·舞曲歌辞》校。

② “播迁”二字，据宋本《事类赋注》补。

③《宋书·乐志》作“段煨”，《御览》、郭茂倩作“段颎”。《后汉书·董卓传》：“段煨，武威人。初平二年，董卓使中郎将段煨屯华阴。兴平元年，车驾进至华阴，宁辑将军段煨具服御及公卿以下资储，请帝幸其营。三年，以段煨为安南将军，封阌乡侯。建安七年，征段煨为大鸿胪。病卒。”按：太尉段颎以光和元年夏四月辛巳罪，下狱诛。作“西随段煨”是也。

---

[1] “启”，原误作“起”，据《宋书》、《乐府诗集》及各本曹集改。

④ 郭茂倩载此序，少"异代"三句、"不敢充之"二句，据《御览·乐部·舞》补。又《御览》曹植《鞞舞序》："晋初有《杯槃舞》、《公莫舞》。史臣按：《杯槃舞》，今之《齐世宁》也。"按：此非子建原序。朱乾云："《周礼》：'旅师执鼗。'《司马法》曰：'千人之帅执鼗。'陈氏《礼书》曰：'《月令》："修鞀鞞。"《世纪》曰："帝喾命垂作鞞。"先儒谓小鼓有柄曰鞀，大鞀谓鞞。汉大傩，侲子皆执大鞀。'又曰：'应鼓号，应鼙朔，鼓号朔鼙。'然则《鼙舞》所执者即此鼓，梁谓之《鞞扇舞》者，误也。《古今乐录》曰：'汉曲五篇，一曰《关东有贤女》，二曰《章和二年中》，三曰《乐久长》，四曰《四方皇》，五曰《殿前生桂树》，并章帝造。魏曲五篇，一《明明魏皇帝》，二《太和有圣帝》，三《魏历长》，四《天生烝民》，五《为君既不易》，并明帝造，以代汉曲，其辞并亡。陈思王又有五篇，一《圣皇篇》，以当《章和二年中》；二《灵芝篇》，以当《前殿生桂树》；三《大魏篇》，以当《汉吉昌》；四《精微篇》，以当《关中有贤女》；五《孟冬篇》，以当《狡兔》。'按：汉曲无《汉吉昌》、《狡兔》二篇，疑《乐长久》、《四方皇》是也。"《乐府诗集》曰："按：《乐录》、《隋志》并以《鞞舞》为巴渝，今考汉、魏二篇歌辞各异，本不相乱。盖因梁、陈之世于《鞞舞》前作《巴渝弄》，遂立二舞名。殊不知二舞亦容合作，犹《巾舞》以《白纻》送，岂得便谓《白纻》为《巾舞》耶？失之远矣。"

⑤ 《乐志》："当《章和二年中》。"

⑥ "蓁"，《宋志》作"橐"，郭茂倩作"蓁"。

⑦ 朱乾云："曹丕薄于骨肉，甫即位，即遣其弟鄢陵侯彰等就国。受禅之后，名为进爵诸弟为王，而皆寄地空名，国有老兵百馀人以为守卫，隔绝千里之外，不听朝聘。设防辅、监国之官以伺察之。虽有王侯之号，而侪于匹夫，皆思为匹夫而不能得。法既峻切，过恶日闻。其时如植者[1]，多惴惴不免。篇中一丝不露，而至于路人酸鼻，则其所为玺绶之宠，赐予之厚，武卫之盛，祖饯之荣，特文具而已，乌睹所谓'封建亲戚，以为蕃屏'者乎？"绪曾按：三公奏"诸公不得久淹留"者，魏王葬后，诸侯皆遣就国也。其时丕

---

[1] "如"，原误作"非"，据朱乾《乐府正义》改。

未进诸弟爵为王，故称"诸公"也。

⑧《乐志》："当《殿前生桂树》。"

⑨《广雅》："烝烝，孝也。"陆贾《新语》："虞舜烝烝于父母。"蔡邕《九嶷山碑》："克谐顽傲，以孝烝烝。"今子建此诗亦一证。

⑩ "采"，郭茂倩作"彩"，《宋志》作"采"。

⑪ "沾"，郭茂倩作"霑"，《宋志》作"沾"。《困学纪闻》："采衣娱亲，今人但知老莱之事，而不知伯瑜。"按：此即《说苑》韩伯瑜泣杖之事，但彼无"采衣"二字。《说苑》："伯瑜有过，其母笞之，泣。母曰：'他日笞之未尝泣，今泣何也？'对曰：'瑜得罪，笞尝痛。今母之力不能使痛，是以泣也。'"伯瑜韩姓。《隋书·循吏传》："梁彦光为相州刺史。有滏阳人焦通，性酗酒，事亲礼阙，为从弟所讼。彦光将至州学[1]，令观于孔子庙。于是庙中有韩伯瑜母杖不痛，哀母力弱，对母悲泣之状。通遂感悟。"南宋林同孝诗《咏韩伯瑜》云："母力今衰矣，悲啼得杖轻。流风在绘像，犹足感焦生。"《晋书》载左贵嫔《离思赋》云："昔伯瑜之婉娈兮，每彩衣以娱亲。"正用思王语。

⑫ "蚤"，郭茂倩作"早"，云："一作'少'。"《宋志》作"蚤"。

⑬《初学记》："孙盛《逸人传》曰：丁兰者，河内人也。少丧考妣，不及供养。乃刻木为人，仿佛亲形，事之若生，朝夕定省。其后邻人张叔妻从兰妻有所借，兰妻跪报木人，木人不悦，不以借。叔醉疾来，诟骂木人，以杖敲其头。兰还，见木人色不怿，乃问其妻。妻具以告之，即奋剑杀张叔。吏捕兰，兰辞木人去。木人见兰，为之垂泪。郡县嘉其至孝，通于神明，图其形像于云台也。"《武梁祠堂画像》云："丁兰二亲终后，立木为父。邻人假物，报乃借与。"据此，"丈人为泣血""丈"当作"木"。

⑭ "责"，《宋志》一作"贵"，误。"责"，古"债"通。

⑮《御览》刘向《孝子传》："前汉董永，千乘人。少失母，独养父。父亡，无以葬，乃从人贷钱一万。永谓钱主曰：'后若无钱还君，当以身作奴。'主甚愍之。永得葬父毕，将往为奴，于路忽逢一妇人，求为永妻。永曰：'今贫若

---

[1] "州"，原脱，据《隋书》补。

是，身为奴，何敢屈夫人为妻。'妇人曰：'愿为君妇，不耻贫贱。'永随妇人至钱主家，曰：'本言一人，今何有二？'永曰：'言一得二，于理乖乎？'主问永妻曰：'何能？'曰：'能织耳。'主曰：'为我织千匹绢，即放尔夫。'妻于是索丝，十日之内，千匹绢足。主惊，遂放夫妇二人而去。行至本相逢处，乃谓永曰：'我是天之织女，感君至孝，天使我偿之。今君事了，不得久停。'语讫，云霞四垂，忽飞而去。"《搜神记》同。按：此云供丧事，子建诗云"供养""致甘肥"，事微异。

⑯ "其"，《宋志》作"期"，郭茂倩作"其"。

⑰ 朱乾云："孙盛曰：'魏王不处哀而设宴乐，居始而堕化基，及至受禅，显纳二女。由此言之，不孝孰甚哉！王龄之不遐，下世之期促，识者知之。''鬓龀'、'黄发'之句，颂之实讽之也。此篇所以动其良心，最为哀切矣。"

⑱ 《宋志》："当《汉吉昌》。"

⑲ "方"，《文选》孙楚《为石苞与孙皓书》注引作"乃"。

⑳ "含利"，各本作"舍利"。案：张衡《西京赋》："含利颬颬，化为仙车。"薛综注："含利，兽名。性吐金，故曰含利。"据此，字当作"含"。《说文》："利，铦也。"故"含利"即"吐金"。《晋书·乐志》："含利从西方来，戏于殿前。"作"舍"非也。

㉑ "骍"，郭茂倩作"骥"，《宋志》作"骍"。

㉒ 汉太乐食举十三曲，十一曰《大置》，即此"大置酒"所本也。

㉓ "畾"，郭茂倩作"雷"；"讚"作"赞"。《宋志》作"畾"、"讚"。

㉔ 朱乾云："篇中多称颂之词，见时和年丰，诸祥毕至，君臣康乐，欲至万年。至于贵戚之臣，国同休戚，根本之地，不宜从节，即《通亲亲表》意也。"

㉕ 《宋志》："当《关中有贤女》。"此歌亦被谗而作。

㉖ 王楙《野客丛书》："今人喻事之难济，有'老鸦头白'之说[1]。仆观燕太子丹质于秦，欲求归。秦王曰：'乌头白，马生角，乃可。'事见《风俗通》、《论衡》。是以子建诗曰：'子丹西质秦，乌白马角生。'鲍明远诗曰：'洁诚洗志朝暮年，乌白马角宁足言。'太史公但云：'天雨粟，马生角。'"

---

[1] "老鸦头白"下，原衍"马生角，乃可，事见"，据王楙《野客丛书》删。

㉗ "衍"，《宋志》作"羡"，郭茂倩作"衍"。

㉘ 朱乾云："汉曲五篇，《关东有贤女》为苏来卿作。"

㉙ "辜"，郭茂倩作"罪"。

㉚ 见《汉书》。

㉛ 左思《赠妹九嫔悼离》诗："何以为赠？勉以《列图》。"用此。

㉜ 事见刘向《列女传》。

㉝ 朱乾云："曹丕篡汉，废献帝为山阳公，纳其二女，三纲之伦无论矣。而仇女在前，祸生肘腋，亦可寒心。篇中累序诸女报父仇及赦父命，使听者凛然于言外，此植以诗讽谏之微意也。"按：朱乾据苏来卿为此论，然则缇萦与赵津吏女又何说乎？

㉞ 《宋志》："当《狡兔》。"

㉟ "翟翟"，郭茂倩作"趯趯"，《宋志》作"翟翟"。

㊱ "太"，郭茂倩作"大"，《宋志》作"太"。

㊲ "大"，郭茂倩作"太"，《宋志》作"大"。

㊳ "击钟"，郭茂倩作"击钟"，《宋志》作"钟击"。

㊴ "骐"，郭茂倩作"麟"，《宋志》作"骐"。

㊵ 朱乾云："谏猎也。丕虽好田，不至如是之甚。观'张罗万里，尽其飞走'之谣，荒于田极矣。案：明帝时猎法严峻，杀禁地鹿者身死，财产没官。廷尉高柔上疏曰：'百姓供役，田者既减，复有鹿暴，所伤不赀，至如荥阳左右，周数百里，岁无所收。'此诗当作于此时也。"《广序》云："汉鼓吹曲为朝会燕射之鼓歌，未尝全用谀词。魏犹近古，子建作颂中有规，吐辞成响，其文则微，可谓'气变丝桐，志形金石'。"绪曾按：《鼙鼓歌》五首乃一时所作，云："陛下三万岁，慈母亦复然。"指文帝下太后，非明帝时。

结客篇

结客少年场，报恩洛北芒①。

①《文选》陆士衡乐府《结客少年场》诗注。"芒"与"邙"同。

利剑鸣手中,一击两尸僵①。

①《文选》张景阳《杂诗》注。

苦热行

行游到日南,经历交趾乡。苦热但曝霜,越夷水中藏①。

①《文选》鲍明远《苦热行》注、郭茂倩《乐府》六十五。

亟出行

蒙雾犯风尘①。

①《文选》陆士龙《答张士然》诗"飘飘冒风尘"注:"曹植《出行》曰:'蒙雾犯风尘。'"谢玄晖《和王著作八公山》诗"风烟四时犯"注亦引此句。按:诗作"风烟",注作"风尘",严云:"恐有一误。"

长歌行

尺蠖知屈伸,体道识穷达①。

①《御览·虫豸部·尺蠖》注。

远游篇

夜光明珠，下隐金沙。何以遗之[1]？汉女湘娥①。

①《初学记·宝器部·珠》。

两仪篇

帝者化八极，养万物，和阴阳。鸣凤至，河洛翔①。

①《初学记·地部·洛》。

艳歌行

长者赐颜色，泰山可动移①。

①《文选》江淹《诣建平王上书》注，又谢朓《拜中军记室辞隋王笺》注。

---

[1] "何以遗之"，《初学记》原作"采之谁遗"。

夏节纯和天清凉，百草滋殖舒兰芳[①]。

①《初学记·岁时部·夏》注。

对酒行

含生蒙泽，草木茂延[①]。

①《文选》任彦昇《到大司马记室笺》。

蒲鞭苇杖示有刑[①]。

①《文选》沈约《齐安陆昭王碑文》注。按：《书钞》原本《政术部·德化》"苇杖示刑"云"陈思王赋"，或赋亦有此语。

天地篇

复为时所拘，羁缧作微臣[①]。

①《文选》江淹《拟刘桢诗》注。严云："疑即'忽若风吹尘'下脱文。"

飞龙篇

南经丹穴,积阳所生。煎石流铄,品物流形①。

①《书钞》原本《地部·穴》,《唐类函》同。陈禹谟无。

芝盖翩翩①。

①《文选》陆士衡《前缓声歌》注云"曹植《飞龙篇》"。《善哉行》作"芝草翩翩"。

妾薄相行

辒辌飞,毂交轮①。

①《文选》陆士衡《长安有狭邪行》注:"曹植《妾薄相行》。"

齐讴楚舞纷纷①。

①《文选》张平子《南都赋》注:"曹植《薄相行》云:齐讴楚舞纷纷。"张溥本下多"歌声上彻青云"。案:左太冲《吴都赋》注云:"古乐府有《历九秋妾薄相行》,歌辞曰:齐讴楚舞纷纷,歌声上彻青云。"《玉台新咏》傅玄《历九秋董逃行》有云:"齐讴楚舞纷纷,歌声上激青云。"郭茂倩《乐府》三十四载

傅玄作同，惟"彻"、"激"二字小异。

秋胡行①

大魏承天玑②。

①《乐府解题》："曹植《秋胡行》但歌魏德，而不取秋胡事。"
②《文选》颜延年《哀策文》注。

善哉行

如彼翰鸟，或飞戾天①。

①《文选》潘安仁《悼亡》诗注。

陌上桑

望云际，有真人，安得轻举继清尘[1]。执电鞭，驰飞麟①。

①《御览·兵部·鞭》。

---

[1] "清"，原误作"轻"，据《太平御览》改。

乐府诗佚句

墨出青松烟，笔出狡兔翰。古人感鸟迹，文字有改判①。

　①《御览·文部·墨笔》。《书钞》原本《艺文部·笔》云："曹植《长歌行》：墨出青松之烟，笔出狡兔之翰。"陈禹谟依《御览》引，改作四句。

胶漆至坚，浸之则离。皎皎素丝，随染色移[1]。君不我弃，谗人所为①。

　①《御览·杂物部·胶》[2]。

所赍千金之宝剑通天犀文玉紫碧玙渠翡翠饰鸡璧道明月珠①。

　①《书钞》原本《武功部·剑》，讹不成句。陈禹谟改云："所赍千金剑，通犀间碧玙。翡翠饰鸡璧，标首明月珠。"

鲂腴熊掌，豹胎鼍肠。　口餍常珍，乃购麟皇。熊蹯豹胎，百品异方。蕙肴兰藉，五味杂香①。　寒鸧蒸鸹②。市肉取肥，酤酒取醇。　交觞接杯，以致殷勤③。

---

　[1] "随染色移"，原误作"溺色染移"，据《太平御览》改。
　[2] "胶"，原误作"漆"，据《太平御览》改。

① 以上俱《书钞·酒食·总篇》。

②《书钞·寒食》。

③《书钞》、《御览·酒食部·酒》。

金樽玉杯，不能使薄酒更厚①。

①《文选》江文通《望荆山》诗注、谢灵运《石门新营》诗注。

橙橘枇杷，甘蔗代出①。

①《御览·果部·枇杷》。

巢许蔑四海，商贾争一钱①。

①《御览·资产部·钱》。

上仙箓，与神游①。

① 郭茂倩《乐府》解题。

前缓声歌①

①《乐府》解题云曹植，不载其辞。

曹集考异卷七

颂

皇子生颂①

於圣我后,懿章前志②。克纂二皇③,三灵昭事④。祇肃郊庙,明德敬忌⑤。潜和积吉⑥,钟天之釐⑦。嘉月令辰,笃生圣嗣。天地降祥,储君应祉⑧。庆由一人,万国作喜⑨。喁喁万国,岌岌群生。禀命我后,绥之则荣。长为臣妾⑩,终天之经。仁圣奕世⑪,永戴明明。同年上帝,休祥淑祯⑫。藩臣作颂,光流德声。吁嗟卿士,祇承予听。

①《明帝纪》:"太和五年七月乙酉[1],皇子殷生。"《初学记·帝戚部·王·皇子生颂》、《艺文类聚·职官·诸王·皇太子颂》、《玉海·皇子生颂》。《类聚》文较完。《文心雕龙·颂赞》云:"陈思所缀,以《皇子》为标。"

②"懿",郭作"宪"。

③"纂",《类聚》作"慕"。"二皇",指武皇帝操、文皇帝丕也。"二",《初学记》或作"三"。

④"三",《初学记》一本作"王"。

⑤"忌",《初学记》作"忌",《类聚》作"惠"。

⑥"潜",《初学记》作"潜",《类聚》作"阳"。"吉",《类聚》作"吉",《初学

---

[1] "太",原误作"文";"七月",原脱,均据《三国志》补正。

记》作"德",郭作"石"。

⑦ 宋吴棫《韵补·五真·鳌》。

⑧ 二句从《书钞·帝王部·太子》补。

⑨ "喜",郭作"嘉",与上"嘉月"复。

⑩ "妾",郭作"职"。从《初学记》。

⑪ "世",汪本作"代"。

⑫ "祯",《类聚》作"贞"。

玄俗颂①

　　玄俗妙识,饥饵神颖。在阴倏逝②,即阳无景。逍遥北岳,陵霄引领。挥雾昊天,含神自静。

　　① 从《类聚·灵异·仙道》校。刘向《列仙传》:"玄俗,自言河间人也。饵巴豆,卖药都市,七丸一钱,治百病。河间王病瘕,买药服之,蛇下十馀头。问药意,俗云:'王瘕乃六世馀殃下堕,即非王所招也。王常放乳鹿,麟母也。仁心感天,故当招俗耳。'王家老舍人自言父世见俗。俗形无影,王乃呼俗日中看,实无影。王欲以女配之,俗夜亡去。后人见于常山下。"

　　② "逝",郭作"游"。

母仪颂①

　　殷汤令妃,有莘之女。仁教内修,度义以处②。清谧後宫③，九嫔有序。伊为媵臣，遂作元辅。

①《母仪》、《贤明》，刘向《列女传》二篇名，子建为之颂。《隋书·经籍志》："《列女传颂》一卷，曹植撰。"汉明帝温室画列女像，魏明帝因之。《魏都赋》注"温室有画像赞"是也。曾巩《古列女传序》："《隋书》以《颂义》为刘歆作，与《向传》不合。今验《颂义》之文，盖向之自叙。《艺文志》有向《列女传颂图》，明非歆作也。"王回序云："各颂其义，图其状，传如太史公记，颂如《诗》之四言，而图为屏风。"按：子建盖拟之而作。然《母仪》十四人、《贤明》十五人，今《母仪传》中仅颂汤妃，《贤明传》中仅颂姜后，馀俱佚矣。《初学记·皇后》、《类聚·后妃部》俱云《母仪颂》、《贤明颂》，张溥改《汤妃颂》、《姜后颂》。今仍其旧。

②"义"，张溥作"仪"。

③"後"，《类聚》作"后"，通。

贤明颂①

於铄姜后，光配周宣。非义不动②，非礼不言。晏起失朝，永巷告愆。王用勤政，万国以虔③。

①"贤明"，郭讹作"明贤"，据《列女传》、《初学记》、《类聚》改。

②"义"，郭作"礼"，《初学记》、《类聚》作"义"。

③《列女传·周宣姜后传》云："事非礼不言，行非礼不动。"两字皆作"礼"，或所据本各异耳。子建又有《姜嫄简狄》、《禹妃》、《班婕妤赞》，亦在《母仪传》及《续辩通传》中，虽"颂"、"赞"标题不一，然皆系于图像也。

列女传颂

尚卑贵礼,来世作程①。

①《文选·刻漏铭》注:"曹植《列女传颂》。"严标题有"虞二妃",未知所据。

学宫颂 并序①

自五帝典绝,三皇礼废,应期命世,齐贤等圣者,莫高于孔子也。故有若曰:"出乎其类,拔乎其萃。"②诚所谓"性与天道,不可得而闻"矣③。

由也务学,名在前志。宰予昼寝,粪土作诚。过庭子弟,诗礼明记④。歌以咏言,文以骋志。予今不述,后贤曷识⑤?於铄尼父,生民之杰。性与天成,该圣备艺⑥。德伦三五,配皇作烈。玄镜独鉴⑦,神明昭晰。言为世范,行为时矩⑧。仁塞宇宙,志陵云霓。学者三千,莫不俊义。惟仁可凭⑨,惟道足恃。钻仰弥高,请益不已。

① 汪本误作"学官",李廷相作"学宫"。按:张溥作《孔庙颂》,讥旧集更名此篇为《学宫颂》。绪曾考《类聚·礼部·学校》云"魏陈王曹植《学宫颂》",十卷本从此采入,是非旧集之更名,而溥更名也。今还其旧。又各本

此篇上有《孔子庙颂》十四句,即《孔子庙碑》中语,今另录碑文于后,不复出。

② 两"其"字,郭无。

③ "矣",皇侃《论语义疏》作"也已矣",日本《论语集解》同。

④ 二句,《类聚》一作"过庭之言,子弟明记"。

⑤ "后"通"後"。

⑥ 宋吴棫《韵补·五寘·杰》引曹植《学宫颂》四句。

⑦ "鉴",张炎云:"一作'览'。"

⑧ 二句据《文选》沈休文《齐安陆王碑文》注引补。

⑨ "可",郭作"是"。从《类聚》。

社　颂 并序①

余前封鄄城侯,转雍丘,皆遇荒土②[1],宅宇初造。以府库尚丰,志在营缮宫室,务园圃而已③,农桑一无所营。经离十载,块然守空,饥寒备尝。圣朝愍之,故封此县④。田则一州之膏腴,桑则天下之甲第。故封此桑,以为田社。乃作颂云:

於惟太社,官名后土。是曰句龙,功著上古。德配帝皇⑤,实为灵主。克明播植,农正曰柱⑥。尊以作稷,丰年是与。义与社同,方神北宇。建国承家,莫不攸叙。

① 按:序见《御览·礼仪部·社稷》:"曹植作《赞社文》。"而末曰:"乃

––––––––––––

[1] "遇",原误作"欲",据《太平御览》改。

作颂云。""赞"、"颂"可通称也。《初学记·社稷》、《类聚·社稷》,《社颂》无序。

② "荒土",张溥误"为上",据《御览》改。即《书》云"荒度土功"也。

③ 张溥作"志在善公大务完圃而已",义训难通,据《御览》改。

④ 指东阿。

⑤ "皇",《初学记》、《类聚》作"皇",《书钞》、郭作"王"。

⑥ "曰柱",《初学记》、《书钞》作"日举"。从《类聚》。

灵稼阿那,一禾千茎①。

①《初学记·谷部》引曹植《社颂》。

秀吐毯,万亩齐。平荫盖陇,百秽不生①。

①《初学记·谷部》。

宜男花颂 并序①

世人有女求男,取此草食之尤良②。

草号宜男,既晔且贞。其贞伊何?惟乾之嘉。其晔伊何?绿叶丹花。光采晃曜,配彼朝日。君子耽乐,好和琴瑟。固作《螽斯》,惟立孔臧③。福齐太姒,永世克昌。

① 从《类聚·草部·鹿葱》校。

② 《齐民要术》引"陈思王《宜男花颂》"，盖序文。

③ "惟"，《类聚》作"微"。

冬至献履袜颂①

伏见旧仪：国家冬至献履贡袜，所以迎福践长。先臣或为之颂②。臣既玩其嘉藻，愿述朝庆。千载昌期，一阳嘉节。四方交泰，万物昭苏③。亚岁迎祥，履长纳庆④。不胜感节[1]，情系帪幄，拜表奉贺，并献纹履七緉，袜百副⑤。茅茨之陋，不足以入金门、登玉台也⑥。上表以闻⑦，并为《履袜颂》⑧，谨献⑨。

太阴奋于上，青阳萌于下⑩。玉趾既御，履和蹈贞。行与禄迈，动以福并⑪。南阙北户，西巡王城。翱翔万域，圣体浮轻⑫。

① 并《贺冬表》。按："冬"，本作"献袜颂"，张溥作"袜履颂"。各本表、颂俱析为二，今移表于此，以从其类。表中履、袜并献，当作《献履袜颂》。今从《初学记·岁时部·冬至》、《御览·时序部·冬至》校。《御览·服章部》"履"、"袜"俱作"曹植《贺冬表》"。

② 后汉崔骃《袜铭》曰："玑衡建子。"亦冬至献也。

③ "物"，张溥作"汇"。从《初学记》。

[1] "感"，原误作"惑"，据《初学记》、《太平御览》及各本曹集改。

④ 赵与峕《宾退录》引"伏见"至"践长"十八字。崔浩《女仪》云："近古妇人常以冬至上履袜于舅姑,践长至义也。"隋杜台卿《玉烛宝典》云："冬至日极南,景极长。阴阳日月,万物之始。律当黄钟,其管最长,故有履长之贺。盖《周礼》:冬至日在牵牛,景长一丈三尺,日短而景长也。黄钟之律九寸,于十二律为最长。《月令》所谓短至,谓日之短。"曹、崔、杜谓"践长"、"履长"者,景之长、瑨之长也。

⑤《初学记》作"纹履七纲",《书钞》"曹植献袜七纲",《御览·服章·履》云："曹植《贺冬表》:献白文履七纲,袜百副。"又《冬至》云："纹履七量。"又《袜》云："曹植《贺冬表》曰:献袜七量。并为《袜颂》。"引"玉趾"四句。杨伯嵒《六帖补》:"曹植冬至献纹履。按:诸书参差不一,或作袜若干副。"按:履曰纲,袜曰副。今取《初学记》"纹履七纲",《御览》"袜百副"以成文。

⑥ 据《书钞》原本《岁时部·冬至》补。

⑦ "表",郭、张炎作"献"。据《初学记》。

⑧ 四字据《御览》补,并补"履"字。

⑨ 据《初学记》补。

⑩《书钞》原本《岁时部·冬至》注"曹"。严云："疑此表文,陈改'曹'作'易'。"

⑪ "福",郭作"祥"。从《类聚》、《御览》。

⑫《金楼子·立言篇》:"古来文士,异世争驱而虑动,固鲜无瑕病。陈思之文,群才之俊,而《武帝诔》云:'尊灵永蛰。'《明帝颂》云:'圣体浮轻。''浮轻'有似于蝴蝶,'永蛰'颇拟于昆虫。施之尊极,不其蚩乎?"《文心雕龙·指瑕》亦同。绪曾按:萧、刘之论非也。"浮轻"乃以天喻,《列子·天瑞》篇:"轻清者为天。"《易乾凿度》:"轻清者上为天虞昜。"《穹天论》:"天穹窿浮元气之上。"陆机《云赋》:"集轻浮之众彩。"杨泉《物理论》:"义发而升,精华上浮。"岂蝴蝶之谓乎!

碑

孔子庙碑①

维黄初元年，大魏受命。胤轩辕之高纵②，绍虞氏之遐统。应历数以改物，扬仁风以作教。于是揖五瑞③，斑宗彝④，钧衡石，同度量⑤。秩群祀于无文，顺天时以布化。既乃缉熙圣绪，昭显上世。追存二代三恪之礼⑥，兼绍宣尼褒成⑦之后⑧，以鲁县百户命孔子廿一世孙议郎孔羡为宗圣侯，以奉孔子之祀⑨。制诏三公曰⑩："昔仲尼姿大圣之才⑪，怀帝王之器，当衰周之末⑫，而无受命之运⑬。□生乎鲁、卫之朝⑭，教化乎汶、泗之上⑮。栖栖焉⑯，皇皇焉，欲屈己以存道，贬身以救世。当时王公⑰，终莫能用⑱。乃追考五代之礼⑲，修素王之事。因鲁史而制《春秋》，就大师而正《雅》、《颂》。俾千载之后，莫不采其文以述作⑳，卬其圣以成谋㉑。咨可谓命世大圣㉒，亿载之师表者已㉓。遭天下大乱，百祀隳壤㉔。旧居之庙，毁而不修；褒成之后，绝而莫继。阙里不闻讲诵之声㉕，四时不睹烝尝之位㉖。斯岂所谓崇化报功㉗，盛德百世必祀者哉！嗟乎！朕甚闵焉㉘。其以议郎孔羡为宗圣侯，邑百户，奉孔子之祀㉙。令鲁郡修起旧庙，置百石卒史以守卫之㉚。又于其外广为屋宇㉛，以居学者㉜。"于是鲁之父老、诸生、游士，睹庙堂之始复，观俎豆之初设，嘉圣灵于髣髴，想贞祥之来集，乃慨然而叹曰：大道衰废，礼学灭绝世馀年。皇㉝上怀仁圣之懿德，兼二仪之化育，广大苞于无方，□恩沦于不测㉞。故自受命以来，天人咸和，神气烟煴㉟，嘉瑞踵武，休徵屡臻。殊俗解编发而慕义㊱，遐夷越险阻而来宾。虽大皓游龙以君世㊲，虞氏仪凤以临民，伯禹命玄宫而为夏后，西伯由岐社而为周文，尚何足称于大魏哉[1]！若乃绍继微绝，兴修废官，畴咨稽古，崇配乾坤，允神明之所福祚㊳，宇内之所欢欣也㊴，岂徒鲁邦而已哉！尔乃感殷人路寝之义，嘉先民泮宫之事。以为高宗、僖公，盖嗣世之王、诸侯之国耳，犹著德于名颂㊵，腾声乎千载。况今圣皇㊶肇造区夏，创业垂统，受命之日㊷，曾未下舆，而褒崇大圣，隆化如此，能无颂乎！乃作颂曰：

煌煌大魏，受命溥将。并体黄虞㊸，含夏苞商㊹。降釐下土，廓清三光㊺。群祀咸秩，靡事不纲。嘉彼玄圣，有邈其灵㊻。遭世霿乱㊼，莫显其荣。褒成既绝㊽，寝庙斯倾。阙里萧条，靡歆靡馨㊾。我皇悼之，寻其世武。乃建宗圣，以绍厥后。修复旧堂(50)，丰其甍宇。莘莘学徒，爰居爰处。王教既备(51)，群小遄沮。鲁道以兴，永作宪矩(52)。洪声登假(53)，神祇来和。休徵杂遝，瑞我邦家。内光区域，外被荒遐。殊方重译(54)，搏拊扬歌。於赫四圣，运世应期。仲尼既没，文亦在兹。彬彬我后，越而五之。并于亿载，如山之基。

① 洪适《隶释》云："鲁孔子庙之碑，篆额'嘉祐中郡守张稚圭'。按：《图经》题曰：'魏陈思王曹植词，梁鹄书。'"又云："文帝履位之初，首能尊崇先圣，刊写琬琰，知所本矣。使其味素王之言行，六经之道，则岂止鼎峙之业而已哉！魏隶可珍者四碑，此为之冠，甚有石经《论语》笔法。"顾炎武《金

[1] "魏"，原误作"魁"，据《三国志》注、洪适《隶释》改。

石文字记》云："封孔羡碑,今在曲阜县孔子庙中,后人刻其下曰：'陈思王曹植词,梁鹄书。'谬也。"绪曾按：《类聚·礼部·宗庙》载魏陈王曹植《孔子庙颂》"修复旧庙,丰其甍宇"十四句,即此碑文颂。是此碑欧阳询即以为子建作,其刻"曹植词,梁鹄书",非后人妄增也。各本俱无,张溥有,题作《制命宗圣侯孔羡奉家祀碑》。赵明诚《金石录》作《魏孔子庙碑》,与欧阳率更同,今从之。朱彝尊云："孔羡碑,相传其文为陈思王植所作,梁鹄书,著于《图经》。假有好事者采之入思王集,其谁曰不宜?"今据碑文补入。

②"纵",古通"踪",张溥作"踪"。今从碑。下放此。

③"揖",古通"辑",张溥作"辑"。

④"斑",古通"班"。"樊"与"彝"同。

⑤"量"与"量"同。

⑥"恪"与"恪"同。

⑦"褒成"二字,《祖庭广记》缺。

⑧《后汉书·孔僖传》："平帝时,封孔子后孔均为褒成侯,追谥孔子为褒成宣尼。建武十三年,复封均子志为褒成侯。志卒,子损嗣。永平四年,徙封褒亭侯。损卒,子曜嗣。曜卒,子完嗣,世世相传。至献帝初,国绝。"

⑨赵明诚云："按：《魏志》：文帝以黄初二年正月下诏,以议郎孔羡为宗圣侯,奉孔子之祀,及令鲁郡修起旧庙。今以碑考之,乃黄初元年。又诏语时时小异,亦当以碑为正。"洪适云："《魏志》：黄初二年正月,诏以议郎孔羡为宗圣侯,奉孔子祀,令鲁郡修起旧庙,置卒史守卫。碑云元年,而史作二年,误也。《后汉·孔僖传》注以羡为崇圣侯,亦误。"《金石文字记》："胡三省《通鉴注》：汉平帝元始元年,封褒成君孔霸曾孙均为褒成侯,奉孔子祀。王莽败,失国。永平四年,徙封褒亭侯,世世相传。至献帝初,国绝。魏文帝黄初二年,封孔子二十一世孙羡为宗圣侯。"朱彝尊云："洪氏以是碑文称黄初元年,而《魏志》作二年,谓误在史。考魏王受禅在汉延康元年十一月,既升坛即祚,事讫,改延康为黄初元年,大魏受命,'应历数以改物,秩群祀于无文。既乃缉熙圣绪,昭显上世,则诏三公'云云。原受禅之始,岁且将终,碑有'既乃'之文,则下诏在明年正月,史未必误。"绪曾按：宗圣侯,

《后汉书·孔僖传》注:"献帝后至魏,封孔子二十一叶孙孔羡为崇圣侯。"古"宗""崇"字通。又云:"晋封二十三叶孙震为奉圣亭侯。后魏封二十七叶孙乘为崇圣大夫。太和十九年,改封二十八叶孙珍为崇圣侯。"碑中"宗"当读"崇"。"羡",毛刻作"美",误甚。

⑩ "制诏"以下,《隶释》另行起。

⑪ "姿",《志》作"资"。

⑫ "之末"二字,碑缺,据《志》补。

⑬ "受"上,志无"而"字。《隶释》"运"下缺一字。

⑭ "生",《志》作"在"。

⑮ "汶",《志》作"洙"。

⑯ "栖栖",《志》作"棲棲"。

⑰ 《隶释》缺三字。"当",《志》作"于"。

⑱ 《志》有"之"。

⑲ "追",《志》作"退"。

⑳ "采",《志》作"宗"。

㉑ "卬",《志》作"仰"。

㉒ "世"下,《志注》有"之"字。按:"咨"属下读,魏孔庙《李仲璇碑》:"咨可谓开辟之儒圣。"吴山夫先生《金石存》云:"《尔雅·释诂》:'兹、斯、咨、已,此也。'邢疏云:'咨与兹同。'《文类》改作'兹',非也。"

㉓ "已",《志》作"也"。

㉔ "隤"、"堕"同。

㉕ "诵",《志》作"颂"。

㉖ "睹",《志》作"覩"。

㉗ "化",《志》作"礼"。

㉘ "嗟乎"六字,《志》无。

㉙ "子"下,《志》无"之"字。

㉚ "卒史",《金石粹编》误"吏卒"。按:《隶释·孔庙置守庙百石孔龢碑》:"庙有礼器,无常人掌领,请置百石卒史典主守庙。"又云:"诏书为孔子

庙置百石卒史一人,掌领礼器。"又云:"孔子十九世孙麟廉请置百石卒史一人。""鲍君造作百石吏舍",魏仍汉制也。

㉛ "屋宇",《志》作"室屋"。

㉜《魏·文帝纪》诏曰"昔仲尼资大圣之才",至"以居学者"止。

㉝《隶释》"皇"字另行。

㉞ "恩"上,碑缺一字,《志注》作"渊深"。

㉟ 洪云:"碑以'烟煴'为'细缊'。"

㊱ "解",碑缺。洪云:"《终军传》'辫发'作'编发'。"

㊲ 碑作"皓",张溥作"皡"。"皓"即"太昊"也,古通。

㊳ "祚",张溥误"作"。

㊴ 严少"福祚宇宙之所"六字。

㊵ "名",《祖庭广记》缺,张溥作"三"。

㊶ "圣"字,《隶释》别行起。

㊷ "日",《祖庭广记》缺。

㊸ "并",《志注》作"继";"虞"作"唐"。

㊹ "含",《志注》作"苞";"苞"作"含"。

㊺ "廓",《祖庭广记》缺。"廓",《隶释》作"上"。从《志注》。

㊻ "邈",《志注》作"赫"。

㊼ "霿",《隶释》作"雾"。

㊽ "既",《祖庭广记》缺。

㊾ "歆",《志注》误"韶"。

㊿ "堂",《类聚》作"庙"。

(51) "备",《志注》作"新"。

(52) 宋高似孙《嵊县迁建学宫记》:"曹植《孔子庙颂》曰:'修复旧庙,丰其甍宇。莘莘学徒,爰居爰处。王教既备,永作宪矩。'"

(53) "登",《志注》作"宣";"假"作"遐"。

(54) "重译",《志注》作"慕义",《祖庭广记》缺。

赞

画赞序①

　　盖画者，鸟书之流②。上形太极混元之前，却列将来未萌之事③。昔明德马后美于色，厚于德，帝用嘉之。尝从离宫④观画，过虞、舜之像⑤，见娥皇、女英。帝指之，戏后曰："恨不得如此人为妃。"又前见陶唐之象，后指尧曰："嗟夫！群臣百僚恨不戴君如是[1]。"帝顾而咨嗟焉。故夫画，所见多矣⑥。观画者，见三皇五帝，莫不仰戴；见三季暴君，莫不悲惋；见篡臣贼嗣，莫不切齿；见高节妙士，莫不忘食；见忠节死难，莫不抗首；见放臣斥子⑦，莫不叹息；见淫夫妒妇，莫不侧目；见令妃顺后，莫不嘉贵。是知存乎鉴者，图画也⑧。

　　① 王伯厚《玉海》云："汉明帝《画赞》，《唐志·杂传类》：'汉明帝《画赞》五十卷。'《旧志》：'《画赞》五十卷，汉明帝撰。'《隋志·总集类》：'《画赞》五十卷，汉明帝殿阁画，魏陈思王赞。梁五十卷。'汉文帝时，诏绘古帝王名臣像于殿壁，明帝好画，立画官，诏班固、贾逵辈取经史事画之，起伏羲，凡五十卷，谓之《画赞》。徐陵曰：'甘泉之殿，旧礼轩羲；长乐之宫，本图尧舜。'《魏都赋》：'丹青焕炳，特有温室。仪形宇宙，历像贤圣。图以百瑞，缛以藻咏。茫茫终古，此焉则镜。有虞作绘，兹亦等竞。'张载注：'鸣鹤堂之前，次听政殿之后，东西二坊之中央有温室，中有画像赞。'"此序徐、李、郭、张炎俱无，张溥有。今从张彦远《历代名画记》以补其佚。

　　[1]　"僚"，原误作"姓"，据《艺文类聚》、《太平御览》及各本曹集改。

②《玉海》"流"下有"也"字。

③ 二句见《御览·太极》,云"陈思王《画赞叙》",据补。

④ "离宫"二字,据《书钞·后妃部·贤明》引曹植文补。

⑤《广记》作"过虞、舜庙"。

⑥ 见《御览·皇亲部》、《类聚·巧艺》。《御览》无首末二句,《类聚》无末句。

⑦ "放",张溥作"忠";"斥"作"孝"。按:"忠"与"忠节"复。

⑧《御览·工艺部》"《历代名画记》曰:魏曹植言",亦《画赞序》中文也,据补。张彦远曰:"善哉! 曹植有言云云。"又"夏之衰也,桀为乱,太史终古抱图以奔殷;殷之亡也,纣为淫虐,内史挚载图而归周"。乃张氏语又叙云:"自古跋尾押署[1],《汉明帝画宫图》五十卷,第一起庖羲,五十杂画赞。汉明帝雅好画图,别立画官,诏博洽之士班固、贾逵辈取诸经史事,命尚方画工,谓之《画赞》,陈思王曹植为《赞传》。"

庖羲赞①

　　木德风姓,八卦创焉。龙瑞名官②,法地象天。庖厨祭祀,罟网渔畋③。瑟以像时,神德通玄④。

① 从《类聚·帝王部》、《御览·皇王部》校。

② "名官",郭作"官名"。

③ 此句《类聚》、《御览》同,汪作"网罟渔畋"。

④ 二句,郭作"琴瑟以像,时神通玄"。

────────

　　[1] 以下引文见张彦远《历代名画记》卷三"述古之秘画珍图",并非同卷"叙自古跋尾押署",朱氏误记。

女娲赞①

古之国君,造簧作笙②。礼物未就,轩辕纂成。或云女皇③,人首蛇形。神化七十,何德之灵。

① 从《类聚》、《御览》校。
②《御览》作"制造簧笙"。从《类聚》。
③ "女皇",《御览》作"二君",各本作"二皇"。按:《帝王世纪》云:"女娲氏,是为女皇。"若"二皇"、"二君",义难晓也。

神农赞①

少典之胤,火德承木②。造为耒耜,导民播谷。正为雅琴,以畅风俗。

① 从《类聚》校。
② "承",郭作"成"。

黄帝赞①

少典之孙,神明圣哲。土德承火,赤帝是灭。服牛乘马,衣裳是制。氏云名官②,功冠五列③。

① 从《类聚》校。
② "氏云"，郭作"云氏"。
③ "列"，郭作"帝"。

少昊赞①

祖自轩辕，青阳之裔。金德承土，仪凤帝世。官鸟号名，殊职别系。农正扈氏，各有品制②。

① 从《类聚》、《御览》校。
② "氏"，《御览》作"民"。

颛顼赞①

昌意之子，祖自轩辕②。始诛九黎，水德统天。以国为号，风化神宣。威畅八极，靡不祗虔。

① 从《类聚》、《御览》校。
② "自"，郭、张炎作"有"。

帝喾赞①

祖自轩辕，玄嚣之裔。生言其名，木德帝世②。抚宁天地,神灵察物③。教弭四海,明并日月。

① 从《类聚》、《御览》校。
②"木",郭作"才"。
③《类聚》作"神圣灵察"。今从《御览》。

帝尧赞①

火德统位②,父则高辛。克流共工③,万国同尘。调适阴阳,其惠如春。巍巍成功,配天则神④。

① 从《类聚》校。
②"火",郭误"大"。
③"流",《类聚》作"平",《御览》作"流"。
④《御览》作"则天之神"。

帝舜赞①

颛顼之族②,重瞳神圣。克协顽嚚,应唐莅政。除凶举俊,以齐七政。应历受禅,显天之命。

① 从《类聚》校。
②"之",《类聚》作"氏"。

帝禹赞①

吁嗟天子②,拯世济民③。克卑宫室,致孝鬼神。蔬食薄服,黻冕乃新④。厥德不回,其诚可亲。亹亹其德,温温其仁⑤。尼称无间,何德之纯。

① 从《类聚》、《御览》校。《竹书纪年》:"帝禹,夏后氏。"《史记》:"帝禹立而举皋陶荐之。"是禹称帝。

② "天",《御览》作"夫"。

③ "拯",郭误"极"。

④ "黻",《类聚》作"绋",《御览》"绂",通。

⑤ "仁",郭作"人"。

殷汤赞①

殷汤伐夏②,诸侯振仰。放桀鸣条,南面以王。桑林之祷,炎灾克偿③。伊尹佐治,可谓贤相。

① 从《类聚》校。

② "伐",郭作"代"。

③ "炎灾",《类聚》作"炎炎"。

汤祷桑林赞①

惟殷之世，炎旱七年。汤祷桑林，祈福于天。翦发离爪，自以为牲。皇灵感应，时雨以零②。

① 从《类聚》校。
② "零"，郭作"灵"。

周文王赞①

於赫圣德，实惟文王。三分有二，犹服事商。化加虞芮，傍暨四方②。王业克昭，武嗣遂光。

① 从《类聚》、《御览》校。
② "四"，《类聚》作"西"，《御览》作"四"。

周武王赞①

桓桓武王，继世灭殷。咸任尚父②，且作乱臣③。功加四海④，救世济民。天下宗周，万国是宾。

① 从《类聚》校。

② "任"，《类聚》作"在"。

③ "乱"，郭作"商"。

④ "加"，《类聚》作"加"，郭作"冒"，徐、李误"皆"。

周公赞①

　　成王即位，年尚幼稚。周公居摄，四海慕利。罚叛柔服，祥应仍至。诵长反正②，达天忠义③。

① 从《类聚》校。

② 成王名诵。

③ "天"，郭作"夫"。

周成王赞①

　　成王继武，贤圣保傅。年虽幼稚，岐嶷有素。初疑周公，终焉克寤。旦奭佐治，遂致刑错。

① 从《类聚》校。

汉高皇帝赞[1]

屯云斩蛇，灵母告祥。朱旗既抗，九野披攘。禽婴克羽，扫灭英雄。承机帝世，功著武汤[2]。

[1] 从《类聚》校。
[2] 宋吴棫《韵补·十阳》："雄，胡匡切。"引曹植《高祖赞》。

汉文帝赞[1]

孝文即位，爱物检身[2]。骄吴抚越，匈奴和亲。纳谏赦罪，以德怀民[3]。殆至刑错，万国化淳。

[1] 从《类聚》校。
[2] "检"，各本作"俭"。
[3] "怀"，郭作"让"。

汉景帝赞[1]

景帝明德，继文之则。肃清王室，克灭七国。省役薄赋，百姓殷昌。风移俗易，齐美成康。

① 从《类聚》、《御览》校。

汉武帝赞①

世宗光光，文武是攘。威振百蛮②，恢拓土疆。简定律历，辨修旧章③。封天禅土，功超百王④。

① 从《类聚》、《御览》校。
②"振"，《类聚》作"震"。
③"辨"，郭作"辩"。
④"超"，郭作"越"。

姜嫄简狄赞①

喾卜四妃，子皆为王②。帝挚早崩③，尧承天纲。玄鸟大迹，殷周美祥。稷契既生，功显虞唐④。

① 从《初学记·宫部》、《类聚·后妃部》校。
②《初学记》、《类聚》作"喾卜四妃"。按：《世本》："帝喾卜其四妃之子，皆有天下。元妃有邰氏之女曰姜嫄，生后稷；次妃有娀氏之女曰简狄，生契；次妃陈丰之女曰庆都，生尧；次妃訾娵氏之女曰常仪，生帝挚。"作"卜"是也。"卜"，郭作"有"。
③"早"，郭误"且"。

④ "功显",郭作"翊化"。

禹妻赞①

　　禹妻塗山,土功是急。闻启之生②,过门不入。女娇达义,明勋是执③。成长圣嗣④,天禄以袭⑤。

　　① 从《初学记》、《类聚》校。
　　② "闻",《初学记》、各本作"惟"。今从《类聚》。
　　③《类聚》作"女娇",是也。《大戴礼》云:"谓之女娇氏。"《古今人表》作"女趫",《史记索隐》引《系本》作"女娇"。《初学记》、徐、李、郭、汪作"娇达明义,勋庸是执",辞义难通。今从《类聚》。
　　④ "圣",郭作"望"。
　　⑤ "天",郭作"大"。

班婕妤赞①

　　有德有言,实惟班婕。盈冲其骄,穷悦其厌②。在夷贞艰③,在晋正接。临飙端干,冲霜振叶。

　　① 从《初学记·嫔妃》校。
　　② 张溥作"穷其厌悦"。
　　③ 郭作"在汉夷贞"。

吹云赞[①]

天地变化，是生神物。吹云吐润，浮气蓊郁。

① 从《类聚·天部·云》校。高似孙《纬略》同。

文王赤雀赞[①]

西伯积德，天命攸顾。赤雀衔书，爰集昌户。瑞为天使，和气所致。嗟尔后王，昌期而至。

① 各本脱“文王”二字，又误作《赤雀赋赞》。按：《类聚·帝王》、《御览·皇王》俱云《文王赤雀赞》，今据改。《尚书中候》：“赤雀衔丹书入丰，止于昌前。”

许由巢父池主赞[①]

尧禅许由，巢父是耻。秽其溷听[②]，临河洗耳。池主是让，以水为浊。嗟此三士，清足厉俗。

① 各本作《巢父赞》。按：《类聚·人部·隐逸》云《许由巢父池主赞》，

今据改,赞中所云"三士"也。蔡邕《琴操》:"许由乃临河洗耳。樊坚见由方洗耳,问之:'耳有何垢乎?'由曰:'无垢,闻恶语耳。'坚曰:'何等语者?'由曰:'尧聘吾为天子。'坚曰:'尊位何为恶之?'由曰:'吾志在青云,何乃劣劣为九州伍长乎?'于是樊坚方且饮牛,闻其言而去,耻饮于下流。"按:坚即巢父姓名。《世说新语》梁刘孝标注:"皇甫谧曰:许由字武仲,阳城槐里人也。尧、舜皆师而学事焉。后隐于沛泽之中,尧乃致天下而让焉。由为人据义履方,邪席不坐,邪膳不食,闻尧让而去。其友巢父闻由为尧所让,以为污己,乃临池洗耳。池主怒曰:'何以污我水?'由于是退耕于中岳颍水之阳,箕山之下。"此"三士"之证也。

②"涸",《类聚》作"图"。

卞随赞①

汤将伐桀,谋于卞子。既闻让位,随以为耻。薄于殷世,著自污己。自投颍水,清风邈矣。

① 各本作《务光赞》。按:《类聚·隐逸》云《卞随赞》。云"谋于卞子",非务光也,据改。

南山四皓赞①

嗟尔四皓,避秦隐形。刘项之争,养志弗营。不应朝聘,保节全贞。应命太子,汉嗣以宁。

① 从《类聚·人部·隐逸》校。"南山",郭作"商山"。

黄帝三鼎赞①

鼎质文精②,古之神器。黄帝是铸,以像太一③。能轻能重,知凶识吉。世衰则隐,世和则出。

① 各本脱"黄帝"二字。据《类聚·帝王部》校。
② "文",郭作"之",张炎作"上"。
③ 宋吴棫《韵补·五质》:"器,欺讫切。"引曹植《黄帝三鼎赞》四句。

禹治水赞①

嗟夫夏禹,实劳水功。西凿龙门,疏河导江。梁岐既辟,九州以同。天锡成功②,奄有万邦。

① 从《类聚·帝王部》、《御览·皇王部》校。
② "成功",《御览》作"玄圭"。

禹渡河赞①

禹济于河,黄龙负船。舟人并惧,禹叹仰天。予受天运，勤功恤民。死亡命也，龙乃弭身。

① 从《类聚·帝王部》、《御览·皇王部》校。

田开疆公孙接古冶子赞[①]

齐疆接子，勇节徇命。虎门之博，忽晏置衅。矜而自伐，轻死重分[②]。

① 从《御览·工艺部·博》校。
② “疆”，张溥作“姜”；“命”作“名”；“自”作“日”。

长乐观画赞[①]

妙哉平安[②]，才巧若神。辞赋之作，华若望春。

① 从《书钞·文艺部·叹赏》校。
② “安”，张溥作“生”。原本《书钞》作“妙哉平安君”，存以备考。

禹　赞[①]

舜居陇亩，明德上宣。孝乎顽瞽，义不格奸[②]。

① 宋吴棫《韵补》引曹植《禹赞》以下九首，今据补。

②《韵补·一先》："姦，一作姧。"引曹植《禹赞》。按：文乃《舜赞》，今姑仍原题。

舜将崩殂，告天禅位。虞氏既没，三年礼毕。避隐商山，示不敢莅。诸侯向己，乃奉天秩[①]。

①《韵补·五质》："位，莅。曹植《禹赞》。"

夏启赞[①]

大战于甘，有扈以灭。威振诸侯，元功克乂。

① 宋吴棫《韵补·五寘》："灭，绝也。曹植《夏启赞》。"

孔甲赞[①]

行有顺天，龙出河汉。雌雄各一，是扰是豢。

① 宋吴棫《韵补·二十八翰》："谷，养畜也。曹植《孔甲赞》。"

夏桀赞[1]

夏道既衰,生此桀王。婉娈是嘉,政违五行。

[1] 宋吴棫《韵补·十阳》:"行。曹植《夏桀赞》。"

五霸赞[1]

壮气盖世,挺身奋节。所征必拔,谋显垂惠。

[1] 宋吴棫《韵补·五寘》:"节,操也。曹植《五霸赞》。"

王陵赞[1]

从汉有功,少文任气。高后封吕,直而不屈。

[1] 宋吴棫《韵补·五寘》:"屈,拗曲也。曹植《王陵赞》。"

贤后赞[1]

作后作母,帝谘厥谋。国赖内□,家膺显祚。

① 宋吴棫《韵补·九御》:"谋,计也。曹植《贤后赞》。"

失题赞①

有皇于登,是临天位。黻文于裳,组华于黻②。

① 宋吴棫《韵补·五寘》:"黻,芾,古作黻。曹植赞。"
② 按:"黻文"句"黻"字误。山阳丁晏本作"有皇子登,是临天位。黼文于裳,组华于黻",附以备考。

禹庙赞 并表①

禹祠原在此城。汉光武迎其神,移在雍丘城内。植于雍丘作宫,请迁其神于旧馆②。其赞曰:

仰悬圣业,功济唐虞。微君之勋,吾其为鱼③。

① 按司马彪《续汉书·郡国志》:"雍丘本杞国。"刘昭注:"曹植《禹庙赞》曰:有禹祠,植移于祺城。城本名杞城。"《太平寰宇记·河南道·雍丘县》:"祺城在县西北一十八里,陈思王袭封雍丘王,表云云。"《尔雅》:"祺者,吉祥名。"
② 按:"旧馆"指祺城也。
③ 夏禹祠中有井,能兴云雨,祈祷甚应。

郦食其赞 并序①

余道经郦生之墓，聊驻马书此文于碑侧②。

植猎于高阳之下，过食其坟③，以斗水束藻荐于座。赞曰：

野无厄酒，惟兹行潦。食无嘉肴，宴用蘋藻④。

①《书钞·艺文部·敏捷》："曹植《郦生颂序》云云。"《太平寰宇记·河南道·雍丘县》："郦食其墓在县西南二十八里。陈思王赞云云。"文止一首，颂、赞略异耳。今并录之。

②《书钞》。

③《寰宇记》："高阳城在县西南二十九里。"

④《太平寰宇记》。按：原本《书钞·礼仪部·祭祀》："曹植《鹿生公》云：野无旨酒，进兹行潦。""鹿生公"即"郦生颂"之讹。

铭

承露盘铭 并序①

夫形能见者莫如高，物不朽者莫如金，气之清者莫如露，盛之安者莫如盘。皇帝乃诏有司铸铜，建承露盘于芳林园②。

茎长十二丈③，大十围④。上盘径四尺九寸，下盘径五尺。铜龙绕其根⑤，龙身长一丈，背负两子。自立于芳林园，甘露仍降⑥。使臣为颂铭⑦。铭曰：

岩岩承露，峻极太清。神石礧硊⑧，洪基岳停。下潜醴泉，上受云英。和气四充，翔风所经。匪我明君⑨，孰能经营？近历躔度，三光朗明。殊俗归义，祥瑞混并。鸾皇晨栖，甘露宵零。神物攸协⑩，高而不倾，奉戴巍巍⑪。恭统神器，固若露盘，长存永贵。贤圣继迹，奕世明德。不忝先功，保兹皇极。垂祚亿兆⑫，永荷天秩。

① 按：序文见《初学记·天部·露》、《御览·露》、《类聚·祥瑞部·甘露》，铭文见《类聚·杂器物部·盘》，今据校。又《初学记·露》、《类聚·甘露》："魏明帝《与东阿王诏》曰：昔先帝时，甘露屡降于仁寿殿前，灵芝生芳林园中。自吾建承露盘已来，甘露复降芳林园、仁寿殿前。"

② 以上四十五字，各本俱无，据《初学记·露》、《御览·露》云"曹植《承露盘铭》"补。

③《类聚》"茎"上有"明帝铸承露盘"六字。案：子建序中不应称"明帝"，乃《类聚》所加也。

④ "大十"，郭误连作"本"字。

⑤ "绕"，郭误作"达"。

⑥ "仍"，郭作"乃"。

⑦ 此序据三书连续之，然犹未完。《类聚·祥瑞·甘露》"曹植《露盘铭》：明帝铸承露盘云"，末句作"使王为颂铭"，系述明帝诏中语；首句"明帝"二字，又欧阳率更所加也。郭作"使臣为颂铭"，从之。

⑧ "石"，郭作"君"。

⑨ "君",《类聚》作"后"。

⑩ "物",《类聚》作"明"。

⑪ 郭作"奉天戴巍"。

⑫ "祚",郭误"作"。

奚斯颂鲁①。

① 颜师古《匡谬正俗》云:"陈思王《承露盘颂序》。"按:《法言》:"正考甫常晞尹吉甫矣,公子奚斯常晞正考甫矣。"班固《两都赋序》:"奚斯颂鲁。"王文考《鲁灵光殿赋序》:"故奚斯颂僖,歌其路寝。"《后汉书·鲁褒传》:"奚斯颂鲁。"注:"《韩诗》:'新庙奕奕,奚斯所作。'薛君传云:是诗公子奚斯所作。"段若膺云:"此章自'徂来之松'至'新庙奕奕'七句,言鲁修造之事;下'奚斯所作'三句,自陈奚斯作此《閟宫》一篇。其辞甚长且甚大,万民皆谓之顺也。作诗自举其名者,《小雅·节南山》曰:'家父作诵,以究王讻。式讹尔心,以蓄万邦。'《巷伯》曰:'寺人孟子,作为此诗。凡百君子,敬而听之。'《大雅·崧高》曰:'吉甫作诵,其诗孔硕。其风肆好,以赠申伯。'《烝民》曰:'吉甫作诵,穆如清风。仲山甫永怀,以慰其心。'并此篇为五。云'奚斯所作',即吉甫、家父作颂之辞也;曰'孔曼且硕,万民是若',即'其诗孔硕','以畜万邦'之意也。'所'字不上属,'所作'犹'作颂'、'作诗'之云,以'作'为韵,故不曰'作诵'、'作诗'耳。汉人言诗,无不如是。偃师武虚谷援《度尚碑》、《太尉刘宽碑》、《绥民校尉熊君碑》、《费泛碑》、《杨震碑》、《沛相杨统碑》、《曹全碑》、《张迁表》,一一可证。《两都赋》薛君注:'奚斯,鲁公子也。言其新庙奕奕然盛,是诗公子奚斯所作也。'分释二句甚明。《诗正义·驷颂序》云:"'史克作是颂',作颂不指《驷》篇[1],则四篇皆史克所作。《閟宫》云:"新庙奕奕,奚斯所作。"自奚斯作新庙耳。而汉世文人班固、王

---

[1] "作颂"上,原衍"广言",据段玉裁《奚斯所作解下》删。

延寿之辈自谓《鲁颂》是奚斯作之[1]，谬矣。'汉人谓《閟宫》为奚斯作，不谓四篇皆奚斯作。此语滥觞于《颜氏家训》[2]，以附会康成，而非《诗序》及毛、韩古义。"绪曾按：段氏谓《毛传》作"庙"字必"诗"字之误，未敢遽定，然申韩说则详矣。

弊之天壤，以显元功①。

① 《文选》沈休文《齐安陆昭王碑文》注曹植《承露盘颂》。

宝刀铭①

造兹宝刀，既砻既砺。匪以尚武，予身是卫。麟角匪触②，鸾距匪蹴。

① 从《初学记·刀》、《类聚·军器·刀》、《御览·兵部》校。《玉海》引作《宝剑铭》，"剑"字误。

② "匪"，郭作"是"。

---

[1] "辈"，原误作"等"，据段玉裁《奚斯所作解下》改。
[2] "《颜氏家训》"，原误作"韩氏家训"，据段玉裁《奚斯所作解下》改。

镜　铭^①

① 严云："《类聚》嘉靖平阳张松刻、万历王士贞刻皆无《镜铭》。"吴志忠云："《类聚》无子建《镜铭》，宋本《回文类聚》有《盘鉴图铭》，王子安集亦附《鞶鉴图铭》。"吴本云："清光耀日，菱芳照室。清月晓河，澄雪皎波。"附以备考。

曹集考异卷八

章①

① 刘勰《章表》篇云："陈思之表,独冠群才。观其体赡而律调,辞清而志显。应物制巧,随变生趣。执辔有馀,故能缓急应节矣。"

庆文帝受禅章①

陛下以圣德龙飞,顺天革命,允答神符,诞作民主。乃祖先后②,积德累仁,世济其美,以暨于先王。勤恤民隐,劬劳戮力,以除其害,经营四方,不遑启处③。是用隆兹福庆,光启于魏。陛下承统④,缵戎前绪⑤,克广德音,绥静内外。绍先周之旧迹,袭文武之懿德。保大定功,海内为一,岂不休哉!

① 此首及下篇,徐、李、张炎、张溥各本俱作"表二首",郭作"章"。按:《类聚·帝王部》云"魏陈王曹植《庆文帝受禅章》",据入"章"类。
② "后",郭作"後"。
③ "启",郭作"起"。
④ "陛",郭本脱。
⑤ 郭上有"业"字,"缵"作"赞"。

庆文帝受禅上礼章^①

陛下以明圣之德，受天显命。良辰即祚，以临天下。洪化宣流，洋溢宇内。是以溥天率土^②，莫不承风欣庆，执贽奔走，奉贺阙下。况臣亲体至戚，怀欢踊跃。

① 各本合上篇，俱云《受禅表》；此首上加"又"字，无"上礼"二字。张溥作《上礼表》。按：《类聚》云"又《庆文帝受禅上礼章》"，今据入"章"内。

② "溥"，郭作"普"。

改封陈王谢恩章^①

臣既弊陋，守国无效，自分削黜^②，以彰众诫^③。不意天恩滂沛，润泽横流，猥蒙加封。茅土既优，爵赏必重。非臣虚浅，所宜奉受；非臣灰身，所能报答^④。

①《魏志》："太和六年二月，以陈四县封植为陈王，邑三千五百户。"从《类聚·封爵部·亲戚封》校。张溥无"恩"字。

② "削"，郭作"出"。

③ "诫"，郭误"诚"。

④ "答"，《类聚》作"塞"。

封二子为乡公谢恩章[1]

诏书封臣息男苗为高阳乡公[2]，志为穆乡公[3]。臣伏自惟，文无升堂庙胜之功，武无摧锋接刃之效。天时运幸，得生贵门。遇以亲戚[4]，少荷光宠。窃位列侯[5]，荣曜当世。顾影惭形，流汗反侧。洪恩罔极，云雨增加。既荣本干，枝叶并蒙。苗、志小竖，既顽且稚。猥荷列爵，并佩金紫。施崇一门[6]，惠及父子。

① 从《类聚·封爵部·亲戚封》校。

② "苗"，《魏志》未载。

③ "志"，本传："植薨，志嗣，徙封济北王。"注："《志别传》曰：志字允恭，好学，有才行。晋受禅，改封鄄城公。发诏以为乐平太守，历章武、赵郡，迁散骑常侍、国子博士，后转博士祭酒。齐王攸当之藩，志建议以谏，词旨甚切。帝大怒，免志官。后复为散骑常侍。志遭母忧，居丧尽哀，因得疾病，喜怒失常。太康九年卒，谥曰定公。"《晋书》有传。

④ "遇"，徐作"过"。

⑤ 《文帝纪》："黄初三年三月乙丑，立帝弟鄢陵公彰等十一人皆为王。初制封王之庶子为乡公。夏四月戊申，立鄄城侯植为鄄城王。"按：任城等皆由公进封，植以罪贬侯，故封王独后。此云"窃位列侯"者，苗、志虽与诸王子同封乡公，植尚为鄄城侯故也。盖封苗、志亦在黄初三年三月，迨四月则植为王矣。

⑥ "一门"，郭作"所加"。按：上文有"增加"，今从《类聚》。

表①

①《御览·文部·章表》:"李充《翰林论》:表宜以远大为本,不以华藻为先。若曹子建之表,可谓成文矣。"

初封安乡侯表①

臣抱罪即道,忧惶恐怖,不知刑罪当所限齐。陛下哀愍臣身,不听有司所执②,待之过厚,即日行至延津受安乡侯印绶③。奉诏之日,且惧且悲:惧于不修,始违宪法;悲于不慎,速此贬退④。上增陛下垂念,下遗太后见忧。臣自知罪深责重,受恩无量,精魄飞散⑤,忘躯殒命⑥。

①《汉书·地理志》:"钜鹿郡,安乡侯国。"从《类聚·封爵部·亲戚封》校。

②《魏志》:"黄初二年,监国谒者灌均希旨奏植醉酒悖慢,劫胁使者,有司请治罪。帝以太后故,贬爵安乡侯。"注:"《魏书》载诏曰:植,朕之同母弟。朕于天下无所不容,而况植乎?骨肉之亲,舍而不诛,其改封植。"

③"行至",各本脱。《文选·责躬》诗注引云:"行至延津受安乡侯印绶。"今各本作"于延津"。按:是时植盖居邺,延津乃由邺入洛之路。王粲诗所云"朝发邺下桥,暮至白马津"。若由临淄入洛,无因行至延津。然史志多略居邺之事,故无由悉考。《选注》又引诏云:"知到延津遂复来,仍令至洛。"是时文帝未幸邺也。

④《汉书》:"诸侯国大者食县,小者食乡、亭。"故云"贬退"也。

⑤"魄",《类聚》作"魂"。

⑥ 按：《类聚》"命"下有"云云"二字，文未完也。

【丁评】《魏志》本传："黄初二年，贬爵安乡侯。"注引《魏略》言："初，植到关，微行入见清河长公主。帝使人逆之，不得见。太后以为自杀，对帝泣。"表中道及太后，疾痛则呼父母，可哀也夫！

谢妻改封表①

玺书：今以东阿王妃为陈王妃，并下印绶，因故上前所假印，以其拜授。书以即日到。臣辄奉诏拜②。其才质底下③，谬同受私，遇宠素餐，臣为其首。陛下体乾坤育物之德，东海含容之大，乃复随例，显封大国。光扬章灼，非臣负薪之才所宜克当，非臣秽莽所宜蒙获④。夙夜忧叹，念报罔极。洪施遂隆，既荣枝干，猥复正臣妃为陈王妃⑤。熠燿宣朗⑥，非妾妇蠢愚所当蒙被。葵藿草物，犹感恩养。况臣含气，衔佩宏惠⑦，殁而后已，诚非翰墨屡辞所能报答⑧。

①《魏志·崔季珪传》："植，琰之兄女婿也。"崔君苗，曹志之女婿，陈王之孙女婿也。《志注》："《世语》：植妻衣绣，太祖登台见之，以违制命，还家赐死。"《南史·崔祖思传》："魏武遣女皂帐，婢十人；东阿妇以绣衣赐死。"按：《世语》赐死事不言妃何氏，《晋书·曹志传》："遭母忧，因毁瘠病卒，谥曰定。"未知即妃出否。然明帝封陈王妃，必非赐死于太祖时。今从《类聚·封爵部·妇人封》校。张溥作《谢妻改封陈妃表》。
②"拜"，郭无。
③"底"，郭作"低"。

④ 此句"非臣",郭脱。

⑤ "陈",各本误"臣"。

⑥ "燿",郭作"光"。

⑦ "佩",郭作"珮"。

⑧ 郭脱"报答"二字。

招降江东表①

臣闻士之羡永生者,非徒以甘食丽服,宰割万物而已,将有以补益群生,尊主惠民,使功存于竹帛,名光于后嗣。今臣文不昭于俎豆,武不习于干戈,而窃位藩王,尸禄东夏②。消损天日,无益圣朝。淮南尚有山窜之贼,吴会犹有潜江之虏,使战士未获归于农亩,五兵未得戢于武库③。盖善论者不耻谢,善战者不羞走④。夫陵云者,泥蟠者也;后申者,先屈者也。是以神龙以为德,尺蠖以昭义⑤。昔汤事葛,文王事犬夷,固仁者能以大事小。若陛下遣明哲之使⑥,继能陆贾之踪者,使之江南,发恺恻之诏,张日月之信⑦,开以降路,权必奉承圣化,斯不疑也。

① 李、郭、汪、张炎俱作《自试表》。今从《类聚·封爵部·亲戚封》校改。张溥作《请招降江东表》。

② "尸",郭误"施"。

③ "戢",郭作"收"。

④ "善",郭无。

⑤ "昭义",郭作"求伸"。

⑥ "遣",郭脱。

⑦ 《书钞·帝王部·信》引此句。

求自试表①

臣植言②:臣闻士之生世,入则事父,出则事君;事父尚于荣亲,事君贵于兴国。故慈父不能爱无益之子,仁君不能畜无用之臣。夫论德而授官者,成功之君也;量能而受爵者③,毕命之臣也。故君无虚授,臣无虚受;虚授谓之谬举,虚受谓之尸禄,《诗》之"素餐"所由作也。昔二虢不辞两国之任,其德厚也;旦、奭不让燕、鲁之封,其功大也。今臣蒙国重恩,三世于今矣④。正值陛下升平之际,沐浴圣泽,潜润德教,可谓厚幸矣。而窃位东藩⑤,爵在上列,身被轻煖⑥,口厌百味,目极华靡,耳倦丝竹者,爵重禄厚之所致也[1]。退念古之受爵禄者⑦,有异于此,皆以功勤济国,辅主惠民。今臣无德可述,无功可纪,若此终年,无益国朝,将挂风人"彼己"之讥。是以上惭玄冕,仰愧朱绂。

方今天下一统,九州晏如,顾西尚有违命之蜀⑧,东有不臣之吴,使边境未得税甲,谋士未得高枕者,诚欲混同宇内,以致太和也。故启灭有扈而夏功昭,成克商、奄而周德著。今陛下以圣明统世,将欲卒文、武之功,继成、康之隆,简良

[1] "重",原脱,据《三国志》、《文选》及各本曹集补。

授能，以方叔、召虎之臣镇卫四境⑨，为国爪牙者，可谓当矣。然而高鸟未缢于轻缴⑩，渊鱼未悬于钩饵者，恐钓射之术或未尽也。昔耿弇不俟光武，遽击张步，言不以贼遗于君父也⑪。故车右伏剑于鸣毂⑫，雍门刎首于齐境⑬。若此二子，岂恶生而尚死哉？诚忿其慢主而陵君也。夫君之宠臣，欲以除患兴利；臣之事君，必以杀身靖乱，以功报主也。昔贾谊弱冠，求试属国，请系单于之颈而制其命；终军以妙年使越，欲得长缨占其王⑭，羁致北阙。此二臣⑮，岂好为夸主而耀世俗哉⑯？志或郁结，欲逞其才力⑰，输能于明君也。昔汉武为霍去病治第，辞曰："匈奴未灭，臣无以家为！"故夫忧国忘家⑱，捐躯济难，忠臣之志也。今臣居外，非不厚也，而寝不安席，食不遑味者，伏以二方未克为念⑲。

伏见先帝武臣宿兵⑳，年耆即世者有闻矣。虽贤不乏世，宿将旧卒，犹习战也㉑。窃不自量，志在效命㉒，庶立毛发之功，以报所受之恩。若使陛下出不世之诏，效臣锥刀之用，使得西属大将军，当一校之队㉓，若东属大司马，统偏帅之任㉔，必乘危蹈险㉕，骋舟奋骊，突刃触锋，为士卒先。虽未能擒权馘亮㉖，庶将虏其雄率，歼其丑类。必效须臾之捷，以灭终身之愧。使名挂史笔，事列朝策㉗。虽身分蜀境，首悬吴阙，犹生之年也。如微才弗试，没世无闻，徒荣其躯而丰其体，生无益于事，死无损于数，虚荷上位而忝重禄㉘，禽息鸟视，终于白首，此徒圈牢之养物，非臣之所志也。流闻东军失备，师徒小衄㉙，辍食弃餐，奋袂攘衽，抚剑东顾，而心已驰于吴会矣㉚。

臣昔从先武皇帝,南极赤岸,东临沧海,西望玉门,北出玄塞[31],伏见所以行师用兵之势,可谓神妙矣[32]。故兵者不可豫言,临难而制变者也[33]。志欲自效于明时,立功于圣世。每览史籍,观古忠臣义士,出一朝之命,以徇国家之难[34]。身[35]虽屠裂,而功铭著于鼎钟[36],名称垂于竹帛[37],未尝不拊心而叹息也[38]。臣闻明主使臣,不废有罪。故奔北败兵之将用,秦、鲁以成其功;绝缨盗马之臣赦,楚、赵以济其难[39]。臣窃感先帝早崩,威王弃世[40][1]。臣独何人,以堪长久!常恐先朝露,填沟壑,坟土未干,而身名并灭。臣闻骐骥长鸣则伯乐昭其能,卢狗悲号则韩国知其才[41]。是以效之齐、楚之路,以逞千里之任[42];试之狡兔之捷,以验搏噬之用。今臣志狗马之微功,窃自惟度,终无伯乐、韩国之举,是以於邑而窃自痛者也。

夫临博而企竦,闻乐而窃忭者[43],或有赏音而识道也。昔毛遂,赵之陪隶,犹假锥囊之喻,以寤主立功[44],何况巍巍大魏多士之朝,而无慷慨死难之臣乎!夫自衒自媒者,士女之丑行也;干时求进者,道家之明忌也。而臣敢陈闻于陛下者,诚与国分形同气,忧患共之者也。冀以尘露之微,补益山海;萤烛末光[45],增辉日月。是以敢冒其丑而献其忠[46],必知为朝士所笑。圣主不以人废言,伏惟陛下少垂神听,臣则幸矣[47]。

---

①《魏志》:"太和元年,徙封浚仪。二年,复还雍丘。植常自愤怨,抱利

器而无所施,上疏求自试。"今从《魏志》、《文选》校。《类聚·治政·荐举》多删截。

②《魏志》无,《文选》有。

③"受",郭误"授"。

④ 李云:"三世,武、文、明也。"

⑤ 郭作"位窃",郝经作"窃位"。

⑥"煖",《选》作"燠"。

⑦"受",《志》作"授"。

⑧"尚"字,《志》无,《选》有。

⑨"卫",《志》作"御"。今从《文选》。

⑩"絓",郭作"挂"。

⑪"也",《志》无。

⑫"鸣",郭误"明"。

⑬ 刘向《说苑》云:"越甲至齐,雍门狄请死之。齐王曰:'鼓铎之声未闻,矢石未交,长兵未接,子何务死?知为人臣之礼邪?'雍门狄对曰:'臣闻之,昔日王田于圃,左毂鸣,车右请死之。王曰:"子何为死?"车右曰:"为其鸣吾君也。"王曰:"左毂鸣者,此工师之罪也,子何死之有焉?"车右对曰:"吾不见工师之乘,而见其鸣吾君也。"遂刎颈而死。有之乎?'齐王曰:'有之。'雍门狄曰:'今越甲至,其鸣吾君,岂左毂之下哉!车右可以死左毂,而臣独不可以死越甲邪?'遂刎颈而死。是日,越人引军而退七十里[1],曰:'齐王有臣,钧如雍门狄,疑使越社稷不血食。'遂归。齐王葬雍门狄以上卿之礼也。"

⑭"占",各本、《志》作"缨"。赵一清曰:"'占'字,从《文选》,隐度也。"潘眉云:"'占'字是。"

⑮ 五臣"臣"下有"者"字。《志》无"此"字。

⑯"燿",郭作"曜"。《志》无"俗"字。

---

[1]"军",原误作"甲",据《三国志》裴松之注改。

⑰《志》无"志"字。《文选》无"其"字。

⑱ "故",《志》作"固"。

⑲ "伏",胡克家《考异》曰:"何校云:《魏志》'伏'作'但'。"案:今本《魏志》亦作"伏",何所据者未见,存之以俟再详。

⑳《志》作"先武皇帝武臣宿将"。

㉑ "也",《志》作"阵",《选》作"也"。

㉒ "效",汪本作"授"。

㉓ 李注:"《魏志》:太和二年,遣大将军曹真击诸葛亮于街亭。"

㉔ "帅",《志》作"舟",李作"师"。

㉕ "蹑",《志》作"蹈",《选》作"蹑"。

㉖ 汪师韩《缀学》云:"陈思王闻魏代汉,发服悲哀。今观其诗文,于吴、蜀两国有微旨焉。《杂诗》五章:'远行欲何之?吴国为我仇。'六章:'国仇亮不塞,甘心思丧元。拊剑西南望,思欲赴太山。'吴、蜀皆在魏西南,而太山则接吴之境也。《责躬》诗:'愿蒙矢石,建旗东岳。'又曰:'甘赴湘江,奋戈吴越',凡以吴为仇,不及蜀也。惟《求自试表》中有'擒权馘亮'之语,'亮'指武侯,亦不斥言蜀主之名。且吴曰'不臣',蜀曰'违命',语意自别。"张云璈云:"不雠蜀,不欲遽忘汉也。王仲宣诗云:'一由我圣君。'刘公幹诗云:'昔我从元后。'是时汉尚帝,其尊崇曹公,至于如此。独子建诗下云:'皇佐扬天惠。'立言自有体。"

㉗ "策",《选》作"荣"。

㉘ "禄",《类聚》作"恩"。

㉙《魏志》:"太和二年秋九月,曹休率诸军至皖,与吴将陆议战于石亭,败绩。"

㉚《日知录》:"施宿《会稽志》云:'《三国志》:吴郡、会稽为吴、会二郡。'张绂谓:'收兵吴、会。'《孙贲传》:'策已平吴、会二郡。'《朱桓传》:'使部伍吴、会二郡。'读为'都会'之'会',殆未是。钱康功云:'《汉书·吴王濞传》:上患吴、会轻悍。'今《史》、《汉书》并作'患吴、会稽',不知顺帝时始分二郡,汉初安得言'吴、会稽'?钱所见本未误,后人妄增之。魏文帝诗:'行

行至吴会。'陈思王表:'抚剑东顾,而心已驰于吴、会矣。'晋文帝《与孙皓书》:'惠矜吴、会。'魏《晋文王九锡文》:'信威吴、会。'此不得以为'会稽'之'会'也。盖汉初元有此名,如曰吴都云尔。"张云璈谓:"西汉会稽郡治吴,故云吴会。"绪曾按:陈寿《上诸葛亮集》云:"身使孙权,求援吴会。"亮至丹杨,未尝至会稽。则陈寿亦以"吴会"为吴都也。

㉛"极",《文选·七发》注作"至"。"望",《书钞·帝王部·武功》作"至"。赵一清曰:"'赤岸',赤壁,谓征刘表,遂与先主、孙权争衡也。赤壁一作'赤圻',则'岸'或是'圻'之讹。'沧',东海也,谓平青、兖、冀三州。'玉门',城在今肃州卫西三百里,汉县属酒泉郡。阚骃曰:汉罢玉关屯,徙其人于此。宋白曰县,石门周匝,山间径二十里,众流共入延兴海。高居晦《使于阗记》:自肃州西渡金河百里,出天门关。又西百里,出玉门关。'西望玉门',谓削除韩遂、马超、宋建之属。'玄塞',卢龙之塞也,谓柳城之役。皆魏武亲历之事。"

㉜"矣",郭作"也"。

㉝《书钞·武功部·论兵》引"兵者不可预图,临敌制变"。

㉞"徇",《选》作"殉",《志》作"徇"。

㉟"难身",郭倒置。

㊱"铭",郭作"勋"。"鼎",《选》作"景",《志》作"鼎"。

㊲郝经:"功铭于景钟,名称于竹帛。"

㊳"拊",郝作"抚"。

㊴荀宗道云:"'赵'当为'秦'。或谓赵氏之先与秦同祖,故'秦'亦谓之'赵',曲说也。"裴松之注:"秦亦赵姓,故互文以避'秦'字。"荀驳其说。按:《史记·秦始皇本纪》:"秦始皇帝者,庄襄王子也,名为政,姓赵氏。"《索隐》曰:"秦与赵同祖,以赵城为荣,故姓赵氏。"《史记·楚世家》:"秦庄襄王卒,秦王赵政立。"《史记·西南夷尉佗传》:"及苍梧秦王有连。"《索隐》云:"即下赵光也。秦与赵同姓,故称秦王。"何焯曰:"《秦本纪》:蜚廉子季胜之后造父幸于周穆王,以赵城封造父,造父族由此为赵氏。蜚廉子恶来之后非子以造父之宠,皆蒙赵城姓赵氏。周孝王以其伯翳后,邑之秦为附庸,使续

嬴氏祀,号曰秦嬴。然则秦尝为赵矣,不特为其同祖也。""绝缨",见《说苑》。"盗马",见《吕氏春秋》。

㊵ 李注:"先帝,谓文帝也。《魏志》曰:任城王彰薨,谥曰威。"

㊶ "则",《志》有,《选》无。"昭",《志》作"照"。"才",《金楼子》作"壮"。

㊷ "逞",《金楼子》引作"逆"。

㊸ "窃",郝经无。

㊹ "功",一作"名"。

㊺ "萤",《志》作"荧",《选》、《类聚》作"萤",通。

㊻《国志》止此。

㊼ 杭世骏曰:"于时人民稀少,东西并惊,馈输是忧。若复丧败,魏将不能支。且植自料材武犹不后于真、休,故恳恳求试,诚不能为秦、越视也。"

【丁评】何等抱负!河间、东平而后,仅见斯人。○志气非小。○以王位而愿属于人,恐兄之猜疑,亟于求试,其心苦矣。○危言激烈,如见忠臣之心。○与刘子政上疏同一心事。有此肺腑之臣,摈而不用,祚安得长?

　　夫人贵生者,非贵其养体好服,终竟年寿也,贵在代天而理物也。夫爵禄者,非虚张者也,有功德然后应之,当矣。无功而爵厚,无德而禄重,或人以为荣,而壮夫以为耻。故太上立德,其次立功。盖功德者,所以垂名也。名者不灭,士之所利。故孔子有"夕死"之论,孟子有"弃生"之义。彼一圣一贤,岂不愿久生哉?志或有不展也。是用喟然求试,必立功也。呜呼!言之未用,欲使后之君子知吾意也①。

　　①《魏志》裴注曰:"《魏略》:植虽上此表,犹疑不用,故曰云云。"郝经《续后汉书》:"植既上此表,自知终不见用,复自讼云云。"严云:"《魏略》,魏

郎中鱼豢《典略》也。成书时距子建甚近，此一段在《求自试疏》末，鱼豢所见如此，而本传、本集皆删。"绪曾按：此段鱼豢所见本集必附于表末，今十卷本乃宋人所辑，失采裴注耳。若不推原三十卷本集，无由知其删也。郝伯常与王伯厚同时，伯厚所见曹诗有出十卷本之外者，郝或见古本，未可知也。

陈审举表①

臣闻天地协气而万物生，君臣合德而庶政成。五帝之世非皆智，三季之末非皆愚②，用与不用，知与不知也。既时有举贤之名，而无得贤之实，必各援其类而进矣。谚曰："相门有相，将门有将③。"夫相者，文德昭者也；将者，武功烈者也。文德昭，则可以匡国朝，致雍熙，稷、契、夔、龙是也；武功烈，则可以征不庭，威四夷，南仲、方叔是也④。昔伊尹之为媵臣，至贱也；吕尚之处屠钓，至陋也⑤。及其见举于汤武、周文，诚道合志同，玄谟神通，岂复假近习之荐，因左右之介哉！《书》曰："有不世之君，必能用不世之臣；用不世之臣，必能立不世之功。"殷、周二王是矣。若夫龌龊近步，遵常守故，安足为陛下言哉？故阴阳不和，三光不畅，官旷无人，庶政不整者，三司之责也；疆场骚动，方隅内侵，没军丧众，干戈不息者，边将之忧也。岂可虚荷国宠，而不称其任哉？故任益隆者负益重，位益高者责益深。《书》称"无旷庶官"，《诗》有"职思其忧"，此其义也。

陛下体天真之淑圣，登神机以继统，冀闻"康哉"之歌，偃武行文之美⑥。而数年以来，水旱不时⑦，民困衣食，师徒之发，岁岁增调。加东有覆败之军⑧，西有殪没之将⑨，至使蚌蛤浮翔于淮、泗，麏鼬欢哗于林木。臣每念之，未尝不辍食而挥餐，临觞而搤腕矣。昔汉文发代，疑朝有变，宋昌曰[1]："内有朱虚、东牟之亲，外有齐、楚、淮南、琅玡，此则磐石之宗[2]，愿王勿疑。"臣伏惟陛下远览姬文二虢之援，中虑周成召、毕之辅，下存宋昌磐石之固[3]。昔骐骥之于吴阪⑩，可谓困矣，及其伯乐相之，孙邮御之，形体不劳而坐取千里。盖伯乐善御马，明君善御臣；伯乐驰千里，明君致太平，诚任贤使能之明效也。昔段干木修德于间阎，秦军为之辍攻⑪，而文侯以安；穰苴授节于邦境，燕、晋为之退师，而景公无患，皆简德尊贤之所致也。愿陛下垂高宗傅岩之明，以显中兴之功⑫。若朝司惟良，万机内理，武将行师，方难克弭。陛下可得雍容都城，何事劳动銮驾，暴露于边境哉⑬？

臣闻羊质虎皮，见草则悦，见豺则战，忘其皮之虎也。今置将不良，有似于此。故语曰："患为之者不知，知之者不得为也。"昔乐毅奔赵，心不忘燕；廉颇在楚，思为赵将。臣生乎乱，长乎军，又数承教于武皇帝，伏见行师用兵之要，不必取孙、吴而暗与之合。窃揆之于心，常愿得一奉朝觐，排金门，蹈玉陛[4]，列有职之臣，赐须臾之间⑭，使臣得一散所怀，摅舒蕴积，死不恨矣。

---

[1] "宋"，原误作"宗"，据《三国志》及各本曹集改。
[2] "磐"，原误作"盘"，据《三国志》及各本曹集改。
[3] "磐"，原误作"盘"，据《三国志》及各本曹集改。
[4] "玉"，原误作"王"，据《三国志》及各本曹集改。

被鸿胪所下发士息书，期会甚急。又闻豹尾已建，戎轩骛驾，陛下将复劳玉躬，扰挂神思。臣诚悚息，不遑宁处。愿得策马执鞭，首当尘露，撮风后之奇⑮，接孙、吴之要，追慕卜商，起予左右，效命先驱，毕命轮毂。虽无大益，冀有小补。然天高听远，情不上通，徒独望青云而拊心，仰高天而叹息尔。屈平曰："国有骥而不知乘，焉皇皇而更索。"昔管、蔡放诛，周、召作弼；叔鱼陷刑，叔向匡国⑯。三监之衅，臣自当之；二南之辅，求必不远。华宗贵族藩王之中，必有应斯举者。故《传》曰："无周公之亲，不得行周公之事。"唯陛下少留意焉。

近者汉氏广建藩王，丰则连城数十，约则飨食祖祭而已[1]。未若姬周之树国，五等之品制也。若扶苏之谏始皇，淳于越之难周青臣⑰，可谓知时变矣⑱。夫能使天下倾耳注目者，当权者是矣。故谋能移主，威能慑下。豪右执政，不在亲戚；权之所在，虽疏必重；势之所去，虽亲必轻⑲。盖取齐者田族，非吕宗也；分晋者赵、魏，非姬姓也。惟陛下察之。苟吉专其位，凶离其患者，异姓之臣也。欲国之安⑳，祈家之贵，存共其荣，没同其祸者，公族之臣也。今反公族疏而异姓亲，臣窃惑焉㉑。

臣闻孟子曰㉒："君子穷则独善其身，达则兼善天下。"今臣与陛下践冰履炭，登山浮涧，寒温燥湿，高下共之，岂得离陛下哉？不胜愤懑，拜表陈情。若有不合，乞且藏之书府，

---

[1] "飨"，原误作"享"，据《三国志》及各本曹集改。

不便灭弃[1]。臣死之后，事或可思。若有豪厘少挂圣意，乞出之朝堂，使夫博古之士纠臣表之不合义者。如是则臣愿足矣㉓。

①《魏志》："太和三年，徙封东阿王，复上疏陈审举之义云云。帝辄优文答报。"李光地云："人皆谓陈思此时尚欲见才立功，不能自晦耳。岂知丕、叡猜忌之际，虽安坐缄默，犹惧以怨望构衅。彼之汲汲欲立功报效，殆以自明而免后患耳。不然，才藻足以自通后叶，植固自知之也。"郭本从《类聚·治政部·荐举》录出，合上篇云"《求自试表》二首"，文不全。从《国志·陈审举表》校。

②"非皆"，毛刻《国志》作"皆非"。

③ 王楙《野客丛书》："田文曰：'将门必有将，相门必有相。'其言起此。后曹植疏亦曰：'相门有相，将门有将。'南、北史引处甚多[2]，李彪曰：'谚曰：相门有相，将门有将。'此皆兼二者言也。独引一句者，如梁武帝曰：'暕可谓相门有相矣。'宋武帝谓王镇恶曰：'可谓将门有将。'是皆祖田文之语尔。而《续常谈》独推王暕、王镇恶二事，以证'将门有将，相门有相'之所自，是又未知田文、曹植之所说也。晋王沈又有'公门有公，卿门有卿'之语。"

④"也"，《国志》作"矣"，《类聚》作"也"。

⑤"屠"，《类聚》作"渔"。

⑥"行"，《册府元龟》作"修"。

⑦《魏志》："太和二年五月，大旱。四年九月，大雨，伊洛河、汉水溢。五年，自去冬十月至此月，不雨。"按：此表在徙封东阿王后，不定在三年。

⑧《吴志》："黄武七年夏五月，鄱阳太守周鲂伪叛，诱魏将曹休。秋八月，权至皖口，使将军陆逊督诸将，大破休于石亭。"

⑨《蜀志·诸葛亮传》："建兴六年冬，亮复出散关，围陈仓。曹真拒之，

[1]　"便"，原误作"使"，据《三国志》及各本曹集改。
[2]　"处"，原误作"家"，据王楙《野客丛书》改。

亮粮尽而还。魏将王双率骑追亮,亮与战,破之,斩双。七年,亮遣陈式攻武都、阴平,魏雍州刺史郭淮率众欲攻式。亮自出至建威,淮退还,遂平二郡。九年,亮复出祁山,以木牛运,粮尽退军。与魏将张郃交战,射杀郃。"汉建兴九年,魏太和五年也。

⑩《类聚》作"发骐骥于吴越"。

⑪"军",郭作"师"。

⑫"昔"至"功"六十三字,各本无。张溥析出,名《请用贤表》。按:《类聚》在"明效也"下,今据补。

⑬《魏志》:"太和二年春正月丁未,行幸长安。"

⑭"间",《册府》作"间",各本作"问"。

⑮潘眉云:"'撮'当为'握'。"《国志》、郝经俱作"撮"。

⑯"匡",郝作"在"。

⑰"青",郭无,《三国文类》有。

⑱《秦始皇本纪》:"长子扶苏谏曰:'天下初定,远方黔首未集,诸生皆诵法孔子,今上皆重法绳之。臣恐天下不安。'"又:"博士齐人淳于越进曰:'臣闻殷、周之王千馀岁,封子弟、功臣,自为枝辅。今陛下有海内,而子弟为匹夫,卒有田常、六卿之臣,无辅拂,何以相救哉?事不师古而能长久者,非所闻也。今青臣又面谀以重陛下之过,非忠臣。'"按:陈寿曰:"魏氏王公,既徒有国土之名,而无社稷之实;又禁防壅隔,同于囹圄。位号靡定,大小岁易。骨肉之恩乖,棠棣之义废。为法之弊,一至于此乎!"子建兼引扶苏之语,为重法而言也。

⑲《南史·齐高祖诸子传论》:"昔陈思表云:'权之所在,虽疏必重;势之所去,虽亲必轻。'原夫此言,实存固本。然就国之典,既随代革,卿士入朝,作贵藩辅,皇王托体,同禀尊极,仕无常资,秩有恒数,礼地兼隆,易生推拟。武帝顾命,情深尊嫡,密图远算,意在求安。以明帝同起布衣,用存顾托,遂韬末命于近戚,寄重任于疏亲。以为子弟布列,外有强大之固,支庶中立,可息觊觎之谋,表里相维,渐隆家国。曾不虑机能还衡,权可制众,宗族歼灭,一至于斯。曹植之言,远有致矣。"

⑳ "安"，一作"富"。

㉑ 绪曾按：魏文帝时虽不任诸王，然曹仁、曹休、曹真并为将帅。黄初四年，曹仁卒。明帝太和二年，曹休卒。五年，曹真卒。时司马懿为大将军，同姓之臣无执兵柄者，盖权已移于司马氏矣。子建"田族"、"赵魏"之喻，早知异姓之祸。其后师废芳，昭弑髦，炎篡奂，即夏侯氏亦不免族灭，皆猜忌同姓孤立无助之故。枝叶自残，本实亦拨。读史者未尝不惜明帝不师周室洪图，而蹈秦皇覆辙也。迨闻刘放、孙资"藩王不得辅政"之说，罢燕王宇、曹肇、夏侯献等官，卒使爽、羲、训、彦骈死于司马之手，非不用子建之言所致乎？魏之将亡，子建不啻痛哭陈之，而其如不悟，何哉！

㉒ "臣"字，徐本脱。

㉓《文馆词林》卷六百六十四魏明帝《答东阿王论边事诏》曰："制诏：览省来书，至于再三。朕以不德，凤遭闵凶。圣祖皇考，复见孤弃。武宣皇后，复即玄宫。重此哀茕，五内伤剥。又以渺身，阍于从政。是故二寇未除，黔首元元各不得所。虽复兢兢坐而待旦，惧无云益。王夹辅王室，朕深赖焉。何乃谦卑，自同三监？知吴、蜀未枭而海内虚耗为忧，又虑边将或非其人。诸所开喻，朕敬听之。高谋良策，思闻其次。"案：诏中云"自同三监"，乃答此表"三监之衅，臣自当之"之语也。

谢赐柰表①

即夕殿中虎贲宣诏，赐臣等冬柰一奁②，诏使温啖。夜非食时，而赐见及③。柰以夏熟，今则冬至④。物以非时为珍，恩以绝口为厚⑤，实非臣等所宜蒙荷⑥。蒙报植等诏曰："山柰本从凉州来，道里既远，又东来转暖，故柰中变色，不佳耳⑦。"

① 从《初学记·果部》、《类聚·果部》、《御览·果部·柰》校。又"蒙诏"云云亦表中文，据《初学记》、《御览》补。明帝太和五年冬，诏诸王朝。盖作于是时。

② "虎贲"二字，《类聚》无。《齐民要术》四："魏明帝时，诸王朝，夜赐东城柰一奁。陈思王谢曰：'柰以夏熟，今则冬生。物以非时为珍，恩以绝口为厚。'诏曰：'此柰从凉州来。'"据此，"冬柰"一作"东城柰"。

③《初学记》、郭无"夜非食时，而赐见及"八字。

④ "至"，郭作"生"。

⑤《事类赋》引"即夕"至"厚"字，"及"作"乃"。郭"恩"下衍"施"。

⑥ "蒙荷"，《初学记》、《类聚》作"荷之"。今从《御览》。

⑦《御览》无"蒙报植等"四字，"凉"作"梁"，无"又东"二字，无"不佳耳"三字。今俱从《初学记》补。按：文不相续，上下有删截语。《御览》作"诏曰"，则非表中文。《初学记》作"蒙报植等诏"，则表中述诏语也。

谏伐辽东表①

臣伏以辽东负岨之国②，势便形固，带以辽海。今轻车远攻，师疲力屈。彼有其备，所谓"以逸待劳，以饱制饥"者也③。以臣观之，诚未易攻也。若国家攻之而必克，屠襄平之城，悬公孙之首，得其地不足以偿中国之费，虏其民不足以补三军之失，是我所获也④，不如所丧也。若其不拔，旷日持久，暴师于野。然天时难测⑤，水湿无常。彼我之兵，连于城下，进则有高城深池，无所施其功；退则有归途不通，道路灚洳⑥。东有待衅之吴，西有伺隙之蜀。吴起东南⑦，则荆、扬骚动；蜀应西境，则雍、凉参分⑧。兵不解于外，民罢困于内。促耕不解其饥,疾蚕不救其寒。夫渴而后穿井,饥而后种植⑨,可以图远,难以应卒也⑩。臣以为当今之务,在于省徭役,薄赋敛,劝农桑⑪。三者既备,然后令伊、管之臣得施其术,孙、吴之将得奋其力。若此则太平之基可立而待,"康哉"之歌可坐而闻,曾何忧于二敌,何惧于公孙乎!今不恤邦畿之内⑫,而劳神于蛮貊之域,窃为陛下不取也⑬。

①《魏志》:"明帝景初二年春,遣太尉司马宣王征公孙渊。"是时子建已先六年卒。又《刘劭传》云:"公孙渊受孙权燕王之号,议者欲留渊计吏,遣兵讨之。劭以为:'昔袁尚兄弟归渊父康,康斩送其首,是渊先世之效忠也。又所闻虚实,未可审知。古者要荒未服,修德而不征,重劳民也。宜加宽贷,使有以自新。'后渊果斩送权使张弥等首。"然《明帝纪》云:"青龙元年,渊斩送孙权所遣使张弥、许晏首,以渊为大司马乐浪公。"是时子建已卒,不及见。按:《蒋济传》裴注:"司马彪《战略》曰:太和六年,明帝遣平州刺史田豫乘海渡,幽州刺史王雄陆道,并攻辽东。蒋济谏曰:'凡非相吞之国,不侵叛之臣,不宜轻伐。伐之而不制,是驱使为贼。故曰:"虎狼当路,不治狐狸。先除大害,小害自已。"今海表之地,累世委质,岁选计考,不乏职贡。议者先之,正使一举便克,得其民不足益国,得其财不足为富。傥不如意[1],是为结怨失信也。'帝不听,豫行竟无成而还。"子建以太和六年十一月卒,其上谏表当在是年十一月以前。从《类聚·人部·谏》校。

②"岨",郭作"阻"。

③"制",郭作"待"。

④"也"字,《文选补遗》无。

⑤"难",郭作"不"。

⑥"洳",《文选补遗》、郭误"好"。从《类聚》改。

[1] "意",原脱,据《三国志》补。

⑦ "起",《文选补遗》误作"越"。

⑧ "参",郭作"三"。

⑨ "种植",《文选补遗》作"殖种"。

⑩ "卒"下,《文选补遗》有"也"字。

⑪ "劝",《文选补遗》、各本皆作"勤",《类聚》作"劝"。

⑫ "恤",汪作"息"。

⑬ 按:伐辽东于魏室无补,后虽灭之,徒益司马氏之权耳。

【丁评】老谋深算,当时知此者罕矣。

献璧表①

臣闻玉不隐瑕,臣不隐情。伏知所进非和氏之璞,万国之币②,璧为元贡③。

① 从《类聚·宝部·璧》校。

② "币",徐误"弊"。

③ "元",郭作"充"。

伏知车驾或出[1],臣每驰心豹尾①。

①《书钞·仪饰部·豹尾》曹植《献璧表》。

---

[1] "或",原误作"所",据《北堂书钞》改。

伏知车驾或出，可祈以建荣，曰主路，臣每驰心豹尾^①。

①《书钞》原本《仪饰部·豹尾》曹植《献璧表》。桂模谨案：此从山阳丁晏本补，文有羡脱，附以备考。

献文帝马表^①

臣于先武皇帝世^②，得大宛紫骍马一匹^③。形法应图，善持头尾。教令习拜，今辄已能^④。又能行与鼓节相应。谨以表奉献^⑤。

① 从《类聚·兽部·马》、《御览·兽部·马》校。

② "先"，《御览》无。

③ "马"，郭无。

④《御览》作"今已能拜"。从《类聚》。

⑤《御览》、《类聚》无"表"字。今据汪本补。

上牛表^①

臣闻物以洪珍，细亦或贵。故不见僬侥之微^[1]，不知泱漭之泰，不见果下之乘，不别龙马之大，高下相悬，所以致

[1] "僬"，原误作"焦"，据《艺文类聚》改。

观也。谨奉牛一头，不足追遵大小之制，形少有殊，敢不献上。

① 从《类聚·兽部·牛》校。

谢鼓吹表①

许以箫管之乐，荣以田游之嬉。陛下仁重有虞，恩过周旦，济世安宗，实在圣德。

① 从《类聚·仪部·鼓吹》校。

求通亲亲表①

臣植言：臣闻天称其高者，以无不覆；地称其广者，以无不载；日月称其明者，以无不照；江海称其大者，以无不容。故孔子曰："大哉，尧之为君！惟天为大，惟[1]尧则之。"夫天德之于万物②，可谓弘广矣。盖尧之为教，先亲后疏，自近及远，其《传》曰："克明峻德，以亲九族；九族既睦，平章百姓。"及周之文王③，亦崇厥化，其《诗》曰："刑于寡妻，至于兄弟，以御于家邦。"是以雍雍穆穆，风人咏之。昔周公

[1] "惟"，原脱，据《三国志》、《文选》及各本曹集补。

吊管、蔡之不咸，广封懿亲，以蕃屏王室④。《传》曰："周之宗盟，异姓为后。"诚骨肉之恩，爽而不离；亲亲之义，实在敦固⑤。未有义而后其君，仁而遗其亲者也。

伏惟陛下资帝唐钦明之德，体文王翼翼之仁。惠洽椒房，恩昭九亲⑥。群后百僚，番休递上⑦。执政不废于公朝，下情得展于私室。亲理之路通，庆吊之情展。诚可谓恕己治人，推惠施恩者矣。至于臣者，人道绝绪，禁固明时⑧，臣窃自伤也。不敢过望交气类⑨，修人事，叙人伦。近且婚媾不通，兄弟永绝⑩，吉凶之问塞，庆吊之礼废。恩纪之违，甚于路人；隔阂之异，殊于胡越⑪。今臣以一切之制，永无朝觐之望，至于注心皇极，结情紫闼⑫，神明知之矣。然天实为之，谓之何哉！退惟诸王常有戚戚具尔之心，愿陛下沛然垂诏，使诸国庆问，四节得展，以叙骨肉之欢恩，全怡怡之笃义。妃妾之家，膏沐之遗，岁得再通。齐义于贵宗，等惠于百司。如此则古人之所叹，《风》、《雅》之所咏，复存于圣世矣。

臣伏自惟省⑬，无锥刀之用⑭。及观陛下之所拔授，若以臣为异姓⑮，窃自料度，不后于朝士矣。若得辞远游，戴武弁，解朱组，佩青绂，驸马、奉车，趣得一号⑯。安宅京室，执鞭珥笔，出从华盖，入侍辇毂，承答圣问，拾遗左右，乃臣丹诚之至愿⑰，不离于梦想者也。远慕《鹿鸣》君臣之宴，中咏《棠棣》"匪他"之诚，下思《伐木》"友生"之义，终怀《蓼莪》"罔极"之哀⑱。每四节之会，块然独处，左右惟仆隶，所对惟妻子，高谈无所与陈，发义无所与展，未尝不闻乐而拊心，临觞而叹息也。臣伏以为犬马之诚不能动人,譬人之诚不能动天。崩城陨霜,臣初信之,以臣心况,徒虚语耳。若葵藿之倾叶,太阳虽不为之回光[19],然终向之者,诚也[20]。臣窃自比于葵藿[21],若降天地之施,垂三光之明[22],实在陛下。

臣闻《文子》曰:"不为福始,不为祸先。"今之否隔,友于同忧[23],而臣独倡言者,何也[24]?窃不愿于圣世[25],使有不蒙施之物[26]。有不蒙施之物[27],必有惨毒之怀,故《柏舟》有"天只"之怨,《谷风》有"弃予"之叹。故伊尹耻其君不为尧、舜,孟子曰:"不以舜之所以事尧事其君者,不敬其君者也。"臣之愚蔽,固非虞、伊,至于欲使陛下崇光被时雍之美,宣缉熙章明之德者,是臣楼楼之诚[28],窃所独守,实怀鹤立企伫之心。敢复陈闻[29],冀陛下傥发天聪而垂神听也[30]。

①《魏志》:"太和三年,徙封东阿王。五年,复上书求存问亲戚,因致其意云云。诏报曰:'盖教化所由,各有隆弊,非皆善始而恶终也,事使之然。故夫忠厚仁及草木,则《行苇》之诗作;恩泽衰薄,九族不亲,则《角弓》之章刺。今令诸国兄弟,情礼简怠;妃妾之家,膏沐疏略。朕纵不能敦而睦之,王援古喻义悉备矣,何言精诚不足以感通哉!夫明贵贱,崇亲亲,礼贤良,顺少长,国之纲纪,本无禁锢诸国通问之诏也。矫枉过正,下吏惧遣,以至于此耳。已敕有司,如王所诉。'"《文中子中说》:"君子哉,思王也,其文深以典。"阮逸注:"《亲亲表》,典矣;《出师表》,深矣。"李光地云:"此文意义之深,情辞之切,气体高妙,不乏西京。即西京犹难俪也。"

②"德"下,五臣无"之"字。

③"周"下,五臣无"之"字。

④"蕃",五臣、《志》作"藩"。《文选》李注:"《左氏传》:'富辰曰:周公吊二叔之不咸,故封建亲戚,以屏藩周室。'马融曰:二叔,管、蔡也。"《左·

僖二十四年传》杜注："周公伤夏、殷之叔世,疏其亲戚,以至灭亡。"《正义》:
"郑众、贾逵皆以二叔为管叔、蔡叔,伤其不和睦而流言作乱,故封建亲戚。
郑玄《诗笺》亦以为然。按:封建之中方有管、蔡,岂伤其作乱始封建之? 马
融以为夏、殷叔世,故杜同之。"张云璈谓:"作管、蔡为是。'叔世'单言'叔'
亦费解。"绪曾按:李注谓马融以"二叔"为管、蔡,孔疏谓马融以"二叔"谓
夏、殷叔世。不应马氏一人自异其说,必有一误。《正义》又谓:"二十六国,
武王克商之后,下及成、康,乃可谓封建毕矣。富辰以武王克殷,周公为辅,
又摄政制礼,成一代大法,虽非悉周公所为,皆是周公之法,故归于周公耳。
管叔、蔡叔、霍叔以流言见黜,则三叔之国,已是武王封矣。周公营洛,始封
康叔于卫;致政,始封伯禽于鲁。成王削桐叶为珪,以封唐叔。凡蒋、邢、
茅,周公之胤,岂周公自封哉?"按:孔氏《正义》从杜氏"夏、殷叔世"之说,不
敢违异。然即其说,亦可见富辰统举二十六国,不必辨封建之先后也。管、
蔡虽监殷,亦各有封国。管国在荥阳京县东北,蔡叔度封汝南、上蔡,平侯
徙新蔡,昭侯徙下蔡。富辰举文之昭,不能独遗管、蔡。况郑伯怨惠王之入
不与厉公爵,又怨襄王之与卫、滑,不听王命。王怒,将以狄伐郑。富辰言
"二叔不咸",乃以管、蔡比前之子颓、后之大叔。王弗听,出狄师,终召大叔
之乱。远引夏、殷叔世,毋乃不切事理乎? 据《文选注》,则子建与贾、马、先
后郑皆以"二叔"为管、蔡。

⑤ "实",《志》作"实",《选》作"寔"[1]。

⑥ "亲",《志》作"族"。

⑦ 颜师古《匡谬正俗》:"或问曰:'今之宿卫人及于官曹上直,皆呼为
"番",音"翻",于义何取?'答曰:'陈思王表云:"宿卫之人,番休递上。"字本
为"幡",文案从省作"番"耳。'"今表云"群臣百僚",无"宿卫之人"句。

⑧ "固",《志》作"锢",《选》作"固"。李云:"'固'与'锢'通。"

⑨ "过",《选》作"乃",《志》作"过"。

⑩ "永",郝作"乖"。

---

[1] "寔",原误作"实",据《文选》改。

⑪ "胡"，郭、汪误"吴"。

⑫《文选·西征赋》注引曹植《求自试文》："情注乎皇居，心在乎紫极。"按：《求自试表》无此二句，与此篇文相似。

⑬ 何焯曰："以下因致其意。"

⑭ 尤袤《文选》作"臣伏自思惟，岂无锥刀之用"。

⑮ "若"下，尤袤《文选》无"以"字。

⑯《汉书·金日磾传》："拜为驸马监，迁侍中、驸马、都尉、光禄大夫，入侍左右，出则骑乘。""驸马"，犹车驾之副耳，非尚主之名也。魏何晏尚金城公主，拜驸马都尉，后世遂惟尚主者始拜此官。《陈书》：袁枢议曰："昔王姬下嫁，必适诸侯。同姓为主，闻于《公羊》之说；车服不系，显于诗人之篇。汉氏初兴，列侯尚主。自斯以降，降嫔素族。驸马都尉置由汉武，或以假诸功臣，或以假于戚属。是以魏曹植表'驸马、奉车，趣为一号。'"按：《三国志》："孔桂转驸马都尉。"是魏之"驸马"，不必尚主之称，所谓"或以假诸功臣，或以假于戚属"。子建此表，是"假于戚属"之明证。

⑰ "诚"，《选》作"情"，《志》作"诚"。

⑱ "蓼莪"，何焯曰："太皇太后四年崩也。"

⑲ "为"下，五臣无"之"字。

⑳《志》无"终"字，《文选》有。

㉑ "臣"，《志》无，《选》有。郝"自比"下无"于"字。

㉒ "明"下，《志》有"者"字，《选》无。

㉓ 汉魏人多以兄弟为"友于"，《后汉·史弼传》："陛下隆于友于。"《袁绍传》："友于之性，生于自然。"《吴志·三嗣主传》："友于之义薄矣。"《许靖传》注："处室则友于不穆。"六朝以来，不胜悉数。钱氏大昕论之详矣。

㉔ "倡"，《选》作"昌"，《志》作"倡"。"何也"，《志》无，《选》李善有"何"。

㉕ "世"，《类聚》作"代"，避唐讳也。

㉖《志》有"使"字，《选》无。

㉗ 何焯曰："陈云：重六字为是。"

㉘ "臣"，《志》作"为"，《选》作"臣"。

㉙ "闻"下，郝有"者"字。

㉚《魏志·杨阜传》："阜上疏云：'《书》曰："九族既睦，协和万国。"事思厥宜，以从中道。精心计谋，省息费用。吴、蜀以定，尔乃上安下乐，九亲熙熙。如此以往，祖考心欢，尧、舜其犹病诸。今宜开大信于天下，以安众庶，以示远人。'时雍丘王植怨于不齿，藩国至亲，法禁峻密，故阜又陈九族之义焉。"《高堂隆传》："任城栈潜谏曰：'盖圣王之驭世也，克明峻德，庸勋亲亲。俊乂在官，则功业可隆；亲亲显用，则安危同忧。深根固本，并为干翼。虽历盛衰，内外有辅。昔成王幼冲，未能莅政，周、吕、召、毕，并在左右。今既无卫侯、康叔之监，分陕所任，又非旦、奭云云。'"绪曾按：杨阜、栈潜所论，与思王相表里。宋陈普《石堂集·咏史》诗："鹊构鸱稜偶似诗，鸡栖庭树已当时。公车坐使诸侯急，却是奸人篡夺资。"注："丕、植皆豚犬也。魏移于晋，由宗室无权；宗室禁锢，本曹植无礼。操以植故，重诸侯科禁，况丕不仁，有怨于植乎！魏之亡，植罪为大。"呜呼！普盖未读此表者也。何焯曰："此文可匹《出师表》，忠孝笃诚，溢于楮墨之表。子建自是更生一流人，文、明忌而不用，魏祚所以不长也。"

【丁评】此及《自试表》全仿刘子政疏，忠君爱国，其心事同也。文亦雅健茂美，直匹西京。

贺凤凰黄龙见表①

臣闻凤凰复见于邺南，黄龙双出于清泉②。圣德至理，以致嘉瑞。将栖凤于林囿，豢龙于陂池，为百姓旦夕之观也③。

①《魏略》:"文帝欲受禅,郡国奏黄龙十三见。明帝铸铜黄龙,高四尺,置殿前。"《魏志·中山恭王衮传》:"黄初三年,黄龙见邺西漳水,衮上书赞颂。"子建此表盖同时所进。若青龙元年青龙见摩陂井,景初元年山茌县言黄龙见,子建已先卒矣。此表中"凤凰"、"黄龙"并举,当作《贺凤凰黄龙见表》。据《类聚·祥瑞部·龙》校。

②《文帝纪》:"延康元年三月,黄龙见谯。八月,石邑县言凤凰集。"故此言"复见"也。

③ "之观也",郭作"之所观"。

上先帝赐铠表①

先帝赐臣黑犀铠、黑光明光各一领②,两裆铠一领③,环锁铠各二十领,兜鍪百副,赤琰炼铠一领,马铠一领④。今世已升平⑤,兵革无事,乞悉以付铠曹自理。

① "先帝",魏武也。从《初学记·武部·甲》、《御览·兵部·兵》校。

② "明"下,郭脱"光"字,据《初学记》补。

③ "裆",郭作"当"。

④ 二句各本俱缺,据《御览》、《书钞》补。《御览》"马铠"作"马曹"。《御览·兜鍪》引云:"两当铠二十领,兜鍪百副。"

⑤ "世",《初学记》避唐讳作"代",《御览》作"世"。"已",郭作"以",《玉海·铠甲门》作"已",古字通。"升",郭无。

谢徙封鄄城王表[1]

臣愚弩垢秽，才质疵下。过受陛下日月之恩，不能摧身碎首，以答陛下厚德。而狂悖发露，始干天宪。自分放弃，抱罪终身。苟贪视息，无复睎幸。不悟圣恩爵以非望，枯木生华，白骨更肉，非臣罪戾所当宜蒙。俯仰惭惶，五内战悸。奉诏之日，悲喜参至。虽因拜表陈答圣恩，下情未展。

① 此首郭本无，从《类聚·封爵部·亲戚》校。

转徙东阿王谢表[1]

奉诏："太皇太后念雍丘下湿少桑，欲转东阿，当合王意。可遣人按行，知可居否？"奉诏之日，伏增悲喜。臣以无功，虚荷国恩，爵尊禄厚，用无益于时，脂车秣马，志在黜放。不图陛下天父之恩，猥宣皇太后慈母之念迁之[2]。陛下幸为久长计，圣旨恻隐，恩过天地。臣在雍丘，劬劳五年，左右罢怠，居业甫定[3]。园果万株，枝条始茂。私情区区，实所重弃。然桑田无业，左右贫穷，食财糊口[4]，形有裸露。臣闻古之仁君，必有弃国以为百姓。况乃转居沃土，人从蒙福。江海所流，无地不润；云雨所加，无物不茂。若陛下念臣入从五年之勤，少见佐助，此枯木生华，白骨更肉，非臣之敢望也。饥者易食，寒者易衣，臣之谓矣！

① 此首郭本无，据《类聚·封爵部·亲戚》校。
② 吴志忠有"东阿"二字。
③ "甫"，旧误"同"。
④ "财"，古通"才"。

求免取士息表①

臣闻古者圣君，与日月齐其明，四时等其信。是以戮凶无重，赏善无轻。怒若惊霆，喜若时雨。恩不中绝，教无二可。以此临朝，则臣下知所死矣。受任在万里之外，审主之所以授官[1]，必己之所以投命。虽有构会之徒，泊然不以为惧者，盖君臣相信之明效也。昔章子为齐将，人有告之反者，威王曰："不然。"左右曰："王何以明之？"王曰："闻章子改葬死母。彼尚不欺死父，顾当叛生君乎？"此君之信臣也。昔管仲亲射桓公，后幽囚从鲁槛车载，使少年挽而送齐。管仲知桓公之必用己，惧鲁之悔，谓少年曰："吾为汝唱，汝为和，声和声，宜走。"于是管仲唱之，少年走而和之，日行数百里，宿昔而至，至则相齐，此臣之信君也。

臣初受封，策书曰："植受兹青社，封于东土，以屏翰皇家，为魏藩辅。"而所得兵百五十人，皆年在耳顺，或不逾矩，

[1] "授"，原误作"受"，据裴松之《三国志注》引《魏略》及各本曹集改。

虎贲官骑及亲事凡二百馀人。正复不老,皆使年壮,备有不虞,检校乘城,顾不足以自救,况皆复髦耋罢曳乎?而名为魏东藩,使屏翰王室,臣窃自羞矣。就之诸国,国有士子,合不过五百人。伏以三军益损,不复赖此。方外不定,必当须办者,臣愿将部曲倍道奔走②,夫妻负襁,子弟怀粮,蹈锋履刃,以徇国难,何但习业小儿哉!愚诚以挥涕增河,鼷鼠饮海,于朝万无损益,于臣家计甚有废损。又臣士息前后三送,兼人已竭。惟尚有小儿,七八岁已上,十六七已还,三十馀人。今部曲皆年耆,卧在床席,非糜不食,眼不能视,气息裁属者,凡三十七人;疲癃风靡,疣盲聋聩者,二十三人。惟正须此小儿,大者可备宿卫,虽不足以御寇,粗可以警小盗;小者未堪大使,为可使耘锄秽草,驱护鸟鹊。休候人则一事废,一日猎则众业散,不亲自经营则功不摄。常自躬亲,不委下吏而已。陛下圣仁,恩诏三至,士子给国,长不复发。明诏之下,有若曒日。保金石之恩,必明神之信。画然自固,如天如地。定习业者并复见送,晻若昼晦,怅然失图。

伏以为陛下既爵臣百寮之右,居藩国之任,为置卿士,屋名为宫,冢名为陵,不使其危居独立,无异于凡庶。若柏成欣于野耕,子仲乐于灌园③。蓬户茅牖,原宪之宅也;陋巷箪瓢,颜子之居也。臣才不见效用,常慨然执斯志焉。若陛下听臣悉还部曲,罢官属,省监官,使解玺释绂,追柏成、子仲之业,营颜渊、原宪之事,居子臧之庐,宅延陵之室,如此虽进无成功,退有可守,身死之日,犹松、乔也。然伏度国朝终未肯听臣之若是,固当羁绊于世绳,维系于禄位,怀屑屑之小忧,执无已之百念。安得荡然肆志,逍遥于宇宙之外哉?此愿未从,陛下必欲崇亲亲,笃骨肉,润白骨而荣枯木者,惟遂仁德,以副前恩。

①《国志》注:"《魏略》曰:是后大发士息,及取诸国士。植以近前诸国士息已见发,其遗孤稚弱,在者无几,而复被取,乃上书云云。诏皆遂还之。"张溥作《谏取国中士息表》。绪曾按:表中所云"习业小儿",即《志注》所云"遗孤稚弱"也。表又云:"恩诏三至,士子给国,长不复发。"又云:"定习业者并复见送。"又云:"惟遂仁德,以副前恩。"是取士息非止一时。《文选·责躬》诗注引曹植《求习业表》云:"虽免大诛,得归本国。"乃被灌均所谗,与《责躬应诏》同时。若此表,《魏志》载于《陈审举》后,则子建二表,一在文帝时,一在明帝时也。《三国文类》作《上大发国士稚弱书》,据校。

②"走",郝经《续后汉书》作"赴"。

③"子仲",郝作"子终",注引刘向《列女传·於陵子终》。

求习业表

虽免大诛,得归本国①。

①《文选·责躬》诗注。

求祭先王表①

臣虽比拜表②,自计违远以来,已逾旬日,垂近夏节方

到③，臣悲伤有念④，先公以夏至日终⑤，是以家俗不以夏日
祭。至于先王，自可以今辰告祠。臣虽卑鄙，实禀体于先
王。且臣虽贫窭，蒙陛下厚赐，足供太牢之具。臣欲祭先王
于北河之上，羊猪臣自能办⑥，杏者⑦臣县自有。先王喜食
鳆鱼，臣前已表，得徐州臧霸上鳆鱼二百枚⑧，足以供事⑨。
乞请白柰二十枚⑩，水瓜五枚。计先王崩来，未能半岁。臣
实欲告敬，且欲复尽哀⑪。

① 从《御览·礼仪部·祭礼》校。梅鼎祚云："时武帝崩半岁，文帝初嗣
魏王位，未追尊'武帝'，故称'先王'。"

② 张溥脱首五字。

③ "近"，张溥作"竟"。

④ "念"，张溥作"心"。

⑤ "以"字，张溥脱。

⑥ "猪"下，张溥有"牛"字。按：上已有"太牢"，不当又言"牛"也。

⑦ "杏"字，张溥脱，以"办者"为句。

⑧ "上鳆鱼"，张溥作"上"，高似孙《纬略》作"送"。《后汉书》："张步遣
使伏隆诣阙，上书献鳆鱼。"魏文帝《与孙权书》曰："今因赵咨致鳆鱼千枚。"
《三仓》曰："鳆似蛤，偏着石。"《广志》："鳆，一面附石[1]，细孔杂杂，或七或
九。"《魏志》曰："倭国人入海捕鳆鱼，水无深浅，皆沉没取之。"

⑨ "足以"，《礼仪》作"足自"。今从《人事部·嗜好》。高似孙《纬略》亦
作"自"，盖"以"一作"㠯"，因形近而讹耳。

⑩ "乞"字、"白柰二十枚"字，俱据《人事部·嗜好》补。

⑪ 博士鹿优、韩盖等以为："礼：公子不得称'先君'，公子之子不得祖
诸侯，谓不得立其庙而祭之也。礼又曰：庶子不得祭宗庙。"诏曰："得月二

[1] "附石"下，原衍"决明"，据《后汉书·伏隆传》李贤注删。

十八日表,知侯推情,欲祭先王于河上。览者上下,悲伤感切,将欲遣礼,以纾侯敬恭之意。会博士鹿优等奏礼如此,故写以下。开国承家,顾迫礼制,推侯存心,与吾同之。"

求出猎表

臣自招罪衅,徙居京师,待罪南宫①。

①《文选·责躬》诗注。

于七月伏鹿鸣尘,四月、五月射雉之际,此正乐猎之时①。

①《类聚·兽部·鹿》。

请赴元正表

欣豫百官之美,想见朝觐之礼。耳存九成,目想率舞①。

①《类聚·礼部·朝会》。

谢得人表

不世之命，非所致思。有若披浮云而晒白日，出幽谷而登乔木。目希庭燎，心存泰极①。

①《类聚·礼部·朝会》。

罢朝表

觐玉容而庆荐，奉欢宴而慈润①。

①《文选》陆士龙《大将军宴会》诗注。

谢赐谷表

诏书念臣经用不足，以船河邸阁五千斛赐臣①。

①《御览·百谷部·谷》。

答诏表①

　　近得赐御食，拜表谢恩。寻奉手诏，愍臣瘦弱。奉诏之日，涕泗横流。虽武、文二帝所以愍怜于臣②，不复过于明诏。

　　①《御览·人事部·瘦》："魏明帝诏曹植曰：'王颜色瘦弱，何意耶？腹中调和不？今者食几许米？又啖肉多少？见王瘦，吾甚惊，宜当节水加飡。'诏表云。"
　　②"武文"，旧倒作"文武"。

答诏示平原公主诔表①

　　奉诏并见圣思所作故平原公主诔，文义相扶，章章殊兴，句句感切，哀动圣明，痛贯天地。楚王臣彪等闻臣为读，莫不挥涕②。

　　①《御览·文部·诔》。《魏志》："明帝诏曹植曰：'吾既薄才，至于赋诔，特不闲[1]。从儿陵上还，哀怀未散，作儿诔，为田家公语耳。'答曰。"
　　②张溥从《书钞·文艺部·诔》辑出，少"楚王"十三字。

_____

　　[1]　"特"，原误作"将"，据《太平御览》改。

上九尾狐表①

黄初元年②十一月二十三日,于鄄城县北见众狐数十首在后,大狐在中央,长七八尺,赤紫色,举头树尾,尾甚长大,林列有枝甚多。然后知九尾狐。斯诚圣王德政和气所应也。

① 唐《开元占经》一百十六。
② 本传:"三年,立为鄄城王。""元年"当是"三年"。

上银鞍表①

于先武皇帝代,敕此银鞍一具,初不敢乘,谨奉上②。

①《御览·兵部·鞍》、《玉海·杂兵器》"曹植《上银鞍表》"。
②《玉海》"帝"下有"代"字,"敕"作"效"。

失题表

投虎千金,不如一豚肩。寒者不思尺璧,而思襦衣,足也①。

①《金楼子·立言》篇。

臣闻寒者不贪尺玉而思短褐，饥者不愿千金而美一餐①。夫千金、尺玉至贵，而不若一餐、短褐者，物有所受也②。

①《齐民要术》亦引此二句。
②《类聚·岁时部·寒》[1]。

诏使周观，初玩云盘。北观疏圃，遂步九华。神明特处，谲诡天然，诚可谓帝室皇居者矣。虽昆仑阆风之丽，文昌之居，不是过也①。

①《类聚·居处部·总载》云"曹植表"。按：此疑《谢得入表》中语。

诸老熙朝之辅，每作粥食，肴惟蔬薤①。

①《书钞·酒食部·粥》篇[2]。

即日表油囊之赐①。

①《书钞》原本《服饰部·囊》。严云："《求自试表》'犹假锥囊之喻'不同。"

---

[1] "岁时"，原误作"天"，据《艺文类聚》改。
[2] "酒"，原误作"饮"，据《北堂书钞》改。

赐迈越绉縠①。

①《书钞》原本《帝王部·赏赐》。

即日奉油囊之赐①。

①《书钞·服饰部·囊》。

诸公立朝,铺作粥食之,侯卧择薤①。

①《书钞》原本一百四十四。严按:"'侯卧'难解。"

即日奉手诏,惊喜踊跃也①。

①《书钞》原本《艺文部·诏》。

诏曰:皇帝问雍丘王,先帝昔尝非汉氏诸帝积储衣被,使败于函箧之中。遗诏以所服衣被赐公王卿百寮诸将,今以十三种赐王①。

①《初学记·赏赐》、《锦绣万花谷》前集云"曹植表"。称"诏曰",当有雍丘王谢语,今佚。

身轻蝉翼,恩重丘山①。

①《文选》潘安仁《河阳县》诗注。

爵重才轻①。

①《文选》张华《答何劭》诗注。

欲遣人到邺，市上党布五十匹，作车上小帐帷，谒者不听①。

①《御览·布帛部·布》。

臣得出幽屏之城，获睹百官之美，此一喜也；背茅茨之陋，登闾阖之闳，此二喜也；必以有觌之容，瞻见穆穆之颜，此三喜也；将以梼杌之质，禀受崇圣之训，此四喜也①。

①《御览·人事部·喜》。按：此疑《谢得入表》中语。

昔欧冶改视，铅刀易价；伯乐所盻，驽马百倍①。

①《御览·兵部·刀》。按：此表失题，张溥云"欧冶表"，谬甚。

乞城内及城边好田，尽所赐百年力者。臣虽生自至尊，然心甘田野，性乐稼穑①。

①《御览·资产部·田》。

令^①

① 宋祁《景文集·九日药市作》:"曹植谨雁令。"今令中不见此语。

黄初五年赏罚令^①

令^②:夫远不可知者,天也;近不可知者,人也。《传》曰:"知人则哲,尧犹病诸^[1]!"谚曰:"人心不同,若其面焉。""惟女子与小人为难养也,近之则不逊,远之则怨^③。"《诗》云:"忧心悄悄,愠于群小。"自此间人从^④,或受宠而背恩,或无故而入叛^⑤。违顾左右,旷然无信^⑥。大嚼者咋断其舌^⑦。右手执斧,左手执钺^⑧,伤夷一身之中。尚有不可信,况于人乎!唯无深瑕潜衅、隐过匿愆,乃可以为人君上,行刀锯于左右耳,前后无其人也^⑨。谚曰:"谷千驽马,不如养一骥^⑩。"又曰^⑪:"谷驽养庸,夫无益也^⑫。"乃知韩昭侯使藏弊裤^⑬,良有以也。役使臣有三品^⑭:有可以仁义化者,有可以恩惠驱者^⑮,此二者^⑯,不足以导之,则当以刑罚使之^⑰;刑罚复不足以率之^⑱,则明圣所不能畜^⑲。故尧、舜至圣^⑳,不容无益之子;汤、武至圣,不养无益之臣^㉑。"九折臂知为良医",吾知所以待下矣。诸吏各敬尔在位^[2],孤推一概之平。功之宜赏,于疏必与^[3];罪之宜戮,在亲不赦。此令之

[1] "尧",原误作"尧舜",据《艺文类聚》、《文馆词林》及各本曹集改。
[2] "在",原脱,据《艺文类聚》、《文馆词林》及各本曹集补。
[3] "于",原误作"与",据《艺文类聚》、《文馆词林》及各本曹集改。

行,有如曒日。於戏！群司㉒其览之哉！

① 黄初五年,时为雍丘王,僚属皆贾竖下材,宵小杂处其间。虑其构衅煽祸,故为此《赏罚令》。徐、李、郭、汪、张炎、张溥俱从《类聚·刑法部》录出,文多讹舛。今从唐许敬宗等所编《文馆词林》日本国残本卷六百九十五魏曹植《赏罚令》补正[1],并补题中"赏罚"二字。

②《文馆》有,各本脱。

③ "怨"上,郭、张炎、张溥多"有"字。

④ "此",李作"世"。

⑤ "叛"上,各本多"入"字。

⑥ 张溥"顾"字属上句读,不可通。

⑦ "咋",郭误"作"。

⑧ "执",张溥作"亲"。

⑨ "君上"至"人也"十五字,各本无。

⑩ 各本误作"谷千驽马,不如养一驴"。

⑪ 各本脱此二字。

⑫ 各本误作"谷驽养虎,大无益也"。

⑬ 各本作"知韩昭侯之弊袴",脱"乃知"及"使藏"二字。

⑭ "役"字,各本脱。

⑮《文馆》无"惠"字。

⑯ 以上三字,各本无。

⑰ "使之"二字,各本无。

⑱ "刑罚"二字,据《文馆》补。

⑲ 各本误作"则明所以不畜也"。

⑳ 各本作"唐尧至仁"。

㉑ 杭世骏《三国志补注》引龚颐正《芥隐笔记》曰："《墨子》:'虽有贤君,

---

[1] "九十五",原误作"六十八",据《文馆词林》改。

不爱无功之臣;虽有慈父,不爱无益之子。'故曹植《自试表》云云。"按:《自试表》无此语,乃《黄初五年赏罚令》。

㉒ "司",郭作"臣"。

黄初六年自诫令①

令:吾昔以信人之心,无忌于左右,深为东郡太守王机、防辅吏仓辑等任所诬白,获罪圣朝②。身轻于鸿毛,而谤重于泰山。赖蒙帝王天地之仁,违百寮之典议,捨三千之首戾③。反我旧居,袭我初服。云雨之施,焉有量哉④!反旋在国,揵门退扫,形影相守,出入二载。机等吹毛求瑕,千端万绪,然终无可言者⑤。及到雍,又为监官所举,亦以纷若,于今复三年矣。然卒归不能有病于孤者,信心足以贯于神明也⑥。昔雄渠、李广⑦,武发石开;邹子囚燕,中夏霜下;杞妻哭梁,山为之崩:固精诚可以动天地金石,何况于人乎!今皇帝遥过鄙国⑧,旷然大赦,与孤更始,欣笑和乐以欢孤,陨涕咨嗟以悼孤。丰赐光厚,赀重千金,损乘舆之副,竭中黄之府⑨。名马充厩,驱牛塞路。孤以何德,而当斯惠⑩?孤以何功,而纳斯贶⑪?富而不吝,宠至不骄者,则周公其人也⑫。孤小人也,深更以荣为戚⑬。何者?将恐简易之尤,出于细微;脱尔之愆,一朝复露也⑭。故欲修吾往业,守吾初志⑮。欲使皇帝恩在摩天,孤心常存入地⑯。将以全陛下厚德穷,孤犬马之年⑰。此难能也。然孤固欲行众人之所

261

难⑱,《诗》曰:"德輶如毛,人鲜克举之⑲。"此之谓也。故为此令,著于宫门,欲使左右共观志焉⑳。

① 各本误作《自试令》,俱从《类聚·刑法部》录出,删截不完。今从《文馆词林》卷六百九十五曹植《自试令》校补[1]。惟《类聚》列入《刑法部》,宜作《自诫》。

② 以上三十五字,据《文馆》补。

③ "寮",郭作"师",张溥作"司"。"捨",郭作"舍",《类聚》作"赦"。

④ "焉",《类聚》作"岂"。

⑤ 以上俱在鄄城时事。鄄城属东郡。

⑥ 据此知陈王被诬,非止一事。史但言监官谒者灌均希旨,在为临淄侯时,后贬爵安乡侯。及在鄄城,王机、仓辑复构飞语。《洛神》、《应诏》、《责躬》俱作于是时。后得免议还鄄城,及徙封雍丘,又为监国者所奏也。

⑦ "雄"、"熊"通。

⑧ 《魏志》:"黄初六年,帝东征还,过雍丘,幸植宫,增户五百。"

⑨ 《文选·赭白马赋》注引此二句。

⑩ 自"反旋在国"以下,据《文馆》补。

⑪ "觋",《文馆》缺,据《类聚》补。

⑫ "至",《文馆》作"而"。"吝",郭作"恡",通。

⑬ "深",徐作"身"。

⑭ "露",《文馆》作"覆"。

⑮ "修",《文馆》作"循"。

⑯ "人",各本误"此"。今从《类聚》。又《文馆》无"在"、"人"二字。

⑰ "穷",各本作"究",《文馆》作"穷"。

⑱ "孤"、"人"二字,据《文馆》补。

⑲ "人"字,《类聚》无。"之"字,《文馆》无,今补。

[1] "九十五",原误作"六十八",据《文馆词林》改。

⑳ 三句,据《文馆》补。

毁鄴城故殿令①

令：鄴城有故殿,名汉武帝殿。昔武帝好游行,或所幸处也。梁栌倾顿,栋宇零落。修之不成良宅,置之终于毁坏。故颇撤取,以备宫舍。余时获疾,望风乘虚,卒得恍惚,数日后瘳。而医巫妄说,以为武帝魂神生兹疾病。此小人之无知,愚惑之甚者也。昔汤之隆也,则夏馆无馀迹;武之兴也,则殷台无遗基。周之亡也,则伊洛无只椽;秦之灭也,则阿房无尺椽②。汉道衰则建章撤,灵帝崩则两宫燔。高祖之魂不能□未央,孝明之神不能救德阳。天子之存也,必居名邦□土,则死有知,亦当逍遥于华都,留神于旧室。则甘泉通天之台,云阳九层之阁,足以绥神育灵。夫何恋于下县,而居灵于朽室哉？以生谕死,则不然也,况于死者之无知乎！且圣帝明王顾宫阙之泰,苑囿之侈,有妨于时者,或省以惠人。况汉氏绝业,大魏龙兴,只人尺土,非复汉有。是以咸阳则魏之西都,伊洛为魏之东京,故夷朱雀而树闾阖,平德阳而建泰极,况下县腐殿为狐狸之窟藏者乎！今将撤坏,以修殿舍,恐无知之人坐自生疑,故为此令,亦足以反惑而解迷焉。

① 据《文馆词林》卷六百九十五补。

②《文选》颜延年《北使洛》诗注,"尺栢"作"尺椽"。

说灌均上事令

孤前令写灌均所上孤章,三台九府所奏事,及诏书一通,置之座隅。孤欲朝夕讽咏,以自警诫也①。

①《御览·文部·诏》云"曹植《说灌均上事令》"。

曹集考异卷九

文

诘咎文①

五行致灾②，先史咸以为应政而作。天地之气，自有变动，未必政治之所兴致也。于时大风发屋拔木，意有感焉。聊假天帝之命③，以诘咎祈福④。其辞曰：

上帝有命，风伯雨师。夫风以动气，雨以润时。阴阳协和，庶物以滋⑤。亢阳害苗，暴风伤条。伊周是遇⑥，在汤斯遭。桑林既祷，庆云克举。偃禾之复，姬公走楚⑦。况我皇德，承天统民。礼敬川岳，祗肃百神⑧。享兹元吉，釐福日新。至若炎旱赫羲，飙风扇发⑨。嘉卉以萎⑩，良木以拔。何谷宜填，何山应伐？何灵宜论，何神宜谒？于是五灵振竦⑪，皇祗赫怒。招摇惊怯，欃枪奋斧。河伯典泽，屏翳司风。右呵飞廉⑫，顾叱丰隆⑬。息飙遏暴，元救华嵩。庆云是兴，效厥年丰。遂乃沉阴块圠，甘泽微微。雨我公田，爰暨予私⑭。黍稷盈畴，芳草依依。灵禾重穗，生彼邦畿。年登岁丰，民无馁饥。

① "诘",郭误"诰"。《文选·洛神赋》注,刻本误作"诰洛",或作"请洛"。《类聚·灾异部·旱》误"告"。《困学纪闻》云:"曹子建《诘咎文》假天帝之命以诘风伯、雨师,韩文公《讼风伯》盖本于此。"今据校正。《文心雕龙·祝盟》云:"至如黄帝有《祝邪》之文,东方朔有《骂鬼》之书,于是后之遣咒,务于善骂。惟陈思《诘咎》,裁以正义矣。"近刻"诘"亦讹"诰"。

② "灾"、"災"同。

③ "天",郭误"六"。

④ "诘"字,从《困学纪闻》。

⑤ "庶",郭作"气"。

⑥ "遇",汪误"过"。从《类聚》。

⑦ "走",郭作"去",《类聚》作"走"。《史记·鲁世家》"人或赞周公,周公奔楚",《蒙恬传》"周公旦走而奔于楚"是也。

⑧ "祇",汪作"祈"。从《类聚》。

⑨ 《尔雅》:"扶摇谓之猋。"与"飚"同。

⑩ "萎",郭作"委",通。

⑪ "竦",郭作"悚",通。

⑫ "右",郭作"回",《类聚》作"右"。

⑬ 《淮南子》:"丰隆乃出。"许慎注:"雷师。"《楚辞》:"吾令丰隆乘云兮。"王逸《章句》:"云师。"张平子《思玄赋》云:"丰隆轩其震霆兮。"旧注:"丰隆,雷公也。"

⑭ "予",郭作"于",张溥作"於",《类聚》作"予"。

释愁文①

予以愁惨,行吟路边。形容枯悴,忧心如焚②。有玄虚先生③见而问之曰:"子将何疾,以至于斯?"答曰:"吾所病者,愁也。"先生曰:"愁是何物,而能病子乎?"答曰:"愁之为物,惟惚惟恍④。不召自来,推之弗往⑤。寻之不知其际,握之不盈一掌。寂寂长夜,或群或党。去来无方,乱我精爽⑥。其来也难退,其去也易追⑦。临飧困于哽咽,烦冤毒于酸嘶[1]。加之以粉饰不泽,饮之以兼肴不肥。温之以火石不消⑧,摩之以神膏不稀⑨。授之以巧笑不悦,乐之以丝竹增悲。医和绝思而无措,先生岂能为我蓍龟乎?"先生作色而言曰:"予徒辩子之愁形,未知子愁所由而生,我独为子言其发矣⑩。今大道既隐⑪,子生末季。沉溺流俗,眩惑名位。濯缨弹冠,谄诹荣贵⑫。坐不安席,食不终味。遑遑汲汲,或惨或悴⑬。所鬻者名,所拘者利。良由华薄,凋损正气。吾将赠子以无为之药,给子以淡薄之汤。刺子以玄虚之针,灸子以淳朴之方。安子以恢廓之宇,坐子以寂寞之床。使王乔与子携手而游⑭,黄公与子咏歌而行。庄子为子具养神之馔⑮,老聃为子致爱性之方。趣遐路以栖迹⑯,秉轻云以高翔⑰。"于是精骇意散⑱,改心回趣。愿纳至言,仰崇玄度。众愁忽然,不辞而去。

① 从《类聚·人部·愁》校。

② "焚",《文选补遗》、郭作"醉"。

③ "虚",郭作"灵"。

④ 汪本作"惟恍惟惚"。

⑤ "弗",《文选补遗》误作"则"。

⑥ "精",郭作"情"。

———————

[1] "毒",原误作"羞",据《艺文类聚》及各本曹集改。

⑦ "追",一本误"进",失韵。

⑧ "火",《文选补遗》、郭作"金"。

⑨ "摩",郭作"麾";"稀"作"希"。

⑩ "我",《类聚》作"吾"。

⑪ "今"上,郭有"方"字。

⑫ "诹",《文选补遗》、郭误作"趣"。

⑬ "惨",《文选补遗》、郭作"憔"。

⑭ "携手",《文选补遗》无,各本作"遨游而逝"。

⑮ "馔",郭作"撰"。

⑯ "退",汪作"避"。从《类聚》。

⑰ "高",《文选补遗》、郭作"翱"[1]。

⑱ "意",《文选补遗》、《类聚》作"魂"。

诘纣文①

崇侯何功?乃用为辅。西伯何辜?囚之圄圉。圄圉既成,负土既盈。兴立炮烙[2],贼害忠贞②。

① 唐封演《闻见记》卷八:"相州汤阴县北有羑里城,周围可三百馀步,其中平实,高于城外地丈馀,北开一门,相传文王演《易》之所。曹子建《诘纣文》云云。"各本无,今补。

② 封氏云:"观此意,见文王见囚之地,纣使负土实此城也。未详子建所据。今按:此东顿丘、临黄诸县多有古小城,或周一里,或三百步,其中皆

---

[1] "翱",原误作"期",据陈仁子《文选补遗》及郭云鹏本曹集改。

[2] "烙",原误作"格",据《封氏闻见记》改。

实。郭缘生《述征记》云：'彭城郡有秅城，云是崇侯冢。自淮迄于河上[1]，城而实中谓之秅[2]。'疑丘垄可阻之谓。然则小城而实，皆古人因依立冢，以为保固。子建所云'负土既盈'，或承流俗之传耳。""炮烙"，宋本《史纪》作"炮格"。今作"烙"者，后人所改耳。

七

七　启　并序①

昔枚乘作《七发》，傅毅作《七激》，张衡作《七辩》，崔骃作《七依》②[3]，辞各美丽。余有慕之焉，遂作《七启》，并命王粲作焉③。

玄微子隐居大荒之庭，飞遁离俗④，澄神定灵。轻禄傲贵，与物无营。耽虚好静，羡此永生。独驰思于天云之际，无物象而能倾。于是镜机子闻而将往说焉。驾超野之驷，乘追风之舆。经迥漠，出幽墟⑤。入乎泱漭之野，遂届玄微子之所居。其居也，左激水，右高岑。背洞溪⑥，对芳林。冠皮弁，被文裘。出山岫之潜穴，倚峻崖而嬉游。志飘飘焉，

---

[1]　"上"，原误作"土"，据封演《封氏闻见记》改。
[2]　"谓之"，原脱，据封演《封氏闻见记》补。
[3]　"崔"，原误作"雀"，据《文选》及各本曹集改。

峣峣焉,似若狭六合而隘九州⑦。若将飞而未逝,若举翼而中留。于是镜机子攀葛藟而登,距岩而立,顺风而称曰:"予闻君子不遁俗而遗名⑧,智士不背世而灭勋⑨。今吾子弃道艺之华,遗仁义之英。耗精神乎虚廓,废人事之纪经。譬若画形于无象,造响于无声。未之思乎?何所规之不通也。"玄微子俯而应之曰:"譆⑩!有是言乎?夫太极之初,混沌未分。万物纷错,与道俱隆⑪。盖有形必朽,有迹必穷⑫。芒芒元气⑬,谁知其终?名秽我身,位累我躬。窃慕古人之所志,仰老、庄之遗风。假灵龟以托喻,宁掉尾于塗中。"

镜机子曰:"夫辩言之艳,能使穷泽生流,枯木发荣。庶感灵而激神,况近在乎人情。仆将为吾子说游观之至娱,演声色之妖靡,论变化之至妙,敷道德之弘丽。愿闻之乎?"玄微子曰:"吾子整身倦世,探隐拯沉。不远遐路,幸见光临。将敬涤耳,以听玉音。"

镜机子曰:"芳菰精粺,霜蓄露葵。玄熊素肤,肥豢脓肌。蝉翼之割,剖纤析微。累如叠縠,离若散雪。轻随风飞⑭,刃不转切。山鹦斥鹦⑮,珠翠之珍。寒芳苓之巢龟⑯,脍西海之飞鳞,臛江东之潜鼋,腾汉南之鸣鹑。糁以芳酸,甘和既醇。玄冥适咸,蓐收调辛。紫兰丹椒,施和必节。滋味既殊,遗芳射越。乃有春清缥酒,康狄所营⑰。应化则变,感气而成。弹徵则苦发,叩宫则甘生。于是盛以翠樽,酌以彤觞⑱。浮蚁鼎沸,酷烈馨香。可以和神,可以娱肠。此肴馔之妙也,子能从我而食之乎?"玄微子曰:"予甘藜藿,未暇此食也。"

镜机子曰:"步光之剑,华藻繁缛。饰以文犀⑲,彫以翠绿^⑳。缀以骊龙之珠^㉑，错以荆山之玉。陆断犀象，未足称隽。随波截鸿，水不渐刃。九旒之冕，散耀垂文。华组之缨，从风纷纭。佩则结绿悬黎，宝之妙微。符采照烂，流景扬辉^㉒。黼黻之服，纱縠之裳^㉓。金华之舄，动趾遗光。繁饰参差，微鲜若霜。绲佩绸缪^㉔，或彫或错。熏以幽若^㉕，流芳肆布。雍容闲步，周旋驰燿。南威为之解颜，西施为之巧笑。此容饰之妙也，子能从我而服之乎？"玄微子曰："予好毛褐，未暇此服也。"

镜机子曰："驰骋足用荡思，游猎可以娱情。仆将为吾子驾云龙之飞驷，饰玉路之繁缨^㉖。垂宛虹之长绥，抗招摇之华旍^㉗。捷忘归之矢，秉繁弱之弓^㉘。忽蹑景而轻骛，逸奔骥而超遗风^㉙。于是硙填谷塞，榛薮平夷。缘山置罝，弥野张罘。下无漏迹^㉚，上无逸飞。鸟集兽屯，然后会围。獠徒云布^[1]，武骑雾散。丹旗燿野，戈殳皓旰。曳文狐，撜狡兔。捎鹍鸡，拂振鹭。当轨见藉，值足遇践。飞轩电逝，兽随轮转。翼不暇张，足不及腾。动触飞锋，举挂轻罾。搜林索险，探薄穷阻。腾山赴壑，风厉焱举^㉛。机不虚发，中必饮羽。于是人稠网密，地逼势胁^㉜。哮阚之兽，张牙奋鬣^㉝。志在触突，猛气不慑。乃使北宫、东郭之俦，生抽豹尾，分裂貙肩。形不抗手，骨不隐拳^㉞。批熊碎掌，拉虎摧斑^㉟。野无毛类，林无羽群。积兽如陵，飞翮成云。于是骖钟鸣鼓^㊱，收旌弛斾。顿纲纵网^㊲，罢獠回迈。骏骎齐骧，扬銮飞沫。俯倚金较^㊳，仰抚翠盖。雍容暇豫，娱志方外。此羽猎之妙也，子

---

[1] "布"，原误作"步"，据《文选》及各本曹集改。

能从我而观之乎?”玄微子曰:“予乐恬静,未暇此观也。”

镜机子曰:“闲宫显敞,云屋皓旰。崇景山之高基,迎清风而立观㊴。彤轩紫柱,文榱华梁。绮井含葩㊵,金墀玉箱㊶。温房则冬服絺绤㊷,清室则中夏含霜。华阁缘云,飞陛陵虚。頫眺流星,仰观八隅。升龙攀而不逮,眇天际而高居。繁巧神怪,变名异形㊸。班输无所措其斧斤,离娄为之失睛。丽草交植,殊品诡类。绿叶朱荣,熙天曜日。素水盈沼,丛木成林。飞翮陵高,鳞甲隐深。于是逍遥暇豫,忽若忘归。乃使任子垂钓,魏氏发机㊹。芳饵沉水,轻缴弋飞。落翳云之翔鸟[1],援九渊之灵龟。然后采菱华,擢水蘋。弄珠蚌㊺,戏鲛人。讽《汉广》之所咏㊻,觌游女于水滨。燿神景于中沚,被轻縠之纤罗。遗芳烈而静步㊼,抗皓手而清歌。歌曰:‘望云际兮有好仇,天路长兮往无由。佩兰蕙兮为谁修?嬿婉绝兮我心愁。’此宫馆之妙也㊽,子能从我而居之乎㊾?”玄微子曰:“予耽岩穴,未暇此居也。”

镜机子曰:“既游观中原,逍遥闲宫。情放志荡,淫乐未终。亦将有才人妙伎[2],遗世越俗。扬北里之流声,绍阳阿之妙曲。尔乃御文轩,临洞庭㊿。琴瑟交挥(51),左篪右笙。钟鼓俱振,箫管齐鸣。然后姣人乃被文縠之华袿,振轻绮之飘飖。戴金摇之熠燿,扬翠羽之双翘(52)。挥流芳,燿飞文。历盘鼓,焕缤纷。长裾随风,悲歌入云(53)。蹻捷若飞,蹈虚远蹠(54)。陵跃超骧,蜿蝉挥霍。翔尔鸿翥(55),濈然凫没(56)。纵轻

[1] “落”,原误作“若”,据《文选》及各本曹集改。
[2] “伎”,原误作“技”,据《文选》及各本曹集改。

体以迅赴，景追形而不逮。飞声激尘，依违厉响㊄。才捷若神，形难为象。于是为欢未渫㊅，白日西颓。散乐变饰，微步中闺。玄眉弛兮铅华落㊆，收乱发兮拂兰泽，形婧服兮扬幽若㊀，红颜宜笑㊁，睇眄流光。时与吾子，携手同行。践飞除，即闲房。华烛烂㊂，幄幙张㊃。动朱唇，发清商。扬罗袂，振华裳。九秋之夕，为欢未央。此声色之妙也，子能从我而游之乎？"玄微子曰："予愿清虚，未暇此游也。"

镜机子曰："予闻君子乐奋节以显义，烈士甘危躯以成仁。是以雄俊之徒，交党结伦。重气轻命，感分遗身㊄。故田光伏剑于北燕，公叔毕命于西秦。果毅轻断，虎步谷风。威慴万乘，华夏称雄。"辞未及终㊅，而玄微子曰："善！"

镜机子曰："此乃游侠之徒耳，未足称妙也。若夫田文、无忌之俦㊆，乃上古之俊公子也。皆飞仁扬义，腾跃道艺。游心无方，抗志云际。陵轹诸侯，驱驰当世。挥袂则九野生风，慷慨则气成虹蜺㊇。吾子若当此之时，能从我而友之乎？"玄微子曰："予亮愿焉，然方于大道有累，如何？"

镜机子曰："世有圣宰，翼帝霸世。同量乾坤，等曜日月㊈。玄化参神，与灵合契㊉。惠泽播于黎苗，威灵振乎无外。超隆平于殷、周，躡羲、皇而齐泰。显朝惟清，王道遐均。民望如草，我泽如春。河滨无洗耳之士，乔岳无巢居之民。是以俊乂来仕，观国之光。举不遗才㊀，进各异方。赞典礼于辟雍，讲文德于明堂。正流俗之华说，综孔氏之旧章㊁。散乐移风，国静民康㊂。神应休臻，屡获嘉祥[1]。故

---

[1]　"嘉"，原误作"喜"，据《文选》及各本曹集改。

甘露纷而晨降㊟，景星宵而舒光。观游龙于神渊，聆鸣凤于高冈。此霸道之至隆，而雍熙之盛际。然主上犹以沉恩之未广，惧声教之未厉。采英奇于仄陋，宣皇明于巖穴㊟。此宁子商歌之秋，而吕望所以投纶而逝也。吾子为太和之民，不欲仕陶唐之世乎?"于是玄微子攘袂而兴，曰："辞哉言乎㊟! 近者吾子所述华淫，欲以厉我，祇搅予心。至闻天下穆清，明君莅国。览盈虚之正义，知顽素之迷惑。令予廓尔㊟，身轻若飞。愿反初服，从子而归。"

① 《文心雕龙·杂文》云："陈思《七启》，取美于宏壮。"张溥又有《七咨》四句，乃《七忿》诗之误；又有《七略》赞典礼四句，即《七启》文也。郭、汪本题"启七首"。按：古人以"七"为文之一体，《文选》、《类聚》皆以"七"为一类。若题"启"，混入书启，非也。《类聚》文不完，从《文选》校。

② 《七发》见《文选》，《七激》、《七辩》、《七依》文俱见《类聚·七》类。

③ 王粲《七释》亦见《类聚》。

④ 李注："《九师道训》曰：遁而能飞，吉孰大焉?"

⑤ "墟"，《文选》作"溪"，五臣作"壑"。

⑥ "溪"，《类聚》作"壑"。

⑦ "似"，各本作"以"。

⑧ "俗"，《类聚》作"世"；"而"作"以"。

⑨ "世"，《类聚》作"时"。

⑩ "譆"，古与"嘻"通。

⑪ "纷错"，《御览·天部》作"纯纯"；"隆"作"运"。宋吴棫《韵补》"分，肤容切"，曹植《七启》引四句，亦作"隆"。

⑫ "迹"，《御览》作"端"。

⑬ "芒芒"，郭作"茫茫"，通。

⑭ "风飞"，郭作"飞风"。

⑮《庄子》曰："鹏抟扶摇而上,斥鷃笑之曰:'彼奚适也?'"许慎《淮南子注》曰:"燕雀飞不过一尺,言劣弱也。""尺"与"斥"古字通。

⑯"寒",郭作"搴";"苓"作"莲"。《资暇集》云:"《七启》'寒芳莲之巢龟',五臣改'寒'为'搴'。'搴',取也,何以对下句之'脍'耶? 况此篇全说看馔之事,独入'搴'字,于理未安。"李善注:"寒,今胜肉也。""苓"与"莲"同。徐文靖《管城硕记》:"《尔雅》:'卷耳,苓耳。'陆机曰:'白华细茎,可煮为茹。'《博物志》:'龟三千岁,游于莲叶、卷耳之上。'《宋书·符瑞志》:'龟三百岁,游于莲叶之上;三千岁,游于卷耳之上。'丘迟《谢青毛龟启》:'翱翔卷耳之阴,浮游莲叶之上。'苓非即莲,可知矣。"

⑰"所",郭误"浙"。

⑱"彫",各本作"雕",非。按:"彫刻"字从"彡","雕"乃鸟名。

⑲"文",郭误"之"。

⑳"翠绿",《御览》作"翡翠",韵不协。

㉑"缀",《事类赋注》作"饰"。

㉒"辉",郭作"辉",通。

㉓"纱",《类聚》作"罗",《文选》作"纱"。

㉔李善注:"《说文》曰:绲,织成带也,古本切。"

㉕李善注:"《说文》曰:薰,火烟上出也。若,杜若也。若称'幽若',犹兰称'幽兰'也。"

㉖"路",《类聚》作"露",郭作"辂",《文选》作"路"。李善注:"《周礼》:'玉辂锡繁缨。'郑玄曰:'繁读如鼙,谓今之马大带也。缨,今马鞅。''繁'与'鼙'古字通。"

㉗"旃",《类聚》作"旌"。李善注:"《楚词》曰:'建雄虹之彩旄。'《礼记》曰:'天子杀则下大绥。'郑玄曰:'"绥"当作"緌"。緌,有虞之旌旗也。'《礼记》曰:'招摇在上,急缮其怒。'郑玄曰:'"缮"读为"劲",画招摇星其上,以起居坚劲军之威怒也。"

㉘"捷",近刻作"插"。胡克家《考异》云:"案:'插'当作'捷',宋潭州本《仪礼·乡射·释文》:'捷,初洽反。'又《士冠》'捷栖',初洽反。本又作

'插'，此正文作'捷'，善所引《仪礼注》亦作'捷'。不知者误依今本作'插'改之，亦如通志堂刻《释文》，于《乡射》改'捷'为'插'也。何校正文'捷'改为'插'，陈亦云'捷'当作'插'，皆据注之误字。"

㉙ 李注："《吕氏春秋》：'伊尹说汤曰：青龙之匹，遗风之乘。'高诱曰：'皆马名也。疾若比遗风。'或作'追风'，非。"

㉚ "漏"，近刻作"满"。胡《考异》云："案：'满'当作'漏'。袁本云善作'满'[1]。茶陵本云五臣作'漏'。各本所见皆传写讹。《七命》云：'外无漏迹。'善引此'下无漏迹'为注，于文义本不得作'满'也。"

㉛ 李善注："《说文》曰：焱，火华也。"

㉜ 洪迈《容斋三笔》称述韩昌黎《雉带箭》诗曰："予读曹子建《七启》，论羽猎之妙云：'人稠网密，地逼势胁。'乃知韩公用意所来处也。"

㉝ 李善注："《毛诗》曰：'进厥虎臣，阚如虓虎。'毛苌曰：'阚，虎怒也。''哮'与'虓'同。"

㉞ 李善注："《尔雅》曰：'抗，御也。'服虔《汉书注》：'隐，筑也。'"

㉟ "斑"，郭作"班"。宋吴棫《韵补·一先》："斑，卑连切。"引曹植《七启》四句。

㊱ "骇"，《类聚》作"骇"，《文选》作"骍"。李注："《周礼》：'鼓皆骍。'郑玄曰：'雷击鼓曰骍。'骍，古骇字。"

㊲ 李善注："顿，犹舍也。《说文》曰：'纵，缓也。'"

㊳ 李善注："《说文》曰：'较，车上曲钩。'"

㊴ 李善注："《地理书》曰：迎风观，在邺也。"

㊵ 高似孙《纬略》："《西京赋》：'蒂倒茄于藻井，披红葩之狎猎。'《魏都赋》：'绮井列疏以悬蒂。'注：'疏，布也。以板为井形，饰以丹青，如绮也。'王延寿《鲁灵光殿赋》：'圆渊方井，反植荷蕖。绿房紫菂，窊窆垂珠。'左思《魏都赋》：'绮井列疏以悬蒂，华莲重葩而倒披。'曹植《七启》曰：'绮井含葩，金璧玉箱。'韩延之《七纬》曰：'木写云气，土秘椒芳。既挺天而倒井，又

---

[1] "作"，原误作"所"，据胡克家《文选考异》改。

斫圆而镂方。'古人形容木工,必言藻井者若此。《风俗通》曰:'殿堂象东井形,刻作荷菱水物,所以厌火也。'沈存中《笔谈》云:'屋上覆橑,古人谓之绮井,亦曰藻井,又谓之覆海,今令文中谓之斗八,吴人谓之罳顶。'惟宫室祠观谓之藻井,即天花板也。"

㊶《文选》李注:"玉箱,犹玉房也。"王楙《野客丛书》:"东箱,《周昌传》:'吕后侧耳于东箱听。'《司马相如传》:'青龙蚴蟉于东箱。'《金日磾传》:'莽何罗袖刃从东箱上。'《晁错传》:'错趋避东箱。'《东方朔传》:'翁主起之东箱。'《前汉书》称'东箱'率用'竹'头,颜师古注谓正寝之东西室皆曰'箱',如箱箧之形。《尔雅》及其他书东西厢,字并从'序'头,谓廊庑也。其实一义,但所书异耳。《埤苍》云:'箱,序也。亦作厢。'"

㊷"绥",《类聚》作"绤",《文选》作"绥"。

㊸"名",五臣作"容"。

㊹《吴越春秋》:"羿传逢蒙,蒙传楚琴氏,琴氏传大魏,大魏传楚三侯,麋侯、翼侯、魏侯也。"

㊺"珠",郭误"蛛"。

㊻李善注:"《韩诗序》曰:'《汉广》,悦人也。'诗曰:'汉有游女,不可求思。'薛君曰:'汉女,汉神也。'"

㊼"静",《类聚》作"静",《文选》作"靖"。

㊽"馆",《艺文》作"观",《文选》作"馆"。

㊾五臣无"我"字。

㊿李注:"洞庭,广庭也。"五臣作"彤庭"。按:《类聚》乃校刻者从五臣改。

(51)"挥",五臣作"弹"。

(52)"燿",《类聚》作"烁",《文选》作"燿"。

(53)"裾",五臣作"袖"。

(54)李注:"《广雅》曰:'趫,趋行也。'今为'蹻',古字无定也。《广雅》曰:'蹠,履也。'"

(55)"翔",《类聚》、五臣作"翻"。

㊋ "然",《类聚》作"饥",不可通。

㊌ "违",郭作"威",通。李注:"《七略》曰:'汉兴,善歌者鲁人虞公,发声动梁上尘。'依违,犹徘徊也。"

㊍ 李善注:"《方言》曰:'渫,歇也。'"

㊎ "华",郭作"花"。

㊏ 李善注:"《说文》曰:'婧,南楚之外谓好也。'婧,汤火切。"

㉑ "宜笑",《类聚》作"既夭"。

㉒ "华",郭作"花"。

㉓ "幄幪",《类聚》作"罗帱"。

㉔ "遗",《类聚》作"忘"。

㉕ "及"字,《类聚》无。

㉖ "俦",《类聚》作"畴",古通。

㉗ "蜺",研计切。

㉘ 宋吴棫《韵补》:"月,危睡切。"引曹植《七启》四句。

㉙ "神",《类聚》作"辰"。"契",郭作"气"。

㉚ "才",郭作"材"。

㉛ 《白帖·辟雍》、《书钞·学校》引此四句,"正"作"删","说"作"谈";云"曹植《七略》",张溥遂另标"七略"名目。其实即此篇文也。

㉜ "静",各本作"富"。按:《书钞·帝王部》引曹植文"国静民康","静"字是也。

㉝ "露",尤本《文选》作"灵"。

㉞ "巚",《类聚》作"岩"。

㉟ "铧",《类聚》作"伟"。

㊱ "尔",《类聚》作"然"。

【丁评】归到正论,仍是求自试之心。有此才而不用,是自失其股肱也。

骚

九　咏①

芙蓉车兮桂衡，结萍盖兮翠旌。四苍虬兮翼毂，驾陵鱼兮骖鲸。茵荐兮兰席，蕙帱兮苓床②。抗南箕兮簸琼蕊③，挹天河兮涤玉觞。灵既降兮泊静默，登文阶兮坐紫房。服春荣兮猗靡④，云裾绕兮容裔。冠北辰兮岌峨，带长虹兮陵厉。兰肴御兮玉俎陈，雅音奏兮文虡罗⑤。感《汉广》兮美游女⑥，扬《激楚》兮咏湘娥。临回风兮浮汉渚⑦，目牵牛兮眺织女。交有际兮会有期⑧，嗟痛吾兮来不时⑨。来无见兮进无闻，泣下雨兮叹成云。先后悔其靡及，冀后王之一寤⑩。犹搦辔而繁策，驰覆车之危路。群乘舟而无楫⑪，将何川而能渡⑫？何世俗之蒙昧，悼邦国之未静。任椒兰其望治，由倒裳而求领。寻湘汉之长流，采芳岸之灵芝。遇游女于水裔，采菱华而结辞⑬。野萧条以极望，旷千里而无人。民生期于必死，何自苦以终身。宁作清水之沉泥，不为浊路之飞尘⑭[1]。

---

①　此拟《楚辞·九章》而作，当有九首标目。此集采自类书，其全文不可考。"野萧条"六句与《九愁赋》语同。《汉志》云："楚辞，屈原赋。"《类聚》亦列骚于赋中。从《类聚》校。

---

[1]　"路"，原误作"海"，据《艺文类聚》及各本曹集改。

② "苓",《御览·服用部·苓》作"茎",《书钞》原本《服饰部》、《类聚》作"苓"。

③ "抗",张炎作"沆"。

④ "靡",《类聚》作"摩"。

⑤ "虡",郭误"虞"。

⑥ "感《汉广》",《唐类函》作"广濯汉",《类聚》无"濯"字。"美",郭作"羡"。

⑦ "临",《苕溪渔隐》后集引《艺苑雌黄》曹植《九咏》作"乘"。

⑧ 《洛神赋》李注引曹植《九咏》注:"牵牛为夫,织女为妇。牵牛、织女之星各处河鼓之旁,七月七日乃得一会。"是此篇原本有注,不知何人撰。

⑨ 《苕溪渔隐》后集引《艺苑雌黄》曹植《九咏》:"嗟吾子兮来不时。"

⑩ "后",张溥作"后",王、郭误"土",据《类聚》改。按:此篇拟屈原而作,"先后"指楚怀王,"后王"则指顷襄王也。"寤"、"悟"同,《类聚》作"寤"。

⑪ "乘",郭误"秉"。

⑫ "渡",郭作"渡",《类聚》作"度",通。

⑬ 此句,《御览·果部·菱》引曹植《九愁》同。

⑭ 六句与《九愁赋》同。

建五旗兮华采占,扬云麾兮队龙凤①。

① 《书钞·武功部·旗》云"拟《楚辞》"。

抗手兮吹篪①。

① 《书钞·乐部·篪》。

运兰棹以速往[1]，□回波之容与①。

①《书钞·舟部·棹》。

停舟兮焉待，举帆兮安追①？

①《书钞·舟部·帆》。

愬流兮上迈，贝船兮荷盖①。

①《书钞·舟部·舟总篇》云"拟《楚辞》"。按："愬"与"溯"通。

□文□兮弹素筝，抗玉枹兮骇鼍鼓①。

①《书钞·乐部·鼓》，又《武功部·鼓》。

践丹穴兮观鸾居，通朱雀兮息南巢①。

①《书钞》原本《地部·穴》。

过□穴兮清泠，木鸣条兮动心①。

①《书钞·地部·穴》。

[1]"速"，原误作"连"，据《北堂书钞》改。

云龙兮衔组,流羽兮交横[1]。

① 《文选》颜延年《曲水诗序》注。

皇祇降兮潜灵舞[1]。

① 《文选》颜延年《三月三日曲水诗序》注。

蔓葛滋兮冒神宇[1]。

① 《文选》沈休文《直学省愁卧》诗注。

何孤客之可悲[1]。

① 《文选》谢灵运《七里濑》诗注。按:《九愁赋》云:"思孤客之可悲,愍予身之翩翔。"句略同。

徒勤躬兮苦心[1]。

① 《文选》王简栖《头陀寺碑》注。

钟当也[1]。

① 《文选》刘越石《劝进表》注、鲍明远《舞鹤赋》注俱云"曹植《九咏》章句"。按:"《九咏》章句",《选》注引"牵牛织女"及此条。又《御览》引"原注",

即"章句"也。

温风翕兮煎沙石^①,鸟冈窜兮兽无蹠^②。

① 原注:"翕,热貌也。"
② 原注:"蹠,之石切。足履践也。言天暖石焦地热,鸟无所逃,兽无所蹈履也。"《御览·岁时部·热》。

越江兮刈兰,暮秋兮薄寒。披蓑兮戴笠,置露兮践欢^①。

①《御览·器物部·蓑笠》。

乘逸向兮执电鞭^①,忽而往兮恍而旋^②。

① "向"与"响"同。
②《御览·兵部·鞭》。

遥　逝

哀秋气之可悲兮,凉风肃其严厉。神龙盘于重泉兮,腾蛇蛰于幽穴^①。

①《书钞·地部·穴》。

序

柳颂序①

予以闲暇,驾言出游,过友人杨德祖之家。视其屋宇寥廓,庭中有一柳树。聊戏刊其枝叶②,故著斯文,表之遗翰。遂因辞势,以讥当世之士③。

① 从《类聚·木部·杨柳》、《太平御览·木部·柳》校。
② "枝",郭作"树"。
③ 案:颂已佚。

文章序①

故君子之作也,俨乎若高山,勃乎若浮云。质素也如秋蓬[1],摛藻也如春葩。泛乎洋洋,光乎皜皜,与《雅》、《颂》争流可也。余少而好赋,其所尚也,雅好慷慨,所著繁多。虽触类而作,然芜秽者众。故删定,别撰为《前录》七十八篇。

[1] "如",原误作"知",据《艺文类聚》及各本曹集改。

① 郭无。从《类聚·杂文部·集序》校。

序　书①

①《文心雕龙·序志》篇[1]:"陈思序书。"佚。

书①

①《御览》刘桢《与曹植书》曰:"明使君始垂哀怜,意眷日崇。譬之疾病,乃使神农分药,岐伯下针,疾虽未除,就没无恨。何者? 以其天医至神,而荣魄自尽也。"又《文选》王元长文注引袁焕《与曹植书》:"召公、周公俱爵分陕之任。"案:子建答书今皆不存。《文选》谢宣远《于安城答灵运》诗注"曹植《与吴汉书》"[2],乃"吴质"之讹。

与司马仲达书①

今贼徒欲保江表之城,守区区之吴耳②。无有争雄于宇内③,角胜于平原之志也。故其俗盖以洲渚为营壁,江淮为城堑而已。若可得挑致,则吾一旅之卒,足以敌之矣。其使

---

[1] "序志",原误作"知音",据刘勰《文心雕龙》改。
[2] "远",原误作"城",据《文选》改。

船不斗,而飞楫不行,何须并、代之马,贯犀之弩乎④?盖弋鸟者矫其矢,钓鱼者理其纶。此皆度彼为虑,因象设宜者也⑤。今足下曾无矫矢理纶之谋⑥,徒欲候其离舟,伺其登陆,乃图并吴会之地,收东野之民⑦,恐非主上授节将军之心也⑧。

① 《魏志·曹休传》:"太和二年,帝为二道征吴,遣司马宣王从汉水下,督休诸军向寻阳。"子建与懿书盖在是年。郭、汪题上脱"与"字。从《类聚·武部·战伐》校补。

② 此句各本作"守欧吴耳"。从《类聚》。

③ "内",郭脱。

④ 四句见《编珠·仪卫部》。

⑤ "设",郭误"说"。

⑥ "理",张炎误"埋"。

⑦ "收",郭作"牧"。

⑧ "军",郭无。

与杨德祖书①

植白:数日不见,思子为劳,想同之也。仆少小好为文章②,迄至于今,二十有五年矣③。然今世作者,可略而言也。昔仲宣独步于汉南,孔璋鹰扬于河朔,伟长擅名于青土,公幹振藻于海隅,德琏发迹于此魏④,足下高视于上京。当此之时,人人自谓握灵蛇之珠,家家自谓抱荆山之玉⑤。

吾王于是设天网以该之,顿八纮以掩之,今悉集兹国矣⑥。然此数子犹复不能飞轩绝迹⑦,一举千里。以孔璋之才,不闲于辞赋⑧,而多自谓能与司马长卿同风⑨。譬画虎不成,反为狗者也⑩。前有书嘲之⑪,反作论盛道仆赞其文。夫锺期不失听,于今称之。吾亦不能妄叹者⑫,畏后世之嗤余也⑬。世人之著述,不能无病。仆常好人讥弹其文,有不善者⑭,应时改定。昔丁敬礼常作小文,使仆润饰之。仆自以才不能过若人,辞不为也⑮。敬礼谓仆[1]:"卿何所疑难⑯?文之佳恶⑰,吾自得之。后世谁相知定吾文者邪?"吾常叹此达言,以为美谈。昔尼父之文辞,与人通流,至于制《春秋》,游、夏之徒乃不能措一辞⑱。过此而言不病者,吾未之见也。盖有南威之容,乃可以论其淑媛;有龙泉之利,乃可以议其断割⑲。刘季绪才不能逮于作者⑳,而好诋诃文章,掎摭利病。昔田巴毁五帝、罪三王、呰五霸于稷下㉑,一旦而服千人。鲁连一说,使终身杜口。刘生之辩,未若田氏。今之仲连,求之不难,可无叹息乎㉒!人各有好尚㉓,兰茝荪蕙之芳,众人所好㉔,而海畔有逐臭之夫;《咸池》、《六茎》之发㉕,众人所共乐㉖,而墨翟有非之之论,岂可同哉!今往仆少小所著辞赋一通相与。夫街谈巷说,必有可采;击辕之歌,有应风雅。匹夫之思,未易轻弃也。辞赋小道,固未足以揄扬大义,彰示来世也。昔扬子云,先朝执戟之臣耳,犹称"壮夫不为"也。吾虽德薄㉗,位为蕃侯㉘,犹庶几戮力上国,流惠下民㉙,建永世之业,留金石之功㉚。岂徒以翰墨为勋绩,辞

---

[1] "谓",原误作"为",据《三国志》裴松之注、《文选》及各本曹集改。

赋为君子哉！若吾志未果，吾道不行，则将采史官之实录①，辩时俗之得失，定仁义之衷，成一家之言。虽未能藏之于名山②，将以传之于同好③，此要之皓首④，岂今日之论乎⑤！其言之不惭⑥，恃惠子之知我也⑦。明早相迎，书不尽怀。植白⑧。

①《魏志》注：“《典略》曰：杨修，字德祖，太尉彪子也。谦恭才博。建安中，举孝廉，除郎中，丞相请署仓曹属主簿。是时，临淄侯植以才捷爱幸，来意投修，数与修书云云。”从《国志注》、《文选》校。

②《魏略》作“少好词赋”。

③按：建安二十一年丙申，子建年二十五。

④“此”，各本作“北”，《典略》、郝经作“大魏”，《文选》作“此魏”。李注云：“德琏，南顿人也。近许都，故曰此魏。”绪曾按：建安中，邺可云“魏”，而许都不可云“魏”，又何遽有“大魏”之名？考应玚乃劭之子。据《世语》，应劭为泰山太守，魏武尝令送家诣兖州，阖门为陶谦所害。劭惧，弃官赴袁绍。玚盖随父在邺，与陈琳俱为袁绍所用，后俱来降。“此魏”不当指许都也。“此魏”犹言“今魏”，指邺言耳。李注殊迂曲。杨修答书亦云：“应生之发魏国。”

⑤“玉”下，《魏略》、郝有“也”字。

⑥“悉”，《志注》作“尽”。

⑦“轩”，《魏略》、郝作“翰”，张溥作“骞”。

⑧“于”，《魏略》、郝无。

⑨“能”，《魏略》无。

⑩“反”，《魏略》、郝作“还”。

⑪“嘲”，《志注》、郝作“啁”；《志注》有“为”字[1]，《选》无。徐、李、郭、

---

[1] “《志注》”，原脱，据文意补。

汪、张炎、张溥作"前有",尤《文选》无"有"字。

⑫ "能",《魏略》作"敢"。

⑬ "之",郝无。

⑭ "者"字,徐、李、郭、汪、张炎无,《志》、郝有。

⑮ "能"字,《魏略》有,汪本无。

⑯ "疑",郭作"宜"。《魏略》作"卿何所疑难乎",《选》无"所"字。

⑰ "恶",《魏略》、郝作"丽"。

⑱ "辞",《魏略》、郝作"字"。

⑲ 《魏略》作"割断"。两"其"字,郝作"于"。

⑳ 《志注》:"挚虞《文章志》:刘季绪,名修,刘表子。官至东安太守。著诗、赋、颂六篇。"

㉑ "呰",郭、汪、张溥作"訾",通。

㉒ 李注:"毛苌《诗传》:息,止也。"《南史·檀超传》:"吴迈远好自夸,而蚩鄙他人,每作诗得称意语,辄掷地呼曰:'曹子建何足数哉!'超闻而笑曰:'昔刘季绪才不逮作者,而好诋诃人文章。季绪琐琐,焉足道哉! 至于迈远,何为者乎?'"

㉓ "有"下,《魏略》有"所"字。

㉔ "人"下,郝有"之"字,下同。

㉕ "茎",《魏略》、郝作"英"。

㉖ "乐"上,《志注》无"共"字。

㉗ 《志》作"薄德",郝同。

㉘ "蕃",《志》、郝作"藩"。

㉙ "惠",郭作"勖"。

㉚ "留",《志注》作"流",郝同。

㉛ "史",《文选》作"庶",《志注》作"史"[1]。"则",《志注》作"亦",《文选》作"则"。

---

[1] "作",原脱,据文意补。

㉜"于",《魏略》、郝无。《金楼子·杂记》:"曹植曰:'吾志不果,吾道不行,将来采史官之实录,时俗之得失,成一家之言,藏之名山。'此外徒虚言耳。"按:末句盖梁元帝语。

㉝"于",郝无。

㉞"皓",《魏略》作"白"。

㉟《志注》作"岂可以今日论乎",郝同。

㊱"惭",《魏略》、郝作"怍"。

㊲"恃",徐、李、郭、汪作"待"。

㊳ 修《答临淄侯笺》在《文选》。李光地云:"稚年之辞,疏宕奇古如此,固应独步汉魏之间。"

与吴季重书①

植白:季重足下。前日虽因常调,得为密坐。虽燕饮弥日,其于别远会稀,犹不尽其劳积也②。若夫觞酌陵波于前,箫笳发音于后③。足下鹰扬其体,凤叹虎视④,谓萧、曹不足俦,卫、霍不足侔也。左顾右盼,谓若无人,岂非吾子壮志哉⑤!过屠门而大嚼,虽不得肉,贵且快意。当斯之时,愿举太山以为肉,倾东海以为酒,伐云梦之竹以为笛,斩泗滨之梓以为筝。食若填巨壑⑥,饮若灌漏卮。其乐固难量,岂非大丈夫之乐哉!然日不我与,曜灵急节。面有逸景之速⑦,别有参商之阔。思欲抑六龙之首⑧,顿羲和之辔,折若木之华,闭濛汜之谷。天路高邈,良久无缘⑨。怀恋反侧,如何如何!得所来讯⑩,文采委曲。晔若春荣,浏若清风。申咏反覆,旷若复面。其诸贤所著文章,想还所治复申咏之也。可令憙事小吏⑪讽而诵之。夫文章之难,非独今也,古之君子犹亦病诸！家有千里,骥而不珍焉;人怀盈尺,和氏无贵矣⑫。夫君子而不知音乐⑬,古之达论,谓之通而蔽。墨翟不好伎,何为过朝歌而回车乎？足下好伎,值墨翟回车之县⑭,想足下助我张目也。又闻足下在彼,自有佳政。夫求而不得者有之矣⑮,未有不求而得者也⑯。且改辙而行,非良、乐之御;易民而治,非楚、郑之政。愿足下勉之而已矣。适对嘉宾,口授不悉,往来数相闻。植白⑰。

①《魏志》:"吴质,济阴人。"注:"《魏略》:质,字季重。以才学通博,为五官将及诸侯所礼爱。"《文选》李注:"《典略》:质出为朝歌长,临淄侯与质书。"

②"劳积",一作"积劳"。

③"箫笳",《类聚》作"笳箫"。

④"叹",徐、李、郭、汪、张炎作"观"。《文选》李注:"叹,犹歌也。"

⑤"吾",郭作"君"。

⑥"巨",《御览》作"沟"。

⑦"逸",郭作"过"。

⑧"欲",《类聚》无。

⑨《类聚》作"良无有缘"。

⑩"讯",一作"询"。

⑪"憙",一作"喜"。"吏",一作"史"。

⑫"氏"下,郭有"而"字。

⑬"不"字,尤《文选》脱。

⑭"值"上,郭有"而正"二字,尤《文选》无。

⑮ "有之"上,张溥有"曰"字。

⑯ "得"上,郭有"自"字。

⑰ 李注:"植集此书别题云:'夫为君子而不知音乐,古之达论,谓之通而蔽。墨翟自不好伎,何为过朝歌而回车乎？足下好伎,而正值墨氏回车之县,想足下助我张目也。'今本以'墨翟之好伎'置'和氏无贵矣'之下,盖昭明移之,与季重之书相映耳。"季重《答东阿王书》亦在《文选》中。称"东阿王"者,后人所加耳。此书作于建安为临淄侯时。

与陈琳书

夫披翠云以为衣,戴北斗以为冠,带虹霓以为绅,连日月以为佩,此服非不美也,然而帝王不服者,望殊于天,志绝于心矣①。

①《太平御览·服用部·总叙冠》。《书钞·服饰·衣》引"披翠"二句,《佩》引"带虹"二句。

葛天氏之乐,千人唱,万人和[1]。听者因以蔑《韶》、《夏》矣①。

①《文心雕龙·事类》云:"陈思群才之英也,《报孔璋书》云云,此引事之谬也。按葛天之歌,唱和三人而已。相如《上林赋》云:'奏陶唐之舞,听葛天之歌,千人唱,万人和。''千万'乃相如接人("接人"当作"推之"),然而

---

[1] "万",原误作"百",据《文心雕龙》改。

滥侈葛天,推三成万,信赋妄书,致斯谬也。"又云:"夫以子建明练,士衡沉密,而不免于谬。曹仁之谬高唐,又曷足以嘲哉!"绪曾按:子建既本相如,则刘氏不免轻诋矣。

骐骥不常步,应良御而效足①。

①《文选》颜延年《赭白马赋》注。《文选》陆士衡《功臣颂》亦引此,首句作"骐骥不常一步"。

昔与子西园联镳,游泳语笑。向今忽暌别,在天一方。从今邈然,莫可得也①。

① 见宋本《事类赋注》。杜工部诗《成都府》诗"忽在天一方"句下引东坡云:"曹植《与陈琳疏》。""疏"乃"书"之讹。

答崔文始书

临江直钓,不获一鳞。非江鱼之不食,其所饵之者非也。是以君子慎举擢①。

①《御览·鳞介部·鱼》。

与丁敬礼书

顷不相闻,覆相声音亦为怪^①,故乘兴为书。含欣而秉笔,大笑而吐辞,亦欢之极也^②。

① 有脱误。
②《书钞》原本《艺文部·书记》。

诔^①

① 诔文惟《文帝》、《王侍中》二篇为全文,馀皆非完璧。张溥有《曹苍舒诔》。按:乃文帝之文,非子建作。《文选·王文宪集序》注引曹植《祭桥玄文》:"士感知己,怀此何极!"何焯云:"此乃魏武帝文。此事在建安七年,子建时十岁,当是注误。"张云璈云:"思王十馀岁已善属文,或当日命其代作。"绪曾按:张谓代作,无据。

任城王诔 并序^①

昔二虢佐文,旦、奭翼武。於休我王,魏之元辅。将崇懿迹,等号齐、鲁。如何奄忽,命不是与。仁者悼没,兼彼殊类。矧我同生,能不憯悴^②!目想宫墀^③,心存平素^④。仿佛魂神,

驰情陵墓。凡夫爱命⑤,达者徇名。王虽薨殂⑥,功著丹青。人谁不没?贵有遗声⑦。乃作诔曰:

幼有令德⑧,光耀珪璋⑨。孝殊闵氏,义达参商⑩。温温其恭,爰柔克刚。心存建业,王室是匡。矫矫元戎,雷动雨徂。横行燕代⑪,威慴北胡。奔虏无窜,还战高柳。王率壮士⑫,常为军首⑬。宜究长年,永保皇家。如何奄忽,景命不遐。同盟饮泪,百寮咨嗟。

① 《文帝纪》:"黄初四年八月壬戌,任城王彰薨于京师。"从《类聚·职官部·诸王》校。

② "悴",郭作"恒"。

③ "宫",《文选补遗》,郭作"官"。

④ "存",郭作"在"。

⑤ "爱",郭作"受"。

⑥ "薨",郭误"甍"。

⑦ 郭"贵"上有"德"字,下无"声"字。今从《类聚》。

⑧ "德",《文选补遗》作"质"。

⑨ "耀",郭作"辉"。

⑩ "参商",郭作"曾参"。《文选补遗》作"参商",谓曾参、卜商。陈仁子宋人,必有所本,于韵亦协。

⑪ "代",《文选补遗》、郭误"氏"。

⑫ "士",郭误"土"。

⑬ "军",郭误"君"。《魏志·任城王彰传》:"建安二十三年,代郡乌丸反,以彰为北中郎将。彰北征,入涿郡界,叛胡数千骑卒至。时兵马未集,唯有步卒千人、骑数百匹。用田豫计,固守要隙,虏乃退散。彰追之,身自搏战,射胡骑,应弦而倒者前后相属。战过半日,彰铠中数箭,意气益厉,乘

胜逐北，至于桑乾，去代二百馀里。长史诸将皆以为新涉远，士马疲顿，又受节度，不得过代，不可深进，违令轻敌。彰曰：'率师而行，唯利所在，何节度乎？胡走未远，追之必破。从令纵敌，非良将也。'遂上马，令军中：'后出者斩。'一日一夜，与虏相及，斩首获生以千数。彰乃倍常科大赐将士，将士无不悦喜。时鲜卑大人轲比能将数万骑观望强弱，见彰力战，所向皆破，乃请服。北方悉平。时太祖在长安，召彰诣行在所。彰自代过邺，太子谓彰曰：'卿新有功，今西见上，宜勿自伐，应对常若不及者。'彰到，如太子言，归功诸将。太祖喜，持彰须曰：'黄须儿竟大奇也！'"

【丁评】写黄须儿英姿如见。

大司马曹休诔[①]

於穆公侯，魏之宗室。明德继踵[②]，奕世纯粹。阐弘泛爱，仁以接物。艺以为华，体兹亮实[③]。年没弱冠，志在雄英。高揖名师，发言有章。东夏翕然，称曰龙光[④]。贫而无怨，孔以为难。嗟我公侯，屡空是安。不耽世禄，亲悦为欢[⑤]。好彼蓬枢，甘彼瓢箪。味道忘忧，逾宪超颜。矫矫公侯，不挠其厄。呵叱三军，躬奋雄戟[⑥]。足蹴白刃，手接飞镝[⑦]。终弭淮南，保我疆场[⑧]。

①《明帝纪》："太和二年秋九月庚子，大司马曹休薨。"《休传》云："谥曰刚侯。"今从《类聚·官职部·司马》校。

②"继"，郭误"纪"。

③"兹"，汪作"斯"。

④《魏志·曹休传》："休年十馀岁,丧父,独与一客担丧假葬,携将老母,渡江至吴。"裴注引《魏书》曰："休祖父尝为吴郡太守。休于太守舍见壁上祖父画像,下榻拜,涕泣,同坐者皆嘉叹焉。"

⑤ 按:《魏志·曹休传》裴注引《魏书》曰："休丧母至孝。帝使侍中夺丧服,休受诏而形体益憔悴。"据此则休之事亲可知矣。

⑥"雄",郭误"雉"。

⑦"接",郭作"按"。

⑧"埸",汪误"场",失韵。《魏志·曹休传》:"文帝即王位,为领军将军。夏侯惇薨,以休为镇南将军。车驾临送,上乃下舆执手而别。孙权遣将屯历阳,休到,击破之。又别遣兵渡江,烧贼芜湖营数千家。迁征东将军,领扬州刺史,进封安阳乡侯。帝征孙权,以休为征东大将军,假黄钺,督张辽等及诸州郡二十馀军,击权大将吕范等于洞浦,破之。拜扬州牧。明帝即位,进封长平侯。吴将审德屯皖,休击破之,斩德首,吴将韩综、翟丹前后率众诣休降。增邑四百,并前二千五百户,迁大司马,都督扬州如故。太和二年,帝为二道征吴,遣司马宣王从汉水下,督休诸军向寻阳。贼将伪降,休深入,战不利,退还宿石亭。军夜惊,士卒乱,弃甲兵辎重甚多。休上书谢罪,帝遣屯骑校尉杨暨慰谕,礼赐益隆。休因此痈发背,薨。"据此,休虽败于石亭,其平素之建功淮南亦多矣。

光禄大夫荀侯诔①

如冰之清,如玉之洁。法而不威,和而不褻②。百寮士庶,歆歔沾缨③。机女投杼,农夫辍耕。轮结辙而不转,马悲鸣而倚衡④。

①《魏志·荀彧传》："彧，字文若，颍川颍阳人也。建安八年，封万岁亭侯。十七年，太祖会征孙权，表请彧劳军于谯，因辄留彧，以侍中、光禄大夫持节，参丞相军事。太祖军至濡须，彧疾留寿春，以忧薨，年五十。谥曰敬侯。"从《类聚·职官·光禄大夫》校。

②"衰"，郭误"薨"。

③"沾"上，徐缺二字。

④ 按：《魏志·荀彧传》陈寿评曰："荀彧清秀通雅，有王佐之风，然机鉴先识，未能充其志也。"注："臣松之以为，斯言之作，诚未得其远大者也。彧岂不知魏武之志气，非衰汉之贞臣哉？良以于时王道既微，横流已极[1]，雄豪虎视，人怀异心。不有拨乱之资，仗顺之略，则汉室之亡忽诸，黔首之类殄矣。夫欲翼赞时英，一匡屯运，非斯人之与而谁与哉！是故经纶急病，若救身首，用能动于崄中，至于大亨[2]，苍生蒙舟船之接，刘宗延二纪之祚，岂非荀生之本图，仁恕之远致乎？及至霸业既隆，剪汉迹著，然后亡身殉节，以申素情，全大正于当年，布诚心于百代，可谓任重道远，志行义立。谓之未充，其殆诬欤！"据此则彧之亡身殉节，子建虽不能言，然云："百寮士庶，欷歔沾缨。"其推崇亦甚至矣。

平原懿公主诔①

俯振地纪，仰错天文。悲风激兴，霜焱雪雰②。凋兰夭蕙，良干以泯。於惟懿主③，瑛瑶其质。协策应期，含英秀出。岐嶷之姿，实朗实极④。生在十旬⑤，察人识物。仪同圣表，声协音律。骧眉识往，俯瞳知来⑥。求颜必笑，和音则

---

[1]"极"，原误作"及"，据《三国志》裴松之注改。
[2]"亨"，原误作"享"，据《三国志》裴松之注改。

孩⑦。阿保接手，侍御充旁。常在襁褓，不停笫床⑧。专爱一宫，取玩圣皇。何图奄忽，罹天之殃。魂神迁移，精爽翩翔⑨。号之不应，听之莫聆⑩。帝用吁嗟，呜咽失声⑪。呜呼哀哉！怜尔早殁，不逮阴光⑫。改封大郡，惟帝旧疆。建土开家，邑移蕃王。琨珮惟鲜⑬，朱绂斯煌⑭。国号既崇，哀尔孤独。配尔名才⑮，华宗贵族。爵以列侯，银艾优渥。成礼于宫，灵辁交毂⑯。生虽异室，殁同山岳。爰构玄宫，玉石交连。朱房皓壁⑰，日曜电鲜⑱。饰终备卫⑲，法生象存。长埏缮修，神闱掩扉。二柩并降，双魂孰依？人谁不殁，怜尔尚微。阿保激摧⑳，上圣伤悲。城阙之诗，以日喻岁㉑。况我爱子，神光长灭㉒。扃关一阖，曷其复晰㉓。

①《魏志·甄皇后传》："太和六年，明帝爱女淑薨，追谥淑，为平原懿公主，为之立庙。取后之从孙黄与合葬，追封黄列侯。以夫人郭氏从弟德为之后，承甄氏姓，封德为平原侯，袭公主爵。"今从《初学记》、《艺文类聚·公主部》校。

②"焱"，《类聚》作"飙"。

③"主"，郭误"王"。

④"极"，《初学记》作"一"。

⑤"生在"，郭作"在生"。

⑥"瞳"，汪作"首"。

⑦"孩"，《初学记》、郭误"该"。

⑧"笫"，汪作"帏"。

⑨"翩"，汪作"翱"。

⑩"莫"，郭作"不"。

⑪ 四字据《初学记》补。

⑫ "阴光",《初学记》作"光阴",《类聚》作"阴光",与"疆"、"王"韵叶。

⑬ "琨",《类聚》一作"绲"。

⑭ "斯",郭作"惟"。

⑮ "名才",《初学记·公主》作"名才",《初学记·驸马》"事对"亦作"名才",《类聚》作"名子",各本作"君子"。

⑯ "辒",郭作"辒",《初学记》作"辒"。

⑰ "壁",郭作"璧"。

⑱ "日",《初学记》、《类聚》作"皜",郭作"皓",与上"皓壁"复。《书钞·礼仪部·冢墓》作"日",是也。

⑲ "备",郭误"泣"。

⑳ "摧",郭作"感"。

㉑ "喻",郭作"逾"。

㉒ 宋吴棫《韵补·十月》"岁,苏绝切",曹植《平原公主诔》四句。

㉓ 按:明帝葬女过礼,陈群、杨阜俱有谏疏。

武帝诔 并序①

於惟我王,承运之衰。神武震发[1],群雄戡夷②。拯民于下,登帝太微。德美旦、奭,功越彭、韦。九德光备,万国作师。寝疾不兴,圣体长违③。华夏饮泪[2],黎庶含悲。神翳功显,身沉名飞。敢扬圣德,表之素旗。乃作诔曰:

於穆我王,胄稷胤周④。贤圣是绍,元懿允休。先侯佐

---

[1] "震",原误作"振",据《艺文类聚》及各本曹集改。
[2] "泪",原误作"泣",据《艺文类聚》及各本曹集改。

汉⑤，实惟平阳。功成绩著，德昭二皇⑥。民以宁一，兴咏有章。我王承统，天姿特生⑦。年在志学，谋过老成。奋臂旧邦，翻身上京。袁与我王⑧，平交若神⑨。张、陈背誓⑩，傲帝虐民。拥徒百万，虎视朔滨。我王赫怒，戎车列陈。武卒虓阚，如雷如震⑪。欃枪北扫，举不浃辰。绍遂奔北，河朔是宾。振旅京室⑫，帝嘉厥庸。乃位丞相，总摄三公。光受上爵⑬，君临魏邦。九锡昭备，大路火龙⑭。玄鉴灵蔡⑮，探幽洞微⑯。下无伪情，奸不容非。敦俭尚古，不玩珠玉。以身先下，民以纯朴。圣性严毅，平修清一⑰。惟善是嘉，靡疏靡昵。怒过雷霆⑱，喜逾春日。万国肃虔，望风震慄⑲。既总庶政，兼览儒林。躬著雅颂⑳，被之瑟琴㉑。茫茫四海，我王康之。微微汉嗣，我王匡之。群杰扇动，我王服之㉒。喁喁黎庶，我王育之。光有天下，万国作君。虔奉本朝，德美周文。以宽克众，每征必举。四夷宾服，功逾圣武㉓。翼帝主世㉔，神武鹰扬。左钺右旄，威陵伊吕。年逾耳顺，体愉志肃㉕。乾乾庶事，气过方叔。宜并南岳，君国无穷。如何不吊，祸钟圣躬㉖。弃离臣子，背世长终。兆民号咷，仰诉上穹。既以约终，令节不衰。既即梓宫，躬御缀衣。玺不存身，惟绋是荷。明器无饰，陶素是嘉。既次西陵，幽闺启路。群臣奉迎，我王安厝。窈窕玄宇，三光不入㉗。潜闼一扃㉘，尊灵永蛰㉙。圣上临穴，哀号靡及。群臣陪临，伫立以泣。去此昭昭，于彼冥冥。永弃兆民，下君百灵。千代万叶㉚，曷时复形？

①《魏志》:"建安二十五年春正月庚子,王崩于洛阳。二月丁卯,葬高陵。"从《类聚·帝王部》校。

②"戡",《类聚》作"殄"。

③"违",《类聚》作"归"。

④《志注》引王沈《魏书》曰:"其先出于黄帝。当高阳世,陆终之子曰安,是为曹姓。周武王克殷,存陆终之后,封曹侠于邾。"子建云"胄稷胤周",是祖曹叔振铎,与王沈不同。要之皆附会也,可勿深论。《蒋济传》:"初,侍中高堂隆论郊祀事,以魏为舜后,推舜配天。济以为舜本姓妫,其苗曰田,非曹之先,著文以追诘隆。"注:"臣松之案:蒋济《立郊议》称《曹腾碑文》云'曹氏族出自邾',《魏书》述曹氏胤绪亦如之。魏武作《家传》,自云曹叔振铎之后。故陈思王作《武帝诔》曰:'於穆我王,胄稷胤周。'此其不同者也。"汉《郃阳令曹全碑》云:"其先盖周之胄,武王秉乾之机,翦伐殷商,封弟叔振铎于曹国,因氏焉。"与曹氏《家传》同。

⑤"汉",徐误"仆"。

⑥"皇",郭作"王"。"二皇"谓曹参事汉高、惠二皇也。

⑦"天",郭误"文"。"特",《类聚》作"时"。

⑧"袁"谓袁绍,郭误表。

⑨"平交",郭误"交兵"。"平交"者,平日之交,曹、袁本同盟也。

⑩吴志忠云:"张邈、陈宫以兖州迎吕布。"按:吴说非也。此以张耳、陈馀喻魏武与袁绍,谓绍背誓也。

⑪"虓",郭误"处"。"震",郭作"电",张炎作"霆"。今从《类聚》,作"震"是也。按:班固《东都赋》:"凭怒雷震。"与上"珍"、"文"韵叶。

⑫"室",郭作"师"。

⑬"光",郭作"进"。

⑭"火",郭作"光"。

⑮"蔡",郭作"察"。

⑯"洞",徐误"洞"。

⑰"平",郭作"手",张炎作"守"。

⑱ "霆",郭作"电"。

⑲ "慄",郭作"肃"。

⑳ "躬",郭作"穷"。

㉑ "瑟琴",郭作"琴瑟"。

㉒ "杰",《类聚》作"桀"。

㉓ "逾",郭作"夷"。

㉔ "主",郭作"王"。

㉕ "愉",郭作"壮"。

㉖ "钟",郭作"终"。

㉗ "入",郭作"晰"。

㉘ "潜",郭作"幽"。

㉙《文心雕龙·指瑕》云:"陈思之文,群才之俊也。而《武帝诔》云:'尊灵永蛰。'《明帝颂》云:'圣体浮轻。''浮轻'有似于蝴蝶,'永蛰'颇疑于昆虫。施之尊极,岂其当乎?"《颜氏家训· 文章》篇:"陈思王《武帝诔》遂深'永蛰'之思,是方父于虫也。"《金楼子》亦有此论。绪曾按:《尔雅》:"蛰,静也。"《易·系辞》云:"龙蛇之蛰。"以龙喻父,尊之至矣,岂有不当乎?孔融《离合作郡姓名诗》:"蛇龙之蛰,俾也可忘。"刘彦和、萧世诚、颜之推盖仅知《月令》"蛰虫"之说,而不思《系辞》"龙蛇"之语。以之诋诃文章,掎摭利病,未免蹈刘季绪之覆辙矣。

㉚ 郭作"万乘千代",徐、李作"千代万乘"。

人事既关,聪镜神理①。

①《文选》谢灵运《述祖德》诗注引《武帝诔》,又谢灵运《京口北固应诏》诗注引"聪竟神理"一句。

文帝诔 并序①

阶青云而诞德②。

惟黄初七年五月七日③,大行皇帝崩④。呜呼哀哉！于时天震地骇,崩山陨霜。阳精薄景,五纬错行。百姓吁嗟⑤,万国悲伤⑥。若丧考妣,思慕过唐⑦。擗踊郊野⑧,仰愬穹苍⑨。金日何辜⑩,早世陨丧。呜呼哀哉！悲夫大行,忽焉光灭。永弃万民⑪,云往雨绝。承问荒忽⑫,惛懵哽咽。袖锋抽刃,欲自僵毙⑬。追慕三良,甘心同穴。感彼南风⑭,惟以郁滞。终于偕殂⑮,指景自逝。考诸先记⑯,寻之哲言⑰。生若浮寄,惟德可论⑱。朝闻夕逝,孔志所存。皇虽壹殁,天禄永延⑲。何以述德？表之素旃。何以咏功？宣之管弦。乃作诔曰：

皓皓太素,两仪始分。中和产物⑳,肇有人伦。爰暨三皇,实秉道真。降逮五帝,继以懿纯。三代制作㉑,踵武立勋。季嗣不维㉒,网漏于秦。崩乐灭学,儒坑礼焚㉓。三世而歼㉔,汉氏乃因。弗求古训,嬴政是遵㉕。王纲帝典,阒尔无闻㉖。元光幽昧㉗,道究运迁。乾坤回历㉘,简圣授贤。乃眷大行,属以黎元。龙飞启祚,合契上玄。五行定纪㉙,改号革年。明明赫赫,受命于天。仁风偃物㉚,德以礼宣。详惟圣质㉛,岐嶷幼龄㉜。研几六典㉝,学不过庭。潜心无罔㉞,亢志高明㉟。才秀藻朗,如玉之莹。听察无响㊱,视睹未形㊲。其刚如金,其贞如琼。如玉之洁㊳,如砥之平。爵功无私㊴,戮违无轻。心镜万机,揽照下情㊵。思良股肱,嘉昔伊、吕。

搜扬侧陋,举汤代禹。拔才岩穴,取士蓬户。惟德是荣[41],弗拘祢祖。宅土之中,率民以渐[42]。道义是图,弗营厥险。六合通同,齐契共检。导下以纯,民由朴俭[43]。恢拓规矩[44],克绍前人。科条品制,褒贬以因。乘殷之辂,行夏之辰。金根黄屋,翠葆龙鳞。绂冕崇丽,衡纮维新。尊肃礼容,瞩之若神[45]。方牧妙举,钦于恤民。虎将荷节,镇彼四邻。朱旗所剿,九壤披震[46]。畴克不若?孰敢不臣?县旌海表,万里无尘。房备凶彻,鸟殪江岷。权若涸鱼[47],干腊矫鳞[48]。肃慎纳贡,越裳效珍。条支绝域,侍子内宾[49]。德侪先皇[50],功侔太古。上灵降瑞,黄初俶祜[51]。河龙洛龟,陵波游下。平均应绳,神鸾翔舞。数荚阶除,系风扇暑。皓兽素禽,飞走郊野。神钟宝鼎,形自旧土。云英甘露,瀺涂被宇[52]。灵芝冒沼,朱华荫渚[53]。回回凯风,祁祁甘雨。稼穑丰登,我稷我黍。家佩惠君,户蒙慈父。图致太和[54],洽德全义。将登介山[55],先皇作俪。镌石纪勋,兼录众瑞。方隆封禅,归功天地。宾礼百灵,勋命视规。望祭四岳[1],燎封奉祟[56]。肃于南郊,宗祀上帝。三牲既供,夏禘秋尝。元侯佐祭,献璧奉璋。鸾舆幽蔼,龙旗太常。爰迄太庙,钟鼓锽锽。颂德咏功,八佾锵锵。皇祖既飨,烈考来享。神具醉止,降兹福祥。天地震荡,大行康之;三辰暗昧,大行光之;皇纮绝维[57],大行纲之;神器莫统,大行当之;礼乐废弛,大行张之;仁义陆沉,大行扬之;潜龙隐凤,大行翔之;疏狄遐康[2],大行匡之。

---

[1] “祭”,原误作“登”,据《三国志注》、《三国文类》及各本曹集改。
[2] “狄”,原误作“遽”,据《三国志注》、《三国文类》及各本曹集改。

在位七年，九功仍举㊳。将永太和，绝迹三五。宜作物师，长为神主。寿终金石，等算东父㊴。如何奄息㊵，摧身后土。俾我茕茕，靡瞻靡顾。嗟嗟皇穹，胡宁忍务㉛？呜呼哀哉！明监吉凶，体达存亡㉒。深垂典制，申之嗣皇㉓。圣上虔奉，是顺是将。乃创玄宇，基为首阳㉔。拟迹谷林㉕，追尧纂唐㉖。合山同陵㉗，不树不疆。涂车刍灵，珠玉靡藏。百神警侍，来宾幽堂㉘。耕禽田兽，望魂之翔。于是俟大隧之致功兮㉙，练元辰之淑祯。潜华体于梓宫兮㉚，冯正殿以居灵㉛。顾望嗣之号咷兮㉜，存临者之悲声。悼晏驾之既疾兮㉜，感容车之速征。浮飞魂于轻霄兮，就黄墟以灭形㉝。背三光之昭晰兮，归玄宅之冥冥㉔。嗟一往之不返兮，痛闶闶之长扃。咨远臣之眇眇兮，成凶讳以怛惊。心孤绝而靡告兮，纷流涕而交颈。思恩荣以横奔兮，阂阙塞之峣峥。顾衰绖以轻举兮，迫关防之我婴㉕。欲高飞而遥憩兮，惮天网之远经。愿投骨于山足兮㉖，报恩养于下庭。慨拊心而自悼兮，惧施重而命轻㉗。嗟微躯之是效兮，甘九死而忘生。几司命之役籍兮，先黄发而殒零。天盖高而察卑兮，冀神明之我听㉘。独郁伊而莫愬兮㉙，追顾影而怜形。奏斯文以写思兮，结翰墨以敷陈。呜呼哀哉㉚！

①《魏志·文帝纪》："黄初七年夏五月丁巳，帝崩于嘉福殿。六月戊寅，葬首阳陵。"注："鄄城侯植为诔曰。"按：是时植为雍丘王，非鄄城侯也。《类聚·帝王部》文不完。宋人《三国文类》足订各本、《魏志》裴注之讹，今悉据校。

②《文选》沈休文碑文注引曹植《文帝诔表》。

③ 潘眉《三国志考证》云:"按帝以丁巳日崩,推是年五月辛丑朔十七日乃得丁巳,当云五月十七日,今本脱'十'字。"

④ 郭脱上十四字,据《国志注》、张溥补。

⑤ "吁",《志注》作"呼"。

⑥ "伤",郭作"悼",非韵。

⑦ 郭作"思过慕唐"句。

⑧ "野",郭作"埜"。

⑨ "愬",郭作"想"。

⑩ "辜",郭误"为"。

⑪ "民",《志注》作"国"。

⑫ "荒忽",郭作"慌惚",张炎作"恍惚"。《文选·思玄赋》:"追荒忽于地底兮。"注:"荒忽,幽昧貌。"《一切经音义》引萧该《汉书音义》:"慌忽,冥寞无形也。"义通。

⑬ "欲",毛刻《志注》作"叹"。"僵",各本作"疆",张炎作"强",皆误。

⑭ "彼",《志注》作"惟"。

⑮ "殪",郭作"殁",与下"壹殁"句复。

⑯ "记",郭作"纪"。

⑰ "哲",郭作"誓"。

⑱ 《类聚》作"德贵长传"。

⑲ 宋吴棫《韵补》:"存,从缘切。"引曹植《文帝诔》四句。

⑳ "中和",《御览》一作"冲和"。

㉑ "制",各本作"製"。

㉒ "维",郭作"网"。

㉓ 宋吴棫《韵补·十七真》"焚,符筠切"曹植《文帝诔》。

㉔ "三",郭作"二"。按:《志注》作"三世",谓始皇、二世、子婴也。

㉕ "嬴",郭误"羸"。

㉖ 宋吴棫《韵补·十七真》"闻,微匀切,听也"曹植《文帝诔》。

㉗ "元",张炎作"末",云:"一作'元'。"郭、汪、张溥作"末",《志注》作

"求"。潘眉云:"当作'末'。"吴志忠云:"当作'元'。"

㉘《类聚》作"乾回历数"。

㉙"五",毛刻《志注》误"正"。

㉚《类聚》作"风偃物化"。

㉛"详",郭作"祥"。

㉜ 此句,郭作"岐在幼妍",既失韵,义亦难通。

㉝"研",郭作"庶"。

㉞"罔",郭作"妄"。

㉟"亢",郭误"元"。"高明",毛刻《志注》作"青冥",《类聚》作"高明",郭作"清冥"。

㊱"响",《志注》作"向",《类聚》作"响",通。

㊲"视",郭作"瞻"。

㊳"玉",汪作"冰"。

㊴《志注》作"爵公无私",《类聚》、张炎、张溥作"爵功无重",郭作"爵必无重",皆误。

㊵"揽",《志注》"揽",《类聚》作"鉴"。

㊶"德",郭误"听";"荣"误"索",毛刻《志注》作"萦"。

㊷ 毛刻《志注》及郭作"宅土之表",并脱"率民以渐"句。

㊸ 以上四句,毛刻《志注》及各本曹集作"六合是虞,齐契共遵,下以纯民",止三句,舛错失韵,文义亦不可通。

㊹"拓",各本误"折"。

㊺"瞩",《类聚》作"瞻"。

㊻"披",《志注》、郭作"被"。今从《类聚》。

㊼"权",谓孙权也。郭误"摧"。

㊽ 此句郭作"干若脯鳞"。

㊾"侍子",郭作"献款"。从《志注》。

㊿"皇",郭作"王"。从《志注》。

51 "俶",汪作"叔"。《尔雅》:"俶,始也。"从《志注》。

(52) “瀸”,《公羊·庄十七年·传》:“瀸者何?瀸,渍也。”《说文》:“渍也。”毛刻《志注》作“谶图”,俱误。《三国文类》作“瀸涂”,是也。

(53) “朱”,郭误“未”。

(54) “太”,郭作“大”。

(55)《志注》作“介山”,潘眉云:“介山,司马相如《封禅文》云:‘以登介丘,不亦恧乎?’介山作‘介丘’,即谓泰山。”各本作“泰”。

(56) “祡”,子智切。《说文》:“祡,烧柴燎以祭天神。从示,此声。《虞书》:‘至于岱宗祡。’”

(57) “维”,郭作“惟”,“绝”字在下。从《志注》。

(58) “九”,郭作“元”。

(59) “算”,郭作“寿”。

(60) “息”,吴志忠云:“一作‘忽’。”

(61) “务”,吴志忠云:“一作‘予’。”

(62) “达”,郭作“远”。

(63) “皇”,郭作“王”。

(64) “为”,《类聚》作“于”。

(65)《魏志·文帝纪》:“黄初三年冬十月甲子,表首阳山东为寿陵,作终制曰:‘礼,国君即位为椑,存不忘亡也。昔尧葬谷林,通树之;禹葬会稽,农不易亩。’”

(66) “纂”,郭作“慕”。

(67) “陵”,《类聚》作“阪”。

(68) “来宾”,《类聚》作“宾于”。

(69) “功”,各本作“力”。

(70) 各本无“兮”字,据《志注》补。

(71)《诗·闷宫》笺:“用是冯依而降精气。”《释文》:“冯又作凭。”

(72) “疾”,郭作“往”,《类聚》作“俟”。今从《志注》。

(73) “灭”,《类聚》作“藏”。

(74) “玄宅”,《类聚》作“窀穸”。

⑦⑤ "迫",徐本缺,郭作"念"。

⑦⑥ "愿",《志注》、郭作"遥",《文选·寡妇赋》李注引作"愿"。按:"愿"字是也,"遥"字涉上句"遥憩"而误耳。

⑦⑦ "施",郭、汪误"于"。

⑦⑧ "之",汪误"于"。

⑦⑨ "愬",郭作"告"。

⑧⑩ 《文心雕龙·诔碑》云:"陈思叨名,而体实繁缓。《文皇诔》末,旨言自陈,其乖甚矣。"按:此指"嗟微躯之是效兮"以下言。刘氏多轻诋陈王,不足凭也。

上卞太后诔表^①

大行皇太后资坤元之性,体载物之仁。齐美姜嫄,等德任姒。佐政内朝,惠加四海。草木荷恩,含气受润。庶钟元吉,永膺万祚②[1]。何图一旦,早弃明朝。背绝臣庶,悲痛靡告。臣闻铭以述德③,诔尚及哀。是以冒越谅闇之礼,作诔一篇。知不足赞扬明贵④,以展臣蓼莪之思。忧荒情散,不足观采⑤。

① 《明帝纪》:"太和四年六月戊子,太皇太后崩。秋七月,武宣卞后祔葬于高陵。"今从《类聚·后妃部》校。张炎、郭、汪、张溥表与诔析为二,今移表与诔合,以还其旧。

② "永膺",郭作"承育"。

---

[1] "万",原误作"福",据《艺文类聚》及各本曹集改。

③ "铭",郭作"名"。

④ "明",郭作"名"。

⑤ 郭下有晋左九嫔《上元皇后诔表》,盖因《类聚》相连而误,阁本同,今削去。

容车饰驾,以合北辰①。

① 《文选》颜延年哀策文注引"曹植《宣后诔表》"。

卞太后诔

率土喷薄,三光改度。陵颓谷踊,五行互错。皇室萧条,羽檄四布。百姓欷歔,婴儿号慕。若丧考妣,天下缟素。圣者知命,殉道宝名。义之攸在,亦弃厥生。敢扬后德,表之旗旌。光垂罔极,以慰我情。乃作诔曰:

我皇之生①,坤灵是辅。作合于魏,亦光圣武②。笃生文帝,绍虞之绪。龙飞紫宸,奄有九土。详惟圣善,岐嶷秀出。德配姜嫄,不忝先哲③。玄览万机,兼才备艺。泛纳容众,含垢藏疾。仰奉诸姑,降接俦列。阴处阳潜,外明内察。及践大位,母养万国。温温其仁④,不替明德。悼彼边氓,未遑宴息。恒劳庶事,兢兢翼翼。亲桑蚕馆,为天下式。樊姬霸楚,书载其庸。武王有乱⑤,孔叹其功。我后齐圣,克畅丹聪。不出房闼,心照万邦。年逾耳顺,乾乾匪倦。珠玉不玩,躬御绨练。日昃忘饥⑥,临乐勿谦⑦。去奢即俭,旷世作显⑧。慎终如始,蹈和履贞。恭事神祇⑨,昭奉百灵。跼天蹐地,祗畏神明。敬微慎独⑩,报礼幽冥⑪。虔肃宗庙,蠲荐三牲。降福无疆,祝云其诚⑫。宜享斯祜,蒙祉自天。何图凶咎,不免斯年。尝祷尽礼,有笃无痊。岂命有终,神食其言。遗孤在疚,承讳东藩。擗踊郊畛⑬,洒泪中原。追号皇妣,弃我何迁。昔垂顾复,今何不然?空宫寥廓,栋宇无烟。巡省阶塗⑭,仿佛楱轩。仰瞻帷幄,俯察几筵。物不毁故,而人不存。痛莫酷斯,彼苍者天。遂臻魏都,游魂旧邑。大隧开涂,灵魄斯载。叹息雾兴,挥泪雨集。徘徊辒枢,号咷弗及。神光既幽,伫立以泣。

① "皇",郭作"王"。

② "武",《文选补遗》作"代"。

③ 宋吴棫《韵补·十月》:"出,侧劣切。"引曹植《卞太后诔》。

④ "仁",各本作"人"。今从《类聚》。

⑤ "王",郭误"上"。

⑥ "昃",郭误"旴"。

⑦ "谦",郭作"听"。

⑧ "显",《文选补遗》作"检"。

⑨ "事",《文选补遗》作"俟"。

⑩ "微",徐、汪作"惟"。

⑪ "报",吴志忠云:"一作'执'。"

⑫ "诚",《文选补遗》作"神"。

⑬ "畛",郭作"甸"。

⑭ "巡",郭误"物"。

侍中王仲宣诔 并序①

维建安二十二年②正月二十四日戊申，魏故侍中关内侯王君卒③。呜呼哀哉！皇穹神察，哲人是恃④。如何灵祇，歼我吉士？谁谓不痛？早世即冥。谁谓不伤？华繁中零。存亡分流⑤，夭遂同期⑥。朝闻夕没，先民所思。何用诔德⑦？表之素旗⑧。何以赠终？哀以送之。遂作诔曰：

猗欤侍中，远祖弥芳。公高建业⑨，佐武伐商。爵同齐鲁，邦祀绝亡⑩。流裔毕万，勋绩惟光。晋献赐封，于魏之疆。天开之祚，末胄称王。厥姓斯氏，条分叶散⑪。世滋芳烈，扬声秦汉⑫。会遭阳九，炎光中矇。世祖拨乱，爰建时雍。三台树位，履道是钟。宠爵之加，匪惠惟恭。自君二祖，为光为龙⑬。金曰休哉，宜翼汉邦。或统太尉，或掌司空。百揆惟叙[1]，五典克从。天静人和⑭，皇教遐通。伊君显考，奕叶佐时⑮。入管机密，朝政以治。出临朔岱，庶绩咸熙⑯。君以淑懿，继此洪基。既有令德，材技广宣。强记洽闻，幽赞微言。文若春华，思若涌泉。发言可咏⑰，下笔成篇。何道不洽，何艺不闲⑱？棋局逞巧，博弈惟贤。皇家不造，京室陨颠。宰臣专制，帝用西迁。君乃羁旅，离此阻艰。翕然风举，远窜荆蛮。身穷志达，居鄙行鲜。振冠南岳，濯缨清川⑲。潜处蓬室，不干势权。我公奋钺，耀威南楚。荆

---

[1] "揆"，原误作"寮"，据《文选》及各本曹集改。

人或违，陈戒讲武。君乃义发，算我师旅。高尚霸功㉑，投身帝宇。斯言既发，谋夫是与。是与伊何？响我明德㉑。投戈编都㉒，稽颡汉北。我公实嘉，表扬京国。金龟紫绶，以彰勋则。勋则伊何？劳谦靡已。忧世忘家，殊略卓崎。乃署祭酒，与君行止。算无遗策，画无失理。我王建国，百司俊乂。君以显举，秉机省闼。戴蝉珥貂，朱衣皓带。入侍帷幄，出拥华盖。荣曜当世，芳风晻蔼㉓。嗟彼东夷，凭江阻湖。骚扰边境，劳我师徒。光光戎路，霆骇风徂。君侍华毂，辉辉王塗㉔。思荣怀附，望彼来威。如何不济，运极命衰。寝疾弥留，吉往凶归。呜呼哀哉！翩翩孤嗣，号痛崩摧。发轸北魏，远迄南淮。经历山河，泣涕如颓。哀风兴感，行云徘徊。游鱼失浪，归鸟忘栖。呜呼哀哉！吾与夫子㉕，义贯丹青。好和琴瑟，分过友生。庶几遐年，携手同征。如何奄忽，弃我夙零㉖。感昔宴会，志各高厉。予戏夫子，金石难弊。人命靡常，吉凶异制。此骤之人㉗，孰先陨越？何寤夫子，果乃先逝。又论死生，存亡数度。子犹怀疑，求之明据㉘。傥独有灵，游魂泰素。我将假翼，飘飘高举。超登景云，要子天路。丧枢既臻，将反魏京㉙。灵輀回轨㉚，白骥悲鸣。虚廓无见，藏景蔽形。孰云仲宣，不闻其声。延首叹息，雨泣交颈。嗟乎夫子，永安幽冥。人谁不没，达士殉名。生荣死哀，亦孔之荣。呜呼哀哉！

①《魏志》："王粲，字仲宣，山阳高平人也。建安二十一年，从征吴。二十二年春，道病卒。"《太平寰宇记·济州·任城县》："魏王粲墓在县南五十二里。"《类聚·职官部·侍中》文不完。今从《文选》校。

②《类聚》作"二十三年"。

③"卒",《类聚》作"薨"。张云璈《选学胶言》:"曹子建《赠丁仪王粲》诗:'从军度函谷,驱马过西京。'《魏志》曰:'建安二十三年秋七月,治兵,遂西征刘备。九月,至长安。'此其事也。征鲁未尝至长安,自陈仓以出散关也。注误。李氏以为征张鲁时作者,盖以《魏志·王粲传》粲以建安二十一年从征吴,二十二年春道病卒。若二十三年西征,为粲已亡故也。按:文帝《与吴质书》云:'徐、陈、应、刘,一时俱逝。'独不及粲,则粲之亡在二十二年后矣。"绪曾按:云璈既据传明言二十二年粲道病卒,不当又言在后。《王粲传》:"文帝为五官将,及平原侯植皆好文学,粲与徐幹、陈琳、阮瑀、应玚、刘桢并见友善。"所谓"建安七子"也。瑀以十七年卒,琳、玚、桢二十二年卒。五人俱逝,虽不数粲,但后云:"仲宣独自善于辞赋,惜其体弱,不足以起其文。"又云:"诸子但为未及古人,自一时之隽也。今之存者,已不逮矣。"既言"存者不逮",则作书之时,粲与应、刘辈俱亡,概可知矣。

④"是",《类聚》作"足",《文选》作"是"。

⑤"亡",《类聚》作"已",《文选》作"亡"。

⑥"遂",《类聚》作"坠",《文选》作"遂"。李注:"《庄子》:圣也者,遂于命也。"吴志忠云:"与'坠'通。"

⑦"用",《类聚》作"以",《文选》作"用"。

⑧"旗",《类聚》作"旗",《文选》作"旗"。

⑨谓毕公高也。"公",郭误"功"。

⑩"祀",郭作"嗣"。

⑪"叶",一作"枝"。

⑫《元和姓纂》云:"东海王氏,姬姓,毕公高之后。"《古今姓氏辨证》:"京兆王氏,其先亦无姓,周文王少子毕公高之后,封魏。至昭王彤生公子无忌,封信陵君。无忌生间忧,袭信陵君。秦灭魏,间忧子卑子逃难于泰山。汉高祖召为中涓,封兰陵侯。时人以其故王族也,谓之王家。卑子生悼,悼生贤。宣帝徙豪杰居灞陵,遂为京兆人。"《野客丛书》:"曹子建作《王仲宣诔》云:'流裔毕万,末胄称王。厥姓斯氏,条分叶散。世滋芳烈,扬声

秦汉。'向注：'秦有王离、王翦，汉有五侯，是"扬声"也。'按：王粲系毕公高之后，毕封于魏，后十代，文侯初盛，至孙称惠王，因以王为氏。而秦之离、翦自称王子晋之后，汉之五侯为齐田和之后。此三派不相干涉，而向注引离、翦、五侯为毕氏裔，失之。新莽姚之后，以姚、妫、陈、田、王氏五姓为宗室，且禁元城王氏勿与同姓为婚，而己自取王讱之女，魏东莱王基为子纳太原王忱女，皆不以为嫌，盖如此也。庾信作《宇文杰墓志》，亦有是说，误矣。《广韵》："东海王氏出自姬姓，毕公高之后。"

⑬《魏志·粲传》："曾祖父龚，祖父畅，皆为汉三公。"

⑭ "人"，一作"民"。

⑮ "叶"，一作"世"。

⑯《魏志》："父谦，为大将军何进长史。"《后汉书》亦同。据讱所云，不止长史也。

⑰ "可"，《类聚》作"成"。

⑱ "艺"，《一切经音义》作"蓺"；"閒"作"闲"。

⑲《文选》李注："盛弘之《荆州记》曰：'襄阳西南有徐元直宅，其西北八里方山，山北际河水，山下有王仲宣宅。故东阿王讱云："振冠南岳，濯缨清川。"'本集'清'或为'渍'，误也。"

⑳ "尚"，一作"让"。

㉑ "响"，与"向"通。

㉒ 李注："《汉书》：南郡有编郡县。"

㉓ "晻"，一作"掩"。

㉔ "辉辉"，五臣作"辉耀"。

㉕ "吾"，《类聚》作"予"。

㉖ "夙"，《类聚》作"宿"。

㉗ "驩"，《一切经音义》引《三仓》，古"欢"字。

㉘ 皇甫谧云："张仲景见侍中王仲宣，时年二十，曰：'君有病，四十当眉落，半年死。今服五石汤可愈。'仲宣嫌其言忤，受汤而不服。居三日，仲景曰：'服否？'仲宣曰：'已服矣。'仲景曰：'色候固非服汤之诊也。君何轻命

也!'仲宣犹不信。后二十年,果落眉一百八十日而死。"

㉙"反",郭、汪作"及"。

㉚"糯",郭作"辆"。

哀辞①

①《御览·文部》:"《文章流别论》曰:哀辞者,诔之流也。崔瑗、苏顺、马融等为之,率以施于童殇夭折不以寿终者。建安中,文帝、临淄侯各失孺子,命徐幹、刘桢等为之哀辞。哀辞之体,以哀痛为主,缘以叹息之辞。"

金瓠哀辞 并序①

金瓠,予之首女,虽未能言,固已授色知心矣。生十九旬而夭折,乃作此辞。辞曰:

在襁褓而抚育,向孩笑而未言。不终年而夭绝,何负罚于皇天②? 信吾罪之所招,悲弱子之无辜③。去父母之怀抱,灭微骸于粪土。天地长久④,人生几时? 先后无觉,从尔有期⑤。

① 从《类聚·人部·哀伤》校。

②"负",郭作"见"。

③"悲",郭误"非"。

④ 郭作"天长地久"。

⑤ "从",郭作"促"。

行女哀辞 并序①

行女生于季秋,而终于首夏。三年之中,二子频丧②。
家王征蜀③。

伊上帝之降命④,何短修之难裁。或华发以终年,或怀
妊而逢灾。感前哀之未阕⑤,复新殃之重来。方朝华而晚
敷,比晨露而先晞⑥。感逝者之不追,情忽忽而失度⑦。天
盖高而无阶,怀此恨其谁诉!

①《文心雕龙·哀吊》云:"建安哀辞,惟伟长差善。《行女》一篇,时有
恻怛。"从《类聚·人部·哀伤》校。

② 此系序文。

③《文选》谢灵运《拟魏太子诗》注引曹植《行女哀辞》,亦序中语。

④ "帝",《类聚》作"灵"。

⑤ "哀",郭作"爱"。

⑥ "晨",郭作"辰"。

⑦ "情忽忽",郭作"怅情忽"。

仲雍哀辞 并序①

曹喈,字仲雍,魏太子之中子也。三月而生,五月而亡②。昔后稷之在寒冰,斗谷之在楚泽,咸依鸟凭虎,而无风尘之灾。今之玄第文茵,无寒冰之惨;罗帱绮帐③,暖于翔禽之翼④;幽房闲宇,密于云梦之野;慈母良保,仁于乌菟之情⑤。卒不能延期于期载⑥[1],离六旬而夭殃⑦。

彼孤兰之眇眇,亮成干其毕荣。哀绵绵之弱子,早背世而潜形。且四孟之未周,将何愿乎一龄⑧。阴云回于素盖,悲风动其扶轮。临埏闵以欷歔,泪流射而沾巾。

① 今从《类聚·人部·哀伤》校。
② 喈,《魏志》:文帝子有赞哀王协,谥经殇公。喈或一名协也。
③ "帱",郭作"帐"。
④ "禽",郭作"鸟"。
⑤ "乌菟",郭作"乌虎"。按:鸟翼已见上句,今从《类聚》。"乌菟"正谓虎也。
⑥ "期",郭误"慕"。
⑦ "离",郭误"虽"。今据《类聚》改。"殃",一作"殁"。
⑧ "何"字,郭脱。"愿"下,张溥有"之"字。

痛玄庐之虚廓①。

---

[1] "载",原误作"岁",据《艺文类聚》及各本曹集改。

①《文选》陆士衡《挽歌诗》注:"曹植《曹嗜诔》。""诔"疑即此哀辞。

流尘飘荡魂安归①。

①《文选》刘休玄《拟古》诗注引"曹植《曹仲雍诔》"。

曹集考异卷十

论

汉二祖优劣论^①

客有问余曰^②："夫汉二帝，高祖、光武，俱为受命拨乱之君^③，比时事之难易^④，论其人之优劣，孰者为先？"

余应之曰："汉之二祖，俱起布衣。高祖阙于细微，光武知于礼德^⑤。昔汉之初兴，高祖因暴秦而起，官由亭长，自亡徒招集英雄^⑥，遂诛强楚，光有天下。功齐汤、武，业流后嗣。诚帝王之元勋，人君之盛事也。然而名不继德，行不纯道。且寡善人之美称，鲜君子之风采。惑秦宫而不出，窘项座而不起。计失乎郦生^⑦，忿过乎韩信。太公是诘，于孝违矣。败古今之大教，伤王道之实义^⑧。溺儒冠不可言敬，辟阳淫僻，与众共之^⑨。诗书礼乐，帝尧之所以为治也，而高帝轻之^⑩。济济多士，文王之所以获宁也，而高帝蔑之不用。听戚姬之邪媚，致吕氏之暴戾^⑪。身殁之后，崩亡之际，果令凶妇肆酖酷之心^⑫，嬖妾被人豕之刑。亡赵幽囚，祸殃骨肉。诸吕专权，社稷几移。凡此诸事，岂非高祖寡计浅虑以致此？然彼之雄才大略，倜傥之节，信当世至豪健壮杰士也。又其枭将画臣^⑬，皆古今之鲜有，历世之希睹。彼能任其才而用之,听其言而察之,故兼天下,有帝位,流巨勋而遗元功也⑭。不然,斯不免于闾阎之人,当世之匹夫也⑮。世祖体乾灵之休德,禀贞和之纯精。通黄中之妙理⑯,韬亚圣之奇才。聪达而多识⑰,仁智而明恕。重慎而周密⑱,乐施而爱人。值阳九无妄之世,遭炎光厄会之运。殷尔雷发,赫然神举。用武略以攘暴,兴义兵以扫残。神光前驱,威风先逝⑲。破二公于昆阳,斩卓、赐于汉津⑳。军未出于南京,莽已毙于西都。当此时也,九州鼎沸,四海渊涌。言帝者二三,称王者四五。咸鸱视狼顾,虎超龙骧。光武秉朱光之巨钺,震赫斯之隆怒㉑。若克东齐难胜之寇,降赤眉不计之虏。彭宠以望异内隙,庞萌以叛主取戮。隗戎以背信毙躯,公孙以离心授首㉒。夫其荡涤凶秽,剿除丑类,若顺迅风而纵烈火,晒白日而扫朝云也。将则难比于韩、周,谋臣则不敌于良、平㉓。尔乃庙谋而后动众㉔,计定而后行师。故攻无不陷之垒,战无奔北之卒。是以群下欣欣,归心圣德。宣仁以和众,迈德以来远。于是战克之将,筹画之臣,承诏奉令者获宠,违命犯旨者颠危。故曰:建武之行师也,计出于主心,胜决于庙堂㉕。故窦融闻声而景附,马援一见而叹息。股肱有济济之美,元首有穆穆之容。敦睦九族,有唐虞之称;高尚纯朴,有羲皇之素;谦虚纳下,有吐握之劳;留心庶事,有日昃之勤。乃规弘迹而造皇极,创帝道而立德基。是以计功则业殊,比隆则事异㉖,旌德则靡譽,言行则无秽,量力则势微,论辅则力劣。卒能握乾图之休徵,应五百之显期,立不刊之遐迹,建不朽之元功。金石播其休烈,诗书载其勋懿。故曰:光

武其近优也。"㉗

① 各本从《类聚·帝王部》录出，今取《御览·人事部·品藻》、梁元帝《金楼子·立言》篇以补其阙。

② "客有"，郭作"有客"；"余"作"予"。

③ "受"，郭作"授"。

④ "比"，郭作"此"。

⑤ 四句据《金楼子》补。

⑥ 以上十一字，据《御览》补。

⑦ "郦"，一本误作"蒯"。

⑧ 十句据《御览》补。

⑨ 三语俱当有偶句，今无从补。

⑩ 下阙二字，对下"不用"。

⑪ 以上十一句，据《金楼子》补。

⑫ "酖"，郭误"耽"。据《类聚》改。

⑬ "枭"，徐、李误"枭"。《御览》作"骁将荩臣"。

⑭ "勋"、"功"二字，郭互易。今从《类聚》。

⑮ 二句据《金楼子》补。《御览》云："故兼天下而有帝位也，不然，斯不免当世之妄夫。"按：《御览》"帝位"下截去七字，"匹"作"妄"；《金楼子》截去"不然"二字，据《御览》补。

⑯ "中"，郭误"钟"。

⑰ "聪"，郭作"通"。

⑱ 郭脱"而"字。

⑲ "扫残"，郭作"残贼"；"风"作"光"；"逝"作"游"。

⑳ 以上二句据《金楼子》补。

㉑ 以上九句据《御览》补，前五句亦见《金楼子》。

㉒ 以上六句据《金楼子》补。

㉓ 以上二句据《金楼子》补。

㉔ "谋",《金楼子》作"胜"。

㉕ 七句,《金楼子》在"故窦融"上,今据补。

㉖ "比",郭误"北"。

㉗ "近"字,据《御览》补。《金楼子》:"诸葛亮曰:'曹子建论光武,将则难比于韩、周,谋臣则不敌良、平。时人谈者亦以为然。吾以此言诚欲美大光武之德,而有诬一代之俊异。何哉?追观光武二十八将,下及马援之徒,忠贞智勇,无所不有。笃而论之,曩时所以张、陈特显于前者,乃自高帝动多阔疏,故良、平得广于忠信,彭、勃得横行于外。语有"曲突徙薪无恩泽,焦头烂额为上客",此言虽小,有似二祖之时。光武神略计较,生于天心,故帷幄无他所思,六奇无他所出。于是以谋合议同,共成王业而已。光武称邓禹曰:"孔子有回,而门人益亲。"叹吴汉曰:"将军差强吾意,其武力可及,而忠不可及。"与诸臣计事,常令马援后言,以为援策每与谐合。此皆明君知臣之审也。光武上将非减于韩、周,谋臣非劣于良、平。原其光武策虑深远,有杜渐曲突之明。高帝能疏,故张、陈、韩、周有焦烂之功耳。'黄琼言:'光武创基于冰泮之中,用兵于枳棘之地。有奇功也。'或曰:'光武之时,敌宁有项羽者?'余应之曰:昔马援见公孙述自修饰作边幅,知无大志,推羽之行,皆较然可见,而胡有疑也。仲长公理言:'世祖文史为胜。'晋简文言:'光武雄豪之类,最为规检之风。'世诚以为子建言其始,孔明扬其波,公理导其源,简文宏其说,则通人之谈,世祖其极优矣。"绪曾按:武侯所举子建论"将则难比于韩、周,谋臣则不敌良、平"二语,今本亦无,其删截者多矣。武侯此论,辑《诸葛丞相集》者俱未采入。盖子建此文传至蜀中,武侯见而论之耳。"无恩泽",《金楼子》刻本误作"无彼人"。

相　论①

世人固有身瘠而志立,体小而名高者,于圣则否。是以尧眉八彩,舜目重瞳,禹耳参漏,文王四乳。然则世亦有四乳者,此则驽马一毛似骥耳。孔子面如蒙供,周公形如断菑也[2]。又曰:宋臣有公孙吕者[3],长七尺,面长三尺[1],广三寸[4],名震天下[5]。若此之状,盖远代而求,非一世之异也。使形殊于外,道合其中,名震天下,不亦宜乎! 语云:"无忧而戚,忧必及之;无庆而欢,乐必还之。"[6]此心有先动,而神有先知,则色有先见也[7]。故扁鹊见桓公,而知其将亡;申叔见巫臣,知其窃妻而逃也。荀子曰:"以为天不知人事耶?则周公有风雷之灾,宋景有三舍之福。以为天知人事耶?则楚昭有弗禜之应[8],邾文无延期之报[9]。"由是言之,则天道之与相占,可得而知而疑,不可得而无也[10]。

① 从《类聚·方术部·相》校。

② "孔子"二句,各本无,据释法琳《辨正论·十喻》篇陈子良注引曹植《相论》补。

③ "宋",《荀子》作"齐"。

④ "寸",《御览》作"尺"。

⑤ "名震天下"四字,郭脱,从《类聚》补。"广"上,《荀子》有"焉"字。

⑥ "还",郭作"随"。

⑦ "色",郭脱。

⑧ "则",郭脱,"禜"误"荣"。楚昭事见《左传·鲁哀公六年》。

⑨ "邾",郭误"魏"。邾文事见《左传·鲁文公十三年》。

⑩ 上句"得而"二字,郭脱,作"可知而疑"。自"荀子曰"以下十一句,张溥无。

_____

[1] "面长",原误作"而",据《艺文类聚》、《太平御览》及各本曹集改。

辩道论①

夫神仙之书，道家之言，乃云：傅说上为辰尾宿；岁星降下为东方朔；淮南王安诛于淮南，而谓之获道轻举；钩弋死于云阳，而谓之尸逝柩空。其为虚妄，甚矣哉！

中兴笃论之士有桓君山者，其所著述多善。刘子骏尝问："言人诚能抑嗜欲，阖耳目，可不衰竭乎？"时庭下有一老榆，君山指而谓曰："此树无情欲可忍，无耳目可阖，然犹枯槁腐朽。而子骏乃言可不衰竭，非谈也。"君山援榆喻之，未是也。何者②？"余前为王莽典乐大夫。《乐记》云：文帝得魏文侯乐人窦公，年百八十，两目盲。帝奇而问之：'何所施行？'对曰：'臣年十三而失明，父母哀其不及事，教臣鼓琴。臣不能导引，不知寿得何力。'"君山论之曰："颇得少盲，专一内视，精不外鉴之助也。"先难子骏以内视无益，退论窦公，便以不外鉴证之。吾未见其定论也。君山又曰："方士有董仲君者，有罪系狱，佯死数日，目陷虫出，死而复生，然后竟死。"生之必死，君子所达，夫何喻乎？夫至神不过天地，不能使蛰虫夏潜③，震雷冬发，时变则物动，气移而事应。彼仲君者，乃能藏其气，尸其体，烂其肤，出其虫，无乃大怪乎④！

世有方士，吾王悉所招致，甘陵有甘始，庐江有左慈，阳城有郗俭。始能行气导引，慈晓房中之术，俭善辟谷，悉号数百岁⑤。本所以集之于魏国者，诚恐斯人之徒，挟奸宄以欺众,行妖隐以惑民,故聚而禁之也⑥。岂复欲观神仙于瀛洲,求安期于海岛,释金辂而履云舆,弃六骥而羡飞龙哉⑦！自家王与太子及余兄弟,咸以为调笑,不信之矣⑧。然始等知上遇之有恒,奉不过于员吏,赏不加于无功,海岛难得而游,六绂难得而佩,终不敢进虚诞之言,出非常之语。

余尝试郄俭绝谷百日,躬与之寝处,行步起居自若也。夫人不食七日则死,而俭乃如是。然不必益寿,可以疗疾,而不惮饥馑焉。左慈善修房内之术,差可终命。然自非有志至精,莫能行也⑨。甘始者,老而有少容,自诸术士咸共归之。然始辞繁寡实,颇有怪言⑩。余尝辟左右,独与之谈,问其所行,温颜以诱之,美辞以导之。始语余:"吾本师姓韩,字世雄⑪。尝与师于南海作金⑫,前后数四,投数万斤金于海。"又言:"诸梁时,西域胡来献香罽腰带、割玉刀,时悔不取也。"又言:"车师之西国,儿生,擘背出脾,欲其食少而怒行也。"⑬又言:"取鲤鱼五寸一双,合其一煮药,俱投沸膏中。有药者奋尾鼓鳃,游行沉浮,有若处渊。其一者已熟而可噉。"余时问言:"率可试不?"言:"是药去此逾万里,当出塞。始不自行,不能得也。"言不尽于此,颇难悉载,故粗举其巨怪者⑭。始若遭秦皇、汉武帝,则复为徐市、栾大之徒也⑮。桀、纣殊世而齐恶,奸人异代而等伪,乃如此耶?

又世虚然有仙人之说。仙人者,傥猱猨之属与[1]? 世人得道化为仙人乎? 夫雉入海为蜄,燕入海为蜃。当其徘徊其翼,差池其羽,犹自识也。忽然自投,神化体变,乃更与鼋鳖为群,岂复自识翔林薄、巢垣屋之娱乎[16]?牛哀病而为虎,逢其兄而噬之。若此者,何贵于变化耶[17]!夫帝者,位殊万国,富有天下,威尊彰明[1],齐光日月。宫殿阙庭,焜耀紫微,何顾乎王母之宫、昆仑之域哉!夫三鸟备役[18],不如百官之美也;素女嫦娥,不若椒房之丽也;云衣羽裳[19],不若黼黻之饰也;驾螭载霓,不若乘舆之盛也;琼蕊玉华,不若玉圭之洁也。而顾为匹夫所罔,纳虚妄之辞,信眩惑之说,隆礼以招弗臣,倾产以供虚求,散王爵以荣之,清闲馆以居之,经年累稔,终无一验。或殁于沙丘,或崩于五柞。临时[20]虽复诛其身,灭其族,纷然足为天下一笑矣!若夫玄黄所以娱目,铿锵所以乐耳[21],媛妃所以绍先,刍豢所以悦口也。何以甘无味之味,听无声之乐,观无采之色也[22]?然寿命长短,骨体强劣,各有人焉。善养者终之,劳扰者半之,虚用者夭之,其斯之谓矣[23]!

① 宋十卷本从《类聚·灵异部·仙道》辑出。今从孙星衍《续古文苑》,取《三国志注》、《广弘明集》、《辨正论》、《博物志》以益之。《文心雕龙》云:"陈思《辩道》,体同书钞。言不持正,不如其已。"刘彦和晚年披剃为僧,名慧地,盖崇尚虚妄,不喜此论。

② 孙云:"此处有脱文。"

③ "潜",《续古文苑》作"逝"。

④ 已上见《辨正论》、《广弘明集》。

⑤《志注》、《广弘明集》俱作"三百岁"。今从《类聚》。

⑥ 孙云:"六字依《辨正论》补。据《广弘明集》,无'也'字。"

[1] "威",原误作"盛",据孙星衍《续古文苑》及各本曹集改。

⑦ 自"世有方士"以下,《类聚》、各本俱有。

⑧ 按:魏文帝《典论·论方术》云:"颍川郤俭能辟谷,饵伏苓;甘陵甘始亦善行气,老有少容;庐江左慈知补导之术,并为军吏。初,俭之至,市伏苓,价暴贵数倍。议郎安平李覃学其辟谷,餐伏苓,饮寒水,中泄利,殆至殒命。后始来,众人无不鸱视狼顾,呼吸吐纳。军谋祭酒弘农董芬为之过差,气闭不通,良久乃苏。左慈到,又竞受其补导之术,至寺人严峻往从问受,阉竖真无事于斯术也。人之逐声,乃至于是。光和中,北海王和平亦好道术,自以当仙。济南孙邕少事之,从至京师。会和平病死,邕因葬之东陶[1]。有书百馀卷、药数囊,悉以送之。后弟子夏荣言其尸解,邕至今恨不取其宝书仙药。刘向惑于鸿宝之说,君游眩于子政之言。古人愚谬,岂惟一人哉!"

⑨ 自"岂复欲观神仙于瀛洲"以下至此,《广弘明集》无。

⑩ 自"甘始者"至"怪言",亦见《广弘明集》。

⑪ "雄",宋本《事类赋》作"雅"。

⑫ "海",《事类赋》作"流"。

⑬ "怒",《御览》作"努"。

⑭ 自"余尝辟左右"以下至"怪者",《广弘明集》无。

⑮ 孙云:"自'世有方士'以下,见《三国志注》。"按:《博物志》引陈思王《辩道论》,中多删节,"不信之矣",作"全不信之",又多"王使郤孟节主领诸人"一句。《广弘明集》"市"作"福","也"作"矣"。

⑯ 自"世有"至"禁之",又自"桀纣"至"娱乎",见《广弘明集》。

⑰ "桀纣"以下,孙云:"见《辨正论》。""牛哀"以下二十一字,陈子良注引有"之",今据补。绪曾按:《广弘明集》卷十四引《九箴》篇注,自"仙人者"至"变化耶"。

⑱ "备役",郭及孙误"被致"。据《类聚》改。

⑲ "羽",孙作"雨"。今从《类聚》。

---

[1] "陶",原误作"南",据曹丕《典论》改。

⑳ 孙云："此十二字,依《辨正论》补。"

㉑ "耳",郭及孙误作"耸"。

㉒ 孙云："自'帝者'至此,见曹植集。"按:此见《类聚》。

㉓《广弘明集》卷五《辨惑》篇第二之一,唐释道宣云："植字子建,魏武帝第四子也。初封东阿郡王,终后谥为陈思王也。幼合珪璋,十岁能属文,下笔便成,初无所改。世间术艺,无不毕善。邯郸淳见而骇服,称为天人也。植每读佛经,辄流连嗟玩,以为至道之宗极也。遂制转读七声,升降曲折之响。故世云讽诵,咸宪章焉。尝游鱼山,闻空中梵天之赞,乃摹而传于后,则备见梁《法苑集》。然统括道源,精究仙录,诈妄尤甚,故著论以辩云。"孙云："已上见《辨正论》。又《广弘明集》所载,取诸法琳,皆删节不完。今合《三国志注》及宋人所辑本集订定。又陈子良注引'陈思论昔尧舜禹汤文武'云云,《抱朴子》内篇引'陈思王《释疑论》'云云,皆非此篇文,今不取入。"绪曾按:宋人所辑,止采《类聚》。张溥以《类聚》及《广弘明集》析为二篇。其中句有相同,以为二篇,非也。又《博物志》引《典论》"陈思王《辩道论》"云云,近人辑入《典论》中。考《典论》文帝所撰,明帝太和二年戊子诏刻文帝《典论》,立于庙门之外。是时陈王尚存,何得称"思王"之谥?《博物志》盖并引二书也。

子徒苞怀仁义,锐精诗书①。

①《书钞·艺文部·好学》曹植《辩道论》。

【丁评】卓然正论,足以唤醒痴迷。

贪恶鸟论①

国人有以伯劳鸟生献诸廷者②,王召见之。侍臣谓曰③："世人同恶伯劳之鸣，敢问何谓也？"

王曰：《月令》："仲夏鵙始鸣。"《诗》云："七月鸣鵙。""七月"，夏五月；"鵙"则伯劳也④。昔尹吉甫信后妻之谗，而杀孝子伯奇。其弟伯封求而不得，作《黍离》之诗⑤。俗传云：吉甫后悟，追伤伯奇。出游于田，见异鸟鸣于桑⑥，其声嗷然⑦。吉甫心动曰："无乃伯奇乎？"鸟乃抚翼，其音尤切⑧。吉甫曰："果吾子也！"乃顾谓曰："伯奇乎⑨？是吾子，栖吾舆；非吾子，飞勿居。"言未卒⑩，鸟寻声而栖于盖⑪。归入门，集于井干之上，向室而号⑫。吉甫命后妻载弩射之⑬，遂射杀后妻以谢之。故俗恶伯劳之鸣，言所鸣之家必有尸也⑭。此好事者附名为之说，而今俗人普传恶之，其实否也⑮。伯劳以五月而鸣⑯，应阴气之动，阳为养生仁⑰，阴为杀残贼⑱，伯劳⑲盖贼害之鸟也⑳。故恶鸟鸣于人家，则有死亡之征㉑。屈原曰："恐鹈鴃之先鸣，使百草为之不芳。"㉒此鸟者，应阴而鸣，阴气寖进，则草木零落，骚人预见其兆矣㉓。其声鵙鵙然，故以音名也㉔。故俗憎之，若其为人灾害，愚民之所信，通人之所略也。鸟鸣之恶自取憎，人言之恶自取灭，不能有累于当世也㉕。而凶人之行事弗可易，枭鵙之鸣弗可更者㉖，天性然也。昔荆之枭将徙巢于吴，鸠遇之曰："子将安之？"曰："将巢于吴。"鸠曰："何去荆而巢吴乎？"枭曰："荆人恶予之声。"鸠曰："子能革子之声则免，无为去荆而巢吴也。子如不能革子之音，则吴、楚之民不异情也。为子计者，莫若宛颈戢翼，终身勿复鸣也。"鸱枭食母睛乃能飞㉗。昔会朝议者，有人问曰："宁有闻枭食其母乎？"有答之者曰:"尝闻鸟反哺,未闻枭食母也。"问者惭,唱不善也㉘。孟春之旦,从阳径生贵放鸟雀者[1],加其禄也㉙。得螳者㉚莫不驯而放之㉛,为利人也。得蚤者㉜,莫不糜之齿牙㉝,为害身也㉞。鸟兽昆虫犹以名声见异,况夫吉士之与凶人乎!

① 《类聚·人部·讽》作《令禽恶鸟论》,各本皆同,然"令禽"无所指。《御览·羽族部·枭》引"陈思王植《贪恶鸟论》",《毛诗·七月》疏、《太平广记·禽鸟部》作《恶鸟论》。"贪"字形近"令"、"禽",讹分为二字耳。当从《御览》作"贪恶"。

② "鸟",《类聚》无,"诸廷"二字亦无。今从《御览》。

③ "谓"字,依《御览》补。

④ 二十三字,《类聚》、各本所无,据《御览》补。

⑤ "信",《类聚》作"用";"而"字无,又无"其弟"以下十六字。今据《御览》补。王伯厚《诗考》引此为《韩诗》之说。又《小弁》之诗,中山王刘胜以为伯奇之诗。王充《论衡》曰:"伯奇放流,首发早白。《诗》云:'惟忧用老。'"赵氏《孟子注》曰:"伯奇仁人,而父虐之,故作《小弁》之诗,曰:'何辜于天?'亲亲而怨之辞也。"以《黍离》、《小弁》为伯封、伯奇作,必齐、鲁、韩三家说。

⑥ "异",字据《御览》补。

⑦ 郭、汪"其"上衍"见"字。

⑧ "奇",各本作"劳",据《类聚》改。又据《御览》补"无乃"二字。"抚",《类聚》作"抚",《御览》作"拊"。

⑨ "奇",《类聚》作"劳"。《御览》作"伯奇劳乎"。

⑩ 三字据《御览》补。

⑪ "于",《类聚》作"于",《御览》作"其"。

⑫ 以上十三字,据《御览》补。

⑬ 以上七字,据《御览》补。

[1] "从阳径生贵放鸟雀者",原误作"从太阳方贵于鸟雀者",据《太平御览》改。

⑭ "尸",《御览》作"祸"。今从《类聚》。

⑮ "俗人"二字,据《御览》补。"其",《类聚》作"斯",今从《御览》。

⑯ "鸣",各本脱,据《类聚》补。

⑰ 以上五字,据《毛诗·七月》疏补,《御览》作"阳为人养"。

⑱ "杀"字,据《诗疏·七月》补。《类聚》作"贼害",《御览》作"阴为残贼"。

⑲ 二字据《御览》补。

⑳ "鸟",《广记》作"候"。

㉑ 三句据《太平广记》补。

㉒ 三句据《诗·七月》疏、《御览》补。

㉓ 五句据《诗·七月·疏》补。

㉔ 五字据《御览》补。

㉕ "能有",各本作"有能",据《类聚》改。

㉖ "枭鹍",郭作"枭鸟";"鸣"作"能";"弗"作"不"。

㉗ 八字据《广记》补。

㉘ 干宝《搜神记》崔皓策雍州秀士陈龙文同。

㉙ 以上十七字,据《御览·羽族部·鹊》补。

㉚ "螗",郭误"善"。

㉛ "驯",郭误"训"。

㉜ "蚤",郭作"恶"。

㉝ "縻",《御览·豸部》作"摩",《类聚》作"麇"。

㉞ "孟春"至此,张溥误为《魏德论略》。

魏德论①

在昔太初,玄黄混并。浑沌鸿濛,兆朕未形②。元气否塞,玄黄喷薄。星辰逆行③,阴阳舛错。国无完邑,陵无掩椁④。四海鼎沸,萧条沙漠。不能贯道义之精英,穷混元于太素,亦以明矣⑤。

武皇之兴也⑥,以道陵残,义气风发。神戈退指,则妖氛顺制;灵弧云举⑦,则朝阳播越。武创洪基,克光厥德⑧。惟我圣后,神武盖天。威光佐埃,神彗比弯⑨。首尾争击,气齐率然。乃电□北□⑩,席卷千里。隐乎若崩岳,旰乎若溃海。惕彼蛮夏,蠢尔弗恭。脂我萧斧⑪,简武炼锋。星陈而天运,振耀乎南封。荆人风靡,交、益景从。军蕴馀势,袭利乘权。荡鬼区于白水,擒矫制乎遐川。仰属目于条支,晞弱水之潺湲。薄张骞于大夏,笑骠骑于祁连。其化之也如神,其养之也如春。柔远能迩,谁敢不宾? 宪度增饰,日曜月光⑫。迹存乎建安,道隆乎延康。于是汉氏归义[1],顾音孔昭,显禅天位,希唐效尧⑬。上犹谦谦弗纳也⑭,发不世之明诏,薄皇居而弗泰。蹈北人之清节,美石户之高介⑮。义贯金石,神明已兴⑯。神祇致祥,乾灵效祜。位冠万国,不惰厥恪⑰。名儒按谶,良史披图⑱。

于是群公卿士、功臣列辟,率尔而进曰:昔文王三分居二,以服事殷,非能之而弗欲,盖欲之而弗能。况天网不禁⑲,皇纲圮纽⑳,侯民非复汉萌㉑,尺土非复汉有。故皇父创迹于前㉒,陛下光美于后㉓。盖所谓勋成于彼,位定于此者也。将使斯民播秬鬯,植灵芝,锄歧穗㉔,挹醴滋。遂乃凯风回焱,甘露匝时。纤云不形,阳光赫戏㉕。农夫咏于田

---

[1] "义",原脱,据《艺文类聚》及各本曹集补。

陇㉖，织妇欣而综丝㉗。黄吻之乩，含哺而怡；鲐背之老，击壤而嬉。玄晏之化，丰洽之政㉘。古虽称乎赫胥，曷若斯之大治乎！于是上富于春秋，圣德汪濊。奇志妙思，神鉴灵察。方将审御阴阳，增耀日月。极祯祥于遐奥，飞仁风以树惠。既游精万机㉙，探幽洞深㉚；逍遥六艺㉛，兼揽儒林。抗思乎文藻之场囿，容与乎道术之疆畔。超天路而高峙，阶青云以妙观。将参迹于三皇，岂徒论功于大汉。天地位矣，九域清矣。皇化四达，帝猷成矣。明哉元首，股肱贞矣。礼乐既作，兴颂声矣。固将封泰山，禅梁甫㉜。历名山以祈福㉝，周五方之灵宇。越八九于往素，蹑帝皇之灵矩㉞。流馀祚于黎烝，钟元吉乎圣主。

① 从《类聚·符命部》校。《文心雕龙·封禅》篇云："陈思《魏德》，假论客主，问答迂缓，且已千言，劳深勣寡，飙焰缺焉。"按：《书钞》存问辞三句，文难联属，故置后。

② 据《御览·天部·太初》补[1]。吴志忠云："文当在前。"

③ "星辰"，郭作"辰星"。"逆行"，《类聚》作"乱逆"。今从《御览》。

④ 二句据《御览·天部·元气》补[2]。

⑤ 二句，《御览·天部·太素》引。

⑥ "皇"，郭作"王"。

⑦ 郭作"灵旗一举"。

⑧ 二句据《文选》孙子荆书注补。

⑨《类聚》作"辰彗北蛮"，讹不可通。宋吴棫《韵补·一先》："弯，纡权切，开弓也。曹植《魏德论》：'威光佐扫，神彗比弯。首尾争击，气齐率

[1]"初"，原误作"素"，据《太平御览》改。
[2]"二"，原脱，据《太平御览》补。

然。'"'堁',苏后切,古"扫"字。

⑩ 此句阙二字,又有讹脱。张溥以三字属下句,亦不可通。

⑪ "脂",郭误"揩"。

⑫ "光",郭作"明"。

⑬ "效",《类聚》作"放"。

⑭ "纳",郭作"讷"。

⑮《魏志·文帝纪》裴注引《献帝传》:"王令曰:'当奉还玺绶为让章。吾岂奉此诏承此贶邪?昔尧让天下于许由、子州支甫,舜亦让于善卷、石户之农、北人无择,或退而耕颍之阳,或辞以幽忧之疾,或远入山林;莫知其处,或携子入海,终身不反,或以为辱,自投深渊。'"

⑯ "已",《类聚》作"以"。句有误字。

⑰ 二句,《文选》束皙诗注引。

⑱ 二句据《书钞·艺文部·图》补。

⑲ "天网",各本作"天纲"。今从《类聚》。

⑳ "纲",郭误"网"。

㉑ "萌",与"氓"通。

㉒ "皇父",《类聚》作"武皇"。

㉓《文选》王元长《永明九年策秀才文》注,又孙楚《为石苞与孙皓书》注引《魏德颂》云:"武创洪基,克光厥德。"与此二句文略异。

㉔ "歧",《类聚》作"六"。

㉕ 二句据《文选》傅休奕诗注补。"戏",同"爔"。

㉖《书钞·帝王部》引"农夫咏于田",脱"陇"字。

㉗ "欣",《类聚》作"吟"。

㉘ 二句据《文选·演连珠》注补。

㉙ "精"下,郭有"于"字,张炎有"乎"字。

㉚ 句郭、张炎无,《类聚》、张溥有。

㉛ "逍"上,张炎有"复"字,"六"上有"乎"字。

㉜ "将",郭脱。

㉝ "名山",《类聚》作"山川"。

㉞ "皇",郭作"王",《类聚》作"皇"。《文选》王元长《曲水诗序》注引作"黄帝",《玉海》亦同。

【丁评】全仿长卿《封禅文》,典密茂美,足与踵武。○引文王"以服事殷",子建之不忘汉,情见乎词。

栖笔寝牍,含光而不朗,矇窈惑焉①[1]。

① 原本《书钞·艺文部·笔》。按:此问辞。

魏德论讴

谷①

於穆圣皇,仁畅惠渥。辞献减膳,以服鳏独。和气致祥,时雨渗漉②。野草萌变③,化成嘉谷④。

①《魏志·文帝纪》注:"皇天则降甘露而臻四灵,后土则挺芝草而吐醴泉。虎豹鹿兔皆素其色,雉鸠燕鹊亦白其羽。连理之木,同心之瓜,五采之鱼,珍祥瑞物,杂沓其间者,无不毕备。"从《类聚·百谷·谷》校。严辑本作《时雨讴》。

② "渗漉",郭作"洒沃"。

③ "变",郭作"芽"。

[1] "矇",原误作"蒙",据《北堂书钞》改。

337

④ "化成"二字,郭作"变化"。

嘉 禾①

猗猗嘉禾,惟谷之精。其洪盈箱,协穗殊茎。昔生周朝,今植魏庭。献之庙堂,以昭祖灵②。

① 从《类聚·百谷部·禾》校。
② "庙",郭作"朝";"昭"作"照"。

白 鹊 并序①

武帝执政日,白雀集于庭槐②。

鹊之彊彊,诗人取喻。今存圣世,呈质见素。饥食苕华,渴饮清露。异于畴匹,众鸟是慕③。

① 从《类聚·鸟部·雀》校。
② 《类聚·木部·槐》、吴淑《事类赋注》二十四并引魏陈王曹植《魏德论》曰:"武帝执政日"云云。吴志忠补"白雀"句于"甘露匝时"下,然单句无偶,韵亦未协,今移此。
③ "慕",郭作"骛"。

白 鸠①

斑斑者鸠,爱素其质。昔翔殷邦,今为魏出。朱目丹趾,灵姿诡类。载飞载鸣,彰我皇懿。

① 从《类聚·鸟部·鸠》校。

甘　露①

玄德洞幽,飞化上蒸②。甘露以降,蜜淳冰凝③。观阳弗晞④,琼爵是承。献之帝朝,以明圣征⑤。

① 从《初学记·天部·露》事对"琼爵"注、"蜜淳"注校。
② "蒸",《初学记》作"承"。据《御览》、《事类赋》改。
③ "蜜",张溥误"密";"冰"误"水"。据《初学记》改。
④ "观",《御览》、《事类赋》作"睹"。
⑤ "圣",张溥误"贾"。

连理木①

皇树嘉德,风靡云披。有木连理,别干同枝。将承大同,应天之规。

① 从《御览·休征部·木》校。

藉田论①

春耕于藉田,郎中令侍寡人焉。顾而谓之曰②:"昔者神

339

农氏始尝万草,教民种植。今寡人之兴此田,将欲以拟乎治国,非徒娱耳目而已也③。夫营田万亩④,厥田上下。经以大陌,带以横阡。奇柳夹路,名果被园。司农实掌,是谓公田⑤。此亦寡人之封疆也。寡人登金商之馆,察农夫之私者。田修种理者,必赐之以巨觞;田芜种秽者,必戮之以柔桑⑥。日殄没而归馆,晨未昕而适野⑦。此亦寡人之先下也。菽藿特畴,禾黍异田。使习壤者相泽,仁才者播种⑧。此亦寡人之政理也。及其息沸涌⑨,庇重阴。怀有虞,抚素琴。此亦寡人之所习乐也。兰蕙茎蘅,植之近畴⑩。此亦寡人之所亲贤也。藜蓬臭蔚⑪,弃之乎远疆。此亦寡人之所远佞也。若年丰岁登,果茂菜滋,则臣仆小大⑫,咸取验焉。"

封人有能以轻凿修钩去树之蝎者,树得以茂繁。中舍人曰:"不识治天下者⑬,亦有蝎乎?"寡人告之曰:"昔三苗、共工、驩兜,非尧之蝎欤?"问曰:"诸侯之国,亦有蝎乎?"寡人告之曰:"齐之诸田,晋之六卿,鲁之三桓,非诸侯之蝎欤?然三国无轻凿修钩之任,终于齐篡鲁弱,晋国以分,不亦痛乎!"曰:"不识为君子者,亦有蝎乎?"⑭寡人告之曰:"固有之也。富而慢,贵而骄,残仁贼义,甘财悦色,此亦君子之蝎也。天子勤耘,以牧一国⑮;大夫勤耘,以收世禄;君子勤耘,以显令德。夫农者,始于种,终于获。泽既时矣,苗既美矣,弃而不耘,则改为荒畴⑯。盖丰年者期于必收,譬修道亦期于没身也。"⑰

① "论",郭作"说"。《类聚·礼部·藉田》、《书钞·政术部·藉田》、《御览·礼仪部·藉田》俱作《藉田论》。

② "春耕"下十七字,张溥脱。

③ "娱",郭作"供"。

④ "田",《文选补遗》作"畴"。

⑤ 四句据《御览·藉田》补。

⑥ 二句据《书钞》补。

⑦ "适",《文选补遗》作"即"。

⑧ 二句据《书钞》补。

⑨ "沸",郭作"泉"。《文选补遗》作"其息也涌庇"。

⑩ 三句据《类聚》补。

⑪ "藜",郭作"刺"。

⑫ "大",张溥作"人"。

⑬ "治",郭脱。

⑭ 郭脱"有"字。

⑮ "牧",《类聚》作"收",郭作"牧"。按:作"牧"是也。

⑯ "改",《类聚》、《文选补遗》作"故",汪作"改"。

⑰ 按:"去蝎"数语,亦指司马氏。"修道没身",子建自命如此。

辅臣论①

盖精微听察,理析毫分。规矩可则,阿保不倾。群言系于口,而研撅是非②。典诰总乎心,而唯所用之者,锺太傅也③。

英辨博通④,见传异度。德实充塞于内,知谋纵横于外。解疑释滞,破散盘结者⑤,王司徒也⑥。

容中下士⑦,则众心不携;进吐善谋,则众议不格。□□疏达,至德纯粹者,陈司空也⑧。

文武并亮,权智特发。奢不过制,俭不损礼。入毗皇家,帝之股肱。出作侯伯,实抚东夏者,曹大司马也⑨。

知虑深奥,渊然难测。执节平敌,中表条畅。恭以奉上,爱以接下⑩。纳言左右,为帝喉舌,曹大将军也⑪。

魁杰雄特,秉心平直。威严足惮,风行草靡。在朝廷则匡赞时俗,百寮侍仪[1];一临事则勇敢果毅⑫[2],折冲厌难者,司马骠骑也⑬。

清素寡欲,聪敏特达。志存太虚,安心玄妙。处平则以和养德,遭变则以义断事,华太尉有之⑭。

①《文帝纪》:"黄初七年夏五月丙辰[3],帝疾笃,召中军大将军曹真、镇军大将军陈群、征东大将军曹休、抚军大将军司马宣王,并受遗诏辅嗣主。十二月,以太尉钟繇为太傅,征东大将军曹休为大司马,中军大将军曹

---

[1] "侍",原脱,据《北堂书钞》补。
[2] "一"下,原衍"在",据《北堂书钞》删。
[3] "五",原误作"四",据《三国志》改。

真为大将军,司徒华歆为太尉,司空王朗为司徒,镇军大将军陈群为司空,司马宣王为骠骑大将军。"

② "摭",《北堂书钞·设官部》作"核"。

③ 据《类聚·职官部》。

④ 郭作"辨博通幽"。从《文选·魏都赋》注。

⑤ "破",《书钞》作"剖"。"结",张溥作"错"。

⑥ 《书钞》无首二句。《御览》作"王司徒朗也"。

⑦ "士",原作"云",校改。按:《魏志·陈群传》:"群荐广陵陈矫、丹阳戴乾,太祖皆用之。后吴人叛,乾忠义死难,矫遂为名臣。世以为知人。"

⑧ 各本讹脱不可读,今据《书钞》原本补。

⑨ 《书钞》陈禹谟:"大司马曹仁也。"考曹仁卒于黄初四年三月丁未,此时安得有曹仁乎?"仁"当作"休"。

⑩ "爱",《书钞》作"严"。今从《御览》。按:《魏志·曹真传》:"真少与宗人曹遵、乡人朱赞并事太祖。遵、赞早亡,真愍之,乞分所食邑封遵、赞子。诏曰:'大司马有叔向抚孤之仁。'真每征行,与将士同劳苦。军赏不足,辄以家财班赐,士卒皆愿为用。"

⑪ 《御览》无"执节"二句,有"纳言"二句。《书钞》有"执节"二句,无"纳言"二句。

⑫ "勇敢",《御览》作"戎昭"。

⑬ 《御览》无"在朝廷"至"事则"十六字,据《书钞》原本补。

⑭ 从《书钞》原本。

成王论①

周公以天下初定,武王既终,而成王尚幼,未能定南面之事,是以推己忠诚,称制假号。二弟流言,召公疑之。发金縢之匮,然后用瘳,亦未决也。至于昭帝,所以不疑于霍光,亦缘武帝有遗诏于光。使光若周公,践天子之位,行周公之事[1],吾恐叛者非徒二弟,疑者非徒召公也。且贤者固不能知圣贤,自其宜耳[2]。昭帝固不可疑霍光,成王自可疑周公也。若以昭帝胜成王,霍光当逾周公耶? 若以尧、舜为成王,汤、禹作管、蔡、召公,周公之不见疑,必也。

①《御览·人事部·品藻》曹植《成王论》。

仁孝论①

且禽兽悉知爱其母,知其孝也。惟白虎、麒麟称仁兽者,以其明盛衰、知治乱也。孝者施近,仁者及远。

①《御览·人事部·仁德》曹植《仁孝论》。

征蜀论①

下礧成雷,榛残木碎②。

---

[1] "公",原脱,据《太平御览》补。
[2] "自其",原误作"之有",据《太平御览》改。

① 《书钞》曹植《征蜀论》、《春秋疏》陈思王《征蜀论》。

② 《春秋·襄十年》"晋伐偪阳"，《正义》："兵法：守城用礧石以击攻
者。陈思王《征蜀论》云云是也。"

今将以谋谟为剑戟，以策略为旌旗①。

① 《书钞·武功部·谋策》。又《剑》引此二句，"策略"易"仁义"。

师徒不扰，藉力天师①。

① 《书钞·武功部·将帅》。

干戈所拂，则何虏不崩？金鼓一骇，则何城不登①？

① 《书钞·武功部·兵势》。

萤火论①

《诗》云："熠耀宵行。"章句以为鬼火，或谓之磷。未为得
也。天阴沉数雨，在于秋日，萤火夜飞之时也，故云"宵行"②。

① 《诗·豳风》疏"陈思王《萤火论》"。

② 王念孙云："陈王论乃驳'熠耀'之为鬼火，而非难萤火之名磷。辨
《韩诗》章句之疏，而非攻毛公训诂之失。"段玉裁《说文》谓："改'荧'为

'萤',其误始于陈王。"又谓:"《毛》、《韩》俱以'荧'为鬼火。"按:《广雅》:"景天,萤火,磷也。"是萤亦名"磷"。《毛传》云:"熠耀,磷也。磷,萤火也。"自当作"萤"。《毛》、《韩》不同,非陈王所改。王说实胜于段,详《广雅疏证·中》。

释疑论①

初谓道术,直呼愚民诈伪空言定矣。及见武皇帝试闭左慈等,令断谷近一月,而颜色不减,气力自若,常云可五十年不食,正尔,复何疑哉? 又云:令甘始以药含生鱼,而煮之于沸脂中。其无药者,熟而可食;其衔药者,游戏终日,如在水中也。又以药粉桑以饲蚕,蚕乃到十月不老。又以住年药食鸡雏及新生犬子,皆止不复长。以还白药食白犬,百日毛尽黑②。乃知天下之事,不可尽知。而以臆断之,不可任也。但恨不能绝声色,专心以学长生之道耳[1]。

①《抱朴子·内篇·论仙》陈思王《释疑论》。

②《御览·兽部·犬》引《抱朴子》曰:"甘始以驻年药饵食新生鸡犬,皆不长;食白犬,则毛黑。"按:"驻"与"住"通。

六代论①

《魏氏春秋》载宗室曹冏上书曰:"臣闻古之王者,必建

---

[1] "专心",原脱,据《抱朴子》补。

同姓以明亲亲,必树异姓以明贤贤。故《传》曰:'庸勋亲亲,昵近尊贤。'《书》曰:'克明峻德,以亲九族。'《诗》云:'怀德惟宁,宗子维城。'由是观之,非贤无与兴功,非亲无与辅治。夫亲亲之道,专用则其渐也微弱;贤贤之道,偏任则其弊也劫夺。先圣知其然也,故博求亲疏而并用之。近则有宗盟藩卫之固,远则有仁贤辅弼之助,盛则有与共其治,衰则有与守其土,安则有与享其福,危则有与同其祸。夫然,故能有其国家,保其社稷,历纪长久,本枝百世也。今魏尊尊之法虽明,亲亲之道未备。《诗》不云乎,'鹡鸰在原,兄弟急难'。以斯言之,明兄弟相救于丧乱之际,同心于忧祸之间。虽有阋墙之忿,不忘御侮之事。何则?忧患同也。今则不然,或任而不重,或释而不任,一旦疆埸称警,关门反拒,股肱不扶,胸心无卫。臣窃惟此,寝不安席,思献丹诚,贡策朱阙。谨撰合所闻,叙论成败。论曰。"

　　昔夏、殷、周历世数十②,而秦二世而亡。何则?三代之君与天下共其民,故天下同其忧;秦王独制其民,故倾危而莫救。夫与人共其乐者,人必忧其忧;与人同其安者,人必拯其危。先王知独治之不能久也,故与人共治之;知独守之不能固也,故与人共守之。兼亲疏而两用,参同异而并进。是以轻重足以相镇,亲疏足以相卫。并兼路塞,逆节不生。及其衰也,桓、文帅礼;苞茅不贡,齐师伐楚;宋不城周,晋戮其宰。王纲弛而复张,诸侯傲而复肃。二霸之后,寖以陵迟。吴、楚凭江,负固方城。虽心希九鼎,而畏迫宗姬。奸情散于胸怀,逆谋消于唇吻。斯岂非信重亲戚,任用贤能,枝叶硕茂,本根赖之与?自此之后[1],转相攻伐。吴并于越,晋分为三,鲁灭于楚,郑兼于韩。暨乎战国,诸姬微矣。唯燕、卫独存,然皆弱小。西迫强秦,南畏齐、楚。救于灭亡,匪遑相恤[2]。至于王赧,降为庶人。犹枝干相持,得居虚位。海内无主,四十馀年。秦据势胜之地,骋谲诈之术。征伐关东,蚕食九国。至于始皇,乃定天位。旷日若彼,用力若此,岂非深根固蒂不拔之道乎?《易》曰:"其亡其亡,系于苞桑。"周德其可谓当之矣。

秦观周之弊,以为小弱见夺,于是废五等之爵,立郡县之官,弃礼乐之教,任苛刻之政。子弟无尺寸之封,功臣无立锥之地。内无宗子以自毗辅,外无诸侯以为藩卫。仁心不加于亲戚,惠泽不流于枝叶。譬犹芟刈股肱,独任胸腹;浮舟江海,捐弃楫棹[3]。观者为之寒心,而始皇晏然,自以为关中之固,金城千里,子孙帝王,万世之业也。岂不悖哉!是时淳于越谏曰:"臣闻殷、周之王,封子弟功臣千有馀人。今陛下君有海内,而子弟为匹夫。卒有田常六卿之臣,而无辅弼,何以相救?事不师古而能长久者,非所闻也。"始皇听李斯偏说而绌其议。至于身死之日,无所寄付,委天下之重于凡夫之手,托废立之命于奸臣之口。至于赵高之徒,诛锄宗室。胡亥少习刻薄之教,长遵凶父之业。不能改制易法,宠任兄弟,而乃师谭申、商,谘谋赵高③;自幽深宫,委政谗

---

[1] "后",原脱,据《三国志》裴松之注、《文选》补。
[2] "遑",原误作"皇",据《三国志》裴松之注、《文选》改。
[3] "捐",原误作"损",据《三国志》裴松之注、《文选》改。

贼④。身残望夷，求为黔首，岂可得哉！遂乃郡国离心[1]，
众庶溃叛。胜、广唱之于前，刘、项毙之于后。向使始皇纳
淳于之策，抑李斯之论，割裂州国，分王子弟，封三代之后，
报功臣之劳。士有常君，民有定主。枝叶相扶，首尾为用。
虽使子孙有失道之行[2]，时人无汤、武之贤，奸谋未发，而
身已屠戮，何区区之陈、项而复得措手足哉！故汉祖奋三尺
之剑，驱乌集之众，五年之中，而成帝业。自开辟以来，其兴
功立勋，未有若汉祖之易者也。夫伐深根者难为功[3]，摧
枯朽者易为力，理势然也。

汉鉴秦之失，封植子弟。及诸吕擅权，图危刘氏，而天
下所以不倾动，百姓所以不易心者，徒以诸侯强大，磐石胶
固，东牟、朱虚授命于内，齐、代、吴、楚作卫于外也。向使高
祖蹑亡秦之法，忽先王之制，则天下已传，非刘氏有也。然
高祖封建，地过古制。大者跨州兼域，小者连城数十，上下
无别，权侔京室，故有吴、楚七国之患。贾谊曰："诸侯强盛，
长乱起奸。夫欲天下之治安，莫若众建诸侯而少其力。令
海内之势，若身之使臂，臂之使指，则下无背叛之心，上无诛
伐之势。"文帝不从。至于孝景，狠用晁错之计，削黜诸侯。
亲者怨恨，疏者震怒。吴、楚唱谋，五国从风。兆发高祖，衅
成文、景。由宽之过制，急之不渐故也。所谓末大必折，尾大
难掉。尾同于体[4]，犹或不从，况乎非体之尾，其可掉哉？

---

[1]　"郡"，原误作"群"，据《三国志》裴松之注、《文选》改。
[2]　"之"，原脱，据《三国志》裴松之注、《文选》补。
[3]　"伐"，原误作"拔"，据《三国志》裴松之注、《文选》改。
[4]　"于"，原脱，据《三国志》裴松之注、《文选》补。

武帝从主父之策，下推恩之命。自是之后，齐分为七，赵分为六，淮南三割，梁、代五分，遂以陵迟，子孙微弱，衣食租税，不豫政事。或以酎金免削，或以无后国除。至于成帝，王氏擅朝。刘向谏曰："臣闻公族者，国之枝叶，枝叶落则本根无所庇荫。方今同姓疏远，母党专政，排摈宗室，孤弱公族，非所以保守社稷，安固国嗣也。"其言深切，多所称引。成帝虽悲伤叹息，而不能用。至于哀、平，异姓秉权，假周公之事，而为田常之乱。高拱而窃天位，一朝而臣四海。汉宗室王侯，解印释绶，贡奉社稷，犹惧不得为臣妾。或乃为之符命，颂莽恩德，岂不哀哉！由斯言之，非宗子独忠孝于惠、文之间，而叛逆于哀、平之际也，徒以权轻势弱，不能有定耳。

赖光武皇帝挺不世之姿，禽王莽于已成，绍汉嗣于既绝，斯岂非宗子之力耶⑤？而曾不鉴秦之失策，袭周之旧制，踵亡国之法，而侥幸无疆之期。至于桓、灵，奄竖执衡，朝无死难之臣，外无同忧之国，君孤立于上，臣弄权于下，本末不能相御，身手不能相使。由是天下鼎沸，奸凶并争。宗庙焚为灰烬，宗室变为蓁薮。居九州之地[1]，而身无所安处，悲夫！

魏太祖武皇帝躬圣明之资，兼神武之略，耻王纲之废绝，愍汉室之倾覆，龙飞谯、沛，凤翔兖、豫，扫除凶逆，剪灭鲸鲵，迎帝西京，定都颍邑。德动天地，义感人神。汉氏奉天，禅位大魏。夫魏之兴，于今二十有四年矣⑥。观五代之

---

[1]　"居"，原误作"尸"，据《三国志》裴松之注、《文选》改。

存亡，而不用其长策；观前车之倾覆，而不改其辙迹。子弟王空虚之地，君有不使之民。宗室窜于间阎，不闻邦国之政。权均匹夫，势齐凡庶。内无深根不拔之固，外无磐石宗盟之助。非所以安社稷，为万代之业也。且今之州牧、郡守，古之方伯、诸侯，皆跨有千里之土，兼军武之任。或比国数人，或兄弟并据。而宗室子弟曾无一人间厕其间，与相维持，非所以强干弱枝，备万一之虑也。今之用贤，或超为名都之主，或为偏师之帅。而宗室有文者必限以小县之宰，有武者必置于百人之上。使夫廉高之士，毕志于衡轭之内；才能之人，耻与非类为伍，非所以劝进贤能、褒异宗族之礼也。

夫泉竭则流涸，根朽则叶枯。枝繁者荫根，条落者本孤。故语曰："百足之虫，至死不僵。"扶之者众也。此言虽小，可以譬大。且墉基不可仓卒而成，威名不可一朝而立，皆为之有渐，建之有素。譬之种树，久则深固其根本，茂盛其枝叶，若造次徙于山林之中，植于宫阙之下，虽壅之以黑坟，暖之以春日，犹不救于枯槁，何暇繁育哉？夫树犹亲戚，土犹士民。建置不久，则轻下慢上。平居犹惧其离叛，危急将如之何？是以圣王安而不逸，以虑危也；存而设备，以惧亡也。故疾风卒至而无摧拔之忧，天下有变而无倾危之患矣[7]。

----

① 此篇《文选》、《三国志》注《魏氏春秋》题曹冏作。《魏氏春秋》云："冏，字元首，中常侍兄叔兴之后，少帝族祖也。是时天子幼弱，冏冀以此论感悟曹爽，爽不能纳。"《晋书·曹志传》："志，字允恭，魏陈思王植之孽子也。帝尝阅《六代论》，问志曰：'是卿先王所作邪？'志对曰：'先王有手所作目录，请归寻按。'还奏曰：'按录无此。'帝曰：'谁作？'志曰：'以臣所闻，是臣族父冏所作。

以先王文高名著，欲令书传于后，是以假托。'帝曰：'古来亦多有是。'顾谓公卿曰：'父子证明，足以为审。自今以后，可无复疑。'"何义门曰："允恭最称好学，岂有先王所作，必待寻按目录，乃定是非？且素知元首假托，何不即相证明，待帝再问耶？或缘此篇于司马氏后事有若烛照，方身立其廷，恐以先王遗训，致招猜忌，故逊词诡对耳。观其累更卿职，不以政事为意，游猎声色自娱，示无当世之用，可知其晦迹远祸，非一日矣。至异日争齐王攸不当出藩，则又依然渊源此论，而为晋效忠者也。段成式《语资》篇载元魏尉瑾曰：'《六代》亦言曹植。'按：元首不以文章名世，安得宏伟至此？意者陈王感怆孤立，尝著论欲上。以身属亲藩，嫌为己比，至身没而元首以贻曹爽欤？"

②《文选》"周"下有"之"字。

③"谭"，《文选》作"谟"。

④"委"，《国志》作"威"。

⑤"耶"，《志注》作"也"。

⑥何义门曰："'二十四年'，则此论当在齐王芳正始四年也。又六年为嘉平元年，春，曹爽诛灭，魏祚遂为司马氏所据。"按：若陈王作，必不云"二十四年"。元首上书于爽，更欲其奏闻齐王芳，以行其说，故改云"二十四年"也。陈王薨于太和六年，计魏兴十三年耳。

⑦绪曾按：司马氏之篡魏，陈王早知之矣。《辅臣论》于司马骠骑有"魁杰雄特"之称，英鸷沉毅，难为人下，预识其为田常之流。而其所以得逞志者，以魏公室之削弱也。此篇实魏世第一篇文字，与《陈审举表》议论相表里，而更加激切，信非陈王不能为此，故晋时君臣咸谓陈王所作。虽曹志权词以为元首假托，然千古知言者，必有以辨之矣。故特录何义门之说，以备考焉。张云璈《选学胶言》云："陈思当文、明猜忌之时，安敢肆言直论？"不知取齐者田族，分晋者赵、魏，子建已明言之矣。按：《魏志·高堂隆传》："隆上疏曰：'臣观黄初之际，天兆其戒，异类之鸟，育长燕巢，口爪胸赤，此魏室之大异也，宜防鹰扬之臣于萧墙之内。'又陵霄阙始构，有鹊巢其上。帝以问隆，对曰：'《诗》云："维鹊有巢，维鸠居之。"今兴宫室，起陵霄阙，而鹊巢之，此宫室未成，身不得居之象也。天意若曰：宫室未成，将有他姓御

之。斯乃上天之戒也。'"据此则廷臣亦有明言之者,不独子建然也。

失题论①

昔尧、舜、禹、汤、文、武、周、召、太公,并享百年之寿。六圣三贤,并行道修政。治天下不足损神,贤宰一国不足劳思,是以各尽其天年。桀放鸣条,纣死牧野,犬戎杀幽,厉王不终。周祚八百,秦灭于二世,此时本无佛僧②。

① 《辨正论》内《九箴》陈子良注引"陈思王论"。

② 按:昌黎《谏佛骨表》议论颇同。据此,陈王非佞佛者。宋刘敬叔《异苑》:"陈思王尝登鱼山,临东阿,忽闻岩穴岫里有诵经声,清通深亮,远谷流响,肃然有灵气。不觉敛襟祇敬,便有终焉之意,即仿而则之,梵唱皆植依拟而造。"《广弘明集》亦谓子建作梵唱,道家又谓子建作步虚声,唐人小说又谓子建为遮须国王,皆出附会。鱼山闻梵,本传及裴注俱无,盖后世僧徒以子建名高依托耳。

说

髑髅说①

曹子游乎陂塘之滨,步乎蓁秽之薮。萧条潜虚,经幽践

353

阻。顾见髑髅，块然独居。于是伏轼而问之曰："子将结缨首剑，殉国君乎？将被坚执锐，毙三军乎？将婴兹固疾②，命殒倾乎③？将寿终数极，归幽冥乎？"叩遗骸而叹息，哀白骨之无灵。慕严周之适楚，觊托梦以通情。

于是恍若有来④，恍若有存。景见容隐⑤，厉声⑥而言曰："子何国之君子乎？既枉舆驾，愍其枯朽，不惜咳唾之音⑦，慰以苦言⑧，子则辨于辞矣！然未达幽冥之情，识死生之说也⑨。夫死之为言归也。归也者，归于道也。道也者，身以无形为主，故能与化推移。阴阳不能更，四时不能亏。是故洞于纤微之域，通于恍惚之庭。望之不见其象，听之不闻其声。挹之不充⑩，注之不盈⑪。吹之不凋，嘘之不荣。激之不流，凝之不停。寥落冥漠⑫，与道相驱⑬。隐然长寝⑭，乐莫是逾。"⑮

曹子曰："予将请之上帝，求诸神灵。使司命辍籍，反子骸形。"于是髑髅长呻，廓眥曰⑯："甚矣！何子之难语也。昔太素氏不仁⑰，无故劳我以形⑱，苦我以生。今也幸变而之死，是反吾真也⑲。何子之好劳，而我之好逸乎？子则行矣[1]，余将归于太虚。"于是言卒响绝，神光雾除。顾将旋轸，乃命仆夫，拂以玄尘，又覆以缟巾。爰将藏彼路滨，壅以丹土⑳，翳以绿榛。夫存亡之异势㉑，乃宣尼之所陈。何神凭之虚对，云死生之必均。

① 今从《类聚·人部·髑髅说》校。

───────────

[1]"子"，原脱，据《艺文类聚》及各本曹集补。

② "固"，与"痼"通。

③ "疾命"二字,李作"命疾"。

④ "恍",郭作"怦"。

⑤ "见",一本误作"匿"。谓但见其景,不见其形也。

⑥ "声",《类聚》作"响"。

⑦ "音",一作"口"。

⑧ "慰"上,郭有"而"字;"苦"作"若"。

⑨ "说",郭作"设"。

⑩ "充",《类聚》作"冲"。

⑪ 汪、《类聚》作"满"。

⑫ "寥",《书钞》作"牢"。

⑬ "驱",《类聚》、郭作"拘"。今从《初学记》。

⑭ "隐",郭作"偃"。

⑮ "寥落"四句,《初学记·礼部·死丧》[1]、《书钞·礼仪·死》引作《髑髅诗》。按:"诗"即"说"之讹。冯氏《诗纪》、张溥俱采入诗类,非也。又《初学记》作"其乐无逾"。今从《类聚》。

⑯ "廓皆",郭作"廓然叹"。

⑰ "昔",《文选补遗》无。

⑱ 汪本脱"无故"二字。

⑲ 《御览·天部·太素》引此五句。高似孙《纬略》:"《易乾凿度》曰:'太素,质之始也。雄含物魂,号曰太素。'《礼斗威仪》曰:'二十九万一千八百六十岁而反太素冥茎,乃道之根也。'陈思王《髑髅说》曰:'昔太素氏不仁,劳我以体,苦我以身。今也幸变而之死,是反吾之真也。'"

⑳ "壅",汪作"覆"。

㉑ "势",汪作"世"。

---

[1] "礼",原误作"人",据《初学记》改。

说疫气①

建安二十二年，疠气流行。家家有僵尸之痛[1]，室室有号泣之哀[2]。或阖门而殪，或覆族而丧。或以为疫者，鬼神所作。夫罹此者，悉被褐茹藿之子，荆室蓬户之人耳。若夫殿处鼎食之家，重貂累蓐之门，若是者鲜焉。此乃阴阳失位，寒暑错时，是故生疫。而愚民悬符厌之，亦可笑也②。

① 各本俱无，张溥有。据《御览·疾病部》校。

② 《伤寒论》记张仲景"宗族素多，向馀二百。建安纪年以来，犹未十稔，其死亡者，三分有二，伤寒十居其七"，由此发愤，遂为医家百世之师。魏武令云："去冬天降疫疠，民有洿伤。"文帝《与吴质书》云："昔年疾疫，亲戚多罹其灾。"

辨　问①

赫然而日曜之②。

① 《文心雕龙·杂文》云："陈思客问，辞高而理疏。"未识即《辨问》否？

② 《文选》潘安仁《关中》诗注。

———————

[1] "家家"，原误作"家"，据《太平御览》补。
[2] "室室"，原误作"室"，据《太平御览》补。

君子隐居以养真也,衡门茅茨[1]。

①《文选》陶渊明《夜行塗口》诗注。又张景阳《杂诗》注引"君子隐居以养真也"一句。

游说之士,星流电耀[1]。

①《文选·广绝交论》注[1]。

失题诸文

世之作者,或好烦文博采,深沉其旨者;或好离言辨白,分毫析厘者。所习不同,所务各异[1]。

①《文心雕龙·定势》篇引"陈思王云"。

杨、马之作,趣幽旨深。读者非师传不能析其辞,非博学不能综其理。岂直才悬,抑亦字隐[1]。

①《文心雕龙·练字》篇引"陈思称"。

皴[1]。

---

[1]"注",原脱,据文意补。

①《颜氏家训·书证》篇："有人访吾曰:'《魏志》:蒋济上书云:"弊刟之民。"是何字也?'余应之曰:'意为劫,即是皲倦之皲耳。'"元注:"《要用字苑》云:'皲,音九伪反。'字亦见《广雅》及陈思王集也。"

咸水之鱼,不游于江;淡水之鱼,不入于海①。

①《类聚·鳞介部·鱼》。

白起为人,小头而锐,瞳子白黑分明。故可与持久,难与争锋①。

①《书钞·武功部·将帅》。

至治洞和①。

①《书钞·帝王部·至治》。

皇化四远①。

① 同上。

泰阶夷清①。

① 同上。

世有哲王,仁圣相袭[1]。

[1]《书钞·帝王部·守文》。

明镜于三光[1]。

[1]《书钞·帝王部·克明》。

奇才美艺,通微入神[1]。

[1]《书钞·帝王部·艺能》。

天罔不矜[1]。

[1]《书钞·帝王部·失政》。

探珠出海,举网罗凤。群士慕向,俊乂来仕,鳞集帝宇[1]。

[1]《书钞·帝王部·用贤》。

水灵是辅[1]。

[1]《书钞·后妃部·灵命》。按:《卞太后诔》有"坤灵是辅"句,与此相似。

大飨碑①

惟延康元年八月旬有八日辛未，魏王龙兴践阼，规恢鸿业。构亮皇基，万邦统世。忿吴夷之凶暴，灭蜀虏之僭逆。于赫斯怒，顺天致罚。奋虓虎之校，简猛锐之卒。爰整六军，率匈怒②暨单于、乌桓、鲜卑引弓之类，持戟百万，控弦千队。玄甲曜野，华旗蔽日。天动雷震，星流电发。戎备素辨，役不更藉。农夫安畴，商不变肆。是以士有抴噪之欢，民怀惠康之德。皇恩所渐，无远不至；武师所加，无强不服。故宽令西飞，则蜀将东驰；六旆南徂，则吴党委质。二虏震惊，鱼烂陼溃。将泛舟三江之流，方轨卭来之阪。斩吴夷以染钺，血蜀虏以衅鼓。曜天威于遐裔，复九圻之疆寓。除生民之灾孽，去圣皇之宿愤。次于旧邑，观衅而动。筑坛墠之宫，置表著之位。大飨六军，爰及谯县父老男女。临飨之日，陈兵清涂，庆云垂覆。乃备伴御，整法驾。设天宫之列卫，乘金华之鸾路。达升龙于大常，张天狼之威弧。千乘风举，万骑龙骧。威灵之饰，震曜康衢。既登高坛，荫九增之华盖，处流苏之幄坐；陈酬旅之高会，行无算之酣饮。旨酒波流，肴烝陵积。瞽师设县金，奏赞乐。六变既毕，乃陈秘戏。巴俞丸剑，奇舞丽倒，冲夹逾锋，上索蹹高，舩鼎缘橦，舞轮擿镜，骋狗逐兔，戏马立骑之妙技；白虎青鹿，辟非辟耶，鱼龙灵龟，国镇之怪兽，瓌变屈出，异巧神化。自卿校将守以下，下及陪台隶圉[1]，莫不歆淫宴喜，咸怀

---

[1]　"下"，原脱，据洪适《隶释》补。

醉饱。虽夏启均台之飨，周成岐阳之蒐，高祖邑中之会，光武旧里之宴，何以尚兹！是以刊石立铭，光示来叶。其辞曰：

赫王师，征南裔。奋灵威，震天外。吴夷詟，蜀虏宿。区夏清，八荒艾。幸旧邦，设高会。皇德洽，洪恩迈。刊金石，光万世③。

① 从《隶释》校。

② "怒"，与"奴"同。

③ 洪适《隶释》十九洪跋："碑以'伴御'为'跸御'，'九增'为'九层'，'均台'为'钧台'，'蒐'为'搜'。"严可均云："闻人牟准《魏敬侯碑阴》云：《大飨碑》，卫觊文并书。《天下碑录》引《图经》云：曹子建文，锺繇书。今依《图经》，入子建集。"绪曾案：《太平寰宇记》、《通志·艺文略》亦以《大飨碑》为子建作。然考《魏志》，建安二十五年正月庚子，魏王崩。二月丁卯，葬高平陵。植与诸侯并就国。十一月，魏受禅。《苏则传》："则及临淄侯植闻魏氏代汉，皆发服悲哭。"是子建不在华歆辈陪位之列；文帝大飨于谯，子建亦无扈从之事。无论子建发服悲哭，与歆淫宴喜情事不合，即子桓忌怒方深，闻子建悲哭，曰："吾应天受禅，而闻有哭者，何也？"必不以《大飨碑》命其执笔。此碑为卫觊文，非子建作明矣。然《图经》既有此说，附置于末，以俟览者辨焉。

曹集考异卷十一

叙录

《天禄琳琅书目》卷十《明版诸书》："《曹子建集》,一函四册。考子建集,见于《隋志》者,称三十卷;见于《唐志》及《书录解题》者,皆二十卷;见于《读书志》及《宋史·艺文志》者,则止十卷。此本前后均无序跋,目录后有'元丰五年万玉堂刊'木记,亦分十卷,与《读书志》《宋志》同。其书橅印甚精,印纸有'金粟山房'记,古色可爱。惟目录末叶、卷一首叶纸色不同,字体亦异,当时先有宋本阙此二叶,因为翻刻,并以原书所阙重写补刊。旧有序跋,俱经私汰,未可知也。"

《四库全书提要》云:"《曹子建集》十卷,魏曹植撰。案:《魏志》植本传:'景初中,撰录所著赋、颂、诗、铭、杂论凡百馀篇,副藏内外。'《隋书·经籍志》载《陈思王集》三十卷。《唐书·艺文志》作二十卷,然复曰又三十卷。盖三十卷者,隋时旧本;二十卷者,为后来合并重编,实无两集。郑樵作《通志略》,亦并载二本。焦竑作《国史经籍志》,遂合二本卷数为一,称植集为五十卷,谬之甚矣。陈振孙《书录解题》亦作二十卷,然振孙谓其间颇有采取《御览》、《书钞》、《类聚》

中所有者，则捃摭而成也，已非唐时二十卷之旧。《文献通考》作十卷，又并非陈氏著录之旧。此本目录后有'嘉定六年癸酉'字，犹从宋宁宗时本翻雕，盖即《通考》所载也。凡赋四十四篇、诗七十四首、杂文九十二首，合计之得二百十篇。较《魏志》所称'百馀篇'者，其数转溢。然残篇断句，错出其间。《鹖雀》、《蝙蝠》两赋，均采自《艺文类聚》。《艺文类聚》之例，皆标某人某文曰云云，编是集者遂以'曰'字为正文，连于赋之首句，殊为失考。又《七哀》诗，晋人采以入乐，增减其文，以就音律，见《宋书·乐志》中。此不载其本词，而载其入乐之本，亦为舛谬。《弃妇篇》见《玉台新咏》，亦见《太平御览》；《镜铭》八字，反覆颠倒，皆叶韵成文，实为回文之祖，见《艺文类聚》，皆弃不载。而《善哉行》一篇，诸本皆作古辞，乃误为植作，不知其下所载《当来日大难》即当此篇也。使此为植作，将自作之而自拟之乎？至于《王宋诗》，《艺文类聚》作魏文帝，邢凯《坦斋通编》据旧本《玉台新咏》称为植作，今本《玉台新咏》又作王宋自赋之诗，则众说异同，亦宜附载，以备参考。乃竟遗漏，亦为疏略，不得谓之善本。然唐以前旧本既佚，后来刻植集者率以是编为祖，别无更古于斯者，录而存之，亦不得已而思其次也。"

《四库全书简明目录》："《曹子建集》十卷，魏曹植撰。凡赋四十四篇、诗七十四篇、杂文九十二篇。目录后有'嘉定六年癸酉'字，盖即《文献通考》所载十卷本也。其中《善哉行》误收古辞,《七哀》诗不收本辞而收晋乐所奏,《玉台新咏》所载《弃妇篇》[1]、《艺文类聚》所载回文《镜铭》、《坦斋通编》所载《王宋诗》,均未收入,亦未免有所舛漏。"

以上三书恭录,冠于前代诸家目录之首。

《三国志·魏陈思王植传》:"景初中,撰录植前后所著赋、颂、诗、铭、杂论凡百馀篇,副藏内外。"

《晋书·曹志传》:"对武帝曰:'先王有手所作目录。'"

《艺文类聚·杂文部》魏陈王曹植《文章序》:"余少而好赋,其所尚也,雅好慷慨,所著繁多。虽触类而作,然芜秽者众,故删定,别撰为《前录》七十八篇。"

《隋书·经籍志》:"《陈思王曹植集》三十卷。"①"《画赞》五卷。汉明帝殿阁画,魏陈思王赞,五十卷。"②"《洛神赋》一卷,孙壑注。"③"《列女传颂》一卷,曹植撰。"④

① 《别集类》。
② 《总集类》。
③ 《总集类》。
④ 《杂传类》。

---

[1] "所载",原脱,据《四库全书简明目录》补。

《旧唐书·经籍志》：“《魏陈思王集》二十卷。《魏陈思王集》三十卷。”①“《画赞》五十卷，汉明帝撰。”②

①《别集类》。
②《杂传类》。按：此即《隋志》所载“陈思王赞”。

《新唐书·艺文志》：“《陈思王集》二十卷。又三十卷。”①“曹植《列女传颂》一卷。”②

①《别集类》。
②《杂传类》。

《宋史·艺文志》：“《曹植集》十卷。”①

①《宋史》仅载十卷，盖元初修《宋史》时，旧本原集已亡。宋王铚伪作柳宗元《龙城录》云：“韩仲卿一日梦一乌帻少年，风姿磊落，神仙人也。拜求仲卿言：‘某有文集在建邺李氏[1]，公当名出一时，肯为我讨是文而序之，俾我亦阴报尔。’仲卿诺之。去复回[2]，曰：‘我曹植子建也。’仲卿既寤，于邺中书得子建集，分为十卷，异而序之，即仲卿作也。”案：唐时陈思王集三十卷，又二十卷，两本俱存，无烦仲卿序传十卷之本。宋南渡后其本渐稀，故王铚得托为此语。《龙城录》有尹知章解《幽思赋》，铚作《默记》亦解《洛神赋》。盖钞撮类书成十卷，或即出铚手。洪迈《夷坚志》云《龙城录》刘无言作，未知孰是。明徐燉《笔精》信为实事，又讹韩序为李氏序。

———————

[1] “邺”，原误作“业”；“李氏”下，原误衍“名照字朗”，均据《龙城录》删改。
[2] “回”，原脱，据《龙城录》补。

郑樵《通志·艺文略》："《陈思王曹植集》三十卷。又二十卷。"①

① 按：北宋时二本俱存，今所传《崇文总目》非完本，无曹集。

晁公武《郡斋读书志》："《曹植集》一卷①。右魏曹植子建也。太祖子。文帝封植为陈王。卒年三十一②，谥曰思。年十馀岁，诵读《诗》、《论》及辞赋数十万言。善属文，援笔立成。自少至终，篇籍不离于手。景初中，撰录植所著诗、赋、颂、铭、杂论凡百馀篇。今集共二百篇，通为一卷。"③

① "一"，当作"十"。
② 当作"四十一"。
③ 按：此与《文献通考》所引晁《志》不合。近汪氏富孙刻宋衢州本《读书志》二十卷，与马氏合。今并列此本，以备考。

陈振孙《直斋书录解题》："《陈思王集》二十卷，魏陈王曹植子建撰。卷数与前志合，其间亦有采取《御览》、《书钞》、《类聚》诸书中所有者，意皆后人附益，然则亦非当时全书矣。其间或引挚虞《流别集》。此书国初已亡，犹是唐人旧传也。"①

① 按：陈氏当宋末，二十卷本尚有存者，若三十卷本则佚矣，与前志不尽合也。所谓"《御览》"乃《修文殿御览》，故列于《书钞》、《类聚》之前。隋、唐志二十卷本所引挚虞《流别》自出原书，若宋人附益，则于类书采入也。

尤衮《遂初堂书目》:"《陈思王集》。"①

① 无卷数。《说郛》本又经删削,非陶氏宗仪之旧。

马端临《文献通考·经籍考》:"《陈思王集》十卷。晁氏曰:'魏曹植子建也。太祖子。文帝封植为陈王。卒年三十一①,谥曰思。年十馀岁,诵读《诗》、《论》及词赋数十万言。善属文,援笔立成。自少至终,篇籍不离于手。'按:《魏志》:'景初中,撰录植所著诗、赋、颂、铭、杂论凡百馀篇。'《隋志》植集三十卷,《唐志》植集二十卷,今集十卷,比隋、唐志有亡佚者。而诗文近二百篇,溢于本传所载,不晓其故②。陈氏曰:'今本二十卷,与唐志同。其间亦有采取《御览》、《书钞》、《类聚》诸书中所有,意皆后人附益,然则非当时全书矣。其或引挚虞《流别集》。此书国初已亡,犹是唐人旧传也。'"③

① 当云"四十一"。
② 按:衢州本与此同。嘉定十卷与明人翻刻者皆即晁《志》所载之本。景初撰录出自有司,稍触忌者不敢上献。子建《文章序》赋已有七十八篇,则溢于本传所载。此其故,原不难晓也。
③ 按:王伯厚《困学纪闻》引曹植《拜先君墓》诗,出十卷本之外,亦非采取《御览》、《书钞》、《类聚》。据此,二十卷本伯厚犹及见之。

明杨士奇《文渊阁书目》日字号第二厨:"《曹子建集》,二册。"①

① 注:"阙。"按:明《文渊阁书目》无卷数,张萱《内阁书目》无曹集。

叶盛《菉竹堂书目》:"《曹子建集》十卷。"

焦竑《国史经籍志》:"陈思王二集,五十卷。"①

① 按:弱侯《志》不分存佚。

朱睦㮮《万卷楼书目》:"《曹子建集》十卷。"

徐𤊱《红雨楼书目》:"《曹植集》十卷。"①

① "𤊱",莫本作"㶏"。

祁承㸁《澹生堂书目》:"《曹子建集》十卷,二册。《陈思王集》四卷,一册。"①

① 按:四卷未知何人辑。

国朝钱曾《述古堂书目》:"《曹子建集》十卷,二本。又《东阿王集》,四册。"①

① 按:题"东阿王集",未知何本。

徐乾学《传是楼书目》:"《陈思王子建集》十卷。又《曹子建集》十卷,四册。"①

① 按:自明人以来,著录皆无二十卷矣。馀各家书目不尽载。

孙星衍《廉石居藏书记》:"《曹子建集》十卷。前有吴郡徐伯虬序,称'景初中,植著凡百馀篇①。隋为三十卷。今卷止十,诗文反溢而近二百篇②。郭子万程刊布以传'云云。按:四库馆所收即此。因其自称后有'嘉定六年癸酉'字,知即《文献通考》十卷本。虽无嘉定题识,然知郭万程、徐伯虬或宋宁宗时人也。后有《疑字音释》一叶。"③

① 按:景初中撰录百馀篇,非子建所著仅百馀篇也。
② 此袭晁语。
③ 按:孙记疑郭万程、徐伯虬为宋人,非也,辨见下。

孙星衍《平津馆鉴藏书画记》:"《曹子建集》十卷。题'魏陈思王曹植撰'。前有吴郡徐伯虬序,不著年月,称'郭子万程雅好是集,刊布以传。'万程,闽清人,嘉靖己未进士,官刑部主事,见《明诗综》。末有曹集《疑字音释》一叶。即晁氏《读书志》所见本。每叶十八行,每行十七字。收藏有'吴氏连星阁藏书'朱文长印。"①

① 绪曾按:孙以郭、徐为宋人,固误;引《明诗综》,以郭万程为闽人,亦非也。曹学佺《石仓明诗选》四集:"郭万程,字子长,福清人。有《云桥集》。"此人名万程,乃《诗综》所称也。曹集,徐伯虬所云"郭子万程",卷后

有郭云鹏跋，此人乃名云鹏，字万程，吴郡人，不可与闽人名万程者混为一也。娄东诗派徐伯虬，字子久，乃祯卿子，嘉靖乙酉举人。孙本有北宋乐圃先生印，乃书贾伪作，不足凭也。

以上各家书目

文澜阁传钞宋嘉定《曹子建集》十卷本，前无序。明人十卷刻本从此出。

明长洲徐氏《曹子建集》活字十卷本。此本在李、郭之前。田澜云："舒贞过长洲，得徐氏《子建集》活字板。"郭云鹏云："吴中旧有活字印本，多舛错脱漏。"此本每半叶十行，每行十八字。又有活字本，九行，十七字。

李廷相《曹子建集》十卷本。正德五年海山居士长安田澜汝观云："杭州布衣舒贞，以父兄役居京师，贫而好书，却无力以致其学也。又耻甘他技，遂游意书肆中，流为书侩，且卖且读，盖有宣尼之所畏也。又于成书类事，装约裒裒，一如古法。凡士大夫欲购奇异书而新其旧者，问邀无虚日。初吾座主先生李蒲汀在翰林，尝用其人，近官职方，俾治《史记》、《类选》诸书。时同官昆山蔡丹厓、钱塘陆平野及予因杂出颜、王、柳、怀数十帖，俾续治之，久则有以言也。一日共省其事，舒曰：'往岁过长洲，得徐氏《子建集》百部，行且卖之，无馀矣。近亦多购此集，贞久无以应。盖彼活字板，初有数，而今不可得也。贞欲以糊口，羡积板行，求无逾徐氏本者。'李曰：'予有誊本，亦未尽善。闲中曾一次之，颇有移附。但句有乱误位地，而字多鲁鱼，所不能暇。'顾澜曰：'可校而与之，且为序。'序曰：初，陈王既没，魏明昭令撰录所著赋、颂、诗、铭、杂论，凡百馀篇，不著卷数，盖若是之少者。子建才名翕盛，素久携隙。其所撰录，偶出一时攟拾，未为搜悉。或者明帝之心，不无妒忌，肯如唐太宗之购《兰亭》乎？百篇将谓甚，望为陇外也。《隋志》三十卷，乃晋、宋以后博取散见以成之。去魏不远，谅为总括。《唐志》二十卷本，盖即隋本而有亡逸者耳。俱不可见。今集十卷，即《通考》所载，而视唐又逸十卷。且《柳颂》有序无颂，《责躬》诗、表异卷，《蝉赋》末甚脱落，文亦不属，其馀赋冠'又篇'为吟，'心''必'、'形''刑'、'未''末'之讹，通记千馀。卷数虽同，的非原本。虽然，告朔存羊，孔子实爱其礼；买骨致马，郭隗不耻其先。故敢辄与同志，各出手底书一较正之。其间固多不及，亦存羊、买骨之意也。世之学士有家藏隋唐本而刊之者，则礼兴东周，而燕之多贤，可纪述也。旧本诗在五卷，乐府六卷，颂、赞、铭七卷，章、表、令八卷，文、启、咏、序、书、诔、哀辞九卷。今本诗通移九卷，乐府八卷，颂、赞、铭五卷，章、表六卷，令、七、启、《九咏》摘移十卷，文、序、书、诔、哀辞七卷，其馀仍旧。《述行赋》附三卷，《七步诗》附九卷。"按：李本于徐本无所校正，惟移易篇次而已。《述行赋》下自注："出《古文苑》。"《七步诗》注一"附"字。

　　郭云鹏《曹子建集》十卷。徐伯虬序云："昔仲尼修述

《诗》、《书》之指，而三代邈绝矣，然论有取于汉魏焉。乃余观两汉去古未远，读记传之篇，诵郊庙闾巷之歌，忾焉犹想见其人，各怀剞劂，汎汎乎可为经学之次也。又下论于魏，邺中数子，文学特茂。若曹子建之徒，锺参军曰：'曹、刘文章之圣，陆、谢体贰之才。'今集中五言诗及赋、表等作，是为建安之冠也。铿铿乎，古之遗声也耶！宛而不险，质而不靡，蓄而不虚，节而不巧，幽愤而有馀悲，其可谓古之遗声也已！夫入室升堂，务学之大限也。究原作者，未有不祖汉之风而不本之魏也耶！然陆平原、谢康乐二子，则又并祖于子建。夫诗，风也。风之被于草木，声斯动焉。陈思才气慷慨，本末协则，卓追汉奥，庶为近之已。视彼骋虚靡雅，绚采荡真者，其何以哉！虽然，积忠秉贞，愤切世用，窘束藩迁，惓惓焉，多思京之哀矣，独文、明不谅我哉！阨其施而竟殒灭之也，不可不谓之非天也耶！尚赖定著作者咸鉴视焉，讵不式风百世矣乎！按：景初中，植著凡百馀篇。隋为三十卷。今卷止十，文反溢而近二百篇。郭子万程雅好是集，遂姑仍刊布以传焉。"郭云鹏跋云："按：曹集十卷，吴中旧有活字印本，多舛错脱落，士大夫往往有慨叹焉。云鹏虽不敏，雅嗜建安诸子。曹集之讹，窃尝一正之。因梓于家，与好古者并传焉。集端有序，不敢赘志岁月于后。时嘉靖壬寅春正月既望，吴下后学郭云鹏跋。万历戊寅莲溪周氏重刊。"

汪士贤《曹子建集》十卷本。李梦阳曰："予读植诗，至《瑟调怨歌》、《赠白马》、《浮萍》等篇，暨观《求试》、《审举》

等表,未尝不泫然流涕也。曰：嗟乎植！其音宛,其情危,其言愤切而有馀悲,殆处危疑之际者乎？予于是知魏之不竞矣。先王之建国也,重本以制外,敦睦以叙理。然后疏戚有等[1],治具可张。故曰：'九族既睦,平章百姓。'又曰：'至于兄弟,以御于家邦。'魏操以雄诈智力,盗取神器。丕席父业,逼禅据尊,乃不趁时改行,效重本敦族之计,而顾凋敝枝干,委心异族。有弟如植,俾之危疑禁锢,睹事扼腕,至于长叹流涕,转徙悲歌,不能自已。嗟乎！予于是知魏之不竞矣。且以植之贤,稍自矜饰,夺储特反掌耳。而乃纵酒铲晦,以明己无上兄之心。善乎,文中子曰：'陈思王,达理者也。以天下让而犹衷曲莫白,窘迫殁身。'至于'萁豆'之吟,'吁嗟'之歌,令人惨不忍读。丕之于兄弟,诚薄矣。嗟乎！此魏之所以为魏也矣。按：植《审举表》云：'权之所在,虽疏必重；势之所去,虽亲必轻。'予尝抚卷叹息,以为名言。其又曰：'取齐者田族,分晋者赵、魏。'意若暗指司马氏者。叡号明主,乃竟亦不悟,卒使植愤闷发疾以死,悲夫！或以为扶苏杀而秦灭,季札藏而吴乱。天之意非为扶苏、札,将以灭秦而乱吴也。若是则魏之不能用植,固亦天弃之矣。然予又独怪操之能生植焉,岂亦所谓'不系世类'者哉？"按：汪士贤刻《二十名家》,以梦阳说为序。汪本与郭本同出自宋嘉定本,其篇次无改易。

李桢《陈思王集》十卷本。北地李桢序云："余稚岁获侍

---

[1] "后",原脱,据汪士贤本《曹子建集》李梦阳序补。

先大人颜，先大人教之句读，或示之诗。一夕，先大人点诵一书，余进而请曰：'大人所点何书？系何人作？'先大人曰：'此《陈思王集》，魏武帝曰操子，文帝丕弟也。'余曰：'二帝何如人？'先大人曰：'此篡汉而僭称帝者。'余噤不敢问，乃请曰：'篡人之子，僭人之弟，大人目不一瞬矣，何手不停披乎？诵之何津津若是乎？'先大人曰：'小子去，是非尔所知也。'遂蓄疑数年。已而稍习诸史，得曹氏父子兄弟所为，竟悟先大人点诵之意。时常弗忍其手泽蠹也，护捧自随，于是乎序。序曰：陈思王机警敏赡，即其文艺气格不离建安，业已超王超陈，度越诸子。魏武紾君之臂，窃其权并窃其国，意属陈思。陈思于此时也，袭后不弟，奸统不臣，不袭不奸而招亲之过不子，于是乎自放法度之外，日惟辞赋之为，耽耽以示无当于世。庶几哉！舍己而他属乎？尝读陈思所与杨德祖书，每期'戮力上国，流惠下民'，不欲'以翰墨为勋绩'，则其所好，断可识矣。独憾魏文褊心修隙，益之以忮懻，故有才弗敢试，有志弗获酬，仅仅托一家言以传同好，惜哉！谢灵运谓其'不及世事，但美遨游，然颇有忧生之嗟'。噫！煮豆燃萁，虽欲掇忧，其可得乎！'不及世事，而美遨游'，此陈思所以善处忧患乎？此先大人自点诵意也。余于是乃命汉阳郡推官毛子一公校之，爰托梨枣，俾藏名山。万历壬辰二月望日，赐进士出身、中宪大夫、巡抚湖广提督军务、兼制黎平等处地方、都察院右佥都御史、前尚宝寺卿、广东道御史北地李桢书。"又毛一公后序云："《陈思王集》者，魏东阿王曹植子建之集也。夫汉魏时，诸侯王以文著名者，独淮南、东阿号称巨擘。东阿应诏赋诗，七步而就；淮南且受命拟《离骚》，食时而上。彼其才华敏赡，固略相埒。然淮南聚八公之徒，意在觊觎，耻于见削，卒丽宪网；东阿日与邺中诸子浮湛翰墨，不及世事，虽遭困顿废辱，亦安之而不悔，则其品格大有径庭矣。故陈同甫直以仁许东阿；刘后村亦谓'处人伦之变者，当以东阿为法'，即不尽然，要匪谩也。中丞李公诚心亮节，日月争光，而具有人伦之鉴，一言可否，衮钺顿分。若夫尚论往古，发潜阐幽，其于取舍，犹兢兢焉。而顾不忘兹集也者，虽其系心手泽哉，夫亦有所取尔也。若虞仲隐居放言，而尼父列之逸民，俾与伯夷、叔齐并垂不朽。若陈思者，其亦以言而隐于侯王间者邪？则中丞公之刻兹集也，毋亦尼父录虞仲意云。万历壬辰二月既望，汉阳府推官毛一公谨撰。"

闵齐贤《评点曹子建集》十卷本。闵朱墨套板，增《圣皇篇》一首。有顺阳李衮序，偶失去，俟补录。

张炎小字《曹子建集》七卷本。张炎序云："夫随珠和璧，握之不逾径寸，历代宝之，与宇宙相循环，其谓之何？谓其真也。诗自《三百篇》而降，莫古于汉、魏、晋，今之学诗者超近体而上之，且必首思王，是又何说？思王天挺人豪，七步雄才，卓绝尘寰，乃历冬履变，色相愈真，往往见诸歌咏，睹遗集可知也。非得性情之正，而直接《三百》之遗音然哉！殆诗家之隋珠，词林之和璧，与凡诸袖珍，难更仆数，若皆刬剧。自余叔汝盛君,独以思王诗受梓,其字画精绝,入体从锺、王来。刻竣,命余弁其首。予以思王今古才人,不能为赞。世为知音,必以思王袖珍而珠璧宝之也,甚无籍词。萧然山张应桂书,古永兴张炎校。"《万历萧山志》云:"萧山,又名萧然山。晋置永兴县。隋废,入会稽。唐置萧山县。"张应桂,萧山人,万历壬午举人,顺宁通判。汝盛乃应桂字,炎其从子也。其本颇能校正误字,如《鼙鼓歌》四首,俱补入,较十卷有增无删。张炎与元张叔夏同姓名,或以为元人,非也。

张燮《陈思王集》二卷本。闽漳张燮序云:"子建知父欲立己,故纵酒自晦,至乘车行驰道中。及拜征虏将军,呼有所敕,竟醉不能受命。稍有觉知,岂应背谬至尔?所谓雄鸡断尾而逃牺者尔。原其意,非直少长之际,内逊不遑,彼见夫汉历将终,魏祚行炽,脱当事任,处分自难,不若先事解免,其所全于伦者大也。文中子称陈思善让,能迁其迹。竖儒疑信者参半。然考《魏志·苏则传》,禅代事起,子建发服悲泣。古今骨肉为帝,而恋恋故主,哀不自胜者,惟陈王及司马孚两人。吁!赤心揭于日月矣。余谓子建果嗣,必坚守服事之节,而卯金尚延。即子建不嗣,而嗣魏者未遽代汉。子建以贵公子守一官,以彼其才,何地不足自展?胜于'豆泣釜中',救过不赡。远游之冠空邑邑,而赍志于盛年也。《陈审举表》及《谏取国息》等表,旧集多遗。今观其言曰:'取齐者田族,非吕宗;分晋者韩、魏,非姬姓。'且谓:'乞藏书府,不使灭弃。臣死之后,事或可思。'是明知有司马氏

之变,痛切谈之,惜帝不悟耳。其深心卓识,岂与不自见其
睫者同乎哉!世但见丁廙辈之拥戴,几摇上指,因疑其夺嫡
而垂涎;又见夫圭社就封,辄觊事任,又以为慕喧而技痒。
一片丹忱,翻同不韵。因增定陈王集,而特揭之如此。若夫
八斗才华,郁是巨丽,则坛苑间久龟麟宗之[1],无俟余言
矣。"按:燮字绍和,刻《汉魏七十二家集》,取汪士贤二十家
而广之。其《陈思王集》卷虽并合,如《审举表》、《谏取国息
表》,皆补旧本之遗。张溥之所自出也。

张溥《陈思王集》二卷本。张溥序云:"余读思王《责
躬》、《应诏》诗,泫然悲之,以为伯奇《履霜》、崔子《渡河》之
属。既读《升天》、《远游》、《仙人》、《飞龙》诸篇,又何翩然遐
征,览思方外也。王初蒙宠爱,几为太子。任性章斝,中受
拘挛。名为懿亲,其朝夕纵适,反不若一匹夫徒步。慷慨请
试,求通亲戚。贾谊奋节于匈奴,刘胜低首于闻乐。斯人感
概,岂空云尔哉!司马氏睥睨神器,魏忽不祀。彼所绸缪者
藩防,而取代者他族。思王之言,不再世而验。然则《审举》
诸文,魏宗之磐石也。集备群体,世称'绣虎',其名不虚。
即自然深致,少逊其父;而才大思丽,兄似不如。人但见文
帝居高,陈王伏地,遂谓帝王人臣,文体有分。恐淮南、中
垒,不为武、成受屈也。黄初二令,省愆悔过。诗文怫郁,音
成于心。当此时而犹泣金枕、赋感甄,必非人情。论者又
云:禅代事起,子建发服悲泣,使其嗣爵,必终身臣汉。若

---

[1] "坛",原误作"增",据张燮《七十二家集》本《陈思王集》张氏序改。

然,王之心其周文王乎! 余将登箕山而问许由焉。"按:张天如《百三名家·陈思王集》,因张绍和本而辑之,较诸本颇有增益。

杨承鲲《建安七子陈思王集》本。弘农杨承鲲伯翼序云:"范司马汇七子集而冠以孔融,宗《典论》也,非建安七子。按:陈寿《志》叙陈思而下至于公幹七人,而谢灵运于《邺中集诗》亦列仲宣。表、檄俱雄压一代,而诗为最;俱能入汉堂庑,而子建为最。嗟乎! 以子建之才,魏武私之,几夺嫡矣。顾溃焉自放,上触严禁,下快见仇。德祖既诛,仪、廙踵戮。削爵徙封,殆无虚岁,则才为之殃也。子桓作《典论》,而不及厥弟。至修、仪辈,稍涉訾怨,亦黜不录。嘻! 妒哉! 六子翩翩,各以所长,掩蔚千古。若仲宣《西京》、德琏'朝雁'、公幹'永日',皆《风》、《雅》之羽仪,陈思之流亚乎! 馀子篇什绝少,慕古者恨之。惟伟长著论,庶几成一家言。此不录,录其词赋杂述,示诸同好,传之无穷。"按:范尧卿据《典论》有孔文举,杨承鲲则从史以陈思王为首也。范本未见。余欲假于四明天一阁,亦未能得也。

陈朝辅《建安七子陈思王集》本。陈朝辅序略云:"陈寿《志》叙陈思至刘公幹为建安七子,谢康乐因之作《邺中集诗》。而魏文作《典论》,弃陈思不录,录孔少府冠之。论者谓此系子桓妒肠。然陈思度越诸子,如锺参军所云'人伦之周孔,鳞羽之麟凤',岂容混总瞀者,并置分镳。而北海材大

卓荦,罕有其俪。则子桓妒肠,未必不别有具眼也,居恒稍
为位置。文中子谓子建'以天下让',固予之太过。乃考《魏
志·苏则传》禅代事,子建发服悲泣,是殆司马孚一流人,系
心汉室者。康乐谓'公子不及世事,但美遨游',岂其然乎!
上表求试,亦或假擒吴馘蜀之名,以自掩其不忘故国之心。
而所云'取齐者田族,非吕宗;分晋者韩、魏,非姬姓',则明
知司马氏篡夺之祸,而痛切语之。是其识盖魏室诸人所不
逮,何论文章之士哉!世未见建安集。吾乡范尧卿司马汇
七子,从《典论》,冠以孔少府。杨伯翼太守撰有诗序,在《碣
石编》。自两公久即世,书亦湮灭失传。近吾年友杨南仲藏
有私函,因出以公赏奇析疑之适。南仲因举孙器之[①]评云:
'子建如三河少年,风流自赏。'余曰:'虽复幽燕老将,气韵
沉雄,何以加此?'南仲又举刘勰之语曰:'魏虽三调正声,实
则《韶》《夏》郑曲。'余曰:'黄初委属闰统,建安雅是正声。'
南仲曰:'八斗独擅,诸子圈陈思之范围。'余曰:'一石共分,
陈王不废诸子之扬㧅'云云。崇祯戊寅,四明苇庵居士陈朝
辅燮五父撰。"按:原序备论七子,文烦不尽录。

① 案:敖陶孙字器之,当云敖器之。误由杨慎。

吴志忠《曹子建集》校本十卷。案:吴字有堂,长洲人。
校徐氏活字本,多有改正。

丁晏《陈思王年谱》一卷。山阳丁晏自序云:"昔文中子
有言:'陈思王可谓达理者也,以天下让,时人莫之知也。'

初，王以仁孝智达，魏祖特见宠爱，几为太子者数矣。卒以天性简易，不自雕饰。其兄乃以矫诈御之，交结左右，日夜为之陈说。而王一任其兄所为，恪守藩侯之职。《豫章行》云：'子臧让千乘，季札慕其贤。'血诚之言，可谓至德矣。魏祖召王，丕逼而醉之。其后臣下希指，诬植醉酒悖慢。观其《酒赋》，乃以为'淫荒之源'，'先王所禁，君子所斥'，是岂耽酒者哉！媒蘖之辞，何所不至！陈王之不得立，魏之不幸，亦汉之不幸也。夫陈王固未尝忘汉也，魏既受禅，王发丧悲哭。其《情诗》曰：'游者叹《黍离》，行者歌《式微》。'《送应氏》诗曰：'洛阳何寂寞，宫室尽烧焚。'故宫禾黍之感，有馀痛焉。《赠丁仪王粲》诗曰：'皇佐扬天惠，四海无交兵。'称其父曰'皇佐'，大义凛然。服事之忠，惟王能守臣子之节。使其嗣位，岂有篡汉之事哉！天不佑魏，子桓承祚。父丧在殡，大飨受朝，设伎乐百戏。不忠不孝，其罪上通于天矣。而陈王事兄如父，终无怨尤。易世之后，犹思敦本睦亲，上疏求试。彼猜忌之君，乌能望其感悟乎！且司马氏之祸，陈王固先知之矣。《审举》一疏，极论'当权者谋能移主，威能摄下'，'取齐者田族，非吕宗也；分晋者赵、魏，非姬姓也'。《藉田说》以取齐诸田、晋六卿、鲁三桓为诸侯之蝎。令陈王得掌朝政，必能戢司马之权而夺其柄。王之见疏，魏之所以速亡，而亦天厌老瞒之奸，摧其贤嗣，促其国祚。天之绝魏也，甚矣！王既不用，自伤同姓见放，与屈子同悲，乃为《九愁》、《九咏》、《远游》等篇，以拟楚《骚》；又拟宋玉之辞为《洛神赋》，托之宓妃神女，寄心君王，犹屈子之志也。而俗说乃诬为感甄，岂不谬哉！余尝叹陈王忠孝之性溢于楮墨，为古今诗人之冠，灵均以后，一人而已。梁锺记室品其诗，譬以'人伦之有周、孔'，可云知言。爰排比时事，及其著撰，辑为斯谱。论世知人，其亦有取乎此也。"绪曾按：丁谱议论正，考证详，洵为陈王功臣。惟"明帝太和元年"下引《邺都故事》"魏明帝太和中筑斗鸡台"，"集有《斗鸡》诗"。然刘桢、应瑒俱有《斗鸡》诗，不必筑台始有斗鸡之事。又泥"东阿"二字，谓"东阿徙自太和"，不应《世说》有"文帝令东阿七步作诗"之语。至以《文选》陈琳《答东阿王笺》"并示《龟赋》"、吴质《答东阿王书》，俱谱入明帝太和中。不知陈琳建安二十二年卒，文帝《与吴质书》云："徐、陈、应、刘，一时俱逝。"安得至明帝太和中乎？吴质卒太和四年，其称"东阿王"者，乃刘义庆、萧德施所加，非其原文如此也。

严可均《曹子建集校辑》十卷，目录一卷。录曰："右《曹子建集》，魏陈思王曹植也。植字子建，武帝庶子，文帝同母弟。《魏志》本传甚详。本传未载者，魏氏代汉，子建发服悲哭。文帝在洛阳，尝从容言曰：'吾应天受禅，而闻有哭者，何也？'事载《苏则传》。陈寿良史，慎许可，两传互相明，读者当自得之。初，子建有宠，几夺嫡。夺嫡或不代汉，将再造之勋，荣于鼎分帝业矣。时移势异，万事皆非，能无悲哭？不专为汉。然当革命之期，有生同慨。荀文若挠九锡而殒身，忠之属也。子建此举，尤可教忠。而何千五百馀年，笃论之士若未读《苏则传》者，此可见史家予夺，具有权衡矣。

东汉尚风节,子建之精光浩气,长留天地间者,在文辞,不在风节。偶持风节,要不因此增重也。《春秋传》曰:'太上有立德,其次有立功,其次有立言。久而不废,此之谓不朽。'子建德薄,于魏有罪,于汉无功。惟是自少至终,篇籍不离手,文则两京具体,诗为百代宗工,是能立言不朽,视立德、立功,曾何悬别?先尝删定,别撰为《前录》七十八篇,有自序。景初中,诏撰录前后所著赋、颂、诗、铭、杂论凡百馀篇,而其二子苗、志家藏及士大夫家所传写在录外者又数百篇。晋初荀勖等合编为《陈思王集》。《隋志》有三十卷;《唐志》有二十卷,又三十卷,两本俱亡于唐乱。北宋摭拾丛残,得二百十五篇,实二百六篇,重编为《曹子建集》十卷,舛漏甚多。张溥增补之,舛漏仍多。余搜括群书所载,得赋五十九、诗百二十一、杂文百四十,凡三百二十篇,并附收十六篇,皆注明出处。觚离琐屑,重惜碎金。题在辞亡,亦留阙目。隋、唐旧本,厓略存焉。编定十卷,录一卷。丁敬礼尝语子建曰:'后世谁相知定吾文者。'今兹校辑,良由子建集亡,而其光气发见,必不可湮。若云后世相知,则余何敢。道光庚子岁立冬前三日,乌程严可均谨叙录。"案:严辑曹集极为精博,然《王宋诗》未考《苏氏演义》、《资暇录》,以为即《弃妇篇》;《诘咎文》未考《困学纪闻》,仍"诰咎"之讹;《辨正论》内《九箴》引思王论"昔尧、舜、禹、汤、文、武"云云,吴械《韵补》各赞,《金楼子·汉二祖优劣论》,仍有可采。如此之类,舛漏未尽免焉。惟所据《北堂书钞》本胜于陈禹谟远矣。

以上所见各本

曹集考异卷十二

年谱

汉献帝初平三年壬申　　子建生

《魏略》:"武帝先有刘夫人,生子昂,字子修。" 陈寿《志》:"武皇帝二十五男,卞皇后生文皇帝、任城王彰、陈思王植、萧怀王熊。" 文皇帝生灵帝中平四年,长子建五岁。

魏武为兖州牧。父嵩,为陶谦将张闿所害。

初平四年癸酉　　年二岁

曹公征陶谦。

兴平元年甲戌　　年三岁

吕布取兖州。　荀彧、程昱保鄄城、范、东阿。

兴平二年乙亥　　年四岁

曹公破吕布,复取兖州。

建安元年丙子　　年五岁

天子迁于许都,以曹操为司空、车骑将军。

建安二年丁丑　　年六岁

曹公征张绣,长子昂遇害。

建安三年戊寅　　年七岁

曹公平吕布,取徐州。

建安四年己卯　　年八岁

袁绍灭公孙瓒,据有四州,命子谭、熙、尚分领青、幽、冀三州,甥高干领并州。　据《文昭甄皇后传》裴松之注引《魏书》,甄皇后灵帝光和五年十二月丁酉生,至此年十八岁,盖已适袁熙矣。若子建甫八龄耳,何得云欲娶此十年以长之妇乎[①]?

① 按:光和五年壬戌十二月癸未朔,甄后生丁酉日,乃十二月十五日也。

建安五年庚辰　　年九岁

曹公破袁绍于官渡。

建安六年辛巳　　年十岁

建安七年壬午　　年十一岁

本传云:"曹植,字子建。年十馀岁,诵《诗》、《论》及辞赋数十万言,善属文。"按:是时邺地属袁氏,尚未建铜爵台。《三国志》本不误,后人误连下"太祖尝见之"云云,遂谓子建十岁登铜爵台作赋,乃巨谬耳。

袁绍薨,子尚代。

建安八年癸未　　年十二岁

袁谭与弟尚争冀州,谭乞降。

建安九年甲申　　年十三岁

曹公收冀州,尚败走。长子丕纳袁熙妻甄氏。是年丕十八岁,甄氏年二十三岁。女长于男,故其后色衰爱弛,为郭氏所谮耳。小说家诬子建亦欲得之,不考之甚也[①]。

①《明帝纪》注:"臣松之按:魏武以建安九年八月定邺,文帝始纳甄后。"辨详《洛神赋》下。

建安十年乙酉　　年十四岁

曹公斩袁谭,遂领冀州牧,迁家于邺。　丕妻甄氏生子叡。

建安十一年丙戌　　年十五岁

建安十二年丁亥　　年十六岁

辽东公孙康斩袁熙、袁尚,传其首,袁氏遂灭。

建安十三年戊子　年十七岁

天子罢三公官,以操为丞相。　作玄武池,以肄舟师。集中《离缴雁赋序》云："余游于玄武陂中。"即此玄武池也。但赋不必作于此年。陂在邺。　曹仓舒卒，年十三岁。

建安十四年己丑　　年十八岁

曹公东征，长子丕从。　文帝《浮淮赋序》云"建安十四年，王师自谯东征，时予从行"是也。

建安十五年庚寅　　年十九岁

《武帝纪》云："冬，作铜爵台。"　裴松之注云："《魏武故事》载公十二月己亥令云：'孤祖、父以至孤身，皆当亲重之任，可谓见信者矣；以及子植兄弟，过于三世矣。前朝恩封三子为侯，固辞不受，今更欲受之。然封兼四县，食户三万，何德堪之！今上还阳夏、柘、苦三县户二万，但食武平万户。'"何焯云："'植'当为'桓'。"张溥亦作"子桓"。然是时方封曹植、曹据、曹豹为侯，所谓"恩封三子为侯"是也。"植"字不误。潘眉云："丕于十五年未受朝职，至十六年始为五官中郎将。张、何二家改'子植'为'子桓'，但据兄弟之次序，不考受爵之先后，皆似是而实非者也。"绪曾按：丕立为丞相副，故不与诸子并。魏武诏亦不得称丕之字曰"子桓"。魏武封在十二月己亥。六年正月庚辰，天子报减户口万五千，分所让封三子为侯。此诏因让户，故不言及丕，其爵职亦无甚先后也。

建安十六年辛卯　　年二十岁

本传云："性简易，不治威仪、舆马、服饰[1]。每进见难问，应声而对，特见宠爱。建安十六年，封平原侯。"《武帝纪》云："春正月，天子命世子丕为五官中郎将，置官属，为丞相副。"注："《魏书》曰：庚辰，天子报减户口万五千，分所让三县封三子，植为平原侯，据为范阳侯，豹为饶阳侯，食邑各五千户。"据此，丕已为丞相副监国，植等不过封侯。迨魏国既建，进公为王，丕始为魏太子耳。

《离思赋序》云："建安十六年，大军西征马超。太子留监国，植时从焉。"《武帝纪》："秋七月，公西征。"魏文帝《感离赋》："建安十六年，上西征，余居守老母，诸弟皆从。"

《述行赋》云："观秦政之骊坟。"亦关中作。

建安十七年壬辰　　年二十一岁

《登台赋》。　　本传云："太祖常视其文，谓植曰：'汝倩人耶？'植跪曰：'言出为论，下笔成章，顾当面试，奈何倩人？'时邺铜爵台新成，太祖悉将诸子登台，使各为赋。植援笔立成，可观。太祖甚异之①。"

文帝《登台赋序》："建安十七年春，游西园，登铜雀台，命余兄弟并作。"据此知《登台赋》作于此时。

光禄大夫荀侯诛。　　冬十月，公征孙权。侍中、光禄大夫荀彧薨。　　阮瑀卒。

---

[1]《三国志》本传原作"不治威仪，舆马服饰，不尚华丽"，朱氏引文有节略，以致文意稍有舛误。

①《太平御览》引《魏志》作"使各自为诗","诗"字误。

建安十八年癸巳　　年二十二岁

《武帝纪》云："天子命公为魏公,加九锡。"《叙愁赋序》云："时家二女弟,故汉皇帝聘为贵人。家母见二弟愁思,故令予作赋①。"

《武帝纪》云："秋七月,天子聘公三女为贵人,少者待年于国。"　按:子建为平原侯,邢颙为家丞,刘桢为庶子,应场亦为庶子②。

①《方舆纪要》四十九:"愁思冈在彰德府西南二十里。曹植尝悲吟于此,故名。"

② 文帝《临涡赋序》云:"建安十八年至谯,余兄弟从上拜坟墓。"盖是时子建亦从行也。

建安十九年甲午　　年二十三岁

本传云:"十九年,徙封临淄侯。"　本传云:"留守邺,戒之曰:'吾昔为顿丘令,年二十三岁。思此时所行,无愧于今。今汝年亦二十三矣,汝可不勉与!'"《植别传》作"昔吾为颍令","颍"乃"顿"字之讹。　《东征赋序》云:"建安十九年,王师东征吴寇,余典禁兵,卫宫省。"杨修亦有《出征赋》,云"公命临淄守于邺都"是也。　《裴潜传》注:"韩宣,字景然,渤海人也。为人短小。建安中,丞相召署军谋掾,冗散在邺。尝于邺出入宫,于东掖门内与临淄侯植相遇。时天新雨,地有泥潦。不得去,乃以扇自障,住于道边。植嫌宣不去，又不为礼，乃驻车，使其常从问宣何官？宣云：
'丞相军谋掾也。'植又问曰：'应得唐突列侯否？'宣曰：'《春
秋》之义，王人虽微，列于诸侯之上，未闻宰士而为下土诸侯
礼也。'植又曰：'即如所言，为人父吏，见其子，应有礼否？'
宣又曰：'于礼，臣、子一例也，而宣年又长。'植知其枝柱难
穷，乃释去，具为太子言，以为辩。黄初中，为尚书郎，尝以
职事受罚于殿前，已束缚。帝辇过，问：'此为谁？'左右对
曰：'尚书郎渤海韩宣也。'帝追念前临淄侯所说，曰：'是子
建所道韩宣。'即特原之，遂解其缚。时天大寒，宣前以当受
杖，豫脱袴，缠裈面缚。及其原，裈腰不下，乃趋而去。帝目
而送之，笑曰：'此家有瞻谛之士也。'"按：此事不必定在此
年，姑载于此。

建安二十年乙未　　年二十四岁

十一月，曹公征汉中。《赠丁仪王粲诗》诗云："从军
度函谷，驱车度西京。"《文选》李注："建安二十年，公西征
张鲁。"

《行女哀辞序》云："家王征蜀。"盖作于此年。挚虞《文
章流别论·哀辞》："建安中，文帝与临淄各失稚子，命徐幹、
刘桢等为之哀辞。"

《文选》魏文帝《与锺大理书》注："《魏略》曰：太祖征汉
中，太子在孟津，闻繇有玉玦，欲得之而难公索，使临淄侯转
因人说之，繇即送之。"太子《与繇书》云"令舍弟子建因荀仲
茂，时从容喻鄙旨"是也。

建安二十一年丙申　　年二十五岁

《武帝纪》云："天子进公爵为魏王。" 是年封彰鄢陵侯，衮平乡侯，彪寿春侯。

《与杨德祖书》云："仆少小为文章，迄至今二十五年矣。"

建安二十二年丁酉　　年二十六岁

本传："增邑五千，并前万户。"

《王仲宣诔》云："建安二十二年正月二十四日戊申，魏故侍中、关内侯王君薨。"《王粲传》云："二十二年春，道病卒。"又徐幹、陈琳、刘桢并以二十二年卒。

陈孔璋《答陈思王笺》云："并示《龟赋》。"《初学记》："刘桢在曹植坐，厨人进瓜，植命为赋，促立成。"俱在此年之前。

《释思赋》云："家弟出养族父郎中，予以兄弟之爱，心有恋然，作此赋以赠之。"按：郿戴殇公子整，奉从叔父郎中绍后。建安二十二年，封郿侯。二十三年，薨。无子。按：此赋不定此年作，姑附于此。

《说疫气》云："建安二十二年，疫气流行。"

《武帝纪》云："冬十月，以五官中郎将丕为太子。" 本传云："植既以才思自异，而丁仪、丁廙、杨修等为之羽翼。太祖狐疑，几为太子者数矣。而植任性而行，不自雕励，饮酒不节。文帝御之以术，矫情自饰。宫人左右，并为之说。故遂定为嗣。" 裴松之注："《魏略》：'丁仪，字正礼。太祖欲以爱女妻之，以问五官将，五官将曰："女人观貌，而正礼

目不便,诚恐爱女未必悦也。"以为不如伏波子楸,太祖从
之。寻辟仪为掾,到与议论,嘉其才朗,曰:"丁掾好士也,即
使其两目盲,尚当与女,何况但眇。是吾儿误我。"时仪亦恨
不得尚公主,而与临淄侯亲善,数称其奇才。太祖既有意立
植,而仪又共赞之。'廙,字敬礼,仪之弟也。《文士传》曰:
'廙少有才姿,博学洽闻。初辟公府,建安中为黄门侍郎。
廙尝从容谓太祖曰:"临淄侯天性仁孝,发于自然,而聪明智
达,其殆庶几。至于博学渊识,文章绝伦。当今天下之贤才
君子,不问少长,皆愿从其游而为之死,实天所以钟福于大
魏,而永受无穷之祚也。"欲以劝动太祖。太祖答曰:"植,吾
爱之,安能若卿言,吾欲立之为嗣,何如?"廙曰:"此国家之
所以兴衰,天下之所以存亡,非愚劣琐贱者所敢与及。廙闻
知臣莫若于君,知子莫若于父。至于君不问明暗,父不问贤
愚,而能常知其臣、子者何? 盖由相知非一事一物,相尽非
一旦一夕。况明公加之以明哲,习之以人子。今发明达之
命,吐永安之言,可谓上应天命,下合人心,得之于须臾,垂
之于万世者也。廙不避斧钺之诛,敢不尽言!"太祖深纳
之。'《典略》:'杨修,字德祖。是时临淄侯以才捷爱幸,来
意投修,数与修书云云。修答书云云。其相往来,如此甚
数。植后以骄纵见疏,而植故连缀修不止,修亦不敢自
绝。'"《魏志·王粲传》"颍川邯郸淳"注:"《魏略》:淳一
名竺,字子叔。博学有文章,又善《仓》《雅》、虫篆、许氏字
指。初平时,从三辅客荆州。荆州内附,太祖素闻其名,召
与相见,甚敬异之。时五官将博延英儒,亦宿闻淳名,因启

淳欲使在文学官属中。会临淄侯植亦求淳，太祖遣淳诣植。植初得淳甚喜，延入坐，不先与谈。时天暑热，植因呼常从取水自澡讫，傅粉。科头拍袒，胡舞五椎锻，跳丸击剑，诵俳优小说数千言讫，谓淳曰：'邯郸生何如耶？'于是更著衣帻，整仪容，与淳评说混元造化之端，品物区别之意，然后论羲皇以来圣贤名臣烈士优劣之差，次颂古今文章赋诔及当官政事宜所先后，又论用武行军倚伏之势。乃命厨宰，酒炙交至，坐席默然，无与抗者。及暮，淳归，对其所知叹植之才，谓之'天人'。时世子未立，太祖俄有意欲立植，淳屡称植才，由是五官将颇不悦。"按：陋哉，《魏略》之言也。子建性本简易，不尚诡奇，何以酬酢无闻，裸裎相对。非刘季之嫚人，等诸洗足；无幼安之自讼，遽尔科头。跳荡疑狂，俳优殊聒。日之夕矣，曷言归哉？乃复谈天纵辨，括地逞辞。似秦延君之说书，类马服子之论战。唇干舌燥，亦云惫矣。昔山吏部以一字拔人，王太尉以三语识掾。但存神契，何取多谈。假令倨肆如斯，矜炫若此，临淄侯毋乃反胃，邯郸生未必倾心。斯则极拟高深，转形褊浅者也。 《杨俊传》："初，临淄侯与俊善，太祖适嗣未定，密访群司。俊虽并论文帝、临淄才分所长，不适有所据当，然称临淄尤美，文帝常以恨之。黄初三年[1]，车驾至宛，以市不丰乐，发怒收俊。俊曰：'吾知罪矣。'遂自杀。"《荀彧传》："子恽，嗣官至虎贲中郎将。初，文帝与平原侯植并有拟论，文帝曲礼事彧[2]。

---

[1] "三"，原误作"二"，据《三国志》改。
[2] "事"，原脱，据《三国志》补。

392

及或卒，恽又与植善，而与夏侯尚不穆，文帝深恨恽。恽早卒。”《明帝纪》注：“《世语》：孔桂，字叔林。太祖表骑都尉。太祖既爱桂，五官将及诸侯亦皆亲之。其后桂见太祖久不立太子，而有意于临淄侯，因更亲附临淄侯，而简于五官将，将甚衔之。及太祖薨，文帝即位，未及致其罪。黄初元年，随例转驸马都尉。而桂私受西域货赂，许为人事。事发，有诏收问，遂杀之。” 以上丁仪、丁廙、杨修、邯郸淳、杨俊、荀恽、孔桂，俱迎武帝意欲立子建者。仪、廙、修、俊、桂后俱被杀，淳、恽亦幸免耳。

《贾诩传》：“时文帝为五官将，而临淄侯植才名方盛，各有党与，有夺宗之议。文帝使人问诩自固之术，诩曰：‘愿将军恢崇德度，躬素士之业，朝夕孜孜，不违子道，如此而已。’文帝从之，深自砥砺。太祖又尝屏除左右问诩，诩默然不对。太祖曰：‘与卿言而不答，何也？’诩曰：‘属适有所思，故不即对耳。’太祖曰：‘何思？’诩曰：‘思袁本初、刘景升父子也。’太祖大笑，于是太子遂定。”《魏略》：“吴质，字季重。以才学通博，为五官中郎将及诸侯所礼爱。质亦善处其兄弟之间，若前世楼君卿之游五侯矣。”《世语》：“魏王尝出征，世子及临淄侯并送路侧。植称述功德，发言有章。左右属目，王亦悦焉。世子怅然自失，质曰：‘王当行，流涕可也。’及辞，世子泣而拜，王及左右咸歔欷。于是皆以植辞多华，诚实不足也。”又《世语》：“及杨修年二十五，以名公子有才能，为太祖所器，与丁仪兄弟皆欲以植为嗣。太子患之，以车载废簏，内朝歌长吴质与谋。修以白太祖，未及推验。太子惧,告质,质曰:'何患?明日复以簏受绢车内以惑之,修必重白,重白必推,而无验,则彼受罪。'世子从之,修果白,而无人焉,太祖由是疑焉[1]。"《桓阶传》:"魏国初建,为虎贲中郎将侍中。时太子未定,而临淄侯有宠。阶数陈文帝德优齿长,宜为储副,公规密谏,前后恳至。"注:"《魏书》:阶谏曰:'今太子位冠群子,名昭海内,仁圣达节,天下莫不闻。而大王甫以植问,臣诚惑之。'于是太祖知阶笃于守正,深益重焉。"《邢颙传》:"字子昂。是时诸子高选官属,令曰:'侯家吏,宜得渊深法度如邢颙辈。'遂以为平原侯植家丞。颙防闲以礼,无所屈挠,由是不合。庶子刘桢谏曰:'家丞邢颙,北土之彦,少秉高节,玄静澹泊,言少理多,真雅士也。桢诚不足同贯斯人,并列左右。而桢礼遇殊特,颙反疏简。私惧观者将谓君侯习近不肖,礼贤不足。采庶子之春华,忘家丞之秋实。为上招谤,其罪不小,以此反侧。'后参丞相军事,转东曹掾。初,太子未定,而临淄侯植有宠,丁仪等并赞翼其贤。太祖问颙,颙对曰:'以庶代宗,先世之戒。愿殿下深重察之!'太祖识其意,后遂以为太子少傅,转太傅。"《卫臻传》:"初,太祖久不立太子,而方奇贵临淄侯。丁仪等为羽翼,劝臻自结,臻以大义拒之。"《毛玠传》:"字孝先。时太子未定,而临淄侯植有宠[2]。玠密谏曰:'近者袁绍以嫡庶不分,覆宗灭国。废立大事,非所宜闻。'后群僚会[3],太祖目指曰:'此古所谓国之司直,我之周昌也。'"

---

[1]　"是",原脱,据《三国志》裴松之注补。

[2]　"有宠"下,原衍"而爱",据《三国志》删。

[3]　"僚",原脱,据《三国志》补。

《崔琰传》："字季珪。时未立太子，临淄侯有才而爱。太祖狐疑，以函令密访于外。琰露板答曰：'盖闻《春秋》之义，立子以长，如五官将仁孝聪明，宜承正统。琰以死守之。'植，琰之兄女婿也。太祖贵其公亮，喟然叹息。迁中尉。后太祖疑琰与杨训书不逊，赐琰死。" 以上贾诩、吴质、桓阶、邢颙、卫臻、毛玠、崔琰，皆劝魏武立丕为太子者。诩，小人也，然异日子建对鄢陵侯彰，亦以袁氏事比，是非贾诩之言，乃子建之言也。诩多阴谋，文帝之不废，因交结宫人左右，此与魏徵之教建成相似。是以文帝即位，首以诩为太尉，致为孙权所笑。殊不知子建不自雕励，以让自处。使如唐文皇，恐隐、巢之祸，魏武必先唐高而亲见之矣。至于崔季珪，子建之妻叔父也。露板之答，与子建行驰道中，开司马门，心思正合。《世语》曰："植妻衣绣，太祖登台见之，以违制，命还家赐死。"然子建有《谢妻改封陈王妃表》，赐死未可尽信。崔君苗为曹志婿，子建之孙婿。曹与崔世为婚姻，至于季珪之死，文帝盖终以子建之戚而构之。而谓为丁仪所间者，亦非也。

　　本传云："植常乘车行驰道中，开司马门出。太祖大怒，公车令坐死。由是植宠日衰。"注："《魏武故事》载令曰：'始者谓子建，儿中最可定大事。'又令曰：'自临淄侯植私出，开司马门至金门，令吾异目视此儿矣。'又令曰：'诸侯长史及帐下吏，知吾出辄将诸侯行意否？从子建私开司马门来，吾都不复信诸侯也。恐吾适出，便复私出，故摄将行。不可恒使吾尔谁为心腹也！'" 《世语》："太祖遣太子及植各出一门,密敕门不得出,以观其所为。太子至门,不得出而还。修先戒植:'若门不出侯,侯受王命,可斩守者。'植从之。"《后汉书》章怀太子注:"《续汉书》曰:人有白修与临淄侯曹植饮醉共载,从司马门出,谤讪鄢陵侯彰。太祖闻之大怒,故遂收修,杀之,时年四十五矣。"

开司马门事,诸书所说不同①。

本传、《魏武故事》所云私开司马门,为得其实。若《世语》云既命其各出一门,又敕令无出,将观其能出,以奉王命乎?抑欲其不出,以守侯度乎?以修之才策,必能料之,何至使子建斩守者以获罪?杨修岂愚骏者乎?且魏武又止云"恐吾适出,又复私出",不闻有斩守事也。司马彪《续汉书》谓子建与杨修共出司马门,谤讪鄢陵,愈不足据。彰与子建未尝有隙,又何致以谤彰而杀修乎?或谓命丕及子建各出一门,欲使丕犯私出之令而废之也。是计乃斩守仓吏、斩侍妾之故智,魏武虽诈,未必行之于其子。使果有此谋,杨修岂不知之?乃竟以欲废丕者陷子建耶?必不然矣!然则子建私出门者,特所谓"任性而行",以犯禁自晦,使魏武不能改嫡耳。子建让兄之心,虽魏武亦知之,盖非此不能让也②。

①《水经·谷水》郦道元注:"渠水自铜驼街东径司马门南。自此南直宣阳门,经纬通达,皆列驰道,往来之禁,一同两汉。曹子建尝行御街,犯门禁,以此见薄。"

②陈普《石堂集》:"春华建安曹子建,秋实西京张释之。父事邢颙奴七子,黄初便作万年基。"注云:"邢颙,君子也,而植恶之;杨修、丁仪,小人也,而植爱之。既以无礼怒父,复以不弟失兄。始与浮薄之人同处,及其始终

如孤豚,家国未几亦覆。八代词人皆谬用其心者也。"陈石堂于子建事迹未考核,故其言如此,不足辨也。

建安二十三年戊戌　　年二十七岁

《武帝纪》:"秋七月,西征。九月,至长安。"

建安二十四年己亥　　年二十八岁

秋七月,樊城被围。本传云:"太祖以植为南中郎将,行征虏将军,欲遣救仁,呼有所敕戒。植不能受命,于是悔而罢之。"注:"《魏氏春秋》曰:植将行,太子饮焉,逼而醉之。王召植,植不能受王命,故王怒也。"按:《魏氏春秋》殆非也,子建自醉耳,岂丕能逼之乎？是时樊城围急,魏武欲徙许都,非以子建为才,必无是命。以知太子虽立,而植宠犹未衰也。子建之醉,所以力避兵柄。厥后任城见害而东阿幸免者,亦以未握兵权耳。所谓"操心危,虑患深"也。

秋,杀主簿杨修。本传云:"太祖论始终之变,以杨修颇有才策,而又袁氏之甥也,于是以罪诛杨修。植益内不自安。"注:"《典略》:二十四年秋,公以修前后漏言教,交关诸侯,乃收杀之。修临死,谓故人曰:'我因是以死,死之晚也。'其意以为坐曹植也。修死百馀日而太祖薨。"《世语》:"修与贾逵、王凌并为主簿,而为植所友。每当就植[1],忖事有关,忖度太祖意,豫为作答十馀条。修敕门下,教出以次答。教裁出,答已入。太祖怪其捷,推问始泄。故修遂以

[1] "植",原误作"质",均据《三国志注》改。

交构赐死。" 范蔚宗《后汉书》言修"逆为答记",不言与子建忖度;又言操"于此忌修,且以袁氏之甥,虑为后患,遂因事杀之"。按:范书不言因子建见杀,是也。魏武杀修,实以袁甥之故。前此因袁氏欲杀修之父彪,赖孔融救之。彪髦不足患,而修有才策,所以与孔融俱杀也。

建安二十五年庚子　　年二十九岁

《宝刀赋》、《鹞赋》、《大暑赋》、《侍太子宴坐》诗俱作于建安中。

三月,改元延康。十一月,魏受禅,改元黄初①。

① 十有八日受禅。

魏黄初元年

《武帝诔》。　正月庚子,魏王崩于洛阳,年六十六,谥曰武王。二月丁卯,葬高陵[1]。　《任城王彰传》:"太祖至洛阳,得疾,驿召彰。未至,太祖崩。"注:"《魏略》曰:彰至,谓临淄侯植曰:'先王召我者,欲立汝也。'植曰:'不可。不见袁氏兄弟乎!'"

本传曰:"植与诸侯并就国。"《苏则传》:"初,则及临淄侯植闻魏氏代汉,皆发服悲哭。文帝闻植如此,而不闻则也。帝在洛阳,尝从容言曰:'吾应天受禅,而闻有哭者,何也?'则谓见问,须髯悉张,欲正论以对。侍中傅巽掐则曰:

[1] "葬高陵",原误作"庄高平陵",据《三国志》改。

'不谓卿也。'于是乃止。"注:"初,则在金城,闻汉帝禅位,以为崩也,乃发丧。后闻其在,自以不审,意颇默然。临淄侯植自伤失先帝意,亦怨激而哭。其后文帝出游,追恨临淄侯植,顾谓左右曰:'人心不同,当我登大位之时,天下有哭者。'时从臣知帝此言有为而发也,而则以为为己,欲下马谢焉。傅巽目之,乃悟。"据此知魏武既葬,诸侯各就国。十一月受禅,是时诸臣陪位,子建等不在其列。子建之哭,华歆辈曾闻之乎?

《庆文帝受禅表》、《庆受禅上礼表》。《文帝纪》云:"十一月丙午,汉帝禅位。庚午,王升坛即祚,改延康为黄初。"

本传云:"文帝即位,诛丁仪、丁廙并其男口。" 按:双丁之见杀也,文帝自恨之也。初,太祖欲以丁仪尚公主,文帝必有不乐于仪者,故力沮之。丁私憾于文帝,迎太祖意而欲立子建。至谓子建依附二丁,以希夺嫡,必无是也。

《求祭先王表》云:"垂近夏节。"又云:"先王崩来,未能半岁。"

黄初二年辛丑　　年三十岁

本传云:"监国谒者灌均希旨,奏植醉酒悖慢,劫胁使者。有司请治罪,帝以太后故,贬爵安乡侯。"注:"《魏书》载诏曰:'植,朕之同母弟。朕于天下无所不容,而况植骨肉之亲。舍而不诛,其改封植。'"

《魏略》云:"初,植未到关,自念有过,宜当谢帝。乃留其从官著关东,单将两三人微行。入见清河长公主,欲因主谢。而关吏以闻,帝使人逆之,不得见。太后以为自杀也,对帝泣。会植科头负铁锧,徒跣诣关下,帝及太后乃喜。及见之,帝犹严颜色,不与语,又不使冠履。伏地涕泣,太后为不乐。诏乃听复王服。"①

《卞后传》注:"《魏书》:东阿王植,太后少子,最爱之。后植犯法,为有司所奏,帝令太后弟子奉车都尉兰持公卿议白太后,太后曰:'不意此儿所作如是,汝还语帝,不可以我故坏国法。'及自见帝,不以为言。"注:"臣松之曰:文帝问占梦周宣曰:'吾梦磨钱,欲使文灭而更愈明,何谓?'宣怅然不对,帝固问之,宣曰:'此陛下家事,虽意欲尔,而太后不听,是以欲灭更明耳。'"[1]时帝欲治植之罪,逼于太后,但加贬耳。

唐李氏《独异志》云:"魏陈思王曹植与文帝不协。文帝即位,尝欲害之,又以思王太后之爱子,不敢肆心。因召植游华林园,饮酒酣醉之,密遣左右缢杀。使者以弓弦三缢不死,而弦皆顿绝,植即惊觉。左右走白帝,帝自是后不敢复害植。"

《文选》注曹植《罢朝表》曰:"行至延津,受安乡侯印绶。"《求出猎表》曰:"臣自招罪衅,徒居京师,待罪南宫。"《求习业表》曰:"虽免大诛,得归本国。据此知子建得罪居京师,后免罪,仍归临淄,至延津,受安乡侯印绶也。然子建遭谗非一次,又常为王机、仓辑所奏②。史不尽载也。"

---

[1] 此处引《三国志》裴松之注略有增损修改,与原文不尽相同,姑仍其旧。

《学宫颂》、《孔子庙碑》。　《文帝纪》:"三月,诏以议郎孔羡为宗圣侯,邑百户,奉孔子祀。令鲁郡修起旧庙,置百户卒史以守卫之[1],又于其外广为室屋,以居学者。"③

《文帝纪》:"六月丁卯,夫人甄氏卒。"《甄后传》:"六月,遣使赐死,葬于邺。"[2]是时甄年四十,文帝年三十五。郭后、阴贵人俱有宠。魏文帝之甄后,与汉武帝之陈后,皆夫少于妻,始悦其色,迨色衰爱弛,怨恚随之,所以死也。若《蒲生行》乃武帝作,《邺都故事》以为甄后,非也。其辞有云:"边地多悲风,树木何翛翛。从军致独乐,延年寿千秋。"甄后居邺,安得有"边地"、"从军"之语?子建《蒲生行浮萍篇》及《弃妇篇》皆不为甄后作,猜疑方甚,避死不暇,何至和甄诗耶!

① 郝经以此事列四年"徙封雍丘王,其年朝洛阳"后。杭世骏云:"《魏略》所载,皆规模梁孝王事,而忘其失实也。"

② 见《文馆词林》。

③ 详见《孔子庙碑》下。

黄初三年壬寅　　年三十一岁

《谢徙封鄄城王表》。　本传云:"三年,立为鄄城王,邑二千五百户。"《文帝纪》云:"三月乙丑,封帝弟鄢陵公彰等十一人皆为王。夏四月戊申,立鄄城侯为鄄城王。"①

[1] "户",原误作"石",据《三国志》改。
[2] "葬",原脱,据《三国志》补。

钱大昕《史考异》云："任城诸王皆由公进封,植以罪贬侯,且是县王,非郡王。"

初制:王之庶子为乡公,嗣王之庶子为亭侯,公之庶子为亭伯。按:《封二子为公谢恩章》之"封臣息男苗为高阳乡公,志为穆乡公",在此时。

《贺凤凰黄龙见表》。 《中山王衮传》:"黄初三年,黄龙见邺西漳水,衮上书赞颂。"又云:"才不及陈思王,而好与之侔。"子建表盖同时所上,表中云:"凤凰复见于邺南。"延康元年八月,石邑县言凤凰集,故云"复见"也。

《太平御览》:"濮州羊角城陈思王愁台,基甚高。"《太平寰宇记》:"愁台在鄄城县西二里。陈思王为鄄城王,因筑台于此。"

《洛神赋》云:"黄初三年,余朝京师。"何义门曰:"朝京师实在四年,而赋云'三年',盖子建不忘汉之心,不忍以献帝之延康为黄初元年也。"然子建三年、四年俱朝京师,是时文帝猜忌方深,朝不即见,故四年复朝。《洛神赋》作于三年,《赠白马王》作于四年。 《宋书·礼志》云:"魏黄初三年,始奉玺朝会。"盖禅位后,是年始可行元会之礼。子建不应不至,来朝不得见,故史阙书也。

① 唐李吉甫《元和郡县志·濮州·鄄城县》:"州理城,在故鄄城中。魏文帝以临淄侯植为鄄城侯。"《太平寰宇记》:"陈思王台在鄄城西二里许。"

黄初四年癸卯　　年三十二岁

本传云:"四年,徙封雍丘。"

《责躬》、《应诏》诗。　本传云："其年朝京师，上疏献诗二篇。帝嘉其辞义，优诏答勉之。"

《任城王诔》。　《文帝纪》云："六月甲戌，任城王彰薨于京师。"《世说》："魏文帝忌弟任城王骁壮，因在卞太后阁共围棋，正啖枣。文帝以毒置诸枣蒂中，自选可食者而进，王弗悟，遂杂进之。既中毒，太后索水救之。帝预敕左右毁瓶罐，太后徒跣趋井，无以汲。须臾遂卒。复欲害东阿[①]，太后曰：'汝已杀我任城，不得复杀我东阿。'"《魏氏春秋》谓："彰问玺绶，将有异志，故来朝不得即见。彰忿怒暴薨。"子建诗云："会节气，到洛阳，任城王薨。"可谓"微而显"矣，立言之体也。

《赠白马王彪》诗云："黄初四年正月，白马王、任城王与余俱朝京师，会节气。到洛阳，任城薨。至七月，与白马王还国。"

《袭封雍丘王表》。　《太平寰宇记·雍丘县》："周武王克殷，封夏后东楼公于杞，是为杞国，即此地。迨汉为雍丘县，隶陈留郡。魏为雍丘国，封鄄城王植为雍丘王。"又云："陈思王《袭封雍丘王表》云：'禹祠原在此城。'"《禹庙赞》亦此时作。

《郦食其赞》。　《太平寰宇记·雍丘县》："郦食其墓。"

《怀亲赋》。　序云："济阳南泽。"按：济阳与雍丘俱属陈留郡。子建正月朝京师，七月归鄄城，后仍徙封雍丘。

---

① 称"东阿"，亦记事之失。

黄初五年甲辰　　年三十三岁

《黄初五年令》。

黄初六年乙巳　年三十四岁

本传云："六年，帝东征。还过雍丘，幸植宫，增户五百。"

《七步诗》。　郝经《续后汉书》："六年，丕东征。还过雍丘宫，令植作诗。丕怜之，增户五百。"荀宗道注引《世说》："魏文帝令东阿王七步中成诗，不成者当大法。应声便为诗云云，帝深有惭色。"《御览》引《魏志》："文帝尝欲害植，以其无罪，令植七步为诗，若不成，加军法。"今《魏志》无其事。《太平广记》引《世说》："魏文帝与陈思王植①同辇出游，逢见两牛在墙间斗，一牛不如，坠井而死。诏令赋死牛诗，不得道是牛，亦不得道是井，更不得言其死。走马一百步，令成四十言。步尽不成，加斩罪。子建策马而驰，既援笔赋云云。赋成，步未尽，复作三十言自愍诗'煮豆'云云。"②

《黄初六年令》。

《慰情赋》。　序云："黄初六年。"

《谢赐衣表》。　答诏云："皇帝问雍丘王。"则赐衣在此年。

---

① 此称"陈思王"，亦举其卒谥。

② 案：明帝时始封东阿，据此年当称雍丘。

黄初七年丙午　　年三十五岁

《文帝诔》。　《文帝纪》云："夏五月丙辰[1],疾笃。五月丁巳[2],文帝崩于嘉福殿,年四十。六月,立太子叡即皇帝位。戊寅,葬首阳陵。"裴松之注:"鄄城王植为诔云云。"按"鄄城王"当作"雍丘王"。

《献文帝马表》,又《上先帝赐铠表》、《上银鞍表》、《谢鼓吹表》、《冬至献履袜颂》、《献璧表》,多作于文帝时。

《辅臣论》。　夏五月丙辰[3],帝疾笃,召中军大将军曹真、镇军大将军陈群、征东大将军曹休、抚军大将军司马懿,并受遗诏辅嗣主。　陈禹谟本《北堂书钞》以"大将军"为曹仁,不知仁薨于黄初四年三月丁未。宋本无仁姓名,乃陈误加也。

太和元年丁未　　年三十六岁

本传云:"太和元年,徙封浚仪。"

太和二年戊申　　年三十七岁

本传云:"二年,复还雍丘。"

《朔风》诗:"昔我往矣,朱华未晞。今我旋止,素雪云飞。"言去雍丘至浚仪,今复旋雍丘也。又云:"昔我同袍,今永乖别。"言文帝崩也。

《求自试表》。　本传云:"植常自愤怨,抱利器而无所

[1]　"五",原误作"四",据《三国志》改。
[2]　"丁",原误作"辛",据《三国志》改。
[3]　"五",原误作"四",据《三国志》改。

施,上疏求自试。"注:"《魏略》曰:植虽上此表,犹疑不见用。"《明帝纪》云:"正月丁未,行幸长安。夏四月丁酉,还洛阳宫。"注:"《魏略》曰:是时讹言,云帝已崩,从驾群臣迎立雍丘王植。京师自卞太后、群公尽惧。及帝还,皆私察颜色。卞太后悲喜交集,欲推始言者,帝曰:'天下皆言,将何所推?'"

《大司马曹休诔》。 《明帝纪》云:"秋九月庚子,大司马曹休薨。"

《与司马仲达书》①。

① 当在此年,说详本文下。

太和三年己酉　　年三十八岁

《转封东阿王谢表》。 本传云:"三年,徙封东阿。"

《迁都赋》。 序云:"余初封平原,转出临淄,中命鄄城,遂徙雍丘,改邑浚仪,而末将适于东阿。"①

本传云:"植登鱼山,临东阿,喟然有终焉之志。"

《会稽典录》:"虞歆,字文肃,历郡守,节操高厉。魏曹植为东阿王,东阿先有三十碑,铭多非实,植皆毁除之,以歆碑不虚,独全焉。"见《北堂书钞·碑》类。

《异苑》曰:"陈思王字子建,尝登鱼山,临东阿,忽闻岩岫间有诵经声,清通深亮,远谷流响,肃然有灵气,不觉钦心祗异,便有终焉之志,即效而则之。今之梵唱,皆植依拟所造也。一云:陈思王游山,忽闻空里诵经声,清远遒亮。解音者则而写之,为神仙声。道士效之,作步虚声也。"《广弘明集》[1]:"陈思王曹植,字子建,武帝中子。十岁诵诗书十万馀言,善属文。每读佛经,留连嗟玩,以为至道之宗极。转读七声[2],升降曲折之响,世皆调而则之。游鱼山,闻有声特异,清扬哀婉,因效其声为梵赞。今法事有《鱼山梵》,即其馀奏也。"[3]按:子建未尝佞佛求仙,方有意自试,忧国忧家,岂遁入异端乎? 良以陈王高才,名重后世,缁黄依托而为此说耳。裴松之采掇极富,亦不载此事,其妄不足辨。

① 萧常《续后汉书》云:"曹叡时,徙封东阿,又徙封陈留。"略去徙浚仪、还雍丘。《方舆纪要》:"仓库院在监利县北八十里,相传曹植建城邑,立仓库于此。"监利本非子建所治,乃地志之误。

太和四年庚戌　　年三十九岁

《明帝纪》云:"二月戊子,诏刻文帝《典论》,立于庙门之外。"是时子建尚存。张华《博物志》云:"《典论》、陈思王《辩道论》云云。"近人辑《典论》者遂取之,不知文帝《典论》中断无称"陈思王"之理,《博物志》盖并引二书也。

《上宣后诔表》、《宣后诔》。　《明帝纪》云:"六月戊子,太皇太后崩。秋七月,武宣卞后祔葬于高陵。"

《征蜀论》。　《明帝纪》:"秋七月,诏大司马曹真、大将军司马宣王伐蜀。九月,诏真等班师。"

[1]　"《广弘明集》",原误作"《弘明集》"。
[2]　"声",原误作"律",据《广弘明集》改。
[3]　按:自"世皆调而则之"至"即其馀奏也",非出自《广弘明集》,而源于明人夏树芳所撰《名公法喜志》,此处当属朱氏误记。今姑仍其旧,不另作分别。

太和五年辛亥　　年四十岁

《求通亲亲表》。　本传云:"五年,复上疏求存问亲戚,因致其意。诏报曰:'已敕有司,如王所诉。'"《将作大匠杨阜传》:"时雍丘王植怨于不齿,藩国至亲,法禁峻密,故阜又陈九族之义。"

《陈审举表》。　本传云:"植复上疏陈审举之义。"魏明帝《答东阿王论边事诏书》,见《文馆词林》卷六百六十四,有云:"何乃谦卑,自同三监。"答表中"三监之衅,臣自当之"之语,已注于《陈审举表》后。

《求免取士息表》。　《魏略》曰:"是时大发士息,及取诸国士。植以近前诸国士息已见发,其遗孤稚弱,在者无几,而复被取,乃上书云云。"

《谢赐柰表》。　本传云:"其年冬,诏诸王朝。"是表作于是年冬。盖诸王赴六年正月元会,于五年冬已至京师。表中云:"柰以夏热,今则冬生。"知作于冬也。

太和六年壬子　　年四十一岁

《元会》诗。　本传云:"六年正月,朝京师。"

《改封陈王谢恩章》、《谢妻改封表》。　本传云:"其年二月,以陈四县封植为陈王,邑三千五百户。"[①]

《谏伐辽东表》[②]。

《赞社文》。　序曰:"余前封鄄城侯,转雍丘。经离十载,块然守空,饥寒备尝。圣朝愍之,故封此县。"按:自为鄄城侯至此年方十载。《藉田说》盖亦作于此耳。

《平原懿公主诔》。 《文昭甄皇后传》:"太和六年,明帝爱女淑薨,追谥淑为平原懿公主,为之立庙。取后亡从孙黄与合葬,追封黄列侯,以夫人郭氏从弟惪为之后,承甄氏姓,封惪为平原侯,袭公主爵。"

《明帝纪》云:"十一月庚寅,陈思王植薨。" 本传云:"植每欲求别见独谈,论及时政,幸冀试用,终不能得。既还,怅然绝望。时法制,待藩国既自峻迫[1],寮属皆贾竖下才,兵人给其残老,大数不过二百人。又植以前过,事事减半,十一年中而三徙都。尝汲汲无欢,遂发病薨。遗令薄葬。以小子志,保家之主也,欲立之。初,植登鱼山,临东阿,喟然有终焉之志,遂营为墓③。子志嗣,徙封济北王。景初中,诏曰:'陈思王昔虽有过失,既克己慎行,以补前阙,且自少至终,篇籍不离于手,诚难能也。其收黄初中诸奏植罪状,公卿已下议尚书、秘书、中书三府、大鸿胪者皆削除之。撰植前后所著赋、颂、诗、铭、杂论凡百馀篇,副藏内外。'志累增邑,并前九百九十户。" 曹志字允恭,《晋书》有传。谥法:过而能改曰思。

① 唐李吉甫《元和郡县志·陈州》:"汉献帝末,陈王宠为袁绍所杀,国除,为陈郡。曹魏复为陈国,以东阿王植为陈王。植子志徙封济北,又为陈郡。晋、宋因之。"

② 当在是年,说详本文下。

③《居易录》:"东阿鱼山,即曹子建闻梵处,有墓在焉。山上有台二,曰柳书,曰羊茂。见隋碑。皆传为子建读书处。二台名义,不甚可解。鱼山

[1] "自",原误作"日",据《三国志》改。

一名吾山，即汉武帝《瓠子歌》云'吾山平兮钜野溢'是也。"

以上子建诸文，择其可据者附之，不一一编年，惧凿也。

《通典》：太和六年，陈王薨。明帝诏陈相为国王制服云："若正名实，司空议是也。且谓之国相，而不称臣制服，亦为名实有错。若去相之号，除国之名，则伤亲亲之恩也。宜释轻从重。"

东阿县鱼山陈思王墓道隋碑文云："王讳植，字子建，沛国谯人也。洪源与九泉竞深，崇□□□□比峻。自制舆□□，□□兴焉。其后建国启基，斗日周室。显霸业于东邾，彰芧封于谯邑①。琼根宝叶，蒔芳兰如②莫朽；轩冕相传，袭缙绅如③不绝。此乃备颂典㸟④，聊可梗概而言矣。逮承相参⑤，乃成王室，道勋隆重，位登上宰，受国平阳。自兹厥后，鸣鸾佩玉，飞盖交映。祖嵩，汉司隶太尉公。职掌三事，从容论道。美著阿衡之任，不亦宜乎！父操，魏太祖武皇帝。资神龙虎剖判，郁以开基。名颁谶牒，谣敞真人。火运告终，土德承历。爰据图录，亨有天下。骤改质文，驰迁正朔。英雄之气，盖有馀矣。昆丕，魏高祖文皇帝。绍即四海，光泽五都。负扆明堂，朝宗万国。允文允武，庶绩咸熙。正践升平，时称宁晏。致黄龙表瑞，验兆漳滨。玉虎金鸡，恒纶宇窬。王乃黄内通理，愠⑥淑唅英。睿哲禀于自然，博愍⑦由于天纵。佩金华以迈四气，抱玉操⑧如⑨忽风霜。缀赡藻于孩年，摄䆞什于孺岁。寻声制赋，膺诏题诗。词采照灼，子云遥惭于吐凤；文华理富，仲舒远愧于怀龙。又能诵万卷于三冬，观千言于壹见。才比山薮，思并江湖。清辞菀菀，若藁葩之蔚邓林；绿藻妍妍，如河英之照巨海。武库太官之誉，握捉之器者也。但禄由德赏，频亨皇爵。建安十六年，封平原侯。十九年，改封临淄侯。都不以贵任为怀，直置清雅自得。常闲步文籍，偃仰琴书。朝览百篇，夕存吐握。使高据擅名之士，侍宴于西薗^⑩；振藻独步之才，陪游于东阁。皇初二年^⑪，奸臣谤奏，遂贬爵为安乡侯。三年，立为□王，诣京师，面陈滥谤之罪。诏令复国。自以怀正信如^⑫见疑，抱利器而无用。每怀怨慨，频启频奏。四年，改封东阿。五年，以陈前四县封，复封为陈王。以谗言数构，奸臣内兴，十一年里，频□徙都。汲汲无欢，遂发愤而薨，时年卅□□。即营墓鱼山，傍羊茂台。平生游陟，有终焉之所。既如^⑬年代复远，兆莹崩沦^⑭。茂响英声，远而不绝。至十弋世孙曹永洛等去齐朝。皇建二年，蒙前尊孝照皇帝恢弘古典，敬立二王，崇奉三恪。永洛等于时膺符表贡，面奉照皇亲酬圣诏。比经穷讨，皆存实录。蒙敕报允，兴复灵庙。馈嗣蒸尝，四时虔谒。使恭恭嗣子，得展衷诚之愿；茕茕孝孙，长毕昊天之慕。遂雕镂真容，镌金写状。庶使□□□相度，永劫而不泯。七步文宗，传芳猷于万叶者也。其词粤^⑮：维王磐石斯固，缔绪攸长。波连溟渤，枝带扶桑。分珪作瑞，建国开埋。蕙楼菌阁，远迈灵光。其一。器调高奇，风革梳朗^⑯。谈人刮舌，灵虬曜掌。东阁晨开，西薗夜赏。松华桂茂，玉闰金响^⑰。其二。声驰天下，道冠生民。才惊旷古，德重千钧。混之不浊,磨而不磷。如何一旦,萎我哲人。其三。山舟易失,日车难驻。壹谢人间,长尊埏路⑱。风哀松柏,坟穿狐兔。何世何年,还成七步。其四。乃考维昆,廓定洪基。受图应历,运合紫微。一辞皇阙,永背象□。教随日转,响逐云飞。其五。大隋开皇十三年岁次星纪之吉。"[1]

① "芧",与"茅"同。

② "如",读为"而"。

③ "如",读为"而"。

④ "𠕋",与"册"同。

⑤ "承",与"丞"同。

⑥ "愠",与"蕴"同。

⑦ "愍",与"敏"同。

⑧ "操",与"藻"同。

⑨ "如",读为"而"。

⑩ "薗",与"园"同。

⑪ "皇初",即"黄初",避隋讳。

⑫ "如",读为"而"。

⑬ "如",读为"而"。

⑭ "莹",与"茔"同。

⑮ "粤",与"曰"同,古字通用,无阙文。

⑯ "革",与"格"同。"梳",与"疏"同。

⑰ "闰",与"润"同。

⑱ "尊",与"遵"同。

[1] 按:朱氏释文与王昶《金石萃编》等各家多有出入。今姑仍其旧,不另出校。

国朝王文简公《居易录》："东阿县鱼山陈思王墓道有隋碑，书法杂用篆隶八分，甚古。"又云："此碑文不极工，考欧《集古录》、赵《金石录》及近代《金薤琳琅》、《石墨镌华》、《金石志》，俱不及载。"

钱大昕《潜研堂金石文跋尾》："右《东阿王庙碑》，叙子建封爵，与史多同。惟本传云黄初二年贬爵安乡侯，其年改封鄄城侯，三年立为鄄城王，四年徙封雍丘王；太和元年徙封浚仪，二年复还雍丘，三年徙封东阿，六年二月封为陈王。碑于黄初三年之下云四年改封东阿王，则误以太和之四年为黄初之四年；又中脱徙封浚仪、雍丘诸事耳。《传》称薨时年四十一，碑作三十一。按：《传》：'建安十九年，太祖征孙权，使植留守邺城。戒之曰："吾昔为顿丘令，年二十三。思此时所行，无悔于今。汝年亦二十三矣。"'《通鉴考异》引此文云：'植今年年二十三，则死时当年四十一矣。本传云"三十一"，误也。'今读此碑，则知隋以前其本已误，故碑亦承其误。而今本乃作'四十一'者，后人因温公之言追正之耳。碑文云：'父操，魏太祖武皇帝。昆丕，魏高祖文皇帝。'于'父'字上空一字，'武皇''皇'字上空一字，'丕'字上空一字。碑又称'齐孝昭皇帝'，'皇'字上空一字。至'皇建'二字系年号，不应空格，亦空一字。盖书碑之人不学无术，故有此失也。文称：'齐朝皇建二年，蒙前尊孝昭皇帝恢弘古典，敬立二王，崇奉三恪。'据《北齐书》，在皇建元年八月，未知孰是。碑书'黄初'为'皇初'，避隋讳。又以'博愍'为'博敏'，'既如'为'既而'，'兆莹'为'兆茔'，'玉闰'为'玉润'；又书'其词粤'，以'粤'为'曰'，与《太公碑》正同。铭词四章，章皆八句；独首章多'惟王'二字。王阮亭《居易录》载此文，疑'惟王'之上尚有阙文，乃于'其词'下空六格；又不知'粤'与'曰'通，而以'粤'字接'惟王'为句，皆谬也。"

王昶《金石萃编》云："按：鱼山在东阿县大清河西岸。《东阿县志》称，即汉武帝所塞决河歌《瓠子》者也。《史记·武帝纪》：'天子祷万里沙，过祠泰山。还，至瓠子，自临塞决河。'又武帝《瓠子歌》云：'瓠子决兮将奈何，皓皓旰旰兮闾殚为河。'当即此鱼山下之大清河也。《志》又称山有东阿王墓，其下有庙，而不言庙中有碑，盖志之疏也。碑叙植先世云：'祖嵩，汉司隶太尉公。职掌三事，从容论道。美著阿衡之任，不亦宜乎！'而不详嵩之所自出，盖为陈思讳也。《三国·魏书·武帝纪》亦云：'桓帝世，曹腾为中常侍大长秋，封费亭侯。养子嵩，官至太尉，莫能审其生出本末。'盖已先为武帝讳也。注引《续汉书》曰：'嵩字巨高。灵帝时，代崔烈为太尉。'吴人作《曹瞒传》及郭颁[1]《世语》并云'夏侯氏之子，夏侯惇之叔父。太祖于惇为从父兄弟也'。是嵩之本姓为夏侯氏矣。碑叙嵩事，直接丞相参，略去常侍腾，其为陈思讳者，更分明也。东阿王薨年实四十一，碑书作'卌'。有壹今榻本'卌'字右一竖已泐，微有其迹，作'卅'形。'有'字全泐，'壹'字尚存末笔'⺊'，当谛视始辨之。'其词粤'

---

[1] "颁"，原误作"班"，据王昶《金石萃编》改。

之下,碑只空二字。《居易录》云'空六格'者,必是当时所见装本,遂误以'粤惟王'三字为铭,铭词上有阙文,因上空六格,以足成二句也。'如'读为'而',不特'既如'为'既而','莳芳兰如莫朽'、'抱玉操如忽风霜'、'怀正信如见疑','如'字皆当读作'而'也。'谈人刮舌',疑即'括囊'之义,以'刮'为'括'也。'摄酉什于孺岁','掘捉之器者也','酉什'、'掘捉'二义未详。"

左暄《三馀续笔》:"隋立《曹植碑》,'而'字多作'如','莳芳兰如莫朽'、'抱玉操如忽风霜'、'怀正信如见疑'、'既如年代夐远'。《释文·序录》谓:'北人言者,'如'、'而'靡异。'"①

① 绪曾按:近刻《居易录》,"如"皆刻作"而",馀多与碑异。

武亿《授堂金石跋》云:"碑前叙子建封爵,'频三徙都',盖依《魏志》为文。后又称十一世孙曹永洛等,齐'皇建二年,蒙前尊孝昭皇帝恢弘古典,敬立二王,崇奉三恪。永洛等于时膺符表贡,面奉昭皇,亲承圣诏。蒙敕报允,兴复灵庙,雕镂真容',其记子建庙祀所起如此。《北齐书·孝昭纪》:'皇建元年,诏:"昔武王克殷,先封两代。汉、魏、二晋,不废兹典。及元氏统历,不率旧章。朕纂奉大业,思弘古典。但'二王'、'三恪',旧说不同。可议定是非,列名条奏。其礼仪体式,亦仰议之。"'今碑所称,即指其事。但以为'皇建二年'者,下诏在元年八月,议定施行当为二年,各从其实书之也。曹魏系出自虞,故以曹氏备'三恪'之一。当时先复古制,史文不悉载,赖此以知其概。古刻流传,何可没哉!碑云'黄内通理',及'怀正信如见疑',皆避'中'字。'如见疑'者,'如'与'而'通也。"

《山左金石志》云:"右碑高五尺一寸,广三尺二寸,在东阿县西八里鱼山陈思王墓旁。有额无题字,似有画象,已不能辨。碑文凡二十二行,行四十三字,体兼篆隶。其中增损假借之字,已载钱辛楣少詹《金右跋尾》。尚有未及者,如'茅封'作'茅封','典册'作'典爵','丞相'作'承相','宇县'作'宇𡮣','蕴淑含英'作'愠淑唅英','西园'作'西蔄','谗言'作'诡言','风格疏朗'作'风革梳朗',皆是也。"

唐李吉甫《元和郡县志》:"郓州东阿县鱼山,一名吾山,在县东南二十里。《瓠子歌》曰:'吾山平兮巨野溢,鱼怫郁兮迫冬日。'即此山也。曹子建每登此山,有终焉之志。及亡,葬于山下。"

宋乐史《太平寰宇记》:"鱼山,一名吾山。魏陈思王曹植葬其西,亦其所封之国也。周回十二里。"[①]

① 宋本有此。今万刻《寰宇记》删去。《一统志》:"曹植墓在泰安府东阿县八里鱼山西麓。"

杭世骏《三国志补注·名胜志》载:"曹子建墓在通许县之七里冈。成化九年大水,墓崩一穴,入视,隧表碣曰'曹子建墓'。按：曹植徙封雍丘王。雍丘，今之杞县，距通许四十里而近，岂植真葬斯地耶？"绪曾按：陈思王葬东阿，古无异议。通许崩墓乃好事不读史者附会耳。杭氏取之，误矣。

《居易录》："门人国子监助教赵善庆，德州人，前户侍景毅继鼎之孙也。家藏一玉炉，云耕夫得之古冢中；家有断碑，云'君讳植，字子建'，始疑是陈思王，考之乃北齐高植墓。按：高氏渤海蓨人，正今德州境。然《北齐书》竟不载植姓名，何也？"

梁庾肩吾《经陈思王墓》诗："公子独忧生，丘垄擅馀名。采樵枯树尽，犁田荒隧平。宁追宴平乐，讵想谒承明。且余来锡命，兼言事结成。飘飘河朔远，飔飔飓风鸣。鹰与云俱阵，沙将蓬共惊。枯桑落古社，寒鸟归孤城。陇水哀箛曲，渔阳惨鼓声。离家来远客，安得不伤情？"

宋薛尚功《浪语集·陈思王墓》诗："乔松产崇岳，托迹太高亢。飘摇风雪场，蜷曲蛇龙状。干霄竟何事，劲节良独壮。下有椒桐秀，远入烟霞望。天意固有在，人情亦云妄。若乏桑苗荫，清霜重且放。居然嗟彼其，坐使出其上。至哉文身子，三以天下让。"

国朝吴伟业《梅村集·过鱼山曹植墓》："小谷城西子建祠，鱼山刻石省躬诗。君家兄弟空摇落，惆怅秋坟采豆枝。"

"邺台坐法公车令，淄郡忧谗谒者书。天使武皇全爱子，黄初先已属仓舒。"

梁佩兰《六莹堂集·经东阿怀陈思王》："北河无顺流，风来忽奔泻。清晨达东阿，日出光未洒。昔在陈王时，此地盛车马。城堞连鱼山，宫殿露鸳瓦。箫篪乐游燕，宾从会风雅。人代一以移，岁月不相假。我来访陈迹，缅邈千载下。狐狸啸荒冢，禽鸟飞四野。长叹分古今，浩歌付呕哑。《王风》日沦替，谁是知音者？""黄星自天应，黄龙向谯见。老瞒执汉柄，子桓受汉禅。气数当鼎分，诸葛早已辨。王躬被衮冕，功业欲一建。志复吴国仇，识料典午变。陈情请自试，不得效尺寸。赋诗抒怀抱，饮酒托荒宴。身世常忧危，荣乐非所恋。三读然豆歌，哀伤泪如霰。"

国朝李良年《陈思王墓》："建安才名人不及，公子分封此都邑。铜爵西陵曲未残，釜中何事相煎急？一从玉树掩荒丘，漳水无情日夜流。二千年间人事改，断垣零落馀松楸。丰碑别起临官道，华亭书法今代少。沈太史备兵大梁时立石。封树依然霭夕阴，未许鼯鼬穴沙草。游侠风流世共传，只今谁继邺中篇？玄芝不复来神女，白马犹应向洛川。生前华屋纷无数，玉碗金凫渺难据。惟有文章光焰长，一杯且酹陈王墓。"

国朝刘嗣绾《陈思王墓》："胜地追梁苑，贤王并鲁宫。

声名三国最,文藻一家工。屈宋衔官列,应刘侍从中。衣冠推邺下,轩盖照江东。瓜李游方盛,芙蓉宴未终。争传宾馆誉,别擅选楼风。解佩思交甫,分香竟乃翁。诗章悼《黄鸟》,词赋感惊鸿。门户斯为祸,藩防讵见功。山河此年少,乱世各英雄。魏阙书徒献,周亲表未通。霸图希自试,家变迭相攻。苦语真然豆,伤心到转蓬。才应八斗尽,命合《七哀》穷。去路遮须远,前尘洛浦空。雀台歌舞散,麟冢古今同。骨已枯刘表,碑谁立孔融?露盘移禁苑,冰井隔榛丛。漳水回流碧,鱼山夕照红。建安篇什在,遗恨吊秋虫。"

陈寿本传曰:"任城武艺壮猛,有将领之气;陈思文才富艳,足以自通后叶,然不能克让远防,终致携隙。《传》曰:'楚则失之矣,而齐亦未为得也。'其此之谓欤!"

陈寿《王卫二刘传·传评》曰:"昔文帝、陈王以公子之尊,博好文采,同声相应,才士并出,惟粲等六人最见名目。而粲特处常伯之官,兴一代之制[1],然其冲虚德宇,未若徐幹之粹者也。"

鱼豢曰:"谚云:'贫不学俭,卑不学恭。'非人性分也,势使然耳。此实然之势,信不虚矣。假令太祖妒遏植等,在于畴昔,此贤之心,何缘有窥望乎?彰之挟恨,尚无所至。至于植者,乃令杨修以倚注遇害,丁仪以希意族灭,哀夫!余

---

[1] "制",原误作"志",据《三国志》改。

每览植之华采,思若有神。以此推之,太祖之动心,亦良有以也。"

左思《魏都赋》:"勇若任城,才若东阿。抗旍则威嶮秋霜,摛藻则华纵春葩。"

鱼豢《魏略》云:"陈思王精意著作,饮食损减,得反胃病也。"[1]

①《御览·人事部·胃》。

《晋书·文苑传序》:"独彼陈思,《王风》遒举,备乎典奥,悬诸日月。"

《金楼子·立言》篇:"曹子建、陆士衡,皆文士也。观其词致侧密,事语坚明,意匠有序,遣言无失。虽不以儒者命家,此亦悉通其义也。"

《金楼子·立言》篇:"颜回希舜,所以早亡;贾谊好学,遂令速殒。杨雄作赋,有梦肠之谈;曹植为文,有反胃之论。"

《文中子中说》:"子曰:陈思王可谓达理者矣。以天下让,时人莫之知也。"阮逸注:"曹植,字子建。魏祖欲立为太子,植不自雕砺,饮酒晦迹。兄文帝,矫情自饰,求为嗣。人不知子建署兄耳。"

《文中子中说》："子曰：君子哉，思王也！其文深以典。"阮逸注："《亲亲表》典矣，《出师表》深矣。"

唐李瀚《蒙求》："仲宣独步，子建八斗。"宋徐子光注："《南史》：谢灵运曰：'天下才共一石，曹子建独得八斗，我得一斗，自古及今共用一斗。'奇才博识，安可继之！"宋无名氏《释常谈》云："文章多谓之'八斗之才'，谢灵运常云：'天下才共一石，曹子建独占八斗，我得一斗，天下共分一斗。'"[①]

① 按：元明类书"八斗"俱云"《南史·谢灵运传》"，检《宋书》及《南史》灵运传，无此语。骆宾王诗："陈思八斗才。"李商隐诗："用尽陈王八斗才。"徐夤诗："闲赋宫词八斗才。"《宣和书谱》："曹植甫十岁，善属文，若素构。自诗道云亡，风流扫地，而植以八斗之才擅天下，遂以词章为诸儒倡。"

宋曾慥《类说》引《玉箱杂记》："曹子建七步成章，号绣虎。"[①]

① 按：元明类书或云《三国志》，或云《世说》，检二书俱无"绣虎"语，《世说补》有之，盖据类书以增入也。

宋陈亮《龙川集·三国纪年》附录论曹植云："曹操取天下于群盗之手，可以为能矣。要何尝不藉汉以为名也？得间遂取之，是犹谓之天乎？植之所以不能安也，况使之嗣事哉！力不足以周旋于其间，苟安而成之，若表而去之，皆非其心也。自放于法度之外，于事何所堪？立嫡以长，所从来旧矣，乃足烦经营耶？大业既已济，困顿废辱，盖亦安之而不悔。然犹惓惓累疏，求一出其力自效，抑所谓'其兄关弓而射之，则涕泣而道之'者耶？三代衰，孔氏之学又泯没而无传，其于君臣、父子、兄弟之间，失其本心者多矣。若植者，孔子之谓'仁者'也。"

元郝经《续后汉书》议曰："予读植《求通亲亲表》及《陈情表》①与《赠白马王彪》诗，未尝不为流涕也。亲亲之情，若此其笃也！爱兄之道，若此其尽也！虽为操所爱，不自矫饰，终身无微，冀使冢嗣不摇，而甘处藩服。及任城问玺，毅然责以袁氏事，则为弟之道亦尽也。夫岂能兴难，而丕衔之不置，操死而身未冷，削夺其爵，趣使就国，禁锢终身，而族丁仪、丁廙。呜呼！仁人之于弟也，不藏怒焉，不宿怨焉，亲爱之而已矣。丕真寡恩哉！自是骨肉之祸，兴为晋之甲兵②、宋之鼎镬③、齐之香火④、隋之绞缢⑤、唐之弓矢⑥，尽为管、蔡之很诡，无复《常棣》之友弟，皆丕启之也。当太和之际，司马懿得政而人望实归之，植即言'取齐者田族，非吕宗；分晋者赵、魏，非姬姓'，而叡竟弗察。嗟乎！有一贤王而不用，畀之区区之爽，忍死待懿，以托昏童，而魏果亡。植之识虑若此，其志可哀已！隋王通云：'陈王达理者也，以天下让，时人莫之知也。'又曰：'君子哉，思王也！其文深以典。'可谓知植矣。陈寿谓：'思王文才富艳，足以自通后叶，然不能远防，终至携隙。"楚则失之，而齐不为得。"'岂知言哉！"

①《陈情表》集中未见，或即《陈审举》、《求自试》欤？

② 原注："《晋书》：惠帝元康元年，楚王玮矫诏杀汝南王亮，贾后杀玮。永康元年，赵王伦诛贾后，逼帝禅位。永宁元年，齐王冏讨伦，诛之。太安元年，长沙王又杀冏。永兴元年，东海王越杀乂，讨成都王颖，幽之卒。越复伐河间王颙，南阳王模杀河间王，越寻以忧卒。"

③ 原注："《南史》：宋文帝杀其弟江夏王义康。裴子野曰：'宋之鼎镬，吁可畏哉！'"

④ 原注："《南史》：齐明帝忌高武子孙，欲尽除之，以问始安王遥光，遥光谓当以次行之。遥光有足疾，上尝令乘舆入，每与屏人久语。上索香火，呜咽流涕，明日必有所诛。会上疾暴甚，遥光遂行其策，杀河东王铉等七王，于是太宗、世祖诸子皆尽矣。"

⑤ 原注："《隋书》：炀帝即位，矫高祖之诏，赐故太子勇死，缢杀。"

⑥ 原注："《唐书》：太子建成、齐王元吉至临湖殿，秦王世民射建成，杀而戮之。尉迟敬德射元吉，杀之。"

明王世贞《书陈思王植传后》云："陈思王与文帝，同母弟也。文帝即位之二年，即风监国谒者论劾其罪，召而欲诛之，以太后之救而幸免，然亦濒死者数矣。盖以武帝之世，有夺嫡之谋而未遂故也。而王仲淹乃曰'思王以天下让'，夫岂其情哉！与杨修善，则修为之拟答；与丁仪、丁廙善，则仪、廙为之请嗣。虽有百口，无以自解。然丕方矫情自饰，而植乃任性而行，乘车驰道中，与伐吴①，醉不能受命。此虽非臣子之节，然观过知仁，可以见思王之无意夺嫡而贪功名者，知三子辈成之也。仲淹殆得其微矣。虽然，思王之失职，成之者三子也，而启之者武帝也。考之汉建安十五年，司徒赵温辟丕茂才，而坐温选举不以实免官。十六年，始拜五官中郎将②，而植已封平原侯。十九年，徙封临淄侯。是时同母之兄任城尚未侯也。二十一年而任城始侯鄢陵，则思王已加食邑至万户。又时时对人称说其才，而欲立之，岂所以安思王哉？不特一思王也。邓哀王冲仅十三岁，而亦欲立之。及其亡也，乃谓文帝曰：'此我之不幸，而汝曹之幸也。'噫！是何言欤？厥后以任城之勇遭毒，思王削而移徙，藩国若传舍，幽忧疏隔，亡异囚窜。至使文帝后谓臣下：'家兄孝廉，是其分也。若使仓舒在，我亦无天下。'仓舒者，冲小名也。呜呼！孰非武帝启之哉？如意不死吕后而死汉高，攸不斥武帝而斥晋文，定陶、豫章，幸而免耳，然亦危矣。《魏略》又谓：'太祖疾甚，驿召任城，至洛而已殂。任城乃谓临淄侯曰："先王召我者，欲立汝也。"临淄侯曰："不可。不见袁氏兄弟乎！"'然则斯言也，王仲淹之所以称让，任城之所以遭毒，而思王之所以终免也。"

① "伐吴"二字误，当云"救曹仁"。

② 案：五官中郎将置官属，为丞相副。元美以为丕位不及植，误矣。

《晋书·琅邪王乂传》："封显义侯。刁协奏：'昔魏临淄以邢颙为家丞，刘桢为庶子。今侯幼时，宜选明德。'帝曰：'临淄万户封，又植少有美才，能同游田苏者。今晚生矇弱，何论于此。'"

《十六国春秋·南凉录》："秃发傉檀次子明德归隽爽聪明，傉檀甚宠之。年始十三，为《高昌殿赋》，援笔立成，影不移漏。傉檀览而嘉之，拟之曹子建。"

《南史》："随郡王子隆，字云兴，武帝第八子也。性和美，有文才。武帝以子隆能属文，谓王俭曰：'我家东阿也。'"

北魏《彭城王勰传》："勰以宠爱频烦，乃曰：'臣闻兼亲疏而两，并异同而建。此既成文于昔，臣愿诵之于后。陈思求而不允，愚臣不请而得。非独曹植远羡于臣，是陛下践魏文而不顾。'高祖大笑，执勰手曰：'二曹才名相忌，吾与汝道德相亲。'"

《洛阳伽蓝记》："长分桥西有千金堰，计其水利，日益千金，因以为名。昔都水使者陈勰所造。"《太平寰宇记》："河南县千金堰。戴延之《西征记》云：金、瀍、谷三水合处有千金碣，即魏陈思王所立。"按："陈思"或"陈勰"之讹。

宋潜说友《咸淳临安志》："曹王庙在长乐乡像光湖南金奥村，相传为曹子建。"

元陆友仁《砚北杂志》："陈思王读书台在冀州。"

明谢肇淛《文海披沙》："陈思王作七宗羹。"

明都卬《三馀赘笔》："谯楼鼓角之曲有三弄,相传为曹子建作。其初弄曰:'为君难,为臣亦难,难又难。'再弄曰:'创业难,守成亦难,难又难。'三弄曰:'起家难,保家亦难,难又难。'今角音之呜呜者,乃'难'字之曳声耳。"按:此因子建《怨歌行》云"为君既不易,为臣良独难"而附会耳。

跋

先君校辑《曹子建集》，托始于道光庚子，历十馀年甫成书。咸丰癸丑冬，于役袁江，聊城杨至堂侍郎索观，善之，将付筑氏。先君以尚待商榷辞，携稿返浙。甲寅冬，别录副本寄侍郎。未及锓木，而侍郎归道山。先君即初稿，随时校益。庚申冬，先君捐馆舍。四明徐君柳泉借观是书。时年冬，粤贼窜会稽，模奉母迁四明，而柳泉已携所藏书籍入深山，无从得消息。洎浙东平，得柳泉书，具言稿本尚存及间关护持状，心稍慰。方拟征取，而闻柳泉家遭八人之厄，是稿被毁。模既惧手泽之就湮，又痛先君选述之苦心，无由表见于世，以为大戚。念副本存侍郎哲嗣协琴学士处，欲叚传录，路途修阻，无人介绍以通讯也。

同治庚午，模以肄业国子监留京师，乞汪君荃孙请于学士，学士遣人回聊城取书来，即付钞胥家写毕，复吁金华余子馂烈、绍兴张牧庄申锡两中翰，同里朱佑之期保孝廉校数过，仍归副本于学士。癸酉秋，奉钞本返金陵，思取书中所据各本及所据校各书一一雠校。时泾川洪琴西汝奎观察、同里甘剑侯元焕明经家多秘籍，许遨游纵观之。日有札，月有记，别风淮雨，虽审正数十讹字，而意犹未慊也。仪征刘恭甫寿曾明经来告曰：杨侍郎谋刻是书时，以稿本付秀水高伯平钧儒先生校定；独山莫子偲友芝先生曾因高先生传录副本，盖向其嗣仲武请焉。江阴缪子柚岑佑孙素从余游，闻是言，遂询仲武，得所钞本，其中多莫先生校补语，如《名都篇》"寒鳖炙熊蹯"注引黄朝英《缃素杂记》及绩溪胡绍煐《文选笺证》解"寒"字诸条，确有根据，今并补入，加"友芝案"三字以别之，以仰承先君生平不攘人善之意。

先是，山阳丁俭卿晏先生著《陈思王年谱》。癸丑冬，先君客袁江时见之，采其序入集。嗣丁先生复辑《陈思王集》，附《年谱》于后，而名其书曰《曹集铨评》。其成书较晚，先君已不及见。同治己巳，湘乡相国刊其书于金陵，属恭甫雠校。其中最精者，如《社颂》"农正曰柱"，从《艺文类聚》旧本校改之，先君校本则从《初学记》本作"曰举"，附"曰柱"异文于注内[1]，正以不得古籍相证也。又《辅臣论·陈司空群》一则，先君引《书钞》自注，讹脱难读。今丁本所引文理较完。模取影宋钞本《书钞》校之，与丁本合，兹并采入。其馀丁本所收佚句，有是书未引者，检寻所据之书，并以类益，而述其事于跋内，亦承先君不攘人善之意也。

恭甫校丁本时，求先君校本不可得。今且日相过访，乐为将伯助。恭甫曰："前见《书钞》'野无旨酒，进兹行潦'下有'鹿生公'三字，不可解，姑缀附于逸篇内。今见是本《郦生赞》采《太平寰宇记》'野无厄酒，惟兹行潦'句，乃恍然于'鹿生公'为'郦生颂'之讹。"因致慨于正文字之难，非博采古籍，无由刊误也。又《谢赐柰表》，丁本引《白帖》作《谢赐冬至柰表》；《魏德论》，丁本亦引《白帖》有"白鹊之瑞"句，兹因原书未见，故不附缀于各篇末，仍记于此，以俟复勘。

模闻之，楹书世守，昔贤所称。模不能保护先君遗书，几至失坠。赖学士庋藏副本，得以段录。灵珠荆玉，重睹家珍。仰诵风德之厚，感惧交并。校雠既卒业，更手录一部，乞同里陈雨生作霖孝廉持归学士，俾得为邺架之藏，庶几侍郎与先君畴昔商订深心，相传于勿替云。

光绪元年十二月朔日，男桂模敬识。

---

[1]　"柱"，原误作"社"，据文意改。按：今《曹集考异》卷七《社颂》正文作"曰柱"，而将异文"曰举"列入校语，当经朱桂模或旁人校改。

曹集考异跋

　　右《曹集考异》十二卷,上元朱述之先生著。先生名绪曾,道光丁酉举人,浙江台州府同知。穷年仡仡,以著述自娱。是编要约不匮,该赡不芜,实曹注之收弁。先生著是书,与山阳丁氏晏《铨评》同时,而丁书晚出,各不相闻,其精覈视《铨评》且过之。唯沿乾、嘉考据之末流,以多为贵,不加裁汰。如一"沫"字也,辨论至数百言,而归于互通双用;一"奚斯颂鲁"也,本为断句,而引申亦数百言;至《大飨碑》已明辨为卫觊文,而犹附于末;引元刘履之注,展转驳难,或从或违,盖亦辞繁不杀矣。若陈思孤忠贞志,郁伊不申之怀,先生并为推阐而章显之,百世而下,皦如日星,则先生有功于陈思者大矣! 初为《曹子建集》十卷,又《叙录》、《年谱》各一卷,今合为十二卷,而以"考异"名之,从紫阳校韩文例,且先生原目也。

　　乡后学蒋国榜。

附　录

曹集铨评序

诗自汉、魏以来，卓然大家，上追《骚》、《雅》，为古今诗人之冠，陈思王其首出也。隋、唐志集皆著录，久佚不传。其传者，皆掇拾丛残，厪存其略。明张溥集本讹脱颇夥。自来未有注家，亦无善本。

山阳丁俭卿先生，年逾七旬，耄而好学，撰《铨评》十卷，于是思王集始可读矣。余初宰清河，即与先生交契。追奉命督漕河，驻节淮上，延主丽正书院讲席。先生教士有方，士之膺选拔、举优行、登贤书、捷南宫、官薇省、馆芸阁者，若而人。余刻《望三益斋丛书》，皆经先生手订。每得古书，乞为序引。谈艺论文，深资就正。先生著书等身，已刻《颐志斋丛书》数十种，此集特其一脔之味耳。后之读思王集者，得此为先路之导，如出隘巷而适康庄，胜于旧刻多多矣。

昔之称陈思王者，大抵目为才人。陈寿称其文才富艳，鱼豢称其华采，思若有神。惟先生此书发明忠孝大节，独具精鉴，度越前贤，匪独曹集之功臣，抑亦思王之知己也。

同治五年仲冬，盱眙吴棠序。

曹集铨评自序

《隋书·经籍志》:"《魏陈思王集》三十卷。"《唐志》:"二十卷。"原本久佚。今四库著录集十卷,据宋嘉定翻刻之本,赋四十四篇、诗七十四篇、杂文九十二篇。余所见者,明万历休阳程氏刻本十卷,其赋、诗篇数与宋本同,杂文较宋本多三篇。余以《魏志》传注、《文选注》、《初学记》、《艺文类聚》、《北堂书钞》影宋本未经陈禹谟窜改者、《白帖》、《太平御览》、《乐府》解题、冯氏《诗纪》诸书校之,脱落舛讹,不可枚举。《宝刀赋》、《离缴雁赋》各脱数句,《孔羡碑》仅存颂语,左媟诔误入晋辞,皆误之甚者也。《文选》以《献责躬诗表》并诗连载,程本分寘前后;《冬至献袜履颂》有表,《卞太后诔》有表,皆当并合为一,以省两读,程本俱分为二,非也。程本《七哀》诗,《艺文》引此为曹植《闺情诗》。程本又有《怨歌行》七解,略与《七哀》同。《诗纪》云:"晋乐所奏《七哀》诗是此篇本辞,《宋书·乐志》'明月'一篇,云东阿王词,即此《七哀》诗也。"程本《善哉行》"来日大难",《乐府》解题以为古辞,郭氏云:"曹植拟《善哉行》为'日苦短'。"《艺文》引陈思王《善哉行》、"君子防未然",《文选》以为古辞。《艺文》四十一引曹植《君子行》,《诗纪》云:"子建集有明人所见曹集,载此诗也。"程本有《箜篌引》、《野田黄雀行》,前后分载二篇,《乐府》解题称《野田黄雀行》,郭云:"右一曲晋乐所奏,一曲本辞。"《艺文》引魏陈思王《箜篌引》,即此诗也。

又明季张溥《百三家集》本,据《乐府》解题增《鼙舞》五篇,据《玉台新咏》增《弃妇》一篇,补缺正误,视程本为优。然臆改沿讹,亦复不少。如程本《自试》末一表"五帝之世非皆智,三季之末非皆愚"云云,与张本《陈审举疏》文同。表末有云:"昔段干木修德于间阎,秦师为之辍攻,而文侯以安;穰苴授节于邦境,燕、鲁为之退师,而景公无患,皆简德尊贤之所致也。愿陛下垂高宗、傅岩之明,以显中兴之功。"此六十三字,张本别为《请用贤表》。《艺文类聚·荐举》引"曹植《自试表》",与程本同,张本非也。程本《相论》后云:"荀子曰:以为天不知人事邪?则周公有风雷之灾,宋景有三舍之福。以为知人事耶?楚昭有弗禜之应,魏文无延期之报。由是言之,则天道之与相占,可知而疑,不可得而无也。"此六十七字,张本无,而《艺文·相术》引"曹植论"有之,与程本悉同,张本脱也。

余编校曹集,依程氏十卷之本。张本亦掇拾类书,非其原本。兹乃两本雠校,择善而从。曹集向无注本,其已见《文选》李善注,家有其书,不复殚述。义或隐滞,略加表明。取刘彦和"铨评昭整"之言,撰次十卷,并以余旧所撰《诗序》、《年谱》附载于后,庶后之读陈王集者,有所资而考焉。

同治四年九月朔旦,山阳丁晏叙。

陈思王诗钞原序

诗自《三百篇》、《十九首》以来，汉以后正轨颛门，首推子建，洵诗人之冠冕，乐府之津源也。其接武子建，杰然为诗家大宗，若陶之真挚、李之瑰逸、杜之忠悃，而其原皆出子建。陶、李、杜三家诗后世盛行，而子建传之者少，非数典而忘其祖乎？惟梁《文选》甄录颇富，揽其精英。梁《诗品》谓"人伦之有周孔，羽群之有鸾凰"，又谓"孔门用赋，陈思入室"。萧、锺二君，允为知己。自斯以后，称之者希矣。至其人品之高，志量之远，忠君爱国，情见乎辞。观于《洛神》、《九咏》，屈灵均之嗣声；《求试》诸疏，刘更生之方驾。《与杨德祖书》不以翰墨为勋绩，词赋为君子。其所见甚大，不仅以诗人目之。即以诗论，根乎学问，本乎性情，为建安七子之冠。后人不易学，抑亦不能学也。

余暇日钞合一编，绅绎讽诵。聆于耳者，黄钟之元音也；咀于口者，太牢之厚味也；耀于目者，锦绣纂组之章也；洽于心者，兴观群怨之旨也。泝而上之，觉《国风》、《小雅》之遗，温柔敦厚之教，去古未远。余特表而出之。古人言："知我者希则我贵。"后有赏音，必当宝贵。追古作而挽末流，《诗钞》其可重矣乎！

同治二年秋，山阳七十叟丁晏叙。

东阿怀古

丁　晏

　　洛阳兵燹离宫烧，北邙陵阪风萧萧。东阿发丧哭汉主，诗追麦秀哀殷朝。当时子建若得立，刘氏天家仍世及。幹父之蛊盖前愆，不使老瞒成汉贼。天祸奸魄歼其宗，然其醉酒冤无穷。子桓凉德膺大命，不一二世当涂终。本支手足自戕灭，岂有奸雄馨荐血。父骨未冷受朝仪，大飨明堂伦纪绝。不忠之父子不孝，天以逆子彰父报。不忠之父子若忠，天以贤子显父凶。新莽有女不附篡，孟德有子不忘汉。天遣血嗣全孤忠，自发奸邪一家判。异时典午受魏禅，宗室纯臣泪如霰。人心忠义果不死，万古纲常存一线。呜乎！汉不灭兮魏不亡，曹公臣节侯封长。魏篡汉兮祚不长，司马效法由旧章。邺宫草殁铜台荒，千秋遗恨东阿王。

东阿王墓

丁　晏

　　铜雀台高接颢苍，元音千仞振鸾凰。文承炎汉真才子，天厌当涂不帝王。邺下表陈刘向疏，洛川辞托屈平章。老瞒疑冢今安在？独吊东阿酹一觞。

曹集铨评跋

　　右《曹集铨评》十卷、《逸文》一卷，山阳丁俭卿先生所纂集也。先生与湘乡相国为文字交。同治戊辰冬，相国移督畿辅，道出山阳，晤先生，询所未刊书，先生出是集相质。相国读而善之，为谋授梓，寿曾与校字。既藏事，先生属为跋尾。

　　谨案：先生初校是集，系据休阳程氏本，嗣得娄东张氏本参校。凡集中诗古文辞程、张两收者，题下皆不注；程无而张有者，则注"程缺"；张无而程有者，则注"张缺"；新增诗文为程、张所失收者，另编为《逸文》，附全集后。其正误之例，凡程、张字句与群书异而义得通者，皆仍而不革，但注群书异文；其显然讹舛者，乃校改之，并注所据书名于字句下。其补脱之例，凡程、张所脱字句，见于群书征引者，必涉及上下文，乃据以补入，注曰依某书补；其单辞断句，虽审知其脱佚之处，以无证验，概不补入，另于本篇后亚一格录之，注曰某书引某篇，以示区别。又以程、张误脱字句，既据群书补正，其误脱必当标明。故凡程、张均误者，则注程、张作某；程、张均脱者，则注以上若干字、若干句程、张脱；或程误而张与群书同者，但注程作某；或程无此篇，及张与程违而不审出何书者，但注张作某。补脱亦然。其义例可谓矜慎详密矣。

　　此集久无善本。四库著录虽据宋嘉定旧刻，《提要》犹惜唐以前旧本之佚，谓不得已而思其次。闻上元朱氏述之注是集，所据宋刻不止一本。顾阁本、朱本，先生均未得见，其据程、张两本，意若深有歉者。然所据校多唐、宋以前之书，正误补脱，实远出程、张两本上。其致力之勤，视校宋刻之难，尤倍蓰也。

　　先生为江淮宿学，著述刊行者已数十种。其《颐志斋四谱》、《诗

礼七编》,曾属先君子校字。寿曾梼昧,未能缵述先业,承命跋尾,感
与惧并。惟念先生此书自序作于乙丑秋,距今已四年,其间续有修
改,义例稍变,有自序所未详者,谨补著之于右,以谂读者。

若夫思王忠孝大节,得先生论定,粲然别白,与日月争光。相国
之乐于表章,固将扶翼世教,毗赞政化,非徒供考古者拾诵之资而
已。挂名简末,有荣幸焉。

同治己巳冬十月,仪征后学刘寿曾识。

《国学典藏》丛书已出书目

周易 ［明］来知德 集注

诗经 ［宋］朱熹 集传

尚书 曾运乾 注

周礼 ［清］方苞 集注

仪礼 ［汉］郑玄 注 ［清］张尔岐 句读

礼记 ［元］陈澔 注

论语·大学·中庸 ［宋］朱熹 集注

孟子 ［宋］朱熹 集注

左传 ［战国］左丘明 著 ［晋］杜预 注

孝经 ［唐］李隆基 注 ［宋］邢昺 疏

尔雅 ［晋］郭璞 注

说文解字 ［汉］许慎 撰

战国策 ［汉］刘向 辑录
　　　　［宋］鲍彪 注 ［元］吴师道 校注

国语 ［战国］左丘明 著
　　　　［三国吴］韦昭 注

史记菁华录 ［汉］司马迁 著
　　　　　　［清］姚苧田 节评

徐霞客游记 ［明］徐弘祖 著

孔子家语 ［三国魏］王肃 注
　　　　　（日）太宰纯 增注

荀子 ［战国］荀况 著 ［唐］杨倞 注

近思录 ［宋］朱熹 吕祖谦 编
　　　　［宋］叶采 ［清］茅星来等 注

传习录 ［明］王阳明 撰
　　　　（日）佐藤一斋 注评

老子 ［汉］河上公 注 ［汉］严遵 指归
　　　　［三国魏］王弼 注

庄子 ［清］王先谦 集解

列子 ［晋］张湛 注 ［唐］卢重玄 解
　　　　［唐］殷敬顺 ［宋］陈景元 释文

孙子 ［春秋］孙武 著 ［汉］曹操 等注

墨子 ［清］毕沅 校注

韩非子 ［清］王先慎 集解

吕氏春秋 ［汉］高诱 注 ［清］毕沅 校

管子 ［唐］房玄龄 注 ［明］刘绩 补注

淮南子 ［汉］刘安 著 ［汉］许慎 注

金刚经 ［后秦］鸠摩罗什 译 丁福保 笺注

维摩诘经 ［后秦］僧肇等 注

楞伽经 ［南朝宋］求那跋陀罗 译
　　　　［宋］释正受 集注

坛经 ［唐］惠能 著 丁福保 笺注

世说新语 ［南朝宋］刘义庆 著
　　　　　［南朝梁］刘孝标 注

山海经 ［晋］郭璞 注 ［清］郝懿行 笺疏

颜氏家训 ［北齐］颜之推 著
　　　　　［清］赵曦明 注 ［清］卢文弨 补注

三字经·百家姓·千字文
　　　　［宋］王应麟等 著

龙文鞭影 ［明］萧良有等 编撰

幼学故事琼林 ［明］程登吉 原编
　　　　　　　［清］邹圣脉 增补

梦溪笔谈 ［宋］沈括 著

容斋随笔 ［宋］洪迈 著

困学纪闻 ［宋］王应麟 著
　　　　　［清］阎若璩 等注

楚辞 ［汉］刘向 辑
　　　　［汉］王逸 注 ［宋］洪兴祖 补注

曹植集 ［三国魏］曹植 著
　　　　［清］朱绪曾 考异 ［清］丁晏 铨评

陶渊明全集 ［晋］陶渊明 著
　　　　　　［清］陶澍 集注

王维诗集 ［唐］王维 著 ［清］赵殿成 笺注

杜甫诗集 ［唐］杜甫 著 ［清］钱谦益 笺注

李贺诗集 ［唐］李贺 著 ［清］王琦等 评注

李商隐诗集 [唐] 李商隐 著
　　　　　[清] 朱鹤龄 笺注
杜牧诗集 [唐] 杜牧 著 [清] 冯集梧 注
李煜词集（附李璟词集、冯延巳词集）
　　　　　[南唐] 李煜 著
柳永词集 [宋] 柳永 著
晏殊词集·晏幾道词集
　　　　　[宋] 晏殊 晏幾道 著
苏轼词集 [宋] 苏轼 著 [宋] 傅幹 注
黄庭坚词集·秦观词集
　　　　　[宋] 黄庭坚 著 [宋] 秦观 著
李清照诗词集 [宋] 李清照 著
辛弃疾词集 [宋] 辛弃疾 著
纳兰性德词集 [清] 纳兰性德 著
六朝文絜 [清] 许梿 评选
　　　　　[清] 黎经诰 笺注
古文辞类纂 [清] 姚鼐 纂集
乐府诗集 [宋] 郭茂倩 编撰
玉台新咏 [南朝陈] 徐陵 编
　　　　　[清] 吴兆宜 注 [清] 程琰 删补
古诗源 [清] 沈德潜 选评
千家诗 [宋] 谢枋得 编
　　　　　[清] 王相 注 [清] 黎恂 注
瀛奎律髓 [元] 方回 选评
花间集 [后蜀] 赵崇祚 集
　　　　　[明] 汤显祖 评
绝妙好词 [宋] 周密 选辑
　　　　　[清] 项絪 笺 [清] 查为仁 厉鹗 笺

词综 [清] 朱彝尊 汪森 编
花庵词选 [宋] 黄昇 选编
阳春白雪 [元] 杨朝英 选编
唐宋八大家文钞 [清] 张伯行 选编
宋诗精华录 [清] 陈衍 评选
古文观止 [清] 吴楚材 吴调侯 选注
唐诗三百首 [清] 蘅塘退士 编选
　　　　　[清] 陈婉俊 补注
宋词三百首 [清] 朱祖谋 编选
文心雕龙 [南朝梁] 刘勰 著
　　　　　[清] 黄叔琳 注 纪昀 评
　　　　　李详 补注 刘咸炘 阐说
诗品 [南朝梁] 锺嵘 著
　　　　　古直 笺 许文雨 讲疏
人间词话·王国维词集 王国维 著

戏曲系列
西厢记 [元] 王实甫 著
　　　　　[清] 金圣叹 评点
牡丹亭 [明] 汤显祖 著
　　　　　[清] 陈同 谈则 钱宜 合评
长生殿 [清] 洪昇 著 [清] 吴人 评点
桃花扇 [清] 孔尚任 著
　　　　　[清] 云亭山人 评点

小说系列
封神演义 [明] 许仲琳 编 [明] 锺惺 评
儒林外史 [清] 吴敬梓 著
　　　　　[清] 卧闲草堂等 评

部分将出书目

公羊传　　　水经注　　　古诗笺　　　清诗别裁集
穀梁传　　　史通　　　　李白全集　　博物志
史记　　　　日知录　　　孟浩然诗集　温庭筠诗集
汉书　　　　文史通义　　白居易诗集　聊斋志异
后汉书　　　心经　　　　唐诗别裁集
三国志　　　文选　　　　明诗别裁集